鼓琴不易听琴难

岷峨诗稿社　编

四川人民出版社

图书在版编目（CIP）数据

鼓琴不易听琴难 / 岷峨诗稿社编. -- 成都：四川人民出版社，2025. 6. -- ISBN 978-7-220-14084-6

Ⅰ. I207.2

中国国家版本馆CIP数据核字第20259FK489号

GUQIN BUYI TINGQIN NAN

鼓琴不易听琴难

岷峨诗稿社 / 编

责任编辑	刘姣娇
装帧设计	李其飞
责任校对	刘　静
责任印制	刘雨飞　周　奇
出版发行	四川人民出版社（成都市三色路238号）
网　　址	http://www.scpph.com
E-mail	scrmcbs@sina.com
新浪微博	@四川人民出版社
微信公众号	四川人民出版社
发行部业务电话	（028）86361653　86361656
防盗版举报电话	（028）86361661
照　　排	四川胜翔数码印务设计有限公司
印　　刷	四川机投印务有限公司
成品尺寸	185mm × 260mm
印　　张	26
字　　数	360千
版　　次	2025年6月第1版
印　　次	2025年6月第1次印刷
书　　号	ISBN 978-7-220-14084-6
定　　价	98.00元

前　言

2024年10月18日，由中华诗词学会主办，中华诗词学会创作委员会、四川省文学艺术界联合会、四川省作家协会承办的“中华诗词学会周啸天诗词研讨会”在成都隆重召开。本书将此次研讨会论文，以及近十年间公开发表过的相关文章，汇为一编，以供学界研讨之用。

周啸天是当代影响卓著的诗词家之一，1948年5月生于四川省渠县，为四川大学文学与新闻学院教授，兼安徽师大中国诗学研究中心研究员，长期从事中国古典诗歌教学与研究，著、编有《中国绝句诗史》（四川人民出版社）、《简明中国诗史》（同前）、《历代绝句鉴赏大辞典》（商务印书馆国际有限公司）、《诗经楚辞鉴赏辞典》（同前）、《唐诗鉴赏辞典》（同前）、《元明清诗鉴赏辞典》（同前）等著作。

周啸天是上海辞书出版社《唐诗鉴赏辞典》撰稿最多的作者，该书于20世纪80年代出版，累计发行三百万册以上，风行海内外，由是知名。《将进茶——周啸天诗词选》（天地出版社）于2014年获第六届鲁迅文学奖诗歌奖，成为国内以诗词写作荣获鲁奖的第一（迄今唯一）人。先是，所作《邓稼先歌》获第五届华夏诗词奖一等奖第一名。

周啸天是为数不多具有独家诗词话语的当代诗词家，著有《周啸天谈艺录》（线装书局）、《诗心与佛心——周啸天诗学话语》（四川人民出版社）、《周啸天诗话一五六则》《我怎样做诗》（商务印书馆国际有限公司）等著作。微信公众号、短视频《啸天说诗》连载已达四百余期，传播广而影响大。

2024年出版章回体小说《薛涛》，将诗词创作融入小说，塑造了鲜活的唐代著名女诗人形象。周啸天所获其他奖项和荣誉有：2010《诗刊》首届诗词奖第一名，2015诗词中国杰出贡献奖，四川省精神文明建设“五个一工程”奖，2023年四川省作协授予有突出贡献作家称号，2024年中华诗词学会授予中华诗教名师称号等。

岷峨诗稿社

2025年1月

目 录

周啸天诗词二十首　中华诗词学会官方网站 / 001
读来甚觉畅快——谈周啸天的传统体诗词　王　蒙 / 006
我喜欢各种绝妙好词　王　蒙 / 010
诗中有血　句中有泪——读《邓稼先歌》随记　王　蒙 / 012
周啸天诗词创作的理念和追求　周文彰 / 016
古今雅俗本无拘——周啸天诗词管见　陶武先 / 022
读《周啸天谈艺录》　刘道平 / 028
学莫便乎近其人——浅谈周啸天诗词创作　刘道平 / 031
风人与文人之诗的有机统一——浅谈周啸天诗词艺术　罗　辉 / 034
读《邓稼先歌》话“夺胎换骨”　易　行 / 042
《邓稼先歌》的语言艺术　张应中 / 046
《邓稼先歌》的艺术特色　李葆国 / 049
叙事长诗内容特征探微（摘录）　宋彩霞 / 051
唐朝以后又见诗——读《欣托居歌诗》　杨　牧 / 054
也说翻出如来手心　杨　牧 / 059
有容乃大——《将进茶：周啸天诗词选》提供的美学经验　王世德 / 064
周啸天诗词创作的现代性　龚学敏 / 069

周啸天诗词和诗论的精辟性、艺术性、时代性及其思想性　杭中华 / 072
评聂绀弩、周啸天、曾少立三家诗　滕伟明 / 076
《欣托居歌诗》平议　杨景龙 / 082
读《欣托居歌诗》有感　商振泰 / 091
以古出新　雅而能谐——评周啸天《欣托居歌诗》　张应中 / 098
周啸天《流水》点评　郭友琴 / 109
从传统诗词首获鲁奖谈起　高　昌 / 111
唱得竹枝题得糕　高　昌 / 113
听取蛙声一片　朱军东 / 115
周啸天旧体诗词创作论　李遇春　朱一帆 / 117
周啸天诗歌摭论　丁淑梅　黄晋卿 / 132
浮世绘　仁者怀　歌之声　丁淑梅 / 145
《将进茶——周啸天诗词选》的价值与当代意义　曾　昂 / 148
敬畏新诗的硕果　曾　昂 / 163
敬畏新诗与现代诗词创作的诗性觉醒
——读解周啸天先生《敬畏新诗》的诗学蕴含　何希凡 / 174
听取新翻杨柳枝——评周啸天诗词　黄全彦 / 189
天真烂漫是吾师——论周啸天古体诗风格成因　黄全彦 / 194
才情学识之合力升华——周啸天诗词简论　李亮伟 / 200
诗与散文　谢　谦 / 205
周啸天的诗词主张与实践　梅　红 / 208
胸次宽者平台大，取材广者命意新
——论周啸天之诗词理论与实践　张　帆 / 220
承古人之规矩　开自己之生面　范诗银 / 231
他的诗是“增量”　钟振振 / 233
《啸天说诗》前言　钟振振 / 237

书到今生读已迟　曹　旭 / 240
大雅若俗　歌行擅场　薛天纬 / 242
古诗虽云歌者苦　如君岂伤知音稀——周啸天古体诗读后感　杨逸明 / 245
沉浸醲郁　含英咀华——谈谈周啸天诗词的用典及其他　星　汉 / 249
纵横恣肆庄谐杂出　不拘一格雅俗共赏　赵义山 / 253
旧话新说啸天诗　赵义山 / 257
拈管城之旧锥　作浮世之新绘——周啸天诗词点评　赵义山 / 271
读周啸天《行香子八台山日出》　刘庆霖 / 276
周啸天诗词三首赏析　林　峰 / 278
周啸天诗词选析　吴　江 / 281
推恩广及他人幼　出口恒成文锦章
——《岷峨诗侣·周啸天卷》读后作　师红儒 / 292
字浅　文刁　语新　意奇　韩倚云 / 295
读周啸天《西江月·清明回放五年前视频》　韩倚云 / 298
意新而气足　东陵种瓜生 / 300
怎一个趣字了得——论周啸天纪游诗词的艺术特色　邓建秋 / 302
周啸天诗词印象　邓建秋 / 307
不断面临挑战的当代诗词写作　子　川 / 312
《诗词十二家·周啸天》编者按　蔡世平　刘能英 / 317
一次不合时宜的打扰　王　安 / 318
周啸天诗词二十首阅读札记　王　安 / 321
《唐绝句史》序　宛敏灏 / 324
评《唐绝句史》　邓小军 / 325
评《诗词赏析七法》　吉明周 / 327
诗词园林的导游　李元洛 / 329
更把金针度与人　管遗瑞 / 332

以传奇之笔复活传奇之人
——论周啸天《薛涛》对历史人物的文学还原　何希凡 / 343
根深叶茂　厚积薄发——周啸天访谈录　刘　国 / 359
鲁奖获奖感言　周啸天 / 373
第五届华夏诗词奖获奖感言　周啸天 / 375
欣托居歌诗自序　周啸天 / 377
中华诗词学会周啸天诗词研讨会在成都举行　中华诗词学会官方公众号 / 378
2024周啸天诗词研讨会答谢词　周啸天 / 381
赵彦春英译周啸天诗四首 / 382
韩倚云英译周啸天诗三首 / 388
Karmia Olutade英译周啸天诗二首 / 393

周啸天著作目录（1981—2024）/ 397

周啸天诗词二十首

◉ 中华诗词学会官方网站

编者按：2024年10月18日，由中华诗词学会主办，中华诗词学会创作委员会、四川省文学艺术界联合会、四川省作家协会承办的“中华诗词学会周啸天诗词研讨会”在成都隆重召开。中华诗词学会会长周文彰，四川省诗词协会名誉会长陶武先，中华诗词学会驻会顾问罗辉，中华诗词学会创作委员会主任、四川省关心下一代工作委员会常务副主任刘道平，中华诗词学会顾问周啸天、李树喜、杨逸明，中华诗词学会秘书长杭中华等专家学者出席研讨会。研讨会召开后，在全国诗词界引起强烈反响。现精选周啸天诗词20首刊登，以飨读者。

玉树二首录一

不往高原去，焉知抢险难。
有风氧气薄，无雪夹衣单。
滥震何为地，精诚可动天。
昔闻格萨尔，定力至今传。

春晚聋哑人舞千手观音

天人千手妙回春，族类同痴泪不禁。
失语时分存至辩，无声国度走雷音。

花光的历飘香久，法相庄严蕴慧深。
引领慈航成普度，神州除夕降甘霖。

天泰园白鹭

漠漠水田凭尔翔，争知稠院隐回塘。
三餐不素偷为乐，独腿常拳佯忍伤。
观赏鱼劳贼惦记，珍稀鸟待客端详。
主人抓拍成惊扰，一片孤飞雪打墙。

贵州某地斗牛

两牛于对撞一刻罢斗　同胞相认故也。

声息潜通两觳觫，临场罢斗色凄凉。
人心恐未安于此，兽道元来狠有方。
萁豆相煎伤尺布，原田偕作恋斜阳。
凭君莫话斗牛事，必不甘休易以羊。

红军文化陈列馆

万家墨面苦秦久，半卷红旗张楚来。
子弟八千均土地，妇姑十九做军鞋。
若非猿鹤虫沙友，都是樊滕绛灌才。
试问初心何处觅，疏行大字凿苍崖。

朝天峡

乱石当空累十丸，网箍桩铆冀平安。
人心毕竟思维稳，便到千钧一发间。

锦里逢故人

涸辙相嘘亦偶同，茫茫人海各西东。
对君今夕须沉醉，万一来生不再逢。

流水

流水高山自古弹，鼓琴不易听琴难。
凤凰安得麒麟合，旷世无胶续断弦。

戊戌春日植树天下诗林

予今种树汝乘凉，欲赠蘋花异代香。
汝坐霞光千道里，忆予曾对此斜阳。

珠峰

客有抱诗词游中国一编而来者，缺珠峰诗，命题。

八千米雪柱晴空，休把寒冰语夏虫。
剧怜孔子小天下，未识人间第一峰。

浣溪沙·九眼桥望合江亭

又值风清月白时，书传云外梦先知。绿窗惊觉细寻思。　亭合双江成锦水，桥分九眼到斜晖。芳尘一去邈难追。

柳梢青·三苏祠

三苏名重，岷江源远，眉山如画。遥想当年，一门双桂，伊人初嫁。去来弹指匆匆，惜风月，悠闲无价。唤起词仙，衔杯屏妓，为予清话。

一剪梅·重访狮子山

弹剑当年奏苦声，不愿他生，唯愿今生。来逢千里共长行，窗外眸明，柳外花明。　十载萍踪访旧程，鬓尚青青，树尚亭亭。芙蓉城到牡丹城，去也关情，住也关情。

苏幕遮·上青藏

及良辰，将胜友。与子偕行，与子偕行久。小别重逢一握手。唐古拉山，唐古拉山口。　镜湖平，阴岭秀。雪积云端，雪积云端厚。好客人家处处有。熟了青稞，熟了青稞酒。

行香子·印象高原

影指家乡，心向天堂。转经筒、百转回肠。天蓝云白，隆达飘扬。有火之红，水之绿，土之黄。　风过湖面，人上山梁。等身头、四季糇粮。弥空幄帐，遍地牧场。点野牦牛，大青马，藏羚羊。

行香子·八台山日出

巴山绵亘，八叠为峰。几千转、跃上葱茏。气违寒暑，服易秋冬。竟霎时雾，霎时雨，霎时风。　雀呼起早，目极川东。浑疑是、开物天工。阴阳一线，炉水通红。看欲流钢，欲流铁，欲流铜。

中秋引

节至中秋天作美，茶楼侍坐二三子。于今教授未全贫，是夕月华清似水。恍若春风浴沂时，璧月沉沉素瓷底。以吾一日长乎尔，曷各言志毋吾以。率尔哂由由勿嗔，喟然与点点莫喜。从政种宁有王侯，为学心当如止水。云英可能不如人，殷浩从来宁作己。古人千里与万里，相遗端绮心尚尔。此生此夜须尽欢，明月明年何处是。

宽窄歌

峨眉自古路朝天，最是公来不禁山。半边容我与君走，尚与路人留半边。君不见高空王子阿迪力，观者如山俱屏息。君不见开元大道如青天，白也尔独不得出。渺渺一尘历劫波，爆炸徒生几千河。却看地球渐成村，迩来天下被网罗。天涯未及纳米宽，咫尺何啻万光年。合德分苏讵可料，神州已着非常道。一带一路亦人谋，两道岛链听天造。疏可走马不容针，窄如扁担栖仨人。纪昌习射已贯虱，庖丁解牛新发硎。人生达命信可乐，夜航船上伸伸脚。最窄莫过牛角尖，掉头一吹动寥廓！

将进茶

余素不善饮，席间或以太白相诮，退而作《将进茶》。

世事总无常，吾人须识趣。空持烦与恼，不如吃茶去。世人对酒如对仇，莫能席间得自由。不信能诗不能酒，予怀耿耿骨在喉。我亦请君侧耳听，愿为诸公一放讴。诗有别材非关酒，酒有别趣非关愁。灵均独醒能行吟，醉翁意在与民游。茶亦醉人不乱性，体己同上九天楼。宁红婺绿紫砂壶，龙井雀舌绿玉斗。紫砂壶内天地宽，绿玉斗非君家有。佳境恰如初吻余，清香定在二开后。遥想坡仙漫思茶，渴来得句趣味佳。妙公垂手明似玉，宣得茶道人如花。如花之人真可喜，刘伶何不怜妻子。我生自是草木人，古称开门七件事。诸公休恃无尽藏，珍重青山共绿水。

邓稼先歌

炎黄子孙奔八亿，不蒸馒头争口气。罗布泊中放炮仗，要陪美苏玩博戏。不赋新婚无家别，夫执高节妻何谓。不羡同门振六翮，甘向人前埋名字。一生边幅哪得修，三餐草草不知味。七六五四三二一，泰华压顶当此际。蘑菇云腾起戈壁，丰泽园里夜不寐。周公开颜一扬眉，杨子发书双落泪。唯恐失算机微间，岁月荒诞人无畏。潘多拉开伞不开，百夫穷追欲掘地。神农尝草莫予毒，干将铸剑及身试。一物在掌国得安，翻教英年时倒计。公乎公乎如山倒，人百其身哪可替。号外病危同时发，天下方知国有士。门前宾客折屐来，室内妻儿暗垂涕。两弹元勋荐以血，名编军帖古如是。天长地久真无恨，人生做一大事已。

读来甚觉畅快

——谈周啸天的传统体诗词

◉ 王　蒙

许多年前，我读到四川大学周啸天教授的旧诗《洗脚歌》与《人妖歌》，大为雀跃。

第一他写得古色古香，幽凝典雅；第二他写得新奇时尚，与时俱进；第三他写得活泼生动，快乐阳光；第四他写得与众不同，自立门户；第五他写得衔接传统，天衣无缝。

请看他写《洗脚歌》："昔时高祖在高阳，乱骂竖儒倨胡床；……银盆滑如涧底石，兰汤浑似沧浪水。……别有蜀清驻玉趾，转教少年为趋侍；游刃削足技艺高，捏拿恭谨如孝子。……沧桑更换若走马，三十河西复河东。尔今俯首休气馁，侬今跷脚聊臭美；来生万一作河东，安知我不为卿洗？"

能以时下足浴——脚按摩为题材入诗，已属绝伦。此亦大俗若雅，大雅若俗，腐朽神奇，全在一心之证。

高祖高阳（见《史记·郦生陆贾列传》），蜀清玉趾（秦时富婆，见《史记·货殖列传》），沧浪之水（见楚辞《渔父》），更换走马（见李贺诗），皆有典有据有味。周诗不是伪古体代古体，是地道的真古体。盖我尝言，中国传统诗词是一株中华文化巨树，如无此修养熏染，如连《唐诗三百首》都未认真读过背诵过，如果既不通平仄又不懂对仗，写出来必然不伦不类，非驴非马，无法与大树匹配，怎么弄也不入流，实不如写快板写顺口溜、对口词、三句半。

但我也不甚喜欢那种作腐儒状的戴方巾、迈八字步的仿古诗，那样的诗虽然与巨树型号一致，却只是陈陈相因，克隆拷贝，空心糠萝卜：有其诗不多，无其诗不少。那真是旧诗、死诗、呆诗，无生趣无新意无生命之仿作伪诗。

到了2005年，周著《欣托居歌诗》出版，拜读之后更觉琳琅满目，活泼，生机，古雅，趣味，耳目一新，叹赞有加，喜传统体诗词有了新的突破矣。

相对世俗化的生活能不能入诗，这里当有争议，因为有一种思潮视世俗为寇雠。周教授的写法为一种角度，是乐观其成的阳光态度，如果有人以批判的眼光写之，如写得好，亦应为佳作。

俗而极之雅之，反而更加骇世嫉俗了。如下面一首《葡京赌城》：“人生何处无博弈，胜败由来事不期。……邓公一言九鼎重，五十年间马照跑。……年输巨亿作国帑，赌王乃能均富贫。殿堂中西聚文物，件件美奂连城璧。七尺珊瑚只自惭，石崇休夸富敌国。门前居民迹如扫，挥金十九大陆客。海角归来说双规，使我达官失颜色。”

难得的是此诗既以豁达的心态肯定了“一国两制”条件下澳门的博彩业的正面意义，又严厉讽刺了大陆客到澳门参赌的不良现象，最后两句调侃中锋芒毕见。

作者还写“超女”，写春节晚会的“千手观音”。诗曰：“天人千手妙回春，族类同痴泪不禁。失语时分存至辩，无声国度走雷音。花光的历飘香久，法相庄严蕴慧深。引领慈航成普度，神州除夕降甘霖！”

颈联二句，失语至辩，无声雷音，意韵悠长，感人至深，更有佛家妙谛。没有相当的中华文化素养是写不出来的。而“失语”云云，又是现代西词中译，为时髦词，这类不拘一格首次用于传统诗词中的词语还多有，如“臭美”“大款”“签单”“双规”……确实是融古今于一炉。

周先生的《将进茶》亦属绝唱：“……紫砂壶内天地宽，绿玉斗非君家有。（绿玉斗典出自《红楼梦》，为妙玉给宝玉用的茶具）佳境恰如初吻余，清香定在二开后。遥想坡仙漫思茶，渴来得句趣味佳。……我生自是草木人，古称开门七件事。诸公休恃无尽藏，珍重青山共绿水。”

复曰：“世事总无常，吾人须识趣。空持烦与恼，不如吃茶去。”

这里有一种平常心，写平常事，而平常人平常诗中出现了趣味，出现了善良，出现了生机，出现了至乐至工至和，在充满戾气的现代世界上，这实在是难得的和谐之音。

作者写邓小平的竹枝词，也非常平常平和平实：

“西去剑门疑雨时，路逢野老意依依”，说的是邓小平一九五八年视察剑阁时与老农路遇谈话。“会抓老鼠即为高，不管白猫同黑猫。思到骊黄牝牡外，古来唯有九方皋。”这里作者别具匠心地以白猫黑猫论与伯乐荐九方皋相马的故事相比，九方皋只注重是不是千里马，而不注意马的毛色与性别，代表的是一种战略眼光，宽容眼光，是一种大气。“半边容我与君走，尚与路人留半边”这两句说的是小平不赞成为了安全原因而封山。“休将庄稼种上天，退耕还草与青山……”则是讲他的提倡绿化与注意环境。这些都极上口、民间化，符合竹枝词的特色。

呜呼，何今日喜写传统诗词之人之多也？固是生活安定，寿命延长，中华文化弘扬高唱之佳兆也。其中不乏佳篇，也时见陈词滥调、画虎成犬、无病呻吟、装腔作势之作多多。如今有此欣托居之歌诗，读之颇觉畅快。

周先生对自己的旧诗是认真的，也是自有见解的。他说：“……某也惭太白之豪情，愧少陵之物与，偷香山之格律，接眉山之兴会。（自视颇高，王注，下同）拈管城之旧锥，作浮世之新绘。（好一个浮世新绘！）拓宽题材，趋生命意。（这是中华传统诗词能否再存活下去的关键）……酌用兴比，略关美刺。（诗道诗教，源远流长）……近体谨严，贵乎畅达；歌行恣肆，忌在滑易。诙谐之极，或出庄严之态；阳刚为本，映带妩媚之姿。（故曰通人也，解人也，明白人也）诗有赠答，不为应景；（孰能免俗？至人诗人则俗犹不俗）餐到韭萍，敢堕恶趣！（知白守黑，知直守曲，歇斯底里地痛骂俗人易，以大光明菩萨心肠帮助推动俗人高尚化文明化雅驯化难，化雅为俗或为罪过，化俗为雅，实乃功德）平仄稍严，欲存唱叹之音；韵对从宽，不失萧闲之致。”

难得有这样一部奇书，值得一读一吟一粲。读周啸天之诗词，人生快事也。能不能再往深邃里走，此乃后话。

（原载《文汇报》，2006年5月12日版）

我喜欢各种绝妙好词

◉ 王　蒙

我喜欢各种绝妙好词，例如由于参加安徽师范大学中华诗学中心的活动结识了四川大学的周啸天教授，他的诗令人拍案捧腹：

昔时高祖在高阳，乱骂竖儒倨胡床。……银盆滑如涧底石，兰汤浑似沧浪水。……游刃削足技艺高，捏拿恭谨如孝子。……沧桑更换若走马，三十河西复河东。尔今俯首休气馁，侬今跷脚聊臭美。来生万一作河东，安知我不为卿洗？（《洗脚歌》）

谁也不会想到足底按摩也能入诗，而且写得如此古雅亲和。顺便说一下，我个人极少做这种按摩。我也不在乎这篇诗作的“政治正确”与否，如果新左派认为应该造捏脚丫子的人的反，那也与我喜欢这首诗的绝门没有太多关系。

同样作者有一首为萨达姆·侯赛因问绞而写的诗，也够绝的。题为《代悲白头翁》（前伊拉克总统萨达姆），够意思，头两句也极生动真率：

髭须花白发蓬松，依稀颓龄一衰翁。

还有写聋哑人的《千手观音》的表演的：

天人千手妙回春，族类同痴泪不禁。

失语时分存至辩，无声国度走雷音。

周教授甚至为超女也写了诗：

歌曲一朝惊屈贾，粉丝十万下江湘。

难得的是他的好心情与好词句，他还写杨振宁与翁帆的婚事：

大快人心今日事，春风吹皱一池水。

我为他的诗写了评论，他与我与读者都挺高兴。网上甚至有人说是唐诗之后有了周啸天。当然是激动过头了。

（摘自《王蒙自传·九命七羊》，花城出版社）

诗中有血　句中有泪

——读《邓稼先歌》随记

◉ 王　蒙

2005年，我与周啸天先生在成都见面，并写了一篇文章，除赞扬欣赏外，我也写了“能不能再往深邃里走，此乃后话”，作为文章的结语与对他的期待。时过八年多，他的旧作《邓稼先歌》倒是最近才从郁葱先生的博客上认真读了一遍的。

炎黄子孙奔八亿，不蒸馒头争口气。
罗布泊中放炮仗，要陪美苏玩博戏。

读此四句吓了一跳，莫非周老师油腔滑调起来？

不赋新婚无家别，夫执高节妻何谓！

何等悲壮！两弹一星元勋邓稼先顾不上为新婚作赋、还没有营建出一个小家来，就上了大西北国防科研前线了。从前四句的不以为意，一下子跳到这样的悲壮中来，多大的气魄与笔力！

不羡同门振六翮，甘向人前埋名字。

同窗学友，展翅高飞，誉满全球，邓稼先则甘愿隐姓埋名，为国奉献。老王我读之垂泪，并坦承自己委实做不到。

一生边幅哪得修，三餐草草不知味。

老王顿足拍案，击节赞叹。话说得如此准确生动新鲜朴实。一代人的奉献精神，全付其中，用字俗而又俗，反成绝唱。

七六五四三二一，泰华压顶当此际。

诗胆包天！几个数字，把读者拉回到两弹一星实验时令人揪心的倒计时场面。

蘑菇云腾起戈壁，丰泽园里夜不寐。

说的是中南海，是毛主席，是咱们20世纪的艰辛历程。回到了当年，谁不动心？谁不洒泪？

周公开颜一扬眉，杨子发书双落泪。

接着是周总理，怀念，敬佩，俱往矣，至今令人壮怀激烈。书是指杨振宁先生的信。老王惭愧，是1993年在美国哈佛大学得赐杨先生签赠的书，才首次得知了他的同窗好友邓稼先的事迹。

唯恐失算机微间，岁月荒诞人无畏。

诗人没有忘记岁月的某些荒诞处，然而，仍然有邓稼先，有伟大的成就，伟大的人格，仍然泼不脏、抹不黑、哄不倒！

潘多拉开伞不开，百夫穷追欲掘地。

当然有失败后才有成功。如果一失败就一齐去啐唾沫，这个民族只能完蛋，万劫不复。

神农尝草莫予毒，干将铸剑及身试。

是谓邓稼先的人格自可与神农氏、干将莫邪同光。周诗非无古雅处。

一物在掌国得安，翻教英年时倒计。

读之大恸！“七六五四三二一”的倒计时，如今用到了邓稼先的寿命上！

公乎公乎如山倒，人百其身哪可替！

虽有千万人，不及邓公身！公乎公乎，如闻号啕！人民没有忘记他！还有歌者周啸天！

号外病危同时发，天下方知国有士。

此二句如雷如电，震耳欲聋！读到此句，能不动容？

门前宾客折屐来，室内妻儿暗垂涕。

如临其境，如感其情。哀之，钦之，咏之，叹之。

两弹元勋荐以血，名编军帖古如是。

诗中有血，句中有泪！让我们缓缓脱下帽子，重复这两句激越绝伦的诗句，向邓稼先致敬！

天长地久真无恨，人生做一大事已！

诗人歌颂了记载了做成一件大事的邓稼先，也写就了一首大诗，差可无恨。

诗而古体，或可有更多的古色古香与更好的炼字炼意，但更感人的是它的精气神！

那么，让我们大家都以邓稼先为榜样，做成一两件令人无恨的事情吧。

（原载《文汇报》，2014年8月26日版）

周啸天诗词创作的理念和追求

◉ 周文彰

2005年，周啸天《欣托居歌诗》由四川文艺出版社出版。这一年，我写了我的第一首格律诗《七绝·吊罗山》。周啸天妥妥地是我诗词的老师辈人物。因为今天要来参会，我从10月13日晚上起，以学生的态度，阅览了会议材料《周啸天资料汇编》、周啸天著作《我怎样做诗》《诗心与佛心——周啸天诗学话语》《薛涛》。有的逐页读，有的跳着读。读着读着，对周啸天的钦佩益发上升，他是一位了不起的诗词史家、诗词理论家、诗词作家；读着读着，自我后悔也悄然而至，我要是早两年读周啸天的书，作诗水平也许不是现在这个样子。

研讨周啸天，是我们确定的"中华诗词精品年"的举措之一。2024年4月25日中华诗词学会五届四次理事会把今明两年确定为"中华诗词精品年"，把创作筛选推介诗词精品作为工作重点；6月27日发布了《"中华诗词精品年"工作方案》。9月27日云帆诗友会组织选编的五本诗词"三百首"出版发行，这是全国诗词界共推"精品年"的"第一响"；学会主编的《今人诗词三百首》进展也很顺利。接着，学会确定当今一批著名诗人词家予以研究和推广。研讨周啸天是这系列研究活动的开场锣鼓，由学会创作委员会承办，刘道平主任高效率地组织了这次研讨。10月20日在贵阳研讨周笃文，由学会企业界诗词工作委员会举办，林涛主任主动申报筹备。研讨李树喜也在本月举行。

研读周啸天，他的诗歌创作理念和追求让我高兴不已，这就是他的三句话："一曰书写当下，二曰衔接传统，三曰诗风独到。"我这两年反复倡导的端正诗词价值观、衡量当下好诗词的标准等，正好与之暗合。这里，我就根据这三句话，谈谈研读周啸天诗歌的体会。我们惯讲的诗词，在周啸天这里是诗歌。他以歌为特色。

一、以"书写当下"为诗词创作的使命

分几个层次来看。

首先看看周啸天写过哪些诗。这里罗列一些题目。

写事的有：《将进茶》《洗脚歌》《葡京赌城》《海啸歌》《八级地震歌》《超级女声决赛长沙》《聋哑人舞千手观音》《篆刻歌》《纽扣辞》《寻猫启事》《驾校》《徽州民居》《太白醉月歙砚歌》《隐私歌》。

写人的有：《邓稼先歌》《Y先生歌》《悼哥哥》《翁杨恋》《成龙歌》《何所长歌》《人妖歌》《卢武铉歌》《代悲白头翁》。

写景物的有：《壶口行》《川北行》《泰国行》《澳门观舞》《观〈走近张大千〉戏题长句》。

我这个归类有点牵强，因为在一些诗里，人、事、物是很难分开的。我列举的题目只限于举例，请作者和读者不要计较。这些题目说明，在周啸天这里，题材广泛，达到无一不可入诗的程度。

其次看周啸天为什么要写这类题材的诗。他说得非常直白："怎样的诗词才算佳作，有一种提法是：情真、格高、辞美、律严。……然而，当代诗词倘若不为当代生活所动，写得与古人不分彼此，就算做到了这四条，好吗？习惯、重复是诗歌的大敌，因为会导致感觉的迟钝。今人写得绝类唐诗，就不如读唐诗；今人写得绝类宋词，就不如读宋词；今人写得绝类清诗清词，就不如读清人诗词。"

我对上了他的观点：第一，关于写什么。我在《端正诗词价值观》讲话中，引用习近平总书记的要求提出：从诗词题材上说，我们要树立"从当

代中国的伟大创造中发现创作的主题、捕捉创新的灵感”的诗词价值观。第二，关于怎么评，即评价当今好诗词的标准是什么。我多次表示：好诗词不在临摹，而在于有没有自己的特色。所以当下诗词是不是好诗词，要放在我们这个时代中加以考量，除了好诗词所具备的各种条件外，比如除了主题好、很顺畅、有意境、感动人等等之外，第一要素是看有没有时代特色、有没有时代性。没有时代特色的诗篇，至多只能算是古代好诗词，不能说是当下好诗词。

最后看周啸天怎么“书写当下”。他说：“书写当下，非指狭隘地美刺见事，而是须有当代的思想意识。何谓当代意识？曰民主，曰开放，曰包容，曰创作。非民主不能开放，非开放不能包容，非包容则无创作之自由也。胸次宽者平台大，取材广者命意新。既知大俗之雅，敢题糕字；复知大雅之俗，不作送往劳来。所好者道，进乎技矣。”周啸天要通过诗写当代生活，抒发当代意识和时代精神，因此，他的诗歌富有时代气息。

二、以“衔接传统”为诗词创作的本色

周啸天写中国古典诗歌，当然要衔接传统，否则不是古典诗歌。什么是衔接传统？根据他的诗歌作品和论述，我的理解主要是两条：

一是要遵守传统诗词的体裁规范和格律要求，古风是古风，绝句是绝句，律诗是律诗，词是词。

二是要写出古典诗歌的韵味，一读就让人感到这是古典诗歌，不是其他风味的诗歌。王蒙说他“写得古色古香，幽凝典雅”。有读者说得更直接：《将进茶》“这首诗的每一句，看起来不与唐诗相似，其实精神相似”。其他诗都是这个味道。

此外还有两点：

一是都因为“感于哀乐，缘事而发”。继承了《汉书·艺文志》于乐府诗所言，绝不为写而写，绝不从书里找题目写。

二是继承了古典诗歌用事用典的传统。他看他《洗脚歌》开头：“昔时高祖在高阳，乱骂竖儒倨胡床。”这里用了《史记》写郦食其见刘邦，刘邦却在长时间洗脚，气得郦生骂起来。你看他写邓小平：“郑女江边夙啸歌，怜欢其奈踟蹰何！涉溱莫问水深浅，摸着石头能过河。”（《竹枝词七首其五》）用《郑风·褰裳》里郑女见情郎犹豫而勇敢激励的故事，来讴歌邓小平“摸着石头过河”的改革探索思想。

周啸天的诗用事用典自然融洽，星汉说他属于“读书多，且能活学活用，走进书本，也能走出书本”一类。即便用典，也能运化无迹，不见斧凿痕。由此，星汉赞美周啸天“是诗词创作的真正高手”。（见星汉《沉浸醲郁含英咀华——谈谈周啸天诗词的用典及其他》）

三、以“风格独特”为诗词创作的个性

周啸天所追求的诗歌风格，在《我怎样做诗》这本书里就能大致领略。

首先，具有创作意识。在周啸天看来，太多的人有创作，但没有创作意识；习惯于“在社会应用层面上写作，如送往劳来；是在生活经验层面上写作，如日常纪事。所以有太多的节日诗、祝寿诗、题赠诗”。他提醒：“当代作者须强化创作意识——写个人经历，从自己跳出来；写社会题材，把自己放进去。尽弃登临聚会无关痛痒之作。”这对我是一个教育——我到中华诗词学会这三年多来，多数是应酬之作。昨天在北京飞成都航班上，还应邀作了一首《卜算子·中国残疾人艺术团》。

其次，诗从好句作起。没有好句，不能动笔。很多诗就死于下笔。好句好比种子，会按照一定指令（语言关系）成长，而生活经验则好比土地。好句与生活经验结合，就像种子播进土里发芽、开花、结果。没有好句，一味组装拼凑，很难产生真诗。这是周啸天的金句，即关于如何作好诗、作出风格独特的好诗的金句。好句是诗词之灵魂，或谓之诗眼。周啸天关于好句会“按照一定指令（语言关系）成长”这句话是他的感悟，我也见过类似的研究。乔姆斯基的生成语法理论和皮亚杰关于儿童心理发生发展研究似乎支持这个说法。乔姆斯基指出：人类天生具有一种普遍语法，即所有语言共享的一套基本规则和结构。语言是利用规则去理解和创造的，而不是通过模仿和强化得来的。他还说，语法是生成的。婴儿先天具有一种普遍语法，言语获得过程就是由普遍语法向个别语法转化的过程。这一转化是由先天的语言获得装置实现的。皮亚杰的研究指出，儿童学会一个句子结构，就能说出一连串没有学过的话。

再次，起句要先声夺人。特别是歌行。你看《人妖歌》的开头："京剧旦行梅派工，越剧小生范徐红。反串之妙补造化，何须台后辨雌雄。"然后是从一个兴奋点到另一个兴奋点，之间是跌宕，越是纵横捭阖越好，结尾要戛然而止。

再次，抓住意象作诗。周啸天说，对一个事物即使"有动于衷"，还不能作诗。只有当你的思绪从此事物飞翔到彼事物时，才可以提笔写诗。他以自己为例：一年年底，在去机场路上，看到光秃秃的树枝上挂着一个个马蜂窝似的鸟巢，还没有作诗。当他想到这是"空巢"时，便完成了从此空巢到彼空巢的飞跃，于是就产生了《春运》这首诗："京郊地冻艳阳高，客至年关咒路遥。木落平林天远大，枝头留守有空巢。"

再次，用有时代感的语词作诗。如《超级女声决赛长沙》："今宵荧幕富星光，五省共追超女狂。歌曲一朝惊屈贾，粉丝十万下江湘。"这里的"荧幕""超女""粉丝"，均是时代新词。周啸天的诗充满时代新词："股市""大陆客""双规""大款""臭美""传销""签单""荷尔蒙""比基尼""剩男剩女"等。这些诗不仅没有影响他的诗歌是古典诗歌，而且使他的诗成为风格独特的古典诗歌，也实现了前面所说的他"书写时代"的创作理念和创作追求。我极其佩服周啸天的做法和说法。关于用时代新词，我在《强化诗词用词的时代性》等文章和讲话中讲得很多很多。诗歌本是语言的艺术，离开了时代语言，在诗词还谈什么"文章合为时而著，歌诗合为事而作"？

最后，幽默风趣的风格。周啸天的诗不时冒出幽默风趣的句子。如《泰国行》结尾："途中逆旅皆星级，导游时指红灯区；知有河豚未敢尝，归来依旧一床书。”说的是“想尝”，因为“河豚”诱人，但“未敢”，还是老老实实回去看书吧，塑造出一个活脱脱的“有贼心没贼胆”的形象，让人不禁笑出声来。

周啸天的诗，幽默还透着深刻。请看《洗脚歌》：“……游刃削足技艺高，捏拿恭谨如孝子。……沧桑更换若走马，三十河西复河东。尔今俯首休气馁，侬今跷脚聊臭美；来生万一作河东，安知我不为卿洗？”

以上，我从以“书写当下”为诗词创作的使命、以“衔接传统”为诗词创作的本色、以“风格独特”为诗词创作的个性三个方面，对周啸天的诗歌创作理念和创作追求，谈了我的研读收获。理解不当请周啸天和在座诗友们提醒。最后，有一点请周啸天再做些思考，就是他不赞成把旧诗称为格律诗，把新诗称为自由诗，理由是唐代以前的五言七言杂言古诗，都是自由诗。我是主张用格律诗和自由诗取代旧诗和新诗的提法的，因为“破旧立新”的提法和做法会影响人们对“旧诗”的看法和态度。格律就是诗歌的规范、原则，古风（即五言七言杂言古诗）是有字数和押韵规范的，而新诗“自由”得无拘无束了，因此相对而言，把古风归为格律诗也说得过去。

最后，愿周啸天的艺术之树、理论之树长青！

（在2024年中华诗词学会周啸天诗词研讨会上的发言）

古今雅俗本无拘

——周啸天诗词管见

◉ 陶武先

在我印象中，周啸天教授是一位活跃的研究型诗人、低调的创作型专家。他在中国古典文学研究、传统诗词鉴赏等领域，系统深入，见解精辟。反映到创作实践中，品味隽永，诗风独到。

辩证古今，古色古香与今人今事衔接变通。含英咀华式汲取，传统文化就是一笔财富，愈久远愈珍贵；照单全收般继承，便可能成为一种负担，越悠长越沉重。研究或创作传统诗词，避不开“古”“今”问题，啸天曾言：任何“古”的，都曾“今”过；任何“今”的，必然作“古”。为此，他以诗词的韵律和弦时代的节拍，倾力衔接传统、师古便今，品诗词的古色古香，尝生活的原汁原味。

不薄今人爱古人。不迷信“古”的权威，才能开启“今”的格局。作为诗词研究领域的著名学者，其著作数十余种，诸如《历代诗词分类鉴赏》《啸天说诗》等，对“古”之名家名篇，多有独到见解、深刻剖析。同时，其对“今”人“今”作，也高看厚爱，倾注相当精力。诸如编辑注评《现代全蜀诗钞》《岷峨诗稿》《今诗一百首》等，滤沙淘金，推介今作，一些名不见经传的年轻作者，常被加以青眼。鉴赏或旁征博引，注评或妙语连珠，瞻敬前贤不唯唐宋，褒勉今侪以及卑微，师古而不拘泥，用今而尚变通。他所倡导的衔接传统，应非为了回归来处，而是为了探索去向。时光流逝，古往今来；乾坤运行，世事变迁。在时空不分的变化中，顺其自然继往开来，衔接传统而书写当下，无疑成为一种自觉。

“善用旧瓶装新酒。”写诗之人应该都有一个体会：决定诗兴发挥的，从来就不是格律等外在形式，而是“缘情”“缘事”之内容。读啸天诗词，如见一个戴着镣铐的舞者，镣铐非但没有成为起舞的沉重羁绊，反为伴其翩翩飞扬的轻盈飘带。诀窍或因赋予旧形式以新内容。这种“新”，既有对社会新现象的及时发现，如《春运》“京郊地冻艳阳高，客至年关咒路遥。木落平林天远大，枝头留守有空巢”，关切农民工、留守老人和儿童现象；也有对情感新体悟的敏锐捕捉，如《锦里逢故人》“涸辙相嘘以湿同，茫茫人海各西东。对君今夕须沉醉，万一来生不相逢。”一句“万一来生不相逢”所传达的情义，媲美“西出阳关无故人”，又似乎更动肝肠；还有对时人时事的密切关注，如《春晚聋哑人舞千手观音》《超级女声决赛长沙》，把新奇时尚的电视直播节目写入诗词，诗词的古典气息相融于现代生活，别有风味。

我以我诗书我怀。所有社会实践活动，也许都离不开学习和借鉴，但模仿和复制的惯性，往往会变成创新和创造的惰性。制造业有一警句：“不论多么精致的高仿，都是赝品。”诗词创作亦如此，赓续传统自然必要，但亦步亦趋，如东施效颦、邯郸学步，盲从复制，最终会迷失自我。啸天主张学习前代诗词精神，但绝不“吃别人嚼过的馍”，创作须彰显时代特征，体现个体特色，所谓：今人作诗词，如果绝似唐宋明清，那读者不如去读前代作品。因有独特的视角，乃能焕然一新“超越”；因有独立的思考，乃能脱胎换骨“夺换”。如《将进茶》，乍看题目，似模仿李白《将进酒》，细读内容：

世事总无常，吾人须识趣。空持烦与恼，不如吃茶去……我生自是草木人，古今开门七件事……

啸天恬淡自安、“进茶”而劝莫“持烦与恼”，李白怀才不遇、“进酒”相劝“及时行乐”，意境风格，大相径庭；“标新”独特，可见一斑。

又如《行香子·八台山日出》：

阴阳一线，炉火通红。看欲流钢，欲流铁，欲流铜。

如此比拟喷薄而出的旭日，表现生命的蓬勃张力，似乎在前代的作品中查无范例。

共赏雅俗，阳春白雪与下里巴人顺势切换。“阳春白雪，和者盖寡”，“下里巴人”，市井能歌。尚雅，而不故作高雅；通俗，而不下作媚俗。消除高雅与通俗之间的裂痕，让古典优雅顺应时代风流，从源于生活的“俗”提炼高于生活的“雅”，再让高于生活的“雅”默化源于生活的“俗”，是文学的角色担当，也是诗词的传承需要。“诙谐之极，或出庄严之态；阳刚为本，映带妩媚之姿”（《欣托居歌诗自序》），啸天的诗词“自立门户，与众不同”“古色古香，幽凝典雅”“活泼生动，快乐阳光”（王蒙语），或因庄谐雅俗之间，切换自如。

题材选取少拘谨。怀存大雅，入眼无分凡俗；意在崇高，居心多向底层。啸天诗词选材，似邪而为守正，标新非为猎奇，常托高洁于低贱、寄卓见于微观，以强烈的对比、明显的反差，更酿其味，更昭其旨，更彰其趣。举凡洗脚房、人妖表演、红灯区、猫猫狗狗……貌似难登大雅之堂的题材，经他之笔，也能格调雅致，意旨高远起来。如《洗脚歌》开篇“昔时高祖在高阳，乱骂竖儒倨胡床。劳工近世闹翻身，天下久无洗脚房”，前句用典彰雅，后句写时刺俗；《泰国行》结尾“途中旅次皆星级，导游时指红灯区。知有河豚未敢尝，归来依旧一床书”，则前句写时事，后句用典故。或由雅化俗，或由俗转雅，谐庄迭换，妙趣横生。

再如《葬猫诗》：

药锄掘地到三尺，莽尔非花也是痴。盏里香油连夜少，喵喵去矣鼠先知。

取材微不足道，寄兴小中见大，看似悲伤“喵喵去矣”，实则担忧“鼠辈横行”，韵味绵长，引人三思。

语言驾驭多机巧。“诗者，志之所之也，在心为志，发言为诗。”如何“发言”，乃诗词作者的必修课，若“言之无文”，则“行而不远”。啸天累年潜心古典文学研究，辞藻之丰富可想而知，然观其作品，少有华丽，多见平实，甚多口语、俚语、俗语，信手拈来，平添趣味。

如《何所长歌》：“何所长，何所长，有何所长当所长。酒债寻常行处有，能喝半斤喝八两”“别无所长可奈何，异日异地为所长”。巧用多音字营造出绕口令般的效果，刻画何所长除却吃拿卡要、徇私枉法，“别无所长”的形象，绘声绘色、入木三分；而“能喝半斤喝八两”“异日异地为所长”等句，或用民间俚语，或用现实口语，寓严肃于俏皮，举重若轻，“美刺”效应倍增。又如《Y先生歌》“先生姓Y实不Y，瓦釜喧喧已雷鸣”，前一个“Y”指流沙河姓余，后一个“Y”则读如“崴”，是成都方言，意为假的、不正经的。一个字母，两种读法，双关意思，若天外飞仙，飘逸灵动，而接着一句典故压阵，雅致庄严，发乎轻盈，收于厚重，确实滑稽，又确实精妙。

体裁运用每相宜。按照“文以载道”的说法，歌行、绝句、律诗、词、曲、赋等，都是“载道”的形式，而形式的丰富往往会反作用于内容的充实。啸天的诗歌雅俗相生，或得益于熟稔各种表达方式，可以游刃有余地根据不同题材、创作指向，量体裁衣，灵活选用。如，写小平同志来川视察这个大题材，特选起源于巴渝、富有民歌色彩的《竹枝词》：“西去剑门疑雨时，道逢野老意依依。上头来到下头去，不为轻阴便拟归。”（其一）“峨眉自古路朝天，最是公来不禁山。半边容我与君走，尚与路人留半边。”（其三）因有体裁便利，“从上头来，到下头去”“大路朝天，各走半边”，小平趣言得以入诗，亲民尚实的形象，跃然纸上；老百姓对小平的爱戴、亲近，亦活灵活现、流露无遗。再如《儿童杂事》："爷立儿走月即走，儿立爷走月不走。儿太聪明也太痴，月亮最爱小朋友。"（其一）不用格律严格的绝句，而选用杂诗体，显然更利于童言入句，释放童心童趣。

不落窠臼，内在探索与外向延伸相得益彰。昨夜的月光照不亮明晚的道路。和所有传统文化一样，诗词至今方兴未艾，离不开"代有才人"推陈出新。如果后来者沉醉于回头看辉煌，势必妨碍向前求索的脚步，诗词的魅力也许会被时间消磨，逐步沦为小众的自娱自乐，淡出时代的舞台。值得敬佩的是，啸天和诗歌界许多有识之士，回首过去的灿烂保持着充分的理性，面对眼下的繁荣有足够的清醒。

消除新旧的藩篱。事物发展过程中，与关联性样本进行比较，从而认清自身优劣以扬弃，发现对方优势而借鉴，是通用的方法论。然而，实践中常发生以己之长较人所短的偏颇，导致获得比较优势的一方，在洋洋自得中掉队落伍。啸天深谙此理。作为一名古典文学的资深研究者、传统诗词的著名创作者，他旗帜鲜明地，以开放的态度拥抱新诗，且专门撰文《敬畏新诗》，分析新诗的优长，倡导学习新诗的语言运用、修辞手法等，直言"当代诗词作者如果一辈子困守传统，拒不接受新诗熏陶，不会有太大的出息"。同时，以行证言，认真阅读新诗，积极创作新诗，为新诗人作品题序，编辑《新诗一百首》等。传统诗语多用文言，新诗语多为白话，啸天诗语平易，或许正得益于新诗的濡染。

跨越学科的界限。按照学科分类，诗词属人文科学范畴。审视传统诗词作品，不难发现，大都以反映人文科学、社会科学内容为主，少有人士将笔触指向自然科学特别是科技领域。显然，以传承文明为目的的诗词，不应该对社会文明程度重要标志的科学技术无动于衷，探索传统诗词向现代科技靠拢的路径，无疑是作者义不容辞的任务。对此，啸天做了一些尝试。如《鹊桥仙》写3D打印："乘天奔雾，西天直上，两美猴王撞脸……"全词不见一个科技术语，却把3D打印的功用写得显而易见。其写科技的代表作则非《邓稼先歌》莫属，“炎黄子孙奔八亿，不蒸馒头争口气……神农尝草莫予毒，干将铸剑及身试……天长地久真无恨，人生做一大事已”，不能以诗词穷尽科技原理，转而浓墨挥洒科学家之精神，王蒙先生语评“诗中有血，句中有泪”。

摆脱无形的束缚。“民族的就是世界的。”作为中华民族传统文化精髓之一，平心而论，诗词尚未真正走出国门，离跻身世界广阔舞台，道阻且长。究其原因，语言障碍固当其冲，而不少诗词作者局限于本土，难能放眼世界，才是无形桎梏。令人欣慰的是，近年颇有改观迹象，从社会组织层面看，中华诗词学会举行的“世界大学生运动会青春诗会”等活动，已跳出一域，面向全球，敞开怀抱。从诗词创作者来看，啸天等人，已把诗笔伸出国门，展示中国诗词的魅力，展现中国诗词作家的仁爱价值观。如写萨达姆遭遇的《代悲白头翁》以及《卢武铉歌》《生日闻本.拉登之死》等国际人物，写印尼海啸灾难的《海啸歌》、9.11恐怖袭击的《恶之花》以及《日本大地震》等国际事件，所贯穿的“不要暴力，不要恐怖，不要灾难，生命至上”理念，应为世界的共同诉求。非但如此，啸天还用洋典，吸取世界文化之精华，助添中国诗词之内蕴，颇开格局。如《邓稼先歌》“潘多拉开伞不开”，用“潘多拉盒子”隐喻核弹头；《毕节行》“昨夜火柴微光里，儿曹可曾睹天国”，用安徒生童话故事比拟流浪儿童之不幸，如此洋为中用的范例，不一而足。

“观千剑而后识器，操千曲而后晓声。”啸天是长期研究古典文学的学者、长期创作传统诗词的作家，精耕而细作，厚积而薄发，无疑著作等身。研讨其作品，意或不在对文本的反复解读，而在从其创作过程获得启发、增长见识。

我读得不够，水平有限，难免观点偏颇、认识粗浅，不当之处，请啸天谅解、同仁指正。

（原载《读城》杂志，2025年第4期）

读《周啸天谈艺录》

◉ 刘道平

以“谈艺录”命名的书，主要有三本。一是明代文学家徐祯卿著《谈艺录》，是一部明代诗话，主要思想“因情立格”，但对创作的构思活动与艺术规律谈得有些玄虚。二是现代国学大师钱锺书，著《谈艺录》，他着眼于宋、元、明、清四朝，赏析古典诗歌，包括鉴赏论、创作论、作家作品论、文体论、修辞、风格七大部分，贯古通今、学兼中西，引述宋代以来诗话130多种，引述西方诗歌论著500余种，但对普通阅读者障碍重重。三是当今中国古典诗词文学第六届“鲁奖”获得者周啸天，穷其毕生之精力，著作近卅部。其中《谈艺录》实乃综艺大观。读之数遍，每读常新。其书400余页，75篇文章，30余万字。微视之抽丝剥茧，独立成章；宏观之逻辑严谨，无缝衔接。全书大致可分为四大部分。

第一部分33论，每论专题讨论，文笔直指精要，单篇者，字不愈两千。尽通俗之言，无艰涩之碍。什么“不摆了”“要长眼水”等民间语亦入其中。说理打比方，例举用熟事，读来轻松自如。观其文，如似一位高人轻言细语。大有既在学习理论又在欣赏文学之感。尤其是在市场经济时代，人们追求经济效率和效益，“时间就是金钱”“利益最为现实”，要把更多时间用在读“长篇巨著”和“艰深理论”之书，似有其难。而恰恰《周啸天谈艺录》收录的文章篇什短小，每日可开卷，开卷读一篇，一篇分分钟搞定。且尽得“干货”，斩获必丰。

第二部分有文11篇。多为自身创作实践经验。理论源于实践，实践验证理论。诗词文学理论的形成、升华、完善与发展，同样是对诗词创作实践的总结。实践出真知、出经验，固然它包括前人实践即间接经验，和亲力亲为的直接经验。没有切过肤，可以理解切肤之痛；而未亲历其痛，往往会“无病呻吟”。《啸天谈艺录》对诗不仅纵论诗观，而且予以践行。比如：谈“联想”，目睹高速公路两边乱石当空，便想起“维稳”，诗意既立，造句正是作者的“拿手好艺”。“乱石当空累石丸，网箍桩铆冀平安。人心毕竟思维稳，便到千钧一发间。”师曰：“无联想不成诗。”我最初学诗不懂如何联想，“乱石当空”与“维稳”何干？后来得到作者经验传授，豁然“顿悟”！又如诗语要自然，最好是“天籁之音”，要言浅意深，好句可传，作者绝句有言“上钩容易脱钩难”“万般不可顶风行”，不仅语言通俗，意境深邃，而且三岁孩童都会一听能记，终生难忘！自古师带徒，往往都要留一手。秦琼与罗成乃表兄关系，“一个不传撒手锏，一个暗留回马枪”，而《谈艺录》教人作诗赏词，其经验如“竹筒倒豆”——经验可用者多多。比如成语入诗于句中何处（自从心照不宣处，直到意犹未尽时——作者句）。“铸单句可，铸复句更佳”（时有微凉不是风——杨万里句。“岁月蹉跎未抛荒”——作者句）。同时，作者提出“唱叹”乃修辞手法，自古至今皆无此论。若能得其真谛，践行妙用，必出好句。

第三部分有文10篇，其诗观尽显于对名人名篇的赏析与评论之中。

读了这一部分，感悟至少有三：一是作者“腹笥甚广”，既是诗词家，还是理论家，更是鉴赏家。二是作者与古人，与伟人（如毛泽东、朱德），与名人“心有灵犀”，解得诗意更解人意。三是通过鉴赏好诗，既传达了鉴赏方法，又抽象出名家经验。同时，通过鉴赏也用名家之实践，使自己所形成的诗词理论也得了检验。

第四部分有文24篇，其理论观点尽在研讨、征文、访谈、问答的字里行间。一部分是数年研究成果，一部分属个人创作经验之谈。无论释疑解惑，或是品评优秀作品，都与前著一以贯通，且妙语连珠、新论迭出。

总之，作者谈诗论词，引经据典，穿百代之时空，采古今之精华，积各家之高议，倾彻悟之经验，成诗家之独创，堪称集诗论之大成。更值一提者，该著不再停留在诗词启蒙阶段，不再停留在平仄黏对，音韵格律的基础理论叙说，而是站在更高层级，教人登高望远，教人涉海潜深，教人学鹏临霄。欲为诗者，当以此为座右之铭；欲望远者，当立于“巨人之肩”。

学莫便乎近其人

——浅谈周啸天诗词创作

◉ 刘道平

我自2O12年经人介绍认识周啸天老师，并拜他为师。近距离接触，迄今已达十二年之久。“学莫便乎近其人”，因有所认知，简述如下。

初读周啸天诗词，便知他是一位极有情怀的诗人。其题材之广泛，措语之新奇，无不为之眼前一亮。其中人物人论，山川记游，社会事件居多，但都与时代与生活密切相关。选题新颖，众体皆备。达情率真，意蕴悠长。尤其七古歌行，自由驰骋。叙事着眼于大，发端于细。遣词造句，妙趣横生。无论发概或悲或喜，都无不予人以启迪，予世以警示。古今歌韵，大凡能作出动人之诗，都是有情怀之人。周老师的悲悯情怀主要表现在“生命悲剧、自然灾害和人生百态”三种题材之中（张帆语）。试读他的歌行体，便可知其叙事和喟叹，从而随之而感动与共鸣。在那“炎黄子孙奔八亿”的极度困难年代，中国要搞出原子弹，必须持抱“不蒸馒头争口气”的硬骨头精神，更要懂得“天长地久真无限，人生做一大事已”之理（《邓稼先歌》）。在面对众人视为“下贱卑微”的“洗脚”服务，自嘲“侬今跷脚聊臭美”，“尔今俯首休气馁”“来生万一作河东，焉知我不为卿洗”（《洗脚歌》）。这种平等视人的品德，无疑是对“狗眼看人低”的社会现象顺手一击。当见泰国“人妖”，何其刺激与新鲜。但他在“兴会”之余却陷入沉思：“吞声学艺近残酷，不比寻常事委曲”，故提醒世人：“海外归为知道者，莫便逢人作奇谈”（《人妖歌》）。2004年苏门答腊岛8.9级地震，因海啸死亡20万人，“板块碰撞，八国洪涛”，“海洋作人立”，“生民万事空”，何堪以悲！长叹“由来剧变不可测，朝或多金暮洗白”，并警示人生于世，不要“无谓蛮触争”，且暗含对“贪婪与争斗”的批判（《海啸歌》）。澳门赌城原非新奇，但因大陆禁赌，作者警告大陆官客：“海角归来说双规，使我达官失颜色”（《葡京赌城》）。其仁者之心，不仅于人如此，且对小动物亦然！请看“药锄掘地到三尺，葬尔非花也是痴”（《葬猫诗》）。见小狗失主的可怜样，遂生恻隐。诗曰：“丧家叵耐久承欢，路遇嗟来每乞怜。今夜不知何处去，明朝须有倒春寒。”有博爱的细心读者，可能会即刻联想到失去父母的孤儿和乞儿之悲辛。一首《天谴》，道出了人类对动物的残忍，柔心柔肠“劝君莫打三春鸟，子在巢中盼娘归”。虽有志改变却无奈何，“我欲匝地扫陋俗，谁能假我倚天帚”。再深层一想，便觉这是一篇批判滥杀动物的战斗檄文。他在《徽州民居》中，大呼“名易改，城何辜，至今痛煞老成都”！这与当年梁思成为保护北京古城预言：“五十年后，历史将证明，你是错的，我是对的”，其情何异！

周啸天老师是一位“不薄今人爱古人”的诗人。腹笥甚广，研古颇深。在创作中，运用语典事典，总是信手拈来，且“羚羊挂角，无迹而寻”。试看一曲《中秋引》，仅九联则八典。一首绝句《珠峰》，顺手化用老子“夏虫不可语冰”和孔子“登泰山而小天下”二典。大多数作品典出其右，不经意处增添了作品的厚度与深度。语言反映时代生活，并与时代观念同步发展，他不愿意成为一个落后于时代的“老古董”，故而特别关注现代生活、现代语言。在自己创作和授人以课的过程中，总是尊重古训而不泥古；穿越时空而破枷锁；熟谙规则而求灵活。“不蒸馒头争口气”，其上句是“卖了麦子买蒸笼”，用此谐语，壮美困难年代邓稼先们的英雄气概，是何等的恰如其分！“天涯不及纳米宽，咫尺何止万光年”，遣词“纳米与光年”如此前位之词入诗，是多么具有表现力。《代悲白头翁》写伊拉克的萨达姆失败，三十言而叙事蜿蜒曲折，什么“科威特、本·拉登、9·11、扑克、总统、反战、制裁”等十三个新词用于诗中，使人耳目一新。“大款、传销、签单、超女、荷尔蒙、剩男剩女”等等都被大胆遣用。由于他对古汉语语法规则娴熟，读来并非现代散文而是诗语。他按词的法则自创一首《还魂引》，描写“爱你爱到”要“杀死你”这种程度时，用社会上流传的俗语，使之成为既令人忍俊不禁又沉思的绝妙好词。诸如“好大个、男女关系”“你干杯，我随意”，劝慰深爱但别走极端。同时，他不仅自己善于遣使新词，更提倡和尊重其他作者使用现代新语，常常把那些使用新词的有滋有味的好句挂在口头。比如“夕阳一点如红豆，已把相思写满天”（甄秀荣），“说好不为儿女态，我回头见你回头”（高松），“雷曹雨部多庸吏，各借东风瞎指挥”（杨逸明）。别看其年逾古稀，而童心不减当年。我以打油喻之：“古稀非是等闲身，为学新词翻抖音。妙手文章闲不住，谁言君不再青春。”他在教授我等学生时，每每提醒“为诗先作人”“读书受用”“兼收并蓄”“功夫在诗外”“务去陈语”“贵言新话”等等，我辈均已刻骨铭心。他创作古诗律绝，仍不断欣赏新诗，编著出版过《新诗一百首》。他为什么能写出那么多好诗好句？用他自己的话说，源于“胸次宽者平台大，取材广者命意新”。他敦厚温和的品德从何而来？除去一个知识分子的天生良知和情怀之外，他对百态人生有深刻的认知，他希望与人合作：“同舟诗侣休惊惧，明朝与尔满载还”（《草船》）；他坚守共同规则，“血写文章告尔汝，万般不可顶风行”（《江滩》）；他深知人与人之间不争论的意义，因为“最窄莫过牛角尖，掉头一吹动寥廓”（《宽窄歌》）。人们常说“言为心声”“文若其人”。欲见其人者，读其诗便略知一二；欲拜其师者，当作品学兼优之徒；欲读其诗者，当以知音待之，莫使长叹“不惜歌者苦，但伤知音稀”。

总之，千言万语，一言蔽之：他既是一位有知识的学者，更是一位有见识的诗人。

（在2024中华诗词学会周啸天诗词研讨会上的发言）

风人与文人之诗的有机统一

——浅谈周啸天诗词艺术

◉ 罗　辉

周啸天先生是当代著名诗人，他的《将进茶——周啸天诗词选》曾摘取第六届鲁迅文学奖桂冠，是传统诗词迄今为止唯一获此殊荣的诗人。他的《邓稼先歌》又曾获得第五届华夏诗词奖一等奖第一名。近些年来，关于周啸天诗词艺术的讨论，已有许多大家、名家都发表了许多真知灼见。这次笔者有幸出席中华诗词学会周啸天先生诗词研讨会，再一次拜读了他的诗词作品、诗学话语及其对经典诗词的鉴赏文章，通过鲜活的实例，进一步加深了对陆游名句“功夫在诗外”这一诗学理念的认识与理解，亦对周啸天诗词的艺术特色骤然有了新的体悟，深感到这是由于周啸天先生的“诗外功夫”，才让他的诗词实现了“风人”与“文人”之诗的有机统一。

纵观中国传统诗歌史与诗学史，知识与抒情的关系历来是其中的核心问题之一。早在宋代，刘克庄在《跋何谦诗》中云：“余尝谓：以性情礼义为本，以鸟兽草木为料，风人之诗也；以书为本，以事为料，文人之诗也。”清代王士禛在其《突星阁诗集序》中亦云：“夫诗之道，有根柢焉，有兴会焉，二者率不可得兼。镜中之像，水中之月，相中之色，羚羊挂角，无迹可求，此兴会也。本之风、雅以导其源，溯之楚骚、汉魏乐府诗以达其流，博之九经、三史、诸子以穷其变，此根柢也。根柢原于学问，兴会发于性情。”若是结合二者，并参照史诗上的“宗唐”与“宗宋”之争可以看出，无论是“风人之诗”还是“文人之诗”，都离不开“诗者，志之所之也”，即“诗所以言人之志意也”（郑玄注“诗言志”）。其中，所谓“风人之诗”，亦可谓“诗人之诗”，其特色在于主张“以鸟兽草木为料”，经由“应物斯感”而“感物吟志”（《文心雕龙·明诗》），进而通过“发于性情”的“兴会”来吟咏以感性“情性”（或“性情”）为主的“志意”；而所谓“文人之诗”，亦可谓“学人之诗”，其特色在于崇尚“以事为料”，经由知识的积累而夯实“源于学问”的“根柢”，继而运用来自书本的典故（包括语典与事典）来吟咏以理性“情志”为主的“志意”。初看起来，“风人之诗”出自“发于性情”的“兴会”，“文人之诗”出自“源于学问”的“根柢”，两者之间并列而对立，用王士禛的话说即所谓“率不可得兼”。然而，传统诗学理论与诗词创作实践表明，“兴会”与“根柢”之间是对立而统一的关系，并在一定条件下相辅相成，相得益彰。从诗学理论层面上讲，也就是宋代严羽《沧浪诗话》所谓“诗者，吟咏情性也”，并认为“诗有别材，非关书也；诗有别趣，非关理也。然非多读书，多穷理，则不能极其至”。这里，严羽关于“诗”的“三个两”，就深刻阐释了“兴发”与“根柢”之间的对立统一关系。其中，诗的“两有”（即“有别材”与“有别趣”）与诗的“两非”（即“非关书”与“非关理”），突显了“兴会”的不可或缺；而诗的“两多”（即“多读书”“多穷理”），又强调了“根柢”的重要作用。尤其是若非“两多”“则不能极其至”几字，更是说明诗的“两多”不但决定“根柢”，而且也影响“兴会”。这是因为诗的“两有”，不但直接体现为“发于性情”的“兴会”，而且也间接受制于“源于学问”的“根柢”。从诗词创作实践层面上讲，包括周啸天先生在内的当代诗者，在“吟咏情性”的诗词创作实践中，追求“风人之诗”与“文人之诗”有机统一的艺术特色，也是对历代优秀诗人的传承与发展。王士禛序中用“于斯二者兼之”一语，不但赞许了其所序诗集的作者王戬之诗是“风人之诗”与“文人之诗”的有机统一，而且也明确地阐释了自己的诗学主张。如果借鉴唐代诗人白居易的比喻，“诗者：根情、苗言、华声、实义”（《与元九书》)，写诗犹如植树，“情、言、声、义”这四个要素，表面上看似乎出自“兴会”，而内在无一不与“根柢”相关。显在的“诗内功夫”，犹如看得见的主干、枝叶与果实；而潜在的“诗外功夫”，却是那看不见的树之根系，“根情、苗言、花声、实义”都与树之根系的深浅壮实紧密相关。一首诗词要达到“极其要”的艺术效果，其卓越的“诗内功夫”是诗者深厚的“诗外功夫”的艺术外化。这也许是宋代著名诗人陆游，基于自身创作实践所总结的宝贵经验，即“六十余年妄学诗，工夫深处独心知”，其要义尤在“汝果欲学诗，工夫在诗外”(《示子遹》)的根本原因。

至于说工(功)夫如何做？严羽《沧浪诗话》亦云：“工夫须从上做下，不可从下做上。……此乃是从顶𩕄上做来，谓之向上一路，谓之直截根源，谓之顿门，谓之单刀直入也。”清人袁枚《随园诗话》曰：“东坡云：‘作诗必此诗，定知非诗人。’此言最妙。”而要将苏东坡的“此言最妙”付诸实践，则离不开“诗外功夫”，包括由此催生的诗词“创作意识”，用周啸天先生的话说就是：“旧诗向新诗学些什么？我说首先是创作意识。”(《我怎样做诗》)周啸天先生《欣托居歌诗自序》写道：“且夫诗，吾人志之所之；道，诸子根之所系。有大道焉，有小道焉。唐人或得于山程水驿之间，传于马走牛童之辈。曰风曰雅，缘情缘事。临风对月，孟子之养浩然；含英咀华，退之之充腹笥。所赖陶冶性灵，发挥幽郁。故有幼而好此，老而不衰。”这段话也告诉我们，周啸天先生的“诗外功夫”是“从上做下”的，是“向上一路”“直截根源”“从顶𩕄上做来”的。若是结合周啸天先生的人生经历来理解这段话，笔者更是体悟到他所特别重视的诗词“创作意识”，既离不开“发于性情”的“兴发”，即“吾人志之所系”；又离不开“源于学问”的“根柢”，即“诸子根之所系”。正因为如此，才让周啸天先生的诗词，既体现为“临风弄月，孟子之养浩然”；又蕴涵着“含英咀华，退之之充腹笥”，进而以“风人”与“文人”之诗有机统一的艺术特色在当代诗坛独树一帜。

通过阅读周啸天先生的诗词作品与诗学话语，笔者认为其“诗外功夫”，既来自与他的“学院派”履历相关的“根柢”，又来自与他的“诗心与佛心”相关的“兴会”，进而为他的诗词“创作意识”，不但提供了坚实的学问“根柢”，而且更灵动了浓烈的性情“兴会”。周啸天先生对“兴会”还有其独到的理解与诠释，认为“兴会是创作欲望，创作动力，又是灵感、兴致、兴趣”。可以说，只有基于“根柢”与“兴会”兼备的“诗外功夫”及其催生的诗词“创作意识”，才能让诗词之树“根深、苗壮、花鲜、果硕”。周啸天先生是恢复高考后的第一届研究生，在安徽大学专攻唐宋文学专业，师从三位名师——宛敏灏、刘学锴、余恕诚。在此期间，他通读了唐宋名家全集，写了一本又一本的读书札记，此后又成为《唐诗鉴赏辞典》及相关“诗词鉴赏”撰稿“专业户”，撰写了124部诗词类著作，进而让他“在消费诗词近乎挥霍的过程中获益了，成了一个诗词的‘美食家’。而在这个消费的过程中，如马克思之言，生产出生产者”（《诗词写作十谈》）。周啸天先生的诗路心迹，让我们见识了一位集“风人”与“文人”、“学院人”与“学会人”、“消费者”与“生产者”、诗学研究与诗词创作于一身，几十年如一日，自觉地学习与借鉴“太白之豪情”、“少陵之物与”、“眉山之兴会”、“管城之旧锥”，用心奋力“作浮世之新绘”（《欣托居歌诗自序》）的多重“双栖诗人”。

首先，传统诗学推崇“论诗如论禅”（《沧浪诗话》），周啸天先生在此基础上，又明确指出：“诗心所以深契佛心，第一个关键词曰‘喜悦’，佛语谓之欢喜。……第二个关键词曰‘智慧’，佛语谓之‘般若’，即正见，即看破放下，即缘起性空。……第三个关键词曰‘慈悲’。”（《诗心与佛心》）由此出发，周啸天先生一语中的，道出了诗词创作的真谛，认为“诗的态度是审美态度，诗的方式是审美方式”。如果结合周啸天先生的诗学话语与诗词创作，笔者认为周啸天先生所强调的诗词“创作意识”，其核心是审美意识，若是用张玉能《深层审美心理学》中的话说，更是“审美意识形态”。这是因为“艺术是审美意识形态”，而审美意识形态则是由审美无意识、审美潜意识与审美显意识这三个层面的意识形式构成的。[①]“志之可之”的诗者，正是在以主言情志为特色的积极审美心理的引领下，激活以审美意象为特色的积极形象思维，经由以情景交融为特色的积极审美体验，把“在心为志”托付给审美意象而生成审美情感，继而运用以“赋比兴”为特色的积极修辞方法，用“诗家语”将审美情感外化为诗词文本。周啸天先生基于“诗外功夫”所催生的诗词“创作意识”，明确提出：“当代作者须强化创作意识——写个人经历，从自己跳出来；写社会题材，把自己放进去。尽弃登临聚会无关痛痒之作。”（《我怎样做诗》）长期以来，他坚持现实主义创作原则，其诗词创作“拓宽取材，趋生命意”（《欣托居歌诗自序》），无论是“言”以理性情感为主的“大我”之志，还是“言”以感性情感为主的“小我”之情，无论是“缘情”还是“缘政”“缘事”，其诗词创作都是审美感应的产物，都是用以“比兴”为主的“赋比兴”法写出来的，用他自己的话说，就是“有义可陈，略关美刺。立主干以支撑，披枝叶而摇缀”，追求“佳句是诗词的灵魂”，“句有发端，尤重空际传神”。例如，周诗《邓稼先歌》的开头与结尾：“炎黄子孙奔八亿，不蒸馒头争口气”与“天长地久真无恨，人生做一大事已”，这一头一尾的一联佳句就耐人寻味，势必激起读者的审美注意乃至审美共振。又如，让“洗脚”入诗，更是来自特别审美体验的产物，尤其是《洗脚歌》的开头：“昔时高祖在高阳，乱骂竖儒据胡床。”其不凡气势就奠定了该诗的审美艺术水准。

其次，诗词创作既无“定法”，又有“定法”。所谓“定法”，就是诗词创作须用诗学修辞方法，即以“比兴”为主的“赋比兴”法。毛泽东诗学理念亦明确指出：“诗要用形象思维，不能如散文那样直说，所以比、兴两法是不能不用的。”（《致陈毅》）周啸天先生在《毛泽东诗词鉴赏辞典》序言《论毛泽东诗词》一文中指出：“眼下五六十岁的人，对于诗词的爱好，大抵不是从《唐诗三百首》开始，而是从《毛泽东诗词十八首》（或三十七

---

① 《深层审美心理学》，张玉能（著），华中师范大学出版社，2018年版，第410页。

首）开始的。不少人在最初写作诗词时，都或多或少受到过影响。要说老人家沾溉了一代，也不为过。”笔者相信周啸天先生就是受毛泽东诗词所沾溉的一代人中的佼佼者。而他的“学院派”履历，则让他“诗外功夫”基础雄厚，进而使得他的诗词创作，较之同龄的诸多诗人或诗词爱好者来说，无论是“以鸟兽草木为料”，还是“以事为料”，都让他自觉地以审美意象为特色的积极形象思维为引领，融合审美意识形态三个层面的意识形式，让驾驭以“比兴”为主的“赋比兴”法精湛娴熟，游刃有余。例如，周词《一剪梅·重访狮子山》：“弹剑当年奏苦声，不愿他生，但愿今生。来逢千里共长行，窗外眸明，柳外花明。　十载萍踪访旧程，鬓尚青青，树尚青青。芙蓉城到牡丹城。去也关情，往也关情。”全词今昔对比，情景交融，委婉动人。从作者的“自注”可以看出，不少语句都有来历，可谓“夺胎换骨”“点石成金”，且意象生动鲜明，引人入胜，相信诗者的当年同事，读后自必会产生强烈的审美共振效应。周啸天先生秉持苏东坡“用事当以故为新，以俗为雅”的诗学理念，其用典（包括事典、语典）犹如“水中着盐，饮水乃知盐味”，往往升华了诗词作品的审美意境。请看周诗《吊刘禹锡墓》中的开头两句：“刘郎毕竟是诗豪，唱得竹枝题得糕。”就化用了宋人宋祁《九日食糕》中的诗句“刘郎不敢题糕字，虚负诗家一代豪”，正是由于这个用典，骤然增添了该诗的审美意境。请再看周啸天先生叙事诗的代表作《邓稼先歌》，其中的“夫执高节妻何谓”“不羡同门振六翮”“神农尝草莫予毒”“干将铸剑及身试”等句，就是作者通过运用语典与事典，来实现“陈述叙事”与“意象叙事”的统一，进而彰显中国叙事诗的抒情叙事特色。周啸天先生的诗词创作实践表明，在“诗心与佛心”的引领下，用典犹如用比兴，让“兴会”与“根柢”一同蕴含于“妙悟”之中，进而让诗词彰显出“主言情志，大美无邪”的本质特征。

再次，诗词是语言的艺术，周啸天先生的“诗外功夫”及其催生的“创作意识”，使得其诗词语言的艺术特色尤为独特鲜明。清人刘熙载《艺概》云：“常语易，奇语难，此诗之初关也；奇语易，常语难，此诗之重关也。香山用常得奇，此境良非易到。”周啸天先生基于自身的诗词创作实践，在语言方面更是得道良多。他在《论语言》等诗学话语中推崇诗词要有“胜语”与“妙语”，主张“语汇丰富与否，永远是衡量创作水准的重要尺度”，强调“诗要上口，要有胜语”，认为“妙语有两种，一种是书语，一种是口语。口语多清词，书语多丽句。好的作者有一种语言上的潇洒气派，能在两者间来去自如，东坡诗、易安词就是如此”，提出“文学语言可以是口语化的，但绝不能是口语。文学语言与口语的不同之处，在于它的精练。诗歌尤其如此”。他还对“自作语”与“来处语”作了比较，认为“自作语即不含故实的语汇”，“常常表现为对口语美的一种发现”；而“来处语即来自书本、有出处之语，广义地讲也就是成语，这类语汇是作者博览群书，含英咀华，从典籍汲取或熔裁而来的，是诗书受用的结果。运用得当，可使人于字面之外，产生更多的联想，故胜语更多”，但“无论是自作语还是来处语，用得成章，皆成妙谛”。从周啸天先生的诗词语言可以看出，他的诗学话语是基于他自身创作实践的理论总结。在周啸天先生的诗词创作中，追求“妙语”与“胜语”的审美自觉，让他在“口语”与“书语”、“自作语”与“来处语”之间“来去自如”，彰显出“有一种语言上的潇洒气派”。例如，周诗《陇西行》：“乘兴南来欲问边，河西丝路傍祁连。数峰犹带千秋雪，一壁残存万里鸢。大漠孤烟临属国，边陲筚路吊张骞。今宵唱彻凉州曲，杯碰夜光邀月圆。”该诗化用王维《使至塞上》中的“单车欲问边，属国过居延”“大漠孤烟直，长河落日圆”等句，又加入“丝路”“数峰”“一壁”“雪”“鸢”“边陲丝路”“张骞”“凉州曲”“夜光杯”“月圆”等意象，表达了诗者陇西之行的审美情感，抚今追昔，余味袅袅。又如周词《行香子·八台山日出》：“巴山绵亘，八叠为峰。几千转、跃上葱茏。气违寒暑，服易秋冬。竟霎时雾，霎时雨，霎时风。雀呼起早，目极川东。浑疑是、开物天工。阴阳一线，炉水通红。看欲流钢，欲流铁，欲流铜。”诗者登临八台山看日出，践行著名诗人王维关于“即景会心”的创作意识，将当时捕捉到的景观，比喻为“天工开物”的“熔炉”，用以“比兴”为主的“赋比兴”法描绘了当时的景观与境况，传递了自身的审美情感，创造了该词的审美意境。就是周啸教授有些诗歌作品，如《纽扣辞》中的“解解系系解，系系解解系”等句、《洗脚歌》中的“依今跷脚聊臭美”等句，哪怕是“口语”入诗，但在特定的语境下，一经诗者点化，却又蕴含“妙趣”，让“口语”变为“胜语”，进而可谓“用常得奇”。

总之，周啸天先生的“诗外功夫”及其催生的“创作意识”，让其诗词独具特色，自成一家。然而，正如苏轼《题西林壁》云：“横看成岭侧成峰，远近高低各不同。不识庐山真面目，只缘身在此山中。”自古以来，由于不同读者有着不尽相同的审美偏好，所以，对于同一诗学观点或同一诗词作品出现审美认知的差异都是十分正常的现象。尤其是针对“雅”与“俗”这两个美学范畴，历来就众说纷纭。本着依大众审美，缘共情赋诗的原则，如何学习借鉴与传承发展元曲精神，扬弃诗词曲“本色当行”，即所谓诗庄、词媚、曲俗的传统理念，深刻体会周啸天先生运用“诗外功夫”、锤炼“诗内词句”的成功经验，把“口语”化为“胜语”“妙语”“诗家语”，进而在传统诗词中创造出“用常得奇”“用俗得雅”的艺术效果，让适合大众审美品位的通俗诗词，也与通俗散曲一样充满永不衰竭的生命活力，就是一个值得深入探讨的现实课题。特别是在推进“中华诗词精品年”的进程中，宣传与推广这次周啸天先生诗词研讨会的成功经验，鼓励有条件的地方选择有代表性的当代诗人，开展不同形式的诗词研讨活动，不但对促进当代诗词的高质量发展具有现实意义，而且对培育与发展当代诗学同样也有理论价值。

（在2024年中华诗词学会周啸天诗词研讨会上的发言）

读《邓稼先歌》话“夺胎换骨”

◉ 易 行

周啸天在《诗词创作十日谈》中说：“自来有个人风格的诗人，就像有出息的书画家，平生至少有一次脱胎换骨的变化……我的脱胎换骨之作是《洗脚歌》。”这里的“夺胎换骨”指的是自我否定，或否定之否定。

“夺胎换骨”还有另一层意思。周啸天《论夺换》说：“所谓夺换，就是夺胎换骨，就是读书受用，就是借前人酒杯浇自己块垒，借前人材料而自铸伟辞，也就是‘无一字无来历’，‘笔底驱使李商隐、温庭筠奔命不暇’。”这里的“脱胎换骨”，指的是与古为新，即诗歌语言须有文化含量。

王蒙称《洗脚歌》为“绝唱”，大概是指周诗的“借前人材料而自铸伟辞”吧！因为只有“夺胎换骨”，才能“借前人材料而自铸伟辞”。说白了，就是把读书读到的和亲耳听到的亲眼看到的，经过脱胎换骨而不是改头换面的深加工，才有可能创作出自己的“无一字无来历”的绝唱。

《洗脚歌》是周啸天的绝唱，《将进茶》是周啸天的绝唱，被人讥为“打油诗”的《邓稼先歌》更是周啸天的绝唱，当代诗词的扛鼎之作。

周啸天的《邓稼先歌》绝不是什么“打油诗”，它比《洗脚歌》《将进茶》更绝伦，更精彩，也更感人。所以在评“华夏诗词奖”时，我们终评委一致推举该诗为一等奖第一名。须知，这一等奖第一名是在周获“鲁奖”之前得到的，说明它未受“鲁奖”的影响，说明它真的好，真的让人感动。除邓稼先本人的事迹感人外，周夺胎换骨的写作功夫也起到了如虎添翼的作用。

作为一个科学家，邓稼先在1958年的8月被中央领导约见，说国家要放个“大炮仗”，也就是试验核弹，令其领军。邓遂隐姓埋名与妻子一别28年，主持15次核试验无一失利。但在“文革”中的一次降落伞事故中，核弹头失踪。邓驱车找到核弹头，因受超剂量辐射而于1985年全身出血不止而逝。由于邓和他的团队使中国拥有了核武器，从而打破了超级大国的核垄断、核威胁，怎能不令人肃然起敬和由衷感动呢？所以，周的《邓稼先歌》开头两句就如石破天惊，喊出“炎黄子孙奔八亿，不蒸馒头争口气”！就是说为了捍卫民族尊严也要争口气把核弹造出来。当“蘑菇云腾起戈壁”之后，邓稼先病倒、病逝，诗人痛心疾首地写道：“一物在掌国得安，翻教英年时倒计。公乎公乎如山倒，人百其身哪可替！”诗从一开始的活泼豪放一下子转为沉重悲怆，最后则慨然感叹：“天长地久真无恨，人生做一大事已！”本来嘛，在20世纪50年代末，中国人口已近八亿，却还受着美苏核弹的威胁，为争一口气也要研制出核武器以自卫。这口气是为国、为民族争的，而争了这口气，就打破了超级大国的核讹诈，使国定民安，这是多么大的功绩！为了表现国家研制核武器这一壮举，诗人竟信手拈来街头俗语“不蒸馒头争口气”来表达，确是神来之笔，一下子使全诗充满劲道和活力。这也是“夺胎换骨”！把争个人之气变为争国家之气、民族之气、人民之气。宋周紫芝在《竹坡诗话》中说：“东坡云：街谈巷语，皆可入诗，但要人熔化耳。”而“夺胎换骨”就是熔化法之一种。

怎样才能“夺换”“熔化”呢？古人说：读万卷书，行万里路。读书和行路就是汲取前人的经验，就是深入生活体察万物，这样才能得胎，进而思索加工而“夺胎换骨”，写作创新出有自家特色的作品。也就是说不仅要“读书破万卷”，还要下书外功夫。陆游说，诗“正在山程水驿中”。杨万里说：“闭门觅句非诗法，只是征行自有诗。”只要“征行”，自会触发人的灵感，写出有景有物有血有肉的好诗来。例如周啸天教授，他在读研究生课程时，主修的就是唐诗宋词，毕业后教的又是文学，读万卷书是少不了的。中华诗词研究院成立后，相继组织了多次采风。周啸天作为一个大学教授，几乎每次都积极参与，从陕北到汶川，从唐山到青藏，他边走边观察思考，写了一首又一首充满真情实感的好诗。所以说，他的许多诗不是闭门觅句得来的，而是从深入生活、观察生活，从“征行”中得来的。他的“鲁奖”绝非靠拉关系、通关节，或搞炒作什么的“巧取豪夺”而来。

在今年四川绵阳诗歌节期间，在参观“两弹一星科技城”中的邓稼先办公室和卧室及其事迹展后，我也有了创作的冲动，于是恍然大悟。周啸天是四川人且在四川工作，他的《邓稼先歌》很可能是在这里产生冲动而感发出来的！他的其他诗作，也大多是直面生活有感而发：既是对人们实践活动的思考生发，也是对传统文化经典的继承改造。

在中国文学史上彪炳至今的好诗好词，如陶渊明的《归去来兮辞》，李白的《蜀道难》，杜甫的“三吏”“三别”，苏轼的《念奴娇·赤壁怀古》，文天祥的《过零丁洋》……不都是在生活实践中，在山程水驿中“夺胎换骨”而出吗？当然，要想夺胎换骨，首先要有胎。这“胎”主要是中华民族已有的文化文学经典，不学经典，不学富五车，难成大器。

习近平同志在会见全国教育系统先进集体和先进个人表彰大会的代表后，来到北京师范大学，对教师学生们说：“我很不赞成把古代经典的诗词和散文都从课本中去掉，我觉得‘去中国化’是很悲哀的。应该把这些经典嵌在学生的脑子里，成为中华民族的文化基因。”对于诗人来说，中华诗词经典不仅是民族文化的基因，还是诗词创新的基础。只有基础、只有继承而无创新，诗词便是一潭死水，最终枯竭；而没有继承也就没有创新。没有“本”、没有“源”，新从何创起？所以说到底，诗词创作上的“夺胎换骨”就是继承创新。继承的是基因，变更、创新的是内容和骨架。

在这方面，周啸天教授做了有益的尝试，且已做出显著成绩。所以他荣获“鲁奖”是实至名归。而他的得奖再一次证明，文学创作特别是诗词创作，要有足够的文化底蕴，要有充分的生活实践和感悟积累。只有这样，才能有底气而发出响亮的醒世新声。我们赞赏周教授“夺胎换骨”也就是继承创新的写作精神，目的是发扬这种精神，把我们的诗词创作推向繁荣、推向昌盛。“鲁奖”破天荒第一次授予传统诗词作者，传达的正是这样一个振奋人心的信号：诗词创作，只有走“三贴近”、走继承创新之路，才有可能获得骄人的成绩和伟大的成功。

《邓稼先歌》的语言艺术

◉ 张应中

获第五届华夏诗词奖一等奖第一名的《邓稼先歌》，在语言艺术上值得一谈。作者以教授古典文学为业，对诗词语言之妙心领神会。曾说："妙语有两种，一种是书语，一种是口语。口语多清词，书语多丽句。好的作者有一种语言上的潇洒气派，能在两间来去自如，东坡诗、易安词就是如此。"（《周啸天诗话》）这差不多也是他的夫子自道了。

先说起结。首句中的"八亿"，是1958年的中国人口约数。说人口就是说时间，不必更说时间。"不蒸馒头争口气"，是那个时代的俗谚，逗起下文"要与美苏玩博戏"，这是中国研制原子弹——"放炮仗"的动机。这个开头与结尾的"人生做一大事已"，是遥相呼应的。这使得全诗结构紧凑。

首句的"奔"字，定下了全诗以口语为主的基调。这样做接地气，便于书写当下，方便大众欣赏、接受。"奔"字之外，诗中吸收的口语元素，还有"哪得""哪可""不知味""七六五四三二一"等等，以及俗谚"不蒸馒头争口气"。诗中有些新词是古诗词中所没有的，如"倒计时""号外""两弹元勋"等，与人物、主题密切相关，富于现代感。诗中比喻亦通俗，如"放炮仗""蘑菇云""如山倒"等。这种做法，也并非古无今有。揆之古人，则有白乐天、苏东坡、李易安等等。

诗歌语言要求精炼、高雅。而日常口语难免拖沓、重复、浅白无味。所以，运用口语不难，难的是同时做到文雅。《邓稼先歌》的做法有三。一是口语有来历，如“放炮仗”一语出自钱三强，“不蒸馒头争口气”出自俗谚。又如“人生做一大事已”，隐括陶行知：“人生为一大事来，做一大事去。”并不直白，所以有味。

二是摄入文言的元素，如“周公开颜一扬眉，杨子发书双落泪”，“开颜”即喜形于色，“发书”即打开书信。其他语汇如“寐”“予”“翻”“荐”“已”，诗句如“唯恐失算机微间”“百夫穷追欲掘地”“一物在掌国得安”等等，皆浅近文言，既有口语的流畅感，又较口语简洁凝练。网友点评自“一物在掌国得安”至“室内妻儿暗垂涕”数句，谓：“悲歌慷慨，读之令人志泪齐飞。”（石地）信然。

三是善于用典用事，使诗歌语言做到含蓄、精炼、雅化。如“不赋新婚无家别”，语出老杜乐府新题（《新婚别》《无家别》），意谓邓稼先抛妻别子是为了国家事业，不同于杜甫笔下乱世之中人物的生离死别。“夫执高节妻何谓”，语出古诗《冉冉孤生竹》：“君亮执高节，贱妾亦何为”，意思是，丈夫为了崇高事业抛妻别子，妻子有什么可说的呢？“不羡同门振六翮”，用古诗《明月皎夜光》：“昔我同门友，高举振六翮”，意思是不羡慕同门友（例如杨振宁）的风光。“人百其身哪可替”之“人百其身”用《诗经·秦风·黄鸟》之语典，意谓邓稼先去世了，一百个人都替换不了他，说明他的重要性。“门前宾客折屐来”之“折屐”用《晋书·谢安传》语典“过户限，心喜甚，不觉屐齿之折”，“折屐”形容兴奋的情态，这里用来描写人们知道了邓稼先的伟大业绩后，怀着兴奋激动而又忐忑不安的复杂心情来邓家探访的情况。

最为可圈可点的，是“神农尝草莫予毒，干将铸剑及身试”两句，以中国神话和传奇中的神农尝草、干将铸剑，来譬喻邓稼先的献身精神，贴切深刻，可谓典重。前句是说邓稼先有神农尝草的精神，却没有神农的幸运。后句是说邓稼先为国“铸剑”，像干将那样以身试剑，似是一种宿命。二语极富悲剧意味，是全诗的诗眼。

古典、洋典一齐上，是作者在“语言上的潇洒气派”的又一种体现。

如“潘多拉开伞不开”,“潘多拉”系“潘多拉盒子”的缩写，用古希腊神话的典故，打开潘多拉盒子意谓放出了邪恶和灾难，隐喻核弹头事故。同样的做法，亦见于作者《毕节行》:“昨夜火柴微光里，儿曹可曾睹天国”，用安徒生童话的典故，写流浪儿的不幸。可见作者思路之开阔，不仅是古为今用，而且是洋为中用。皆平时烂熟于胸，方能信手拈来，惬心贵当。做到典雅蕴藉，言约意丰。

在中国，律诗的排偶乃受赋的影响，而到后来，古体诗又受到律诗的影响，于是“运律入古”——在古风中穿插对偶句（宽对）也是常有的事，如卢照邻《长安古意》，白居易《长恨歌》《琵琶行》，吴伟业《圆圆曲》等，使歌行的语言有一种丰满之美。作者之歌行也沿袭这一优良传统，如“一生边幅哪得修，三餐草草不知味”“周公开颜一扬眉，杨子发书双落泪”“神农尝草莫予毒，干将铸剑及身试”“门前宾客折屐来，室内妻儿暗垂涕”等。此外还有句中自对，如“夫执高节妻何谓”“岁月荒诞人无畏”“潘多拉开伞不开”等。这种以骈入散，骈散结合的做法，既避免了散文句式的散漫，也避免了排律的森严规整。使得诗歌语言流畅自然，唱叹有味。

全诗一韵到底，用韵从宽，上声“纸”韵与去声“寘”“未”“霁”通押，系准词韵。首句“亿”字属于逗韵，自然更宽。这与新声韵的主张在精神上是相通的。

总之,《邓稼先歌》的语言以现代书面语为基础，从口语和文言两个方面吸取养料，做到了有机融合，浑然无间。“看似寻常最奇崛，成如容易却艰辛”（王安石），它是诗人才情学识的综合体现，非功力深厚者不办。杜甫《戏为六绝句》云：“或看翡翠兰苕上，未掣鲸鱼碧海中。”《邓稼先歌》庶几称之。故著名唐诗学家、安徽师范大学中国诗学中心创始人余恕诚说：“《邓稼先歌》写得神完气足，读来感人，即使放在盛唐优秀诗篇中亦毫无逊色，获华夏诗词大奖是当之无愧的。”

（原载《岷峨诗稿》，2014年总第113期）

《邓稼先歌》的艺术特色

◉ 李葆国

《邓稼先歌》记叙了在困难时期我国自力更生研发原子弹的大事件、大题材，歌颂了一个忠诚于国家民族的大国之士的伟大事迹。但是，诗人却以轻松诙谐的语言、清晰精炼的笔法，以较短的篇幅完成了这一可歌可泣的英雄史诗，获得了全国第五届华夏诗词奖一等奖第一名。

口语入诗，是该诗突出特点，一是有味，二是有情。味是诗味中别有趣味，情是诙谐里充满至真之情。“不蒸馒头争口气，”既符合了民间俗语，又形象地抒发了誓与抗争的志气，既符合当年敢想敢干的气氛，又呼应了“奔八亿”的人民大众的主体，体现了民之所盼，国之所期。“放炮仗”诙谐生动，喻笔生花，将如此神秘，如此尖端的科学创造，轻描淡写地比作小儿可行的“放炮仗”，何等奇妙，字轻意重，语近情遥。“要陪美帝玩博戏，”一“陪”一“玩”道破主题，点出主人公为此献身的重大意义。口语一气贯之，生动形象，气贯神通，味何其厚。

贯之以情，是该诗的最大特点。接下来的“不赋”“不羡”两个“不”字以及“何”问“甘”答，表述了主人公以身赴国的志向和行为。“振六翮”、“埋名字”，天地之别，高下之比，以显壮气。“哪得修”、“不知味”、“一生”对“三餐”，言环境之艰苦，征人之忘我。“七六五四三二一”抓住了原子弹试验前的最突出、最醒世的声音，推出“蘑菇红云”。一语收官，才有“丰泽园里夜不寐，周公扬眉双落泪”的胜利喜悦。一语了千愁，七字抿万苦，大气包举，情何其真。

欢庆之余当思胜利来之不易。作者笔锋一转，语言由诙谐转为凝重，返回试验受阻、冒死排险的往事，突显了主人公舍己为人，壮士赴难的特写镜头。一句“神农尝草莫予毒，干将铸剑及身试”连用两典赞喻，把烈士行为与古之民族圣贤贯穿一体，悲壮之气跃然纸上。“号外同时发，方知国有士”，将几十年埋名铸剑的甘苦和以身排险的壮行和泪推出。最后在顿足敬挽和鼓腹颂扬之余，以“人生做一大事已”做结，为以身赴国的两弹元勋抒志铭情，苍凉悲壮。意何其深，格何其高！

全诗层层拨进，夹叙夹议。所叙之事如从己出，所议之情发聋振聩。口语化语言轻松诙谐，形象生动，把如此重大的事件谈笑间托起，举重若轻。笔锋转来，事迹凝重，数典比拟，悲壮苍凉，如泣如诉。通篇体现着大国之器，大国之士，骨格清奇，气韵高远。

叙事长诗内容特征探微（摘录）

◉ 宋彩霞

第一　反映重大历史事件

张维屏（1780—1859），字子树，号南山，番禺（今广东番禺县）人。道光二年（1822）进士，官至知县、知府等职。1830年，曾与林则徐、龚自珍、魏源等在北京结“宜南诗社”。当时与黄培芳、谭敬昭并称为“岭南三大家”。晚年目睹英国侵略军的暴行，写了一些歌颂人民抗击侵略者的诗篇，《三元里》《三将军歌》是其中的代表作。他认为文章应当“顺其自然”“人之文即人之言也”。他的诗朴素自然，无雕饰之弊。如描写鸦片战争的《三元里》：

三元里前声若雷，千众万众同时来，因义生愤愤生勇，乡民合力强徒摧。家家田庐须保卫，不待鼓声群作气，妇女齐心亦健儿，犁锄在手皆兵器。乡分远近旗斑斓，什队百队沿谿山。众夷相视忽变色：黑旗死仗难生还。夷兵所恃惟枪炮，人心合处天心到，晴空骤雨忽倾盆，凶夷无所施其暴。岂特火器无所施，夷足不惯行滑泥，下者田塍苦踯躅，高者冈阜愁颠挤。中有夷酋貌尤丑，象皮作甲裹身厚；一戈已揕长狄喉，十日犹悬郅支首。纷然欲遁无双翅，歼厥渠魁真易事；不解何由巨网开，枯鱼竟得悠然逝。魏绛和戎且解忧，风人慷慨赋同仇，如何全盛金瓯日，却类金缯岁币谋？

这首诗忠实地反映了1841年发生在距广州城北仅五里地的三元里人民抗击英军暴行的历史事迹。这是一首有着浓郁抒情色彩的叙事诗。诗人真实地再现了广州三元里人民波澜壮阔的抗英斗争，有极高的史料价值。诗人运用对比手法，将三元里人民的英勇斗争精神和所取得的胜利，与英国侵略者被围困的狼狈丑态及其可耻失败，以及清政府中的投降派的卖国求和的卑劣行径进行了对比，表现了诗人的爱国精神和强烈的爱憎感情。语言朴素自然，形象鲜明生动。曲向邦评曰："乡民神勇，活现纸上。"

在写重大事件中，今人叙事诗也有很好的表现。获得鲁迅文学奖的周啸天教授，他有一首《邓稼先歌》，曾获得第五届华夏诗词奖一等奖，这是新时代的一首叙事诗，也可以看作"诗史"。全诗如下：

> 华夏子孙奔八亿，不蒸馒头争口气。罗布泊中放炮仗，要陪美苏玩博戏。不赋新婚无家别，夫执高节妻何谓！不羡同门振六翮，甘向人前埋名字。一生边幅哪得修，三餐草草不知味。七六五四三二一，泰华压顶当此际。蘑菇云腾起戈壁，丰泽园里夜不寐。周公开颜一扬眉，杨子发书双落泪。唯恐失算机微间，岁月荒诞人无畏。潘多拉开伞不开，百夫穷追欲掘地。神农尝草莫予毒，干将铸剑及身试。一物在掌国得安，翻教英年时倒计。公乎公乎如山倒，人百其身哪可替！号外病危同时发，天下方知国有士。门前宾客折屐来，室内妻儿暗垂涕。两弹元勋荐以血，名编军帖古如是。天长地久真无恨，人生做一大事已！

《邓稼先歌》的语言以现代书面语为基础，从口语和文言两个方面吸取养料，用典恰到好处，信手拈来，做到了有机融合、浑然无间。它是诗人才情学识的综合体现，非功力深厚者不可为也。全诗神完气足，环环相扣，结构紧凑，读来感人。虽多用典故，却作了最大程度的降解，有些新词是古诗词中所没有的，如"倒计时""号外""两弹元勋"等，与人物、主题密切相关，富于表现时代感。最为可圈可点的，是“神农尝草莫予毒，干将铸剑及身试”两句，以中国神话和传奇中的神农尝草、干将铸剑，来譬喻邓稼先的献身精神，贴切深刻，可谓典重。前句是说邓稼先有神农尝草的精神，却没有神农的幸运；后句是说邓稼先为国“铸剑”，像干将那样以身试剑，似是一种宿命。二语极富悲剧意味，是全诗的诗眼。“号外病危同时发，天下方知国有士。不羡同门振六翮，甘向人前埋名字。”王蒙在读周啸天《邓稼先歌》随记中说：“此二句如雷如电，震耳欲聋！读到此句，能不动容？诗中有血，句中有泪！”

唐朝以后又见诗

——读《欣托居歌诗》

◉ 杨　牧

前些日子，四川大学周啸天教授赠给我一本旧体诗集《欣托居歌诗》，读之心情大爽，爱不释手，禁不住在扉页上涂下了四句话：“殷璠裁鉴久疏离，教授为歌欣托辞。风雅唯亲多达道，唐朝以后又见诗。”

“唐朝以后又见诗”乃情绪之语，一下从唐朝跳到了眼下，说来也不是没有原委。我是一个弄新诗的，从一开头就接受了新文化运动播撒给我的全部诗观，对于旧体，始终笃信鲁迅先生曾经说过的“诗到唐朝就已经做完”。我的意思非常明白：并没有完，眼前又有呢！事实上，旧体诗的顽强血脉，即使在新诗近百年间成为统治性主打之后，仍绵波连连、香火未断。从毛泽东到赵朴初，到聂绀弩，到陈寅恪、钱锺书、胡绳、高亨、邓拓、李锐、蔡若虹等，也包括鲁迅他老人家本人，都是续此香火的圣手，这还没说为数不少的弄了新诗又弄弄旧诗的“新旧诗人”和迄今众多的旧体诗爱好者。我一下跳到了周啸天，并非无视上述的存在，只是惊叹于周诗的神奇、周诗的妙造和周诗所特有的唐诗般的练达品格。

《欣托居歌诗》令我最为动心的，至少有四点。

一是周诗的货真价实。周先生是长期研究中国古典诗歌的行家，可以说是观了千剑而后识器，操了千曲而后晓声。如果我的感觉没错，他对唐诗恐致力最深，《欣托居歌诗》也就尤得唐诗之精髓。“唐人好诗，多是征戍、迁谪、行旅、离别之作”(《沧浪诗话》)，一句话，在广义的“酬酢”中，“酬”别人也“酢”自己，以自己的亲历亲见亲知亲感，“在心为志，发言为诗”。在周先生诗集所收的二百余诗中，除了一批论诗绝句和红楼人物题咏等外，亦多是此类作品，或者南北行走，或山水探幽，或亲人聚会，或老友赠别，或观某奇事，或答某高人，或听某讲座，或哭某仙逝，均“有义可陈，于事可据”，因此读来格外真切格外亲切格外贴切。就连写小平人格风范的《竹枝词七首》，也是高度的具象化和亲情化：“峨眉自古路朝天，最是公来不禁山。半边容我与君走，尚与路人留半边。”加之先生谙熟典籍，信手拈来，左右逢源，死典活用，融会贯通，使其诗作自然清奇，呈现出一派古色古香的典雅之气和浓厚的文化氛围。周诗也就不再是那种我们常见的仿制品和陈词滥调，而是一种真造化和真古体。

二是周诗的鲜活生动。我特别注意到，周先生的目光所至常常是那些人间趣象、鲜活事体。虽然手持“管城旧锥”，笔下却呈“浮世新绘”——真是一幅幅耐人寻味的百相图！比如，带另类色彩的《超级女声决赛长沙》《将进茶》《葡京赌城》《澳门观舞》《隐私歌》《Y先生歌》《纽扣辞》《寻猫启事》以至某翁八十二高龄喜结良缘等，选题上就饶有兴味。且看他在海南观看了泰国人妖表演后所写下的《人妖歌》：

> 京剧旦行梅派工，越剧小生范徐红；反串之妙补造化，何须台后辨雌雄。五色灯光人其颀，初见烟雾蒙玉质；回眸启齿略放电，伴舞女郎失颜色……人妖本出里巷中，父母养儿为济穷；勾栏一入深如海，绝世无由作顽童。心性先从教化改，形体渐受荷尔蒙。吞声学艺近残酷，不比寻常事委曲……

岂止是宽容，那舞台背后更是“一把辛酸泪”！周先生的看，表面似猎奇，实则是一种社会异化人生无奈的大悲悯。“回眸启齿略放电，伴舞女郎失颜色”，显然化自《长恨歌》的“回眸一笑百媚生，六宫粉黛无颜色”；

“父母养儿为济穷”，也可能化自“遂令天下父母心，不重生男重生女”，只是味道大不一样了。而“放电”“一方经济”“荷尔蒙”一类（包括其他诗中的“股市”“传销”“大款”“臭美”“比基尼”）等，都是非常时尚非常现代非常通俗习见的语言，置入诗中非但没有损坏诗味，反倒平添了几分意趣，活泼、灵动，机巧横生。几千年来古体诗的格律范式，在周先生那里也不再是一道藩篱或枷锁，反而像是量身定做三围适度凸显风姿的一套美服饰。周先生把在许多人那里呈现出的一具“僵尸”救活了，这是先生的一大胜利。

三是周诗的洞明通透。作者在诗集的《自叙》中说：“书画棋琴，高明皆能达道；兴观群怨，小子何莫学诗！”并自注：“达道”即“达到哲理境界”。故在周先生的诗中，无论是启发鼓舞、认识认知，还是相互感染、批评讽刺（即“兴观群怨”），都多有一番哲理味。他写《天谴》，写动物保护：“天谴已遭口蹄疫，人间犹有注水猪；动物福祉凭谁问？古来君子远庖厨。生态失衡事已久，一百年间作疮瘤；岂有天地皆不仁，视我万物为刍狗！”“曩有美文出布封，诗人博爱记昆虫；是知物种都不贱，方舟共济与君同。”这是天人合一之理。哲理境界也是一种人生境界，新观念下的洞明通透更是一种超越前人的艺术可能。再看《洗脚歌》，周先生从“昔日高祖在高阳，乱骂竖儒倨胡床”，一直写到“开放之年”后身边有了“洗脚房”；从津津有味地描写“银盆滑如涧底石，兰汤浑似沧浪水”，到“游刃削足技艺高，捏拿恭谨如孝子”，后笔锋一转，“君不闻钱之言泉贵流通，洗与为洗视分工；沧桑更换若走马，三十河西复河东。尔今俯首休气馁，依今跷脚聊臭美；来生万一作河东，安知我不为卿洗？”人生无常，宠辱不定，世事无恒，谈何贵贱！此诗不禁让我想到了白居易的《琵琶行》。一个是写歌女，一个是写洗脚工。后者的“银盆滑如涧底石”的细腻描写，固然与前者的“嘈嘈切切错杂弹，大珠小珠落玉盘”有同工之妙，但前者最终只不过是“座中泣下谁最多，江州司马青衫湿”，是同情，是垂怜，是居高临下；川大教授周啸天，则是与洗脚工平起平坐，甚至想到了说不定哪天我也会趴下为你洗脚！这是超越，哲思的超越，艺术的超越，更是一种境界的超越，难怪王蒙称赞此诗为“真绝唱也”。

四是周诗的开阔幽愤。“穷则独善其身，达则兼济天下。”周啸天先生“达”了没有我不知道，只见诗中有“乘时儿辈多先富，教授名高久不肥”句（《教师节作》），但他却有胸置天下的普照情怀。诗集中有不少可称“国际题材”的诗，读来犹觉地球就在眼底下。写萨达姆的《代悲白头翁》和印度洋海啸的《海啸歌》就是标准的“国际”。

> 髭须花白发蓬松，依稀颓龄一衰翁；运去英雄不自由，当年叱咤虎生风。……基地拉登尔何物，翻使小巫见大巫；九一一干卿何事，单边先发老拳粗……反战声潮涨如云，一著既失杳难追。此日白宫应折屐，大漠惊沙狐兔悲。（《代悲白头翁》）

确也够悲凉的了，这位匪夷所思的人物！一头猛狮被囚于牢中，如同牛汉笔下的《华南虎》。其诗的刚健、苍凉不说，世界的公理、人类的和平、生灵的平等、种族的亲和却是大可关注的话题。或许有人会问周先生：“萨达姆干卿何事？”周先生说，韦庄说过，“野色徒销壮士魂，河津半是冤人血”。那么多的平民百姓血流成河，就痛了先生肝肠了。不要恐怖、不要暴力、不要灾难，要一片和谐和美的蓝天。中国文人忧国忧民忧天下的幽愤情结，即使在被王蒙称为“他写得活泼生动，快乐阳光”的“阳光诗人”周啸天那里，也仍然是胸前“解解系系解，系系解解系。朝系夕必解，夕解朝还系”（《纽扣辞》）的一颗纽扣。

纵观这部《欣托居歌诗》，我们完全可以说，它是中国旧体诗词的一件珍品，一个变数，一个正果，一个异类，一个难得的重要收获。它因衔接而光大传统，它因发展而勃显生机。它至少向我们证明了旧体诗词还大有可为。而它的成功，更让我想到我们的新诗。

中国新诗已经走了近百年的历程，其成绩自然不可低估。它在冲破旧的桎梏、在语言形式的空前变革、在精神因素的强烈注入、在新的文本的确立和探索等方面，都开创了历史的新生面，是应充分肯定的，我并不赞成毛泽东称“迄无成功”的偏颇之论。但要细究，现在有一些新诗人无视传统、急功近利，以浅薄为时尚，以虚浮为新潮，以散漫为自由，以油腔滑调或装腔作势为“现代语感”，以至弄到自欺欺人的地步，这就堪忧了。其中，缺乏古典文化的根基，不能不说是一个重要原因。

记得前不久在一次全国青年歌手电视大赛上，一位“原生态”唱法的歌手，在综合知识测试中不认识国旗，令众人瞠目。评点人士客气地说，某句唐诗你可以不知道，国旗不知道不可以。假如现在要对所有的新诗人考一考《唐诗三百首》，我不知道那个现场会不会也有令人跌几副眼镜的。我只是想对一些“原生态”诗人说，国旗当然你该认识，唐诗你也该认识。对于一个写诗的人来说，唐诗是中华文化大树下的重要根系，尤其是中国诗歌文化高峰上的一面旗帜。一个诗人，如果心中没有哪怕是一二百首古诗垫底，无论他一时怎样地如火如荼，最终也很难保证不影响他的大造化。

当然，我并不是说现在大家都来写“旧诗”，旧体诗词有它的局限性，但中国诗歌几千年的经典实践值得继承和吸取的东西数不胜数，如前人注重的关时、注世、物境、意境、沉着、缜密、典雅、含蓄、凝练、委婉、警策、飞动、隐喻、妙譬、起承、衔接、变化、谋篇、气韵等，都仍在我们的待习之中。不要因为它是旧体我们就通通视之为“旧”，不要因为它曾是我们“革命”的对象就一概把它当作“敌人”。旧诗和新诗在诸多方面是相通的，这也可搞“多党合作”和“统一战线”。“才有深浅，无有古今；文有真伪，无有故新。”（后汉·王充）周啸天先生的《欣托居歌诗》对于新诗人来说，也是可资参考、可资启发的“镜鉴书”。

（原载《文艺报》，2006年8月29日版）

也说翻出如来手心

◉ 杨　牧

早在啸天得鲁迅文学奖之前，他送给我一本诗集，我当时读得是如痴如醉，实话说，还没有任何一本诗集，旧体诗，你们叫古体诗集，我能读到那个程度的，几乎一字不落，你说叫大快朵颐也好，大快人心也好，甚至很多地方令我惊呼，拍案叫绝。所以当即写了一篇小文，叫作《唐朝以后又见诗》。意思是说，我相信鲁迅说过的一句话，他说“一切好诗到唐代都已做完”，如果你没有翻出如来手心的本事，就不要写了。我当时内心有反馈：没有完呢，唐朝以后又见诗。当然，我说的是唐朝以后又见诗，不是说读诗以后又见唐，这两个概念是不一样的。唐朝以后又见诗，是说这个诗是来源于唐朝，但已经不是像唐朝那样写了，至少不完全是。那么，读诗以后又见唐呢，说了半天就写回去了，回去了还有什么好说的呢？文章题目曾经遭到一个非议，以为等于“唐朝之后有了周啸天”，是“激动过了头”。其实，这是两个概念，一种是诗的语言，这里就不多说。

读诗之后我发现了啸天，而啸天还多一点发现，就是他发现了鲁迅的那句话，后面还有一句“今后若非能翻出如来手心的齐天大圣，大可不必措手”。如果你能够跳出如来的手心呢，你还可以写嘛。那么如来的手心是啥子？不外乎就是既定的秩序，既定的思维，也包括既定的辉煌，如果你跳出了，当然就可以继续写。事实上，在我看来，啸天之所以能够取得如此大的、引人注目的成就，正在于他自觉不自觉地，很大程度上是自觉地，在向翻出如来的手心的方向上去。他是怎么翻的呢？他从三个方面翻了，或者说努力地翻了。

首先是视野，从古人的视野中翻出。因为当代人的视野和古人的视野它是不一样的。这更多地表现在题材上，你看啸天的题材。你去翻看他的目录，就有读下去的欲望。他小到一些花花草草，猫猫狗狗，小到一个鸟巢，一粒纽扣，大到一场海啸，一场地震。还有，一般人不愿意去碰的赌博、人妖、洗脚等，而这些东西，本身却具有吸引力。其实，一个诗人的取材，是极其重要的一件事情。我不赞成题材决定论，但更不赞成题材无关紧要论。对于一个已经熟练地掌握了写诗技巧的人来讲，有些时候你看他一个题目，你就可以预判这诗的成色了，心想它会是个什么样子。特别是像我们这种老牛皮、读诗读得比较多的人，一看到题目，你就知道该读下去还是不该读下去，有的实在没必要读了。例如这个赞、那个赞，听得太多了。啸天的诗打破了古人一般的诗词都是迎来送往的那一套应对操作，洞开了一扇新的窗户，他就从这个地方翻出去了。

其次是表现。具体来说，就是从语言上翻。旧体诗词的一些语言，是很讲究的，讲究精致，讲究学问，讲究微妙，这是它的长处。特别讲究用典，甚至于说“无一字无出处”，言必有据，言必有典。甚至于像李商隐《锦瑟》那种诗，在一首七律里，除了首联和尾联，中间两联连用了四个典故，几乎是一句一典。好不好呢？用得好，的确好。比如“沧海月明珠有泪，蓝田日暖玉生烟”，哪怕读者不知道这个典故是怎么来的，单从字面上去感觉，就像摸到玉一样，温润如玉，感觉美极了，这就是美的享受。光从字面上看就觉得美，这种情况，就是用得好，如果用得不好，就有掉书袋的感觉。

啸天在这个方面，一是慎于用典，他用得比较谨慎，用得比较化解，而且一用就用得非常鲜活。二是更多地采用口语、俗语、鲜活语甚至外语。这个“外语”带引号，也就是外来语，什么“巴格达”，什么“哈萨夫”，什么“维纳斯”，什么都往里面用，就用他自己的话来讲，叫作古典、洋典一起来，不管了！于是他显得特别的自由，特别的爽快，特别的嚣张。在这一点上，刚才陶主席提到了，就那个“聊臭美”是吧？在洗脚房里头，“尔今俯首休气馁，侬今跷脚聊臭美。”这个“臭美”就是我们口头的词，这个“臭美”现在不是个贬义词了，比如那女娃儿说“我就是爱臭美”，有没有？就不完全是贬义，是吧？用在诗中，就有一个戏谑的味道，自嘲的味道。他就用这些语言，甚至于用一度被人诟病的什么“不蒸馒头争口气”这一类语言。虽然是个俗语，是个口语，但他信手拈来，放在特定语境中，就浑然天成，不觉其俗了，反而是雅了，大雅大俗之谓也。所以在这一点上，他有别于古体诗词。此外，我常说的一句话：我们的小说是练篇的，我们的散文是练句的，我们的诗歌是炼字的，尤其是旧体诗词、传统诗词。例如啸天写那个《代悲白头翁》，写萨达姆。我最赞赏他写萨达姆的这首诗，写的那种粗犷，那种力度，恰如那个桀骜不驯的萨达姆。其中有两句写道：“九一一干卿何事？单边先发老拳粗。”注意这个“粗”，就是对霸权主义最好的一个词儿，最准确的一个词儿。还要注意一个词，这个“老”，不是年老的老；而是老是这样，历来就是这样，那个意思。我想在写霸权主义上，再没有比“老拳粗”三字更妙的了。原来我们经常说“春风又绿江南岸”、“红杏枝头春意闹”，那个“绿”字如何好，那个“闹”字如何妙。我认为他就不亚于古人的这些炼字。他在语言上是怎么来突破的？怎么能突破的？常言道“奇于易，常于难”，写奇怪的语言很容易，写平常的语言又写得妙的是很难的。恰恰是最有实力的人，才敢举重若轻。这有点像钱锺书“城外的人想进去，城里的人想出来”，也有点那个意思。初学者生怕自己没得学问，生怕不够文雅，拼命在那里装，你一看他在那里拼命嚼字，嚼得有点别扭的时候，你就晓得这个人没啥名堂。反之，如果说有人在那举重若轻，玩得好像很容易，这人就相当有功底了。总之，门外的要进去，门外的要出来。他就是在门内的，他想出来了，他已经到了这个地步了。这也是一种翻。

还有一个翻，就是从意趣上翻。所谓意，我们讲的就是意蕴、意境、意象，趣就是趣味、意趣这一类的。但是周啸天给了特定的一个思想，把他叫作创作意识。简言之创意。他认为我们旧体诗词有些时候也是有创意的，但更多的时候确实是，比如诗人得到了一句词儿，他有了一句，有了一句之后就会去拼凑其他几句，过渡句、开头句，当然开头句一定要好啊。关键是有了那一句以后，就可以用这一句去写首诗。而新诗作者则更多的是为了这个意，才去写的这诗。我特别赞赏的或者特别欣赏的，就是周啸天先生他对新诗的这一番认知。他说了很多话，有些话很有意思。首先，是尽量摆脱、跳出那些约定俗成的，既定的那些个思路。比如说梅兰竹菊，梅就是孤高，兰就是淡雅，竹就是气节，红豆就是爱情，这就固化了。所以要尽量跳出这些窠臼，另出其意。举个例子，啸天写了首纽扣词，“解解系系解，系系解解系”，这个像绕口令样的玩儿，读了开头，以为他可能会落在“解铃还须系铃人”这个意思上。但结果不是，它落在哪儿呢？落在“不系长不解，善解常善系”，意思是说：最善于解决问题的人，也是最能制造问题的人。这就很有点意思了，诗人在这批判一种现象。他这么一首小诗，落到那个地方，出人意料。如果不读到最后那一句话，前面你就会觉得他在玩儿文字游戏，没想到玩来玩去，玩出真格，玩出精妙。善于“解”的人，他也善于“系”。完全出人意料，真的有了新意。

作为一个写旧体诗的人，他能够欣赏这样的新诗，他在文章里写道，他欣赏胡风的“时间开始了”，也欣赏卞之琳的“我站在桥上看风景，看风景的人在楼上看你”。我也遇见过一个朋友，几乎每天都要给我发两首旧体诗来，到最后，我几乎只要见到他发来的诗，就发一个点赞的符号过去，其实并没认真读，因为没有新意。有一天他问，杨老师，有人说“月亮在天空发芽”，他觉得这个话不通。月亮怎么在天空发芽，我跟他没法解释，但是我晓得这是诗，而他则认为此话不通。我心想，那你也就只能写到那个样子了。啸天则不是，他欣赏“时间开始了”，欣赏“我站在桥上看风景”，表明他对新诗是颇有鉴赏能力的。他能够欣赏艾青那个《礁石》：“一个浪，一个浪／无休止地扑过来／每一个浪都在它脚下／被打成碎沫，散开……”他说这是一种内在韵律，特别强调“散开”两个字要慢慢读。这种韵律在其内、不在其外。这跟那个七律、五律的悬殊，简直是完全不搭界的，对吧？他能够从那里跳出来欣赏这个。所以他能够有如此的一种鉴赏能力，他的兴趣之广泛，他理解能力之强，可见一斑。

我尤其赞赏啸天说过的几句话。他说，有人说“不薄新诗爱旧诗”，他认为还不是个“薄”不“薄”的问题，而是一个要“敬畏”的问题。他又说，其实新诗比旧诗难弄。他又说，如果一辈子困守传统，拒不接受新诗的熏陶，不会有太大出息。这话出自一个搞旧体诗词的人的之口，而不是我们写新诗的人说的。当然，这个话我们应该反过来，新诗也应该是这样，新诗如果不从旧体诗词吸收营养，搞得壁垒分明，恐怕也是没有出息的。比如说在座的龚学敏先生，可能是当下用意象最密集的，没有“之一”。他的意象密集到叫人应接不暇，你这个还没反应过来，下一个就来了。有点像李商隐的用典一样，但恰恰是他说了一句“像李商隐那样写诗”，他就懂得这个东西，明白这个东西。所以反过来，他才有那样的造诣。因此，啸天可以说是旧体诗词的革故者，也可以说是新诗的知心人。有了这样一个上接传统宗法李杜，下拥当代旁通新诗的人，他不引领风骚那才怪。所以周啸天的成就不是偶然的。总之他的学问做得既深入，造诣很深刻，进而做得很活泛。关键在于一个“活”字，活泛、豁达、鲜活，所以他才跟我们靠得很近。尽管名曰旧体，实际上在我读来，压根儿就不是旧体，而跟我靠得很近，读着句句都能心动。我不是说周啸天已经完全从唐诗里那个如来手心里翻出来了，完全翻出来也不对，那就找不到唐诗的影子了。它的根子还在那儿，不能说他已经超过它，但是他绕过它了。绕过就是本事。因为这个，所以他就必定会取得更大的成就，我们没有理由怀疑这一点。

这些年来啸天还特别执着，特别卖力，又是研究诗歌，又是写诗词，又是书法，琴棋书画一起来，就像他说的“古典、洋典一齐来”，他也是各个方面一起来，而且又是讲诗，又是写诗，甚至写诗情小说等等，这些东西全面开花。何况现在还是精力最盛的时候，所以我们没有理由不相信他一定会取得更大的成就。

（在2024中华诗词学会周啸天诗词研讨会上的发言）

有容乃大

——《将进茶：周啸天诗词选》提供的美学经验

◉ 王世德

四川大学文学与新闻学院教授周啸天，以其诗词选《将进茶》一书，于2014年9月23日在北京领得第六届鲁迅文学奖诗歌奖，成为第一位以旧体诗词获得鲁迅文学奖的诗人。颁奖词如下：周啸天以旧体诗词作“浮世之新绘”，衔接古典传统又着眼于当代生活，渗透着人文关怀与批判精神。他的诗词取材丰富，风格多样，或豪情勃发，浩气横生，或幽郁发挥，趣味逸出，在选材、命意、境界等方面对旧体诗词表现当代经验做出了具有难度的探索。

周啸天的诗词创作提供的成功美学经验，集中地体现在他说的一段话中，那就是他认为衡量当代诗词有三条：“一曰书写当下，二曰衔接传统，三曰诗风独到。”[①]这既是他认定好诗的标准，也是他的创作主张。在这三点中，从文学要反映现实生活的角度说，当然首要是“书写当下”；但从为学的角度来说，自然是要学习和继承传统，然后才是结合当下现实。

凡要进行优秀的艺术创造，首先是要学习、继承传统，学习和掌握前人创造的传统遗产的优秀经验。任何人都不可能完全一空依傍，不学习和借

① 《不会吟诗也会吟——诗词创作十日谈》，周啸天（著），四川文艺出版社2005年版，第20、230、247、41页。
《宕渠四子论》，陈大捷（编），中国文联出版公司2013年9月第一版，第264、318页。

鉴前人的经验，无所取材，无所取法，白手起家，凭空造屋。《将进茶——周啸天诗词选》自叙中，作者说："某也惭太白之豪情，愧少陵之物与，偷香山之格律，接眉山之兴会。"[①]提到了李白、杜甫、白居易、苏东坡，其词若有憾焉，其实说的就是个继承传统的问题。作者自幼读书，有抄书的习惯，做过几十本读书笔记，手抄过王力74万字的《汉语诗律学》，张相54万字的《诗词曲语辞汇释》等诗学专著，能背诵大量的诗词。在研究生毕业之后，他参与了上海辞书出版社编纂的《唐诗鉴赏辞典》的撰稿工作，由于写得又快又好，一人独占了全书十分之一的篇幅。这就是他"衔接传统"的有力凭借了。[②]

一般说来，学习到什么程度，人才的学识和创造水平也就会提高到什么程度。但也还要加上一个条件，就是要看你领悟和化用到什么程度。美国诗人佛罗斯特说过："诗始于喜悦，止于智慧。"[③]两个人同样在学习，一个人喜欢和热爱诗，又能领悟和化用传统诗艺，真正能以审美的态度和方式运用、赏析和创造、发展诗艺，那么，他与另一个不热爱、不妙悟、不化用、不创新的人，结果所达到的成就和高度，就肯定不会是一样的。周教授曾引用严羽的话："诗道亦在妙悟也。且孟襄阳学力下韩退之远甚，而其诗独出退之之上者，一味妙悟也。"[④]

我们要创造新时代的艺术，要学习和继承前人遗产，学其方法，取其经验，作为今日创新的借鉴和基础。但同时又要"书写当下"，从当下需要出发，关心现实，创造适合当代人审美趣味的艺术。所取题材，可以是历史，也可以是现实，也可以是虚构的，科幻的，但却都是关怀当下现实人们审美需要而创造的。周教授"拈管城之旧锥，作浮世之新绘"。[⑤]举凡时事风云（如《代悲白头翁》《卢武铉歌》）、天灾人祸（如《海啸歌》《八级地

---

① 《将进茶——周啸天诗词选》，周啸天（著），天地出版社2012年版，第5页。
② 《宕渠四子论》，陈大捷（编），中国文联出版公司2013年9月第一版，第264、318页。
③ 《宕渠四子论》，陈大捷（编），中国文联出版公司2013年9月第一版，第377页。
④ 《宕渠四子论》，陈大捷（编），中国文联出版公司2013年9月第一版，第379页。
⑤ 《将进茶——周啸天诗词选》，周啸天（著），天地出版社2012年版，第5页。

震歌》）、世态民情（如《洗脚歌》《莆京赌城》）、人间悲喜（如《挽歌诗》《翁杨恋》）、新生事物（如《聋哑人舞千手观音》《驾校》）、山水纪游（如《壶口行》《川北行》）、评骘人物（如《邓稼先歌》《Y先生歌》）、谈诗论艺（如《高轩过》《篆刻歌》）、童真亲情（如《儿童杂事》及赠答诗）等，取材广而命意新，体现了当代意识和时代精神。

与内容的推陈出新紧密相关，周诗在语言上也实现了推陈出新。当代诗词的语言须有继承，即是要“有来处”的；但也要变化发展，即须有“自作语”，有新时代的新语言。黄庭坚说：“自作语最难。老杜作诗，退之作文，无一字无来处。”[①]“自作语”是不含故实的语汇，常常是作者出口成章，为口语，“多非补假，皆由直寻”。“有来处”语，是有书本出处的。学问渊博的名家、大家的作品，好像“无一字无来处”，但实际上却有很多是经过化用、改造书上曾有过的语言，其实也并不会完全重复古人，而是一种与古为新。“自作语”也不见得全是自己凭空得来，如果化用、改造得好，有创造性，也可作“自作语”看。有的表面上“有来处”，实际上是“自作语”，如“天人千手妙回春”（《聋哑人舞千手观音》，“妙手回春”被重新组装）；有的表面上看是“自作语”，实际上却“有来处”，如“罗布泊中放炮仗”（《邓稼先歌》，“放炮仗”为钱三强语）。“有来处”也罢，“自作语”也罢，都要恰到好处，切合新的创意才好。两者契合，天衣无缝，就是最好。既不可墨守成规，原地踏步，停滞不前；也不可盲目求新，猎奇炫异，不近情理。周啸天写洗脚、人妖、澳门赌场等新题材，用了很多新的词汇，例如“大款”“小姐”“双规”“荷尔蒙”等等，都做到了恰当贴切而有新意。有的出其不意，犹如神来之笔，突破传统，灵活巧妙，是其成功的创造。

周啸天获鲁奖后，社会上有一些争议。有些人说他的诗是“新闻诗”“打油诗”。对此应该如何看待呢？我认为，不能一概而论。但凡反映现实题材，表现新时代思想感情，有艺术形象和审美情趣，就是好的。反之

---

① 《宕渠四子论》，陈大捷（编），中国文联出版公司2013年9月第一版，第298页。

则不好。诚如一些评论家说，周啸天《洗脚歌》："沧桑更换若走马，三十河西复河东。尔今俯首休气馁，侬今跷脚聊臭美。来生万一作河东，安知我不为卿洗？"作者设身处地，同情洗脚工，有平等意识，有仁人之心，有人类悲悯情怀。《葡京赌城》："年输巨亿作国帑，赌王乃能均富贫。……海角归来说双规，使我达官失颜色。"以豁达心态说到了"一国两制"下博彩业的多面作用，也反映了有的大陆客的情况。这些"当下"题材、思想和语言都是积极的。这些诗有新闻性，是其优点，不是缺点。周诗涉笔成趣，至于调侃、幽默、诙谐、讽刺，有文采，很风趣，构思巧妙，能引人入胜，也是优点。这种所谓的"打油"，鲁迅诗作中也有（如"未敢翻身已碰头"），也不能一概贬低和否定。

关于周诗形成了怎样有特色的美学风格，这一点还很少有人论述和评议。我读周啸天优秀成功的诗作（主要是他的歌行体诗，如《洗脚歌》《人妖歌》《将进茶》《卢武铉歌》《邓稼先歌》《毕节行》《苏紫紫歌》等等），有一个直觉，总觉得他有从容、包容、广阔、深邃的美学胸怀。这应该与他的经历、环境、性格、精神、追求、趣味等等攸关。他没有剑拔弩张，没有激烈吼叫，没有晦涩吞吐、故作高深，也没有浅陋直白、无聊做作，更没有冷漠、尖刻、暴烈、冲动等等。就像访谈者问起他怎样看待一些争论中的偏见时，他往往不是尖锐批驳，而是首先承认偏见也有一些道理，然后申说较全面的看法。他包容多样丰富的考虑，活泼而灵动，恰恰表明其功力深广，甚有涵养。他的诗词呈现的风貌，恰如其人的谈吐。从容地娓娓道来，如清纯流水缓缓渗透，能使人得到惬意的审美愉悦。他好像总是很亲切地微笑着，胸怀宽广，饶有情趣，多方面深细广泛地探索生活底蕴，令人感到诗意盎然，诗味无穷。

周啸天于论诗谈艺，非常在行。他的文章论说到艺术品的结构、节奏、技巧、内在韵律等等，很有些新的独到的艺术、美学见解。而他的艺术创作的风格特色，他的艺品、人品也有一种"内在韵律"，全凭出乎其性的审美直觉能力。"美学"（Aesthetic）的原意就是"感觉学"。而感觉是理性所不能替代的。美的感觉和痒一样，是没法作出定义，说出其是怎样确定的内涵，而只能描述感觉现象。即使作出了定义，也没有用。实践一下，感觉就很清楚，用不着“定义”。实际上说明内涵的定义没有多大用处，也不很需要。（较详论述，可参见《美与时代》2013年第4期，拙作《论审美和美的特性、实质和规律》）因此，说到最后，总结周啸天艺术创造的美学经验，综合“书写当下，衔接传统，诗风独到”，容易使人联想到川大校训（实际上出于林则徐之联语）中“有容乃大”，而汉字中的“美”字，也正包含了这个“大”字。周啸天的诗教观所强调的培养“诗性的人”，所具有的“温柔敦厚”的性格，其内涵之一，亦在“包容”。所谓风格即人是也。这种感觉，其内部和背后当然有生活理性的消化和融合，但要真知个中滋味，无可替代的办法，只能是“颂其诗，读其书”，以审美直觉去把握。只有如此，才能味之不尽，愉悦不已。

周啸天诗词创作的现代性

◉ 龚学敏

我是一个写新诗的。刚才我听了各位领导和老师们的讲话，我很惊诧，要用“惊诧”两个字，为什么？因为各位都提到了时代感、现代性。在之前，我觉得写旧体诗、开研讨会，不会谈这些，至少不会大家都谈这些。但是刚才所有的发言，都提到这一点，在某种程度上甚至比新诗研讨会更加强调。

上个周日，在拉萨，《人民文学》杂志社主持了一场作品研讨会。研讨一首长诗，是写川藏青藏铁路和公路，写民主改革，写中央的援藏政策的一首长诗。在那个会上我也发了一个言，我就提到这么个观点：在百年未有之大变局的当下，所有不是写现实题材的诗歌某种程度上都是毫无意义的。因为时代变化太快，现实给我们呈现了很多，我们没有经历，我们没有看到一些崭新的东西，那么我们诗人就应该敏锐地去捕捉这些东西。这一点，写新诗的诗人在某种程度上，跟今天之前发言的领导和老师们存在差距。旧体诗不旧，让我很诧异，这是一个。

第二个，我是前天晚上知道要开这个研讨会，昨天上午上班的时候，抽空在电脑上专门拟了个小提纲。我就想讲周啸天老师诗词创作中的现代性。没想到前面发言的每一个领导和老师都提到了，这就证明咱们旧体诗人们的思想和艺术观念一点都不旧，某种程度上比很多写新诗的还要前卫，还要新。

去年9月在河南郑州的中国诗歌节上，围绕百年新旧诗的发展与展望举办了一场论坛。在这个论坛上我也提到了旧体诗取得的成就，包括我们活跃在诗坛的周啸天老师的成就。时间原因，其他成就我就不多说了，我就说一下新诗创作和诗词创作中的现代性。

周啸天老师的创作不仅深深植根于古典文学的沃土之中，更在传承的脉络里勇敢地探索创新。他的诗词连接古与今，让古典的韵味在现代的语境中重新绽放。去年中国作协在浙江乌镇召开的全委会上提出推动中国诗歌的现代化进程。我的理解，这里的中国诗歌既是指新诗，也包括我们的旧体诗词。在这一点上周啸天老师可以说是有着文学的自觉，一直在努力践行，并且取得了成就。

在题材选择上，啸天老师展现了勇气和智慧，他不拘泥于传统的束缚，而是大胆地将现代生活的元素融入诗词之中。无论是生活的温馨瞬间，还是社会现象地深刻剖析，都成了他笔下的灵动篇章。这种对现代生活的敏锐捕捉与深刻描绘，使得他的诗词作品更加贴近当代读者的内心世界，引发了广泛的共鸣。

在语言的运用上周啸天老师同样展现出了才华，他巧妙地将当代语汇融入古典诗词的框架中，使得诗词的语言既保留了古典的韵味，又充满了现代气息。爱默生说过，诗人是给万物重新命名的。这个重新命名就是说我们出现的事物，出新的事物、新的名词，你要给它赋予一种新的诗意，那么就要通过诗人不断地写。包括刚才也有老师提到了，为什么不能写高铁，为什么不能写飞机？高铁、飞机、新出现的事物就是要通过我们诗人，不管是新诗人还是旧体诗人，不断地写，就像月亮一样——时间写久了，我们一提到月亮，一提到月光，就感觉到这个词跟那个古玩一样，它是有包浆的，它是有诗意的。那么诗人是干什么的？就是给新出现的这些词赋予诗意的。这一点上，啸天老师语言的创新不仅丰富了诗词的表现力，也使得古典诗词在当下的语境中焕发了新的生命力，在意境的营造上更是独树一帜。他善于将古典诗词的意境与现代审美相结合，创造出一种既古典又现代的诗意空间。这种意境的营造，既展现了他对古典诗词传统的深刻理解，也体现了他对现代审美的敏锐把握。他的诗词如同一幅幅精美的画卷，让人在阅读中仿佛置身于一个既古典又现代的世界中。

更为难能可贵的是，周啸天老师的诗词创作还蕴含着深刻的人文关怀与批判精神。他善于从现代社会的种种现象中提炼出具有普遍意义的主题，用诗词的形式进行深刻的表达与思考。这种人文关怀与批判精神使得他的诗词不仅具有文学价值，更在文化传承、文学的时代见证等方面发挥着重要的作用。一个优秀的诗人，一个伟大的诗人，我认为他的成就除了文学价值，除了文化传承，更重要的一点，是他的文学的时代见证，即用文学来见证这个时代。周啸天老师在这方面发挥着重要的作用，从他的作品中我们也可以看出，啸天老师的诗词创作在继承古典文学传统的基础上大胆创新，展现出了鲜明的现代特征。他的诗词在古典与现代的交汇处，为中华文化的传承与发展注入了新的活力。他的诗词具有鲜明的时代意义。他的诗词不仅继承了传统诗词的精髓，还融入了现代生活的元素，展现了当代社会的面貌和人民的精神风貌。同时在题材、形式、人文关怀等方面都有所创新和突破，为现代诗词的创作和发展提供了新的思路。

因为时间原因，我在这里就不展开说，不对之处请周老师和各位领导嘉宾批评指正，谢谢大家。

（在2024中华诗词学会周啸天诗词研讨会上的发言）

周啸天诗词和诗论的精辟性、艺术性、时代性及其思想性

◉ 杭中华

国庆假期，当我拿到当代诗词名家周啸天先生寄来的《周啸天诗学话语》《我怎样做诗》《周啸天资料汇编》，以及首部长篇历史小说《薛涛》这几本书时，一股欣喜、一种兴奋，旋即涌满心怀。这段时间来，由于工作任务比较繁重，对这些精神食粮还只是浏览式阅读，对书中内容还学习不够。接下来的日子，我要一本一本地用心学习领会。

这次，来成都参加周啸天先生作品研讨会，对我来说是一次很好的学习机会。刚才，听了上述专家的发言，很受教益。虽然我是一名在国防建设战线上耕耘了40年的老兵，但却是一名中华诗词界的新兵——因为我真正系统性学习中华诗词也才五年时间。我在少年时就拥有一本简装的《唐诗三百首》，到部队后也买过精装的《唐诗三百首》，还有《唐诗鉴赏辞典》，业余时也经常拿出来阅读，笃信“熟读唐诗三百首，不会写诗也会吟”的理念。但读来读去，总感觉到格律诗词就像一座大山，高不可攀；就像星辰大海，遥不可及。直到我从部队退役前，我的一位老战友与我畅谈今后的人生规划时，就聊到了诗词。对于周先生，我是通过这位战友了解到的。他告诉我，在2014年中秋节后两天，在川大的良木缘咖啡馆，他第一次听周教授讲诗词，让他获益良多。每次他与我讲到先生的造诣时，就膜拜不已。这次，通过对先生的诗词和诗论文章、诗兴小说的概略学习，我深刻感受到了

其作品中的精辟性、艺术性、时代性及其思想性。

第一，先生诗词与诗论有其独到的精辟性。中华诗词学会于今年九月上旬，向中华诗词学会创作委员会、评论委员会、当代诗词曲赋联精品研究委员会、散曲工作委员会下达了“关于当代诗词名家研讨推介工作的意见”。时隔一个月，中华诗词学会创作委员会就率先垂范，首先举办“周啸天先生作品研讨会”，这既是先生的应有殊荣，更是体现了先生在诗词与诗论方面在全国名家当中的独有建树和名望地位。今、明两年，中华诗词学会着力推进“诗词精品年”，不断推动创作精品、筛选精品、推介精品工作，这次研讨会也正是推进精品年工作过程中的一个重要活动。我们的研讨，主要是对其审美追求、创作观念、创作风格、价值取向等方面进行研究，以起到引领、带动和端正诗风、提高质量、打造精品的作用。周先生著作等身，名篇佳作良多，是诗词界第一个获得鲁迅文学奖的。先生的著作《中国绝句诗史》《简明中国诗史》《诗词赏析七讲》《诗词创作十谈》《周啸天谈艺录》《啸天说诗》（6册）《将进茶——周啸天诗词选》等，都具有鲜明的精辟性特征，且遣词造句生动传神。他主编的《唐诗鉴赏辞典》，我早年就曾读到过；还有《元明清诗鉴赏辞典》，也曾经读到过。这些，于我来说，都是属于教科书式的读本教材，书中的语言既风趣又形象，读来使人感觉到精辟独到而贴切。读先生的书，我感到，就像一个人进入了殿堂级佳肴宴会，品尝到了世间珍奇美味，令人回味无穷，印象深刻。

第二，先生诗词与诗论有其美好的艺术性。读《周啸天诗学话语》，感觉到其既有亲和性与通俗性，又极具独到的艺术性特质。例如，关于诗心与佛心的论述，先生用大量的笔法，从美国诗人佛洛斯特的一句话“诗始于喜悦，止于智慧”来对“诗心与佛心”进行高度概括、精要诠释。到白居易论诗之为用，一曰“补察时政”，二曰“泄导人情”，还有泰戈尔对诗礼赞的态度，得出：这是人生大境界，自然之极，自在之极。是诗心，也是佛心。能写之复能行之，陶渊明是，泰戈尔也是。还有赵朴初的那种“生固欣然，死也无憾。花落花开，水流不断。我兮何有，谁欤安息。明月清风，不劳寻觅”，尤其是他的“我兮何有，谁欤安息”八个字的偈语，让人觉得这也是一个诗心佛心的一个颠扑不破的例子。还有孔子、苏东坡、严羽、王国维、朱光潜等贤哲，对诗心佛心的认知和悟道。在文章的最后，先生总结出：“故曰诗心深处，往往契合佛心。”这既是先生对诗心佛心内在机理的论证，更是先生对诗词艺术的彰显和升华。总之，读先生的诗论文章，既是一种知识的获得，更是一种精神的享受。这些天来，每每读来，总是爱不释卷。读先生的诗性小说《薛涛》，更是让我们从诗学话语中认识了薛涛这位女诗人——她在世时在成都的名气比杜甫还大，崇拜者甚至比杜甫还多。2024年7月6日，当长篇历史小说《薛涛》新书发布会在成都召开时，我隔空千里之外都能感觉到当时的轰动氛围。先生以其独特视角联结现代审美，对薛涛进行了一次创新性的诠释，带领读者重新认识了薛涛，使这样一位女诗人的形象一下子就栩栩如生、高大了起来。阅读《薛涛》这本新编传奇演义的章回小说，知识性、趣味性、艺术性顿生。作为专攻诗词的文学教授，先生以其深厚的文化底蕴、卓越的诗词造诣，以及诙谐幽默的语言风格，为这部历史长篇小说赋予了诗意盎然的阅读体验。

第三，先生诗词与诗论有其鲜明的时代性。对于当代诗词，先生说：“我主张三条：一曰书写当下，二曰衔接传统，三曰诗风独到。有了书写当下、衔接传统这两条，允称小好；加上诗风独到这一条，堪称大好。”在先生《我怎样做诗》一书中，就鲜明地把书写当下作为首条遵循。毋庸置疑，一个文化作品，如果没有时代特色，没有时代的标志，那么这就是一个过时的作品，无论诗、书、画、文，其衡量标准都应当如此。一个不合时代口味，不合时代要求的诗作，这样的作品是得不到时代欢迎的。先生弘扬的这个观点，笔墨当随时代，也正是中华诗词学会所倡导的。先生诗学话语《论鉴衡》中讲到，当代诗词倘若不为当代生活所动，写得与古人不分彼此，就算做到了情真、格高、辞美、律严这样一种标准，也不见得就是当代的好诗。诚然，亦如先生所述，不书写当下，不书写时事，没有开放的思想意识，题材是传统题材，思想是陈旧思想，情调是士大夫情调，“雷同则可以不有，虽欲存焉而不能”。周文彰会长数次讲道：有一个地方曾经刊登一个征稿启事，要书写这个城市的时代变化、巨大成就。下面注明，请大家写唐诗宋词。他打了个电话过去，说：古人看到的这个城市，跟我们今天看的这个城市是一样的吗？不知道起了多大的变化，可以说是天翻地覆。因此，唐诗宋词，它不能够反映现在这个时代，这个城市的巨大变化。这就是我们诗词界的一个很大的认识误区，认为只有写唐诗宋词才是稳妥的、靠得住的，经过检验的。当代诗人可能不太出名，写的东西也不一定篇篇都像唐诗宋词。那个征稿启事的意图是为了讴歌现如今这个城市的发展变化，但是内容却要求抄唐诗宋词，所以那个活动的时代性可想而知。我们在此，可以讲，先生诗词与诗论的时代性是非常鲜明的。还有，先生的《邓稼先歌》歌颂记载了做成一件大事的邓稼先，也写就了一首大诗，其无声而有形的号召，就是让我们以两弹元勋邓稼先为榜样，做成一两件令人无恨的事情。这就是先生笔墨当随时代的鲜明例证和博大情怀。

第四，先生诗词与诗论有其深刻的思想性。读原载2006年5月12日《文汇报》王蒙先生的《读来甚觉畅快——谈周啸天的传统体诗词》一文，就可窥见周啸天先生的诗词风格和创作的大格局、大视野。第一，他写得古香古色，深凝典雅；第二，他写得新奇时尚，与时俱进；第三，他写得活泼生动，快乐阳光；第四，他写得与众不同，自立门户；第五，他写得衔接传统，天衣无缝。这五条，刻画了先生的鲜明的诗词观，更体现了先生诗词与诗论深刻的思想性。据说先生在构思创作《薛涛》这本书时，考量有五，其中第一便是要讲政治态度。我觉得，这体现了一种政治上的自觉，也是先生诗词与诗论思想性深刻的体现。

总之，学习先生的名篇大作，品读先生诗词与诗论之中蕴含的哲理，使我受益匪浅，收获颇丰。我将借参加这次研讨会的劲风，进一步梳理学习，深化研究，不断提高诗学和诗词理论水平。就履职而言，我将严格按章办事，充分发挥好桥梁和纽带作用，服务保障好各级诗词组织。让我们共同努力、精诚团结，把诗词精品工作做扎实，推动中华诗词事业不断前进。

（在2024中华诗词学会周啸天诗词研讨会上的发言）

评聂绀弩、周啸天、曾少立三家诗

◉ 滕伟明

记得《星星》诗刊在1997年发表了周涛的《新诗十三问》一文，对新诗的前途表示忧虑。我在《四川文化报》上进行了评论，认为新诗是舶来品，它拒绝吸收传统文化的乳汁，应是行之不远。一晃就是20年，我惊奇地发现，新诗并没有消灭，它的反传统精神更加强烈了。我对旧诗界比较熟悉，又慢慢发现一个奇怪的现象，旧诗界却有不少人在借鉴新诗，看来他们的态度比起新诗界领袖人物要温和得多。例如杨逸明、星汉、刘庆霖，他们的构思就往往与新诗合拍。不过，这篇文章说的是聂绀弩、周啸天、曾少立三家诗。

写这篇文章之前，我略微翻了一下文学史，发现新诗界并不是一开始就反对传统。闻一多《死水》："这是一沟绝望的死水，清风吹不起半点漪沦。不如多扔些破铜烂铁，爽性泼你的剩菜残羹。"这里既有韵又有律（闻一多把它叫作"音步"或"音顿"）。贺敬之《三门峡》："望三门，三门开，黄河之水天上来。神门险，鬼门窄，人门以上百丈崖。"一望就知道他受了李白古风的影响。最奇怪的是戴望舒的《无题》："说的是寂寞的秋的清愁，说的是辽远的海的相思，假如有人问起我的烦忧，我不敢说出你的名字。""我不敢说出你的名字，假如有人问起我的烦忧。说的是辽远的海的相思，说的是寂寞的秋的清愁。"很显然，他在做一个实验，看能不能用新诗弄出一首词来。我受到启发，索性自度了一首《照影子》词："晓风残月几声鸡，烟笼十里堤。万言都在眉峰里，我和你。一生报答是嘘唏。”“一生报答是嘘唏。我和你，万言都在眉峰里。烟笼十里堤，晓风残月几声鸡。”这说明，新旧诗是可以相互借鉴的，只可惜新旧诗人坐在一起推心置腹认真讨论的机会实在是太少了。

大概是在十年前，我认识了周啸天，他送给我一本诗集，我翻开一看，集子里有很多古风，我很喜欢，就陆续在《岷峨诗稿》上发表他的作品。后来偶尔闲谈，他说他的风格的形成，是受了聂绀弩的影响。我这才重新翻读聂绀弩的作品。

对于聂绀弩，理论界颇有微词，这里就不讨论他的思想内容了。重新翻看之后，我在思考，他的作品有没有文本价值。过去我把聂绀弩的风格称为“醉拳”，即不承认他是正宗武术，现在看法有点变化。聂绀弩同时弄新文学和旧文学，在蹲牛棚的时候，他的憋屈总得发泄，用什么文体呢，当然旧诗是首选。从“生来便是放牛娃，真放牛时日已斜”（《放牛》）看，从“行李一肩强自挑，日光如水水如刀”（《周婆来探后回京》）看，他完全可以走正宗的路子，可是他不走，他偏要“装怪”，于是“散宜生体”就出现了。

我们先来看他的《拾穗同祖光》：“不用镰锄铲镢锹，无需掘割捆抬挑。一丘田有几遗穗，五合米要千折腰。俯仰雍容君逸少，屈深艰拙仆曹交。才因拾得抬身起，忽见身边又一条。”内容很简单，就是与吴祖光一起拾麦穗，但是语言表现形式很独特。首先，他选用了律诗最忌讳的“费词”的手法，即故意集中“败笔”以形成新的风格。你看一大堆农具，一连串田间劳作，有这必要吗，他偏要硬抬出来。接下来，他大量使用典故，“五合米要千折腰”，这是从“岂能为五斗米折腰向乡里小儿”变化而来，但是充满新意。恭维吴祖光长得漂亮（像王羲之），嘲笑自己长得丑陋（像曹交，另外的地方他又说自己像堂吉诃德），这是故意增加难度，使你觉得他的文字有“嚼头”。

我们再看他的《推磨》：“百事输人我老牛，唯馀转磨稍风流。春雷隐隐全中国，玉雪霏霏一小楼。把坏心思磨粉碎，到新天地作环游。连朝齐步三千里，不在雷池更外头。”这是“反话正说”，“装怪”的意味更浓。当了“右派”，当然有“坏心思”，现在要像磨麦一样把你磨个粉碎。“环游”句是说绕着磨盘转。“雷池”句是说自己绝对守规矩。把简单的事故意说复杂，这就是聂绀弩所追求的新意。

聂绀弩其实是在写新诗，但他偏要把它塞进旧诗的茧壳里，造成一种“陌生的熟悉感”，这大概就是“散宜生体”的特点了。

周啸天集子里也有很典雅的东西，如“三苏名重，岷江源远，眉山如画。遥想当年，一门双桂，小乔初嫁。去来弹指匆匆，惜风月，悠闲无价。唤起词仙，衔杯屏妓，为予清话。”（《柳梢青》）就很清丽。周啸天获鲁奖的时候，网上一片嘲讽，只有李子站出来为之辩护，说周啸天集子里有好诗（大概就是指上面那种），你们攻击的只是他的臭诗。心意是好的，但未必说准了。周啸天有意学习聂绀弩，但有自己的风格，姑且叫作“欣托居体”罢，而“欣托居体”恰恰要用他的“臭诗”来作说明。

反复翻读《欣托居歌诗》集，可以判断他的确是在写旧诗，可是他大量使用口语，使他的作品明白如话，又成为他的特点。周啸天不装怪，他的新颖处在于他的人文关怀特别突出，一般人不敢想，也不敢动笔。说是“臭诗”，那是活天冤枉。

先看他的《洗脚歌》：“昔时高祖在高阳，乱骂竖儒倨胡床。劳工近世闹翻身，天下久无洗脚房。开放之年毛公逝，香风一夕吹十里。银盆滑如涧底石，兰汤浑似沧浪水。健身中心即金屋，中有玉女濯吾足。大腕签单既得趣，小姐收入颇不俗。别有蜀清驻玉趾，转教少年为趋侍。游刃削足技艺高，捏拿恭谨如孝子。君不闻钱之言泉贵流通，洗与为洗视分工。沧桑更换若走马，三十河西复河东。尔今俯首休气馁，侬今跷脚聊臭美。来生万一作河东，安知我不为卿洗？”这怎么就是“顺口溜”呢？这怎么就是“臭诗”呢？说是“臭诗”的人攻击他这诗是在“捧臭脚”，用这样陈腐的观念来诋毁人文关怀，真可谓“不知好歹”，乌足言诗？说是“顺口溜”，大概是指诗中出现了“大腕”“跷脚”“臭美”等字眼，这就是“俗”，不能登大雅之堂。且慢，请仔细看看，能把“大腕”“跷脚”“臭美”等字眼与“竖儒”“金屋”“蜀清”等字眼整合在一起，这需要有多大的功力！就说“河东”一词，出现了两次（第二次是“河东狮吼”的意思），作者不加说明，可见相当自信。周啸天常说，读到什么份上就能写到什么份上，他腹笥甚广，却努力创新，努力与新诗看齐，这种勇气是值得称道的。

再看他的《葡京赌城》：“人生何处无博弈，胜败由来事不期。丈夫赌命报天子，股市平地有险巇。曾经沧海伤怀抱，荡子归来天欲老。邓公一言九鼎重，五十年间马照跑。东方赌城数葡京，葡京风水甲澳门。年输巨亿作国帑，赌王乃能均富贫。堂殿中西聚文物，件件美奂连城璧。七尺珊瑚只自惭，石崇休夸富敌国。门前居民迹如扫，挥金十九大陆客。海角归来说双规，使我达官失颜色。”这很能代表周啸天古风的特点，它是多主题的（“一国两制”，澳门福利，贪官双规），它是冷静观察的，它是从容叙事的。正因为如此，周啸天几乎达到了“无事不可入”的地步，他的题材可说是空前多样。《邓稼先歌》也是多主题的，但受到最猛烈的炮轰，作者无可奈何地告诉记者：他们把对体制的不满发泄到我的头上。噫，选材可不慎欤！

一个站得住的诗人，他首先必须做到独立思考，其次必须形成自己独特的语言风格。但作者的独立思考是靠他的语言表达出来的，所以语言反而成为作者成功的标志。周啸天的语言与聂绀弩不同，聂绀弩是故意把简单的说复杂，周啸天是故意把复杂的说简单。他用了很多典故（例如曾经沧海难为水，荡子行不归，天若有情天亦老，石崇斗富），但都作了最大程度的降解，“努力与新诗看齐”，我认为他是成功的。他走过了胡适的《尝试集》，也走过了吴芳吉的《白屋诗稿》，形成了成熟的“欣托居体”。“欣托居体”的特点就是给读者造成一种“熟悉的陌生感”。这种“陌生感”也不是真的陌生，而是我们没想到，或者不敢写。例如“人妖”，我们大多是鄙夷的、不屑一顾的。人妖也是人，周啸天是以博爱平等的情怀去表现他们的，绝非骂题，此之谓“人文关怀”，恰恰是值得赞许的。

四川诗人文伯伦说：“关于诗词，近当代的作者，似乎有三种。一种是进不去；一种是进得去，出不来；最后是进去又出来，此种为数不多。吴芳吉、聂绀弩，都想走出来，只取得局部的成功。而周啸天，是大摇大摆走出来的，就这个意义说，很了不起。以诗词而获鲁奖，意义也深远。再者，对被推到风口浪尖的四川诗坛，这也有镇舱石的作用。”

认识曾少立（李子）要比认识周啸天早得多，从网上看见他的《咏血管》就喜欢上了。后来读到他的《今天俺上学了》：“下地回来爹喝酒，娘亲没再嘟囔。今天俺是读书郎。拨烟柴火灶，写字土灰墙。”“小凳门前端大碗，夕阳红上腮帮。俺哥和俺姐，一去一年长。”（《临江仙》）更是喜欢。那时我把他定位为“乡土诗人”，还想认真写一篇评论。可是，北漂生活改变了他的风格，使他变得孤独和失落，你看他的《喝火令》：“日落长街尾，西山动紫岚。繁华气色晚来膻。旋转玻璃门上，光影逐衣冠。”“买断人前醉，飘零海上船。高楼似魅似蹒跚。一阵风来，一阵夜伤寒。一阵星流云散，灯火满长安。”这时李子还是李子，他实践了他的艺术主张，第一是“有事”，第二是“变形”，第三是“合理想象”。这时他在语言的独创上，反而进了一步。你看“驱驰地铁东西线，俯仰薪金上下班”，像不像聂绀弩的“青眼高歌望吾子，红心大干管他妈”？都是把白话硬塞进旧体诗的茧壳里，而且这个茧壳还很精致。再后来，他喊出了自己的口号：“远离青史与良辰，来做神州操淡人。”我就知道他走上了“另类”的道路，但他营造的“李子体”，偏偏要用另类作品来做代表，弄得我无所适从了。

《采桑子》：“亡魂撞响回车键，枪眼如坑，字眼如坑，智者从来拒出生。”“街头走失新鞋子，灯火之城，人类之城，夜色收容黑眼睛。”还好，大体还看得出来这是从电脑打字中生发的感慨，不是天马行空。估计这时他读过顾城、舒婷、北岛、海子的作品，故意要写得朦朦胧胧，叫你找不着北。

《临江仙》：“你在桃花怀孕后，请来燕子伤怀。河流为你不穿鞋。因为你存在，老虎渡河来。”“你把皇宫拿去了，改成柏木棺材。你留明月让人猜。因为你存在，我是笨男孩。”无凭无据，这完全就是天马行空了，除了叛逆情绪之外，我们感觉不到什么。这时的李子，真有点走火入魔了。他是故意把玻璃碴、瓷瓦碎片、锈钉子搅点胶水，硬塞进传统诗的模子力里，形成一种怪诞的文体，例如“伟哥”对“伊妹”等等，此之谓“叛逆情绪”。唉，不管他吃了蜘蛛还是吃了螃蟹，我还是喜欢他。但是如果由我来编当代选本，我宁愿收他前期的作品（乡土作品与北漂作品）。

“存在的都是合理的”。“李子体”颠覆了词体，颠覆了词语，故意叫你搞不懂，仍然算是一体，我给他下的定义是“给读者造成荒诞的陌生感”。

“散宜生体”“欣托居体”“李子体”都是新式语言的开拓者，他们都受了新诗的影响，我们应该承认他们已经另成一派，就叫“新潮派”吧。

（原载《岷峨诗稿》，2017年总第123期）

《欣托居歌诗》平议

◉ 杨景龙

周啸天先生是首位也是迄今唯一获颁鲁迅文学奖诗歌奖的当代旧体诗人，获奖之后引发的讨论，即多涉及他的旧体诗词作品的雅俗风格问题。他的诗词集《欣托居歌诗》，由四川文艺出版社于2006年6月出版，目录前有王蒙文《读来甚觉畅快——谈周啸天的传统诗词》，周啸天《成都幸会王蒙并诗》《自叙》。该集收诗92题204首，收词21首，共收诗词225首。每首诗后均有作者注释，或交代创作背景，或笺释语词典故，部分作品后有“附录”，系友人对该作之评点，均为读者对文本的理解提供方便。书中点缀书家侯开嘉、管遗瑞、何开鑫、曹宝麟、袁子琳、张积杰、钱来忠、张达煜、马双喜、张卫东、章继肃、刘奇晋、顾妙林、顾振乐书写及作者自书部分作品墨迹，与作品内容有关的古今中外名家画作、风光摄影、新闻图片，作者师友手迹书影等，赏心悦目，增添了该集的欣赏和收藏价值。

《欣托居歌诗》自叙云：“某也惭太白之豪情，愧少陵之物与，偷香山之格律，接眉山之兴会。拈管城之旧锥，作浮世之新绘。拓宽取材，趋生命意。有义可陈，于事可据。酌用比兴，略关美刺。毫发其无遗憾，七步得有佳句。句有发端，尤重空际传神；篇无余味，唯是卒章显志。近体谨严，贵乎畅达；歌行恣肆，忌在滑易。诙谐之极，或出庄严之态；阳刚为本，映带妩媚之姿。诗有赠答，不为应景；餐到韭蓱，敢堕恶趣。平仄稍严，欲存唱叹之音；韵对从宽，不失萧闲之致。”自道诗学趋尚，自评创作特点，可供读者参考。其中值得关注者是“浮世新绘”“拓宽取材”“畅达恣肆”“滑易诙谐”等表述，透露了该集诗词的题材、语言、风格，皆与散曲为近的消息。

该书封底，辑录王蒙、刘学锴、余恕诚、方牧的“师友寄语”四则，虽皆是师友赏爱，赞美有加，但名家之言，颇中肯綮，足予读者以启迪。王蒙认为：“难得有此一部奇书，值得一读一吟一粲。第一他写得古色古香，幽凝典雅；第二他写得新奇时尚，与时俱进；第三他写得活泼生动，快乐阳光；第四他写得与众不同，自立门户；第五他写得衔接传统，天衣无缝。这里有一种平常心，写平常事，而平常人平常诗中出现了趣味，出现了善良，出现了生机，出现了至乐至工至和，在充满戾气的现代世界上，这实在是难得的和谐之音。读周啸天之诗词，人生快事也。”王蒙的话，指出周啸天诗词取材广泛、不避卑俗、风趣活泼的特点，触及他的作品与端雅为主的传统诗词大相径庭的取材路向与美感风格问题；读之能发人“一粲”，引为“人生快事”，则正与前人论曲的话头相似，比如明人凌濛初即认为曲子具有让人“一听而无不了然快意”的特殊效果[①]。刘学锴云：“你的七古真是越写越纯熟老到了，除了四川人的幽默外，还有个人的风格。旧体诗词在你那里绝非无病呻吟，附庸风雅，而是和时事、和开放的思想意识结合得很紧。读起来不费力，有风趣，不像有的学人写的学问诗，让人头疼，望而生畏、生厌。诗像你这样写法，也算得上是一种惬意的生活享受了。”余恕诚云：“今晚在灯下，几乎把这部诗集都读了一遍，真是一种享受。第一，我觉得这个集子已经不单薄了，印刷得又极好，足以传世；第二，既是道地的旧体诗词，又极富有时代感；第三，作者用他的诗证明旧体诗词是有生命力的，今后还会有大放光芒的时候。”方牧云：“蜀人多才子，此书作者也是一个。写诗非有才气不可，有才气即有悟性，善于联想，不滞于物象而能超诸物外。‘写诗必此诗，定知非诗人’。写诗更非有学识不可，学是积累，识乃创建。

① 《谭曲杂札》，〔明〕凌濛初（著），中国戏剧出版社1982年11月版，第259页。

无积累学养只能写打油诗；无创见，人云亦云，只能写试帖诗。此书作者才学均佳，故诗兴郁勃，诗句清新，新意迭见。而四川人之幽默及‘变脸’绝艺，他人不可学也。”三人不约而同，都突出强调了周啸天诗词与一般学人诗词不同的“幽默风趣”格调，以及由此带来的阅读快适之感。我们认为，正是周啸天诗词浓郁的曲味、曲趣，才让当代创作界和古典诗词研究界的几位名家，产生了相似的阅读感受和共鸣。下面结合周啸天《欣托居歌诗》中的作品，略加分析，以为印证。

该集“自叙”拈出太白、少陵、香山、东坡诸位诗国大佬，取法乎上之义也。追步诸佬，也是所有“晚生”诗人的梦想。但梦想高远，未必能够实现，确是多数“晚生”诗人之常态。持平而论，该集作者于太白之豪放，少陵之沉郁，香山之平实，东坡之叙议，时或得之，亦属不易。作者既以“歌诗”名集，集中最有创意者自然属于“歌诗”一体，诸如《中秋引》《将进茶》《海啸歌》《泰国行》《葡京赌城》《澳门观舞》《代悲白头翁》《悼哥哥》《挽歌诗》《成龙歌》《Y先生歌》《听王蒙讲座感赋》《徽州民居》《太白醉月歙砚歌》《洗脚歌》《人妖歌》《观〈走近张大千〉戏题长句》《隐私歌》《何所长歌》《天谴》《雨霖铃歌》等皆是。举凡苏门答腊海啸、泰国人妖、澳门赌城、萨达姆被擒、张国荣自杀、顾城戕人自戕、戴安娜遇害、动物生存境遇、知识分子命运、名人生活隐私、底层小吏弄奸等等，均为取材时事，古人笔下所无者。这种取材现代生活的无边宽泛，在其他体类诗词中亦复不少，如《鹊踏枝》咏“IC卡”，《永遇乐》咏汽车“驾校”，七绝《短信》《中秋得短信戏作》咏手机“短信”，《超级女声决赛长沙二首》写电视台当红节目，《报载翁杨订婚偶成二首》写翁帆、杨振宁忘年婚姻等等，题材的无边宽泛性与即时新闻性，与文本语言风格的谐趣滑稽，使该集的整体美感类同散曲。试看一首《Y先生歌》：

自古读书得通人，成都今有Y先生；迩言杂字得甚解，作书瘦硬取风神。少谓躬逢时不忌，拈得好句辄色喜；造化小儿诗弄人，划作右派狗不理。罚为贱役守书城，乃效蠹鱼肄其勤；得成字汇补段注，在劫莫逃秦火焚。祸延慈母那便哭，痴绝红颜惜穷途；好水好山天下有，剩男剩女世间无！一为解匠归去来，几家高举几沉埋；我生竟为刀锯余，忍看大柴化小柴！故园惊蛰寒螀鸣，迩来新诗绝无闻；不喜大人常闭关，偶娱小我颇为文。早起见鬼龚夫子，龙潭放尿云飞君；时月不见Y先生，鄙吝之心竟复生。不趋时尚且追星，彼岸还有Y先生；一只蟋蟀叫今古，真作假时假亦真。粗茶淡饭杂时蔬，厕上床前几卷书；兴来颜戳李敖厚，得间微挑金庸疏。市场炒作视行情，以不行行行不行；诗客或为门外汉，书家岂是社中人！时人错把比庄子，心中犹有杜意存；先生姓Y实不Y，瓦釜喧喧已雷鸣。

歌中的Y先生，即本名余勋坦的著名诗人流沙河，1957年因散文组诗《草木篇》划为“右派”，举国声讨批判，被判劳改苦役20余年。“文化大革命”结束后始获平反，旋以句式篇幅、语言风格都类似古典词曲的一组新诗《故园九咏》，获全国新诗奖，而再次闻名诗坛。在漫长的苦难生涯中，流沙河的人格心理也发生了贴近元曲家的畸变，幽默风趣，打油滑稽，以之化解人生的沉重苦难辛酸，这成为他能够度过劫难的有效自疗自救方式。此歌题咏流沙河，抓准了主人公性格的最大特点，通篇出以幽默滑稽之趣笔，时见调侃，不避粗俗，作者性格、作品风格与作品主人公性格及诗文风格，四位一体，完全统一，诚属诗坛不易遇合的趣事奇事。

上举歌行类作品中，作者以纵恣之笔，铺陈排比，描画叙议，有必达之情，无难言之隐。虽多杂嘲戏，而美刺比兴，时有寓焉，或于篇中夹杂提点，或于篇末卒章显志，有为之作，非同泛泛。这与本色派曲家时时在曲作中讽世、刺世、骂世的做法相似。《洗脚歌》《人妖歌》二首，王蒙推为“绝唱”[①]。《人妖歌》取材更新，寄意更深，歌云：

① 《欣托居歌诗》，周啸天（著），四川文艺出版社2006年6月版，第6页。

京剧旦行梅派工，越剧小生范徐红。反串之妙补造化，何须台后辨雌雄。五色灯光人其颀，初见烟雾蒙玉质。回眸启齿略放电，伴舞女郎失颜色。一身宛转二重唱，男声浑厚女声泣。美发一挥何飘柔，踏摇四体皆魅力。人妖本出里巷中，父母养儿为济穷。勾栏一入深如海，绝世无由作顽童！心性先从教化改，形体渐受荷尔蒙。吞声学艺近残酷，不比寻常事委曲。注射自戕违养生，服食尤惜年光促。年光促兮终不悔，惟效昙花放异彩。竞技选美作生涯，舞台得有绚丽在。观光客自天外来，一方经济为翻倍。舍身奉献非凡庸，我诚敬畏讵宽容。漫哂琉璃不坚牢，尔曹百岁总成空！亭亭净植宜远观，尤物从来拒亵玩。海外归为知者道，莫使逢人作奇谈。

此歌取材，亘古未有，然犹在其次；可贵者在于写此娱乐时代扭曲人性的变态之事，而不尽猎奇炫异，不甚油滑调侃，不觉亵秽猥琐，歌中有一种理解体贴之同情，闪耀着温暖的人性光辉，这是此歌高出元散曲的地方，此等题材若在元曲家笔下，必以全力嘲戏为能事。即此而论，作者每每仰攀杜诗自证，不为无因。但是作者似乎忽略了杜诗庄重沉郁、不杂浮滑的风格特点，所以说，作者这篇即事纪实长歌，因其中杂有“何须台后辨雌雄”“回眸启齿略放电”“形体渐受荷尔蒙”等语句，与杜甫“即事名篇”的新乐府诗，在美感品格上终究不同，而更像是曲中散套的当代变格。作者另有一篇《纽扣辞》，亦饶理致趣味：

解解系系解，系系解解系。朝系夕必解，夕解朝还系。解是系者解，系自解者系。解则由他解，系还任我系。不系即不解，善解长善系。

作者自注云，此作是对清初无名氏《剃头诗》和当代夏衍《整人诗》的模仿。清初无名氏《剃头诗》云：“剃剃头头剃，头头剃剃头。有头皆须剃，不剃不成头。剃自由他剃，头还是我头。且看剃头者，人亦剃其头。”

夏衍《整人诗》云："闻道人须整，而今尽整人。有人皆可整，不整不成人。人自由他整，人还是我人。试看整人者，人亦整其人。"作者模仿的范本，即为诗中打油一体，而散曲的诙谐趣味，正是诗中打油一体的普遍放大。

总体上看，周啸天的歌诗已经散曲化，长篇歌行"阖辟纵横，变幻超忽，疾雷震霆，凄风急雨"的体调特点[①]，已不甚显明，而更多地体现为近似曲体的畅达平易、活泼风趣。毋庸讳言，这些歌诗较为普遍地存在如下两个问题：一是在手法上追求恣纵、风格上追求幽默之时，或有"滑易"之嫌，如《洗脚歌》中"侬今跷脚聊臭美"，《将进茶》中"佳境恰如初吻余"，《观〈走近张大千〉戏题长句》中的"先生甚有女人缘"，《听王蒙讲座感赋》中"凿空乱吐葡萄皮"，《Y先生歌》中"划作右派狗不理""龙潭放尿云飞君"，《何所长歌》中"何所长，何所长，有何所长当所长"，《澳门观舞》中"伊人颇具丘壑趣""两点露处酮体白"等，尤其是《澳门观舞》中仿照小说出版删节禁忌描写之法，自开天窗，删除四句二十余字，真古今诗人未有之俳谐举措也，让人想起当代出版的明清小说如《金瓶梅》《三言》《二拍》中的空格删节，以及贾平凹小说《废都》中的相同做法。这不仅仅是个人的趣味好尚问题，而是旧体诗词在现当代出现的一个带有普遍性的问题，现代语言、现代生活、现代人的审美心理的全面世俗化，必然带来格调典雅的旧体诗词写作的浅俗化倾向，以"元曲精神"为诗词，降格破体，就成为不可避免之事。

歌行之外，《欣托居歌诗》中律绝佳者如《千手观音》："天人千手妙回春，族类同痴泪不禁。失语时分存至辩，无声国度走雷音。花光的历飘香久，法相庄严蕴意深。引领慈航成普度，神州除夕降甘霖。"此诗写2005年春节晚会二十一位聋哑姑娘节目表演，作哲理的引申与佛法的推演，读来颇有意味。又如《寄潘啸龙》："阔别湖山岁月更，当年夜语忆才情。同时瑜亮传双啸，异地天龙通一鸣。自古官商能速富，于今教授剩清名。曲终泪尽

---

① 《诗薮》，〔明〕胡应麟（编），上海古籍出版社1979年11月版，第48页。

贬臣传，应有三千白发生。”不仅颔联紧扣两人名字生发巧思，而且写出了同门情谊和人生命运感慨。再如《千年抒怀》：

一盏清茶一局棋，筱园风咏接风姿。
自从心照不宣处，还到意犹未尽时。
徒有痴情愁白首，苦无佳句比红儿。
枇杷花巷千秋改，水月盈虚信不亏。

千秋文人情怀，无非红颜知己，心心相印。此诗妙在切合筱园典故，以用典代直抒，于缠绵悱恻中解悟道心禅意，因而脱出俗套。它如七律《成都师专八二中文毕业二十周年聚会》《青城后山纪游》《雅安行》等，皆有可观。绝句如《天涯海角》《南山寺》《江淮行八首》之一等亦颇堪读，而以《儿童杂事诗》三首之一为最：“爷立儿走月即走，儿立爷走月不走。儿太聪明爷太痴，月亮只爱小朋友。”语虽俚浅，情事却极为真切，是为难得。词则以《浣溪沙》最优：

又值风清月白时。书传云外梦先知。绿窗惊觉细寻思。亭合双江成锦水，桥分九眼到斜晖。芳尘一去邈难追。

言情写景，有《花间》风味。集中真正融入个体生命情感体验者，如《鹧鸪天·感事》《枕函辞》二首，乃是真痛真痒，非为文造情者也。《席上听陈智林唱望娘滩》一首，似唐人乐府，亦能感人。

《欣托居歌诗》中有一组《论古唐诗文绝句五十二首》，还有一些其他体的论诗谈艺之作，是作为学者的周啸天的文学批评理论的诗体表述，这种表述方式是对古代以诗论诗、以诗论文的批评传统的继承借鉴。出新意者如《陌上桑》二首其一：“来归怨怒忆秦娥，不独踟蹰五马过。使君免却三陪意，好色共人不较多。”坦言“好色”乃是共同人性。《蔡琰》二首之一：

“母爱春晖作舍鱼，文姬何忍遽抛雏。知青也有回城梦，况妾十年隔汉胡。”古今对接，异代同悲，为人生命运一哭。《沈约》：“诗到永明体变新，宫商制韵继灵均。钟嵘未可轻平仄，妙达此旨始言文。”不迷信权威看法，指出永明格律对于诗歌史发展的重要意义。《杜审言》：“梅柳渡江又一春，谁歌古调和陆丞。高才傲世擅长律，衣钵薪传到少陵。”拈出诗歌史上最著名的祖孙“隔代遗传”现象，颇具识见。《李白》三首之一：“上一千年唯屈子，下一千年有莎翁。风定大江涛浪涌，白云变灭倏从空。”评价李白，多了一个域外的参照维度，所见自是不同。《韩愈》三首之一：“虚荒诞幻怜长吉，狠重险奇任退之。补弊何妨丑作美，挽衰是以文为诗。”美丑相济，诗文互生，是文学现象也是艺术规律。《青莲》尾联：“大梦浮生定格处，仰天大笑出门时。”十四字摹写青莲，可谓形神兼具。《雨霖铃歌》发唱二句：“坡仙歌罢大江东，一点名心欲妒谁。”揣摩的实际是一种如布鲁姆所说的“影响焦虑”心理①。凡此，均能以只眼新意予人启示。

如上所论，周啸天先生是众体兼擅当代旧体诗人，但其最出新意的作品，无疑在歌行一体。他的歌行创作，因为散曲元素的加入，已经改变或部分改变了歌行体的诗歌史风貌。这与聂绀弩、启功等人旧体诗词创作中渗透的曲味曲趣，性质是相同的。与聂绀弩、启功相比，周啸天行辈偏晚，是20世纪50年代以后成长起来的一代新人，曾经上山下乡，接受贫下中农再教育。其时，“工农兵文化”在社会上全面普及，传统文士的雅文化遭遇灭顶。所以，在无处不在的民间俗文化氛围中长大的周啸天这代人，人格心理和审美趣味更容易受曲学精神的濡染，而与曲学精神达成认同。导致包括周啸天先生在内的当代旧体诗词创作大面积接受曲学精神影响的原因，一是愈趋低俗的时代风会，二是作者个人的经历遭遇，三是白话新文学的无形影响。更重要的原因，应是晚生的诗人为了适应表现现代社会生活的需要，做出的开拓诗词题材领域、转换诗词语言系统、创生诗词新鲜美感的主观努

① 参看哈罗德·布鲁姆《影响的焦虑》，徐文博（译），江苏教育出版社2006年4月版。

力。这就必然触及当代旧体诗词的“破体”写作问题。“早生”的作者，当一种文体方兴，主要致力于“成体”；但“晚生”的作者，当“文体通行既久，染指遂多，自成习套”之时[①]，要想度越前贤，自出新意，唯一的生路恐怕就是“破体”写作了。“破体”写作的过程，就是建设新体、创生新美的实践过程。本文谈论的三家“破体”写作，主要是让诗词与本色派散曲建立一种“互文性”关系[②]。还有一些当代旧体诗词作者，文体观念更为开放，不断尝试让旧体诗词与各种文体之间建立起“互文性”关系，不断地让旧体诗词与各种文体兼容互渗，不断地通过“破体”写作建设新体、创生新美。当然，“破体”写作的终极效果究竟如何，还要通过时间来作总结算，但包括周啸天先生在内的“晚生”的“破体”写作者们，所体现出的不为既成规矩所囿的探索创新精神，还是值得我们现在就给予足够的肯定性评价的。

---

① 《人间词话》，王国维（著），人民文学出版社1984年9月版，第218页。

② 参看蒂费纳·萨莫瓦约《互文性研究》，邵炜（译），天津人民出版社2003年1月版。

读《欣托居歌诗》有感

◉ 商振泰

一

经典记忆文化传播有限公司精心制作、四川文艺出版社隆重推出了周啸天先生的《欣托居歌诗》。著作的版本分类为中国当代旧体诗作品集，作者在《自叙》中如是宣示了自己的创作宗旨：“拈管城之旧锥，作浮世之新绘。”

对近四分之一世纪中国当代新诗坛的变迁如何评价，可谓众声喧哗，争鸣未已。今年第6期《读书》杂志刊有李少君《从莽汉到撒娇》，该文多少传达了曾各领风骚三五年的新诗人在反思后的某种心声。他说：“在我看来，我们这一代人的经历就可以概括为‘从莽汉到撒娇’。”李少君作为过来人对他们这一代人的心灵历程作了生动的描述，并预言：“在中产阶级开始弥漫横行的时代，在体制与秩序日益坚固的时代，撒娇派将大有作为，横扫天下。”周啸天先生不属于新诗坛的风云人物，但他一直关注着新诗坛的风雨历程；他也歌咏过新诗，《欣托居歌诗》就附录有《李太白颂》《月下的花朵》等得意之作。近四分之一世纪，周啸天先生没离开过高等学校中文系教学、科研和管理岗位，潜心劳作于诗学研究和中国古典诗歌鉴赏的事业，但他不是象牙塔中人，更不是在开中药铺、掉旧书袋中讨生活的迂夫子。他是性情中人，也是个思想者，关心世事，关心人情。他歌唱的是自我的心声：或以诗人自身为视角，或以诗人自身心灵感知为抒情线索，或以诗人视野中的浮世相为抒情讽喻对象。这就与李少君文中所说的“莽汉”当年所宣称的相近了：“诗人们唯一关心的是以诗人自身——‘我’为契子，对世界进行最全面地、最直接地介入。”实际上，《欣托居歌诗》最为人们青睐的还是诗人自我介入世界的歌唱，也就是“作浮世之新绘”，摇荡人心之作有如《人妖歌》《洗脚歌》《悼哥哥》《海啸歌》等。尽管我们很难否认同时代人有近似的情感经历，但是，如果要把周啸天先生也归入所谓“撒娇派”，那未免也太过唐突了。不过此撒娇不同于彼撒娇。20世纪西方流行所谓“波布族”，在“撒娇派宣言”中，洋“莽汉”自称道：撒娇是“一种温柔而坚决的反抗，一种亲密而残忍的纠缠，一种执着而绝望的企图，一种无奈而深情的依恋”。撒娇本身是一种对现实不满的宣示方式，也是不肯就范于不合理现实所表达的一种变相的抗议。与躁动不安的、粗野莽撞的“莽汉”不同，周啸天先生歌诗的情感基调是温润和善的，他在自己的歌唱中，几乎没有颓靡绝望之感怀，也少有歌舞升平之吟唱。本着“陶冶性灵，发挥幽郁”之诗道，诗人也能不平则鸣，也有人类悲悯大情怀的宣泄。《天谴》为歌诗中少见的慷慨激烈之作：“生态失衡事已久，一百年间作疮瘤；岂有天地皆不仁，视我万物为刍狗！直立戴发曰人子，半为魔鬼半天使；衣冠轻肆诋禽兽，禽兽何及人无耻！”全诗金刚怒目直言厉责，感叹号都一气连用了五个。诗人仰天高歌“我欲匝地扫陋俗，谁能假我倚天帚”，但唱到最后，依然复归《欣托居歌诗》那温润和善的情感基调：“劝君莫打三春鸟，子在巢中盼娘归”，诗人呼唤完善人性的心声，如丝如缕，不绝于耳。

经典记忆文化，不是一个声音。只有一个声音，那是话语霸权。经典记忆文化，应该由许多不同类属的声音所构成，但与创作者的出身无关。越是有个性的，越是经典的；所谓“另类”的，也可能成为经典。但无论如何有个性，它总要存活着时代的某种精神。不靠社会强力，能够世世代代流传下去的，自然会被后人视为经典。

二

大约一年半前，我把周啸天先生寄给我欣赏、后来编入《欣托居歌诗》的几首佳作（包括作者自注）转贴到《中国诗人网》上，试探诗歌网友们的反响。后来看到了几个简单的帖子，其中有“看不大懂，能否给讲解讲解”云云，我看了有点心凉，未敢转告周啸天先生。近日查看了相关网页，高兴地注意到：对发布在网上的《欣托居歌诗》系列篇章，有了比我先前看到的较为积极的反响了，虽说不太热烈。

不查不知道，稍作检视，互联网上诗歌的网页还真不少。有人以此为据，力证对新诗的现状不必悲观。我不在这里讨论这个问题。我只想对周啸天先生歌诗的师承关系的某一个侧面，略加评说。周啸天先生在《自叙》中述说自己“拈管城之旧锥，作浮世之新绘”时，特别点出他所心仪神仰的四位古代诗人：“某也惭太白之豪情，愧少陵之物与，偷香山之格律，接眉山之兴会。”我在读他创作的这些当代旧体诗时，一直联想到的却是：在百年前的那一个世纪之交，放声歌唱“我手写我口，古岂能拘牵。即今流俗语，我若登简编”的晚清大诗人——黄遵宪。不错，周啸天先生的《自叙》没有高抬黄遵宪对自己的影响；《欣托居歌诗》中吟咏古代诗哲的52首绝句，也只唱到唐代就歇笔。但我依然执拗地认为，对于开中国汉诗百年变革先河的黄遵宪这一个伟大的先行者，周啸天先生不但自觉地师承其事业，而且对他的诗歌有着特殊的关爱。我查到了一个可资比较佐证的数据：上海辞书出版社出版的《元明清诗鉴赏辞典》选收430位诗人的诗作1322篇，其中黄遵宪的诗作仅入选3首；而周啸天先生主编的《元明清名诗鉴赏》，选收340余位诗人名作约1200首，黄遵宪的诗作得以入选的，居然多达8首。

梁启超对黄遵宪的评价很高：“近世诗人能熔铸新理想以入旧风格者，当推黄公度。”他为黄遵宪写了这样的墓志铭：“自其少年稽古学道，以及中年阅历世事，暨国内外名山水，与其风俗政治形势土物，至于放废而后，忧时感事，悲愤伊郁之情，悉托之于诗，故先生诗，阳开阴阖，千变万化，不可端倪，于古诗人中，独具境界。”今人评说黄遵宪，反不如梁启超如炬的历史眼光。论者往往过多地责难和苛求这位革新千年旧体诗的开拓者，而低估他“无革命而有维新”“吟到中华以外天”的对诗界呼唤改革与开放的理念与实践。

后来新诗的产生，走的并非黄遵宪所开拓的路。八十多年来，文学史、新诗史，讲新诗，就只从胡适之的《尝试集》说起。其实，百年来，汉诗的发展，有三个路向：头一个路向是跟着西风歌唱，包括变着各种调子唱的，这是主潮。骆寒超先生的《新诗主潮论》以为：新诗主潮包括了现实主义诗潮、浪漫主义诗潮和现代主义诗潮。另一个路向是跟着民歌唱，我以为，流行歌坛上不断流变着的歌曲，应该也是今日的新民歌；其歌词，应该是最有音乐性的新体汉诗。可叹，新诗坛的坛主们，对之充耳不闻。于是，新诗主潮不能歌唱，能歌唱的汇不进主潮。第三个路向，应该就是跟着老祖宗唱，跟着黄遵宪唱。中国当代旧体诗作品集《欣托居歌诗》就是一部新成果。可惜，中国的诗歌爱好者们，跟着前两个路向走的，绝大多数不肯正视今天还会有古典诗歌的后来人在玩旧体诗；可悲的是依然有这样的“遗老”，恪守着老宅子老家法不肯改变的“遗老”，也祭起祖宗家法向旧体诗的改革者喋喋不休；剩下若干为数不多的对旧体诗有点好感的年轻人，他们并非“遗少”，他们应该可以把自己造就成为旧体诗今后继续变革的希望。为了自己歌诗的新读者们能够读懂，《欣托居歌诗》的作者和编者煞费苦心、用心良善，在每一首诗歌的后面，不但在“注释”中有诗人的“自注”，还“附录”了管遗瑞等先生的诸多评点；迎合当今的读图时尚，编者更把《欣托居歌诗》编印得图文并茂。做了这样的努力之后，诗人是否还会听到有人再发出“看不大懂，能否给讲解讲解”之类的感叹，出版社因此又要再接再厉地筹划编辑《欣托居歌诗鉴赏辞典》了。哈哈！

三

现在，该由我自己来“鉴赏”《宝宝吟》。我还是东拉西扯地自说自话。

诗莫盛于唐。对周啸天先生的歌诗影响最大的莫过于唐诗。周啸天先生对中国古典诗歌的研究，最下功力的，可能也还是唐诗，特别是唐绝句。前文只说及《欣托居歌诗》承接了黄遵宪百年前对诗界的革新，有必要在此先补述这一点。

唐代之大诗人多矣，我且说说王维。一般文学史，总把王维归入山水诗派，好像不给诗歌史上的大诗人来一个重新站队和定位，就显不出诗评家的理论权威和创新水平来。其实，初唐的王维，给我们留下了400余首诗，后人所分类提及的应制诗、边塞诗、山水诗、田园诗、咏怀诗、赠别诗以至于禅诗等等，王维均有大创制。被唐代宗赞誉为“天下文宗”的王维，还因为对禅诗美境的首创之功而被后世尊为“诗佛”。我们倘若一意孤行地将王维归入所谓“山水诗派”，岂能有利于全面准确地了解他对中国诗学之贡献？长期以来，我们文学史教学与研究的这种“大简化”的思维模式，可以休息了。我以为，对唐代其他大诗人以及此前此后卓有成就的诗人的评说，也应作如是观。

说到应制诗，应该并非王维始创。但初唐诗中，最能让我们感受到唐王朝盛世之壮美气象的，确实是王维的歌唱，王维的诗也因之得到了“应制体之式”的评价，一时间，王维的诗，简直可以说是对当代社会、现行体制歌功颂德的范式了。王维错了吗？唐朝是中国几千年文明史最可骄傲的朝代，唐朝是当年地球上最发达、最文明、最开放的国家，王维对自己可爱的王朝歌功颂德有何不该呢？前几天，我在网上，看到一篇长文，论证了唐朝是中国历史上最不腐败的王朝，这是唐朝之所以能有盛世气象的原因。我也因此想到，在唐代，从王维开始，关心世事的大诗人们，他们对自己的王朝，从来是好处说好，坏处说坏。诗人歌功颂德的诗篇，不见得就是对君王权贵的阿谀奉承；文豪针砭时弊的投枪，也不至于就会招来杀身之祸。正是因为唐朝有比较良好的文化大环境，让文人和诗人们可以比较自由地“好处说好，坏处说坏”，唐朝才会有盛唐，才会有“诗莫盛于唐”；也因此，唐朝的诗才能够汇集成一条真正的史诗之长河。

打开《王右丞集》，首篇就是《奉和圣制天长节赐宰臣歌应制》，看王维的这一诗题，果然不愧是“应制诗之式”；其实，中国诗歌史上应制体诗，并非自限于这一模式；更多的应制体诗，往往是师友同人之间的日常应酬之作，人情味率真醇厚。王维的应制诗大多还是属于后一类，不少被今人归入赠别诗、山水诗、咏怀诗和禅诗的，往往也多是这类人情应酬、人际交往之作。“我们所知道的最好、最可靠、最有效而又最无副作用的兴奋剂是社交。”（爱默生语）与西方社会不同，在中国，从古至今，大多数文人骚客常以优游消闲之作，作为他们的应酬社会的社交工具。放达的诗人固然喜做应酬诗，孤独的诗人也常借应酬诗的社交方式“寻求安慰、价值和保护”（培根语）。应酬诗是传统文人擅长的一种对话形式，借此途径，还可以排遣内心的孤独苦闷，能够倾诉内心深处难以向世人道出的隐秘，古代的不少情诗，就以应酬诗的面貌呈献给对方。中国古典诗歌的社会功用性，就这样最大范围地被使用在众多层面的人际交往之中，成为传统社会最有社会功效、最富含人伦情愫的润滑剂。要解读当年的社会心理，要缕析人情社会微妙错杂的情感纠葛，要揭示诗人重重遮饰的内心世界的奥秘，不可不读诗人的应酬诗。长时间以来，中国诗学的诸多研究者，小看、无视或者非议传统应酬诗的价值，不知这些年有所改变否。

东拉西扯到这里该打住了，其实我想说的周啸天先生的应酬诗，已经基本说完。诗人在《欣托居歌诗》首页之前，敬书“献给老师和朋友”，可以说，他是坦承自己的不少歌诗是可以称之为应酬诗的。对传统社会的应酬诗，诗人自然心领神会，亦步亦趋，推陈出新了。

周啸天先生在电话中告知我《欣托居歌诗》出版的喜讯时，只说及诗集收录了《宝宝吟》，没提到还附有我和外孙女在海滨的合影。当我收到随后寄来的《欣托居歌诗》时，我告诉自己，其中的情意，太过厚重了，以至于我不知如何应答。

在成都师专，我和夫人，与周啸天老师一起担任教职，相处相知逾十年之久。君子之交淡如水，我们两家，平日少有应酬。我对古诗，读得不多，懂得更少，从来未敢与周老师切磋关于诗的学问；但作为同龄人、现代书生，我与周老师之间，又常有话可意会、心能相通的交流。后来，我们先后离开了成都师专，又是一个十年光阴过去了，两家之间虽少有通信来往，但还是相互牵挂着；令我们最为感怀的是，周老师每有新著，总要惠赠给我们。这一回，收到《欣托居歌诗》时，我不仅仅为他的新成绩而高兴，为自己的碌碌无为而羞愧，更为他所传达的深情厚谊而感担待不起。

我知道，《宝宝吟》，不是专门写给我那刚满百日的外孙女的，但宝宝有幸能够得到远在千里之外的老一辈之故人的美好祝愿，我们应该代小雅向欣托居先生深深地鞠躬致谢。周老师借《宝宝吟》更多地传达了对小雅的前三代人的温馨忆念之情，一首《宝宝吟》，贮满了他对曾经相处相知了十年之久的我们一家三代人的殷殷情意，怎么不是深情厚谊呢？周啸天先生在获得了他随后题为《姥爷与宝宝》的照片时，也从电话中进一步得知了我们夫妇俩先后退休和退休后的生活安排状况。他确实和我们的心是相通的，在《宝宝吟》里，他为我们的退休歌唱道："退休即升格，依然为师表；将复赤子道，虚心事襁褓。——人生三节草，毕竟初生好！"俗谚云："人生三节草，不知哪节好。"对于这个古老的人生话题，诗人有新的答案告诉未谙世事的宝宝："人生三节草，毕竟初生好！"关于这个问题，今天我给自己做出的回答，与诗人所歌咏的话语有所不同："人生三节草，应是节节好！"

（原载《巴蜀史志》，2006年第1期）

以古出新　雅而能谐

——评周啸天《欣托居歌诗》

◉ 张应中

“五四”新文化运动以来，白话文学占据了文坛的主流位置，但旧体诗词的创作并没有消失，相反，20世纪90年代以来渐有复兴之势，正如唐朝近体诗成熟并没有取消古体诗一样，当今的旧体诗词正与新诗一同发展。2005年出版的周啸天的《欣托居歌诗》就是一部优秀的旧体诗词，该集以旧体形式写当代生活，富有时代气息，涉笔成趣，雅而能谐，值得一读。

一

《欣托居歌诗》取材广泛，内容丰富，包括当今名人、新生事物、山水名胜、文学艺术、人伦物理诸端，其中，最富特色、最引人瞩目的是那些写当今人事的新题材、新内容。这些作品绝不是“扯寻”些新名词以赶时髦，而是选材新，命意也新，写出了新思想、新境界，正如作者在《自叙》里说的“拓宽取材，趋生命意”，“作浮世之新绘”。作品中的新题材、新内容大体又可分为三类：一类是美刺对象，一类是有争议的人事，一类是带有负面倾向的东西。下面分别述之。

先看美刺。中国诗歌自《诗经》开始就有歌颂与批判的美刺传统，《毛诗序》有“下以风刺上”“美盛德之形容”的说法。郑玄《诗谱序》说：“论功颂德，所以将顺其美；刺过讥失，所以匡救其恶。”孔子的“兴观群怨”

说也包含了诗歌的怨刺作用。传统的美刺重在歌功颂德、匡救时弊的政治功能和教化作用，而周啸天的美刺不是那种严肃、激烈的方式，他融美刺于幽默趣味之中，仿佛有点“避重就轻”，却多了一种把玩、鉴赏的意味，让读者于轻松谐趣之际赞同他的观点，获得美感享受。作者写邓小平的七首竹枝词，不写邓小平的丰功伟绩，而杂取邓小平的轶事俊语，饶有风趣。其一云：

西去剑门疑雨时，道逢野老意依依。
上头来到下头去，不为轻阴便拟归。

1958年邓小平视察剑阁，道逢老农，与之寒暄。老农不知来者身份，因问：“你们从哪里来？要到哪里去？”邓小平说：“从上头来，到下头去。”可见邓公风趣，让人觉得可亲。其三云：

峨眉自古路朝天，最是公来不禁山。
半边容我与君走，尚与路人留半边。

1980年7月，邓小平来成都休假、视察，上峨眉山，安全部门原计划封山，邓小平不同意，说：“我们也是游客，人家也是游客，大路朝天，各走半边。”作为一代伟人，邓小平不摆官架子，尊重民众，平等待人，因而可敬。这一组竹枝词的着眼点多是趣味和人生哲理，而不是歌功颂德，但歌颂自在其中。周啸天吟咏那些才华出众的名人，能抓住他们的性格特点、特殊经历和个人成就，趣味丰富，与其说是赞美，不如说是赞赏。如写王蒙的诙谐幽默、妙语连珠：“师大礼堂无虚席，王蒙咳唾颇解颐；点窜玉谿锦瑟字，凿空乱吐葡萄皮。”（《听王蒙讲座感赋》）。写流沙河的通达超脱、智慧机敏：“造化小儿诗弄人，划作右派狗不理”，“不喜大人常闭关，偶娱小我颇为文”（《Y先生歌》）。又如《成龙歌》：

戏校小儿唤港生，星光初照精武门。未觉替身为贱役，功夫不负有心人。生辰八字百炼功，银海痛失李小龙。别辟蹊径舍熟路，一龙后出更英雄。险情回回身合死，医缘每每化吉凶。逢凶化吉有后福，自吁精彩复谁同。古来闻有倾人城，成龙唯能倾倾城。一息化了薛蘅芜，再息倒了林颦颦。取次花丛每屏息，成龙唯有护花心。

诗前有序曰：看凤凰卫视“鲁豫有约”，作《成龙歌》。

该诗写成龙刻苦用功，在武打功夫上另辟蹊径，自创门路，大难不死，终成风云人物，东洋女迷之欲死，追星族一见即晕，幽默调侃之中寓含赞扬。

批判讽刺性作品语多调侃，亦复充满趣味。此类作品计有《代悲白头翁》《何所长歌》等数首。前者批判萨达姆的侵略以及美英对伊拉克的动武致使平民遭难。后者写官僚腐败：

何所长，何所长，有何所长当所长！酒债寻常行处有，能喝半斤喝八两。……东窗事发及所长，始得扣发年终奖。别无所长可奈何，异日易地为所长。

该诗写何所长执法犯法，荫庇辖区内的野味坊，收取保护费，吃喝玩乐，及至东窗事发，却可异日易地为官。对这种不良现象，作者极尽挖苦嘲笑之能事，让人开心，也引人深思。

再看有争议的人事。事物被人争议，由于该事物复杂、充满矛盾，或极端，或与环境相龃龉，因为不同于一般，往往最富意味。对有争议的人事进行评价、鉴赏也最能体现一个人的学识水平和审美个性。周啸天对这方面的人事比较敏感，参与热情很高，《欣托居歌诗》多有涉猎，流露出作者鲜明的倾向性。如《翁杨恋》之二：

二八翁娘八二翁，怜才重色此心同。女萝久有缠绵意，枯木始无滋润功。白首如新朝露冷，青山依旧夕阳红。观词恨不嫁坡髯，万古灵犀往往通。

八十二岁的科学家杨振宁与二十八岁的硕士生翁帆订婚，因是老夫少妻，年龄差异显著，难免与俗情不合，但“怜才重色”，此心相通，只不过世人难以突破观念的束缚罢了。周诗对他们予以热情肯定，并以赞语助之：“万古灵犀往往通”，即人性理该战胜俗情。又如《超级女声决赛长沙二首》。2005年的“超级女声”歌曲大赛屡遭恶评，骂到后来，却精彩纷呈，成为歌迷盛会。周啸天在诗中直言“央视蛋中欲觅刺”，对中央电视台名主持的批评予以调侃，也颇有意味。这方面最有趣的莫过于《洗脚歌》。洗脚、桑拿、按摩、美发等是消费时代的产物，在新中国成立初期无法想象，即使有也被当作资产阶级奢靡享乐的歪风邪气加以批判，而今竟成时尚，此一时彼一时也。人要洗脚，一是卫生，二可健体，洗脚房作为服务行业自有它存在的合理性；服务人员替人洗脚赚钱亦无不可，职业有别，并无贵贱。《洗脚歌》联想有趣，通达幽默，俗而又雅，将这等题材写到这个程度洵属难得。

最后看带有负面倾向的事物。王蒙说，有些从道德上、价值取向上属于负面的东西，也可以成为艺术和审美的对象。信然。这类现象在中外诗歌史上也有所见。韩愈就有“非诗之诗”“不美之美”的奇崛险怪的作品。梅尧臣也常将一些琐碎丑恶的事物入诗，如聚餐后害霍乱、上茅房看见粪蛆、喝了茶打呼噜之类。西方象征主义的诗歌鼻祖波德莱尔的《恶之花》也写了大量丑恶、病态的意象。他们写这些事物有开拓题材、力矫时弊的用意，尽管有时也带来负面的效果；同时他们“以丑为美”“化丑为美”的“审丑”又的确能给我们以新鲜的审美刺激。《欣托居歌诗》中所写的人妖、赌博、灾难属于这一类作品。《海啸歌》《天谴》写自然灾难和流行疫病，寓理于物，充满人文关怀。《葡京赌城》写澳门的赌博，其中有言：“年输巨亿作国帑，赌王乃能均贫富。”管遗瑞点评说：“揭示第二次分配即税收对澳门民生的重要作用，颇具新意。”

《人妖歌》尤其值得一读。该诗先写人妖表演的魅力，次写人妖残酷学艺的不幸，后写人妖的贡献。作者写此诗的心态比较复杂，但肯定了人妖表演的雅俗共赏，特别是说他们“昙花放异彩”，开出了一朵别样绚丽的花朵，这是非常有见地的，王蒙称之为“仁者之诗”。的确，《人妖歌》与《洗脚歌》雅而能谐，谑而不虐，故王蒙赞赏说：“奇诗奇思，真绝唱也。”

难怪唐诗学家、安徽师范大学中文系教授刘学锴先生说：“让我有些吃惊的是，其中竟有歌咏‘超女’的内容，证明作者的思想相当开放、现代，旧体诗词在你那里绝非无病呻吟，附庸风雅，而是和时事、和开放的思想意识结合得很紧。读起来不费力，有风趣，不像有些学人写的学问诗，让人头疼，望而生畏、生厌。诗像这样写法，也算得上是一种惬意的生活享受了。”（《致周啸天》）

二

《欣托居歌诗》中有不少纪游诗、人伦物理诗和谈文论艺的诗，取材虽有别，但趣味是一以贯之的，或为逸趣，或为情趣，或为理趣。从作者的主导情绪来看，我觉得他的诗不是“缘情”，亦非“言志”，而是“觅趣”。作者说：“世事总无常，吾人须识趣。”（《将进茶》）周啸天是一位学者，他喜收藏，善鉴赏，是一位眼力非凡的鉴赏家，为《唐诗鉴赏辞典》撰稿最多、贡献突出的作者。或许是职业习惯使然吧，鉴赏诗歌的学者写诗，难免带着鉴赏的眼光看待万事万物，而鉴赏总存在着追求趣味的心理倾向。上文论及的新题材、新内容就是带着鉴赏的雅兴来写的，这里要谈的同样如此，特别是其谈文论艺的诗，它们本身就是文艺鉴赏与批评，只不过用了韵文的形式罢了。因了这样的特点，便称周啸天“以趣味为诗”“以鉴赏为诗”也不为过。美国作家梭罗说：“我们居住的这个充满新奇的世界与其说是与人便利，不如说是令人叹绝，它的动人之处远多于它的实用之处；人们应当欣赏它，赞美它，而不是去使用它。”美学家朱光潜提倡“人生的艺术化”，他说：“艺术是情趣的活动，艺术的生活也就是情趣丰富的生活。人可以分为两种，一种是情趣丰富的，对于许多事物都觉得有趣味，而且到处寻求享受这种趣味。一种是情趣干枯的，对于许多事物都觉得没有趣味，也不去寻求趣味，只终日拼命和蝇蛆在一块争温饱。后者是俗人，前者就是艺术家。情趣愈丰富，生活也愈美满，所谓人生的艺术化就是人生的情趣化。”说得多好啊。在周啸天这里，鉴赏与情趣是统一的。

周啸天“一生好入名山游”，其足迹遍及河西走廊、黄山、徽州、桃花潭、张家界、海南岛、峨眉山、青城山、长沙太傅里、桂林等。诗人足迹所至，每有佳构，尤以写四川风景名胜为最。自晋宋以来，山水诗为一大宗。如果说写时人时事占有天然的新鲜优势，易吸人耳目的话，那么，写山水名胜而写出个性特点来，却殊为不易。周啸天的山水纪游诗数量较多，虽不算突出，却也有可圈可点之处。《江淮行八首》写得飘逸洒脱，逸趣横生，前四首如下：

驭气轻辞濯锦城，云间赏月更分明。
嫦娥乃肯作空姐？为我青天碧海行。

我始离家君始还，天涯咫尺共婵娟。
今宵明月与谁近？我住嵩华以上山。

秋游若个似春游，草木宁凋碧玉流。
秀色快餐八百里，绝胜白也在轻舟。

昔上天都未放晴，今年景色倍还人。
我来小拭并刀快，剪去黄山几段云。

诗人有时绕开景物描绘，避实就虚，或打擦边球，因而写出自己的个性特色。比如诗人欲游琅琊山醉翁亭，不料高速公路进口不畅，急不择路，迂道费时才到达目的地，诗人不写琅琊山醉翁亭，而写路途感受：“一从车马与君游，千古名亭到始休。雨夜北辕犹在路，华灯放我过和州。”（《赠袁晓薇三首》）又如游桃花潭，客人比见习导游知道得更多，反使导游获得素材，此事亦有别趣：“导游因客知原委，讲解凭空得素材。”（《桃花潭诗赠谷生曙光》）集中写人伦物理的诗为数也不少。写人情的，诸如师生情、亲人情、朋友情、同事情等。也许写人伦关系的诗不宜说理吧，作者爱发议论，致使这一类诗情不纯粹，理亦平淡，相较之下，似不够出色。《儿童杂事三首》写童心倒很幽默风趣，如：

爷立儿走月即走，儿立爷走月不走。
儿太聪明爷太痴，月亮只爱小朋友。

不肖认打爷方打，儿痛呼停爷未停。
情急不知父子礼，门东叫怒索公平。

咏物诗也充满风趣幽默，如《将进茶》《太白醉月歙砚歌》《短信》《纽扣辞》《寻猫启事》《葬猫诗三首》等。《短信》云：“莫道相逢难再逢，春来春去太匆匆。指头在处灵犀在，海角天涯一点通”，活泼灵巧。《葬猫诗三首》其二云：“药锄掘地到三尺，葬尔非花也是痴。盏里香油连夜少，猫猫去矣鼠先知”，情理一片。

诗集中专门谈文论艺的诗有《论古诗文》《红楼梦人物题咏》；涉及当今文艺人物、文艺现象的也不少，如《书家五首》《聋哑人舞千手观音》《超级女声决赛长沙二首》《澳门观舞》《悼哥哥》《Y先生歌》《听王蒙讲座感赋》《忆江南（冰镜幻）》《忆江南（驯兽女）》《人妖歌》《成龙歌》《题〈春潮杂咏〉并序》《酬雍先生赠〈野鹤集〉》《怀袁子琳先生四首》《观〈走近张大千〉戏题长句》《席上听陈智林唱〈望娘滩〉》等。这两类作品合起来约占诗集的一半篇幅，谈文论艺、品评人物可谓周啸天的当行本色、拿手好戏。后一类作品上文已经论及，这里只谈一下其评论古代作家及文学人物的绝句。论诗绝句，杜甫的《戏为六绝句》为首创，元好问的《论诗三十首》为最著称。这种论诗绝句将诗歌的形象与评论的思理结合为一体，集中含蓄，短小精悍，具有鲜明的民族特点。周啸天将其进一步扩大为论诗、论文、论文学人物的绝句，可谓“学之别体”。

从周啸天对上自屈原下迄晚唐诗人周朴的评价可以看出，他不厚此薄彼，能欣赏各种风格，请看这些评语就可略知一二：“浅貌深衷隽味长”“于悲悯处见沉雄”“质性自然非矫厉”“率真疏浅入初唐”“洒海倾江更自然”“冲淡之中见壮逸”“诗到精纯转自然”“晚节偏于诗律细”“二分风雅一分骚”“白俗元轻靡万家”，等等。他自己的诗歌创作也颇能转益多师。但综而观之，周啸天更倾心于含蓄蕴藉、情貌参差、味中有味的诗歌，他在《欣托居歌诗》的《自叙》里就是这样谈论自己的诗词的：“诙谐之极，或出庄严之态；阳刚为本，映带妩媚之姿。”题咏红楼人物的绝句有时也能写出新意，如《黛玉》中的“孰料史王及凤袭，与侬同是葬花人”，《妙玉》中的“铁门槛外青春梦，析梦请从弗洛伊”。

三

《欣托居歌诗》诗多词少，诗歌众体皆备，以七绝为多，次为七言歌行（以下统称七古），次为七律，五言各体皆少。这些诗风格多样，“从来才大人，面貌不专一”。其七古优游不迫、沉着痛快，七律畅达跳脱，七绝疏朗俊逸。以鉴赏为诗，追求趣味则是它们共同的徽记。在具体写法上，呈现好发议论、多使事用典的特点。

唐诗主情，宋诗重理，重理则好发议论，诚如严羽在《沧浪诗话》中概括的：“以文字为诗，以才学为诗，以议论为诗。”晚清“同光体”诗歌，现代学人如陈寅恪、马一浮、钱锺书等人的诗皆好发议论，又好使用冷僻的典故，这样的诗读起来便觉得“隔”。相比之下，宋诗还算平易可亲，因为宋代诸公“以议论为诗”，仍不失趣味，不失理趣或谐趣。周啸天继承了宋诗好发议论的传统，且将其趣味性发扬光大，故而读来开心快意，令人解颐。

周诗的议论大体可分为三种情况。第一种是专门发议论，包括《论古诗文》和《红楼人物题咏十三首》。第二种是因人因事因物偶发感兴、随意点染，如同学毕业聚会话及当年暗恋，云："何必有情成眷属，未妨无计暗相怜。"（《成都师专八二中毕业二十周年聚会》）写与同仁游玩消闲，云："精勤不必毁于嬉"（《牧马山庄二首》）。赠答友人云："丽而有骨方称艳，富到唯钱却是贫。事职为官须缩手，渔樵都市喜抽身"（《赠罗志才》），褒贬有方。写地方干部忙于振兴经济而毁掉园林古迹，云："乞儿捧得金漆碗，犹数莲花沿市求"（《鹧鸪天（功业会昌）》），讽刺入木。第三种是理事统一、笼罩全篇。在这类诗歌中，诗人或借人事发议论，或以议论摄人事，或二者兼而有之，议论皆具有统摄性质。《海啸歌》前二十六句摹状海啸，后十句借海啸发议论。《听王蒙讲座感赋》先写王蒙讲座，引出"万事从来存变数"的论点，后面例举"变数"，十句皆由此句引领，劲气直达篇终。《葡京赌城》首二句"人生何处无博弈，胜败由来事不期"概括人生哲理，作一"大笼罩"，次言"丈夫赌命报天子"、炒股，均为人生赌博的方式，中间述"一国两制"、澳门特区政策不变，赌况空前，最后以禁赌收束，美刺得体。这种由总到分到合的结构，还体现在《悼哥哥》《将进茶》《Y先生歌》《澳门观舞》等诗篇中。此第三种议论的思维方式，或归纳，或演绎，收放自如。

旧体诗词常常用典，或用事典，或用语典。诗词创作体制短小，讲究精练含蓄，用典恰好迎合了这一要求。我们说话作文，常用成语，那成语往往就是典故，一个成语就是一个故事，一个"历史的比喻"。周啸天说："用语用事之能丰富诗意，往往因为它事实上是一种'节用'，借助读者的文化知识，能以片言兼包余意。"实际上，除了"节用"，典故还能"曲用"，当诗人的情思不能明说、不便明说而又不能不说的时候，用典就是一方便法门；读者则须"猎微穷精"，方能悟其要旨。周啸天长期从事中国古代文学尤其是诗词的教学与研究，涵泳经史，烹割子集，古典文化知识烂熟于胸，吟诗填词使事用典，信手拈来，头头是道。《欣托居歌诗》用典很多，集中附有大量的自注和他注也证明了这一点。《代悲白头翁》"此日白宫应折屐，大漠惊沙狐兔悲”中的“折屐”即用事典，事见司马光《资治通鉴》淝水之战：“谢安得驿书，知秦兵已败，时方与客围棋，摄书置床上，了无喜色，围棋如故。客问之，徐答曰：‘小儿辈遂已破贼。’既罢，还内，过户限，不觉屐齿之折。”“白宫应折屐”，指萨达姆落网，美国总统小布什故作低调，实深喜之。用此事典言简意赅，以少胜多。语典在诗集中几乎无处不在，引用、化用古人诗句词句的很多，且能做到妥帖自然。用字的如《聋哑人舞千手观音》，该诗写2005年春节联欢晚会上聋哑人的舞蹈节目，其颔联云：“失语时分存至辩，无声国度走雷音。”“至辩”即“大辩”，语出《道德经》：“大辩若讷”。“雷音”即如来五种声之一，《维摩诘所说经》上云：“演法无畏，犹狮子吼，其所讲说，乃如雷震。”此联紧扣哑聋二字作哲理提升，语典精当，妙合无垠。又，周啸天还善于颠倒语序、拆词重组。如“红豆伤摧雪后株，相思不合种当初”（《鹧鸪天（红豆伤摧）》），该词仿佛写原本相恋，一方负心，致使另一方愧悔当初。所引后一句出自姜夔的“当初不合种相思”，为突出“红豆”“相思”，兼顾平仄韵脚，故调整语序，颇类杜甫“香稻”“碧梧”句。使事用典要求读者具备相应的知识储备与诗歌修养，否则不知来历，旨趣难求。《欣托居歌诗》的典故一般比较平易，也许诗人注意到了这一点，做了大量的注释，从而有助于读者阅读欣赏。

最后说说周啸天的七古艺术。七古代表了《欣托居歌诗》的最高水平，其中一部分是整齐的七言古诗，一部分是以七言为主杂有三、五、十、十一言的歌行。宋人魏庆之《诗人玉屑》卷一说：“体如行书曰行，放情曰歌，兼之曰歌行。”明人徐师曾《文体明辨》说：“放情长言，杂而无方者曰歌；步骤驰骋，疏而不滞者曰行，兼行曰歌行。”周啸天的七古具有歌行放情长歌的特点，诗集命名将“歌”放在“诗”之前，曰《欣托居歌诗》，此之谓也。周啸天的七古，一般取材于新生事物，具有很强的现实感、当下性，甚至新闻性；思想健康积极，充满趣味，时见新意。在写法上也很有特色。一是铺采摛文，反复描绘，兴会淋漓。如《海啸歌》写海啸灾难到来的情景，栩栩如生，历历在目，铺排手法类似抒情小赋；在生动具体的描绘基础上发议论，达到了水到渠成的功效。《太白醉月歙砚歌》描写歙砚，《将进茶》铺叙茶趣，无不淋漓尽致。

二是骈语的穿插。朱光潜认为，“意义的排偶”“声音的对仗”，赋先于诗，诗中的排偶乃受赋的影响；又说，汉赋“虽偶作骈语而不求精巧”。此说有理。到后来，古体诗又受到律诗的影响，于是在古风中穿插骈语也是常有的事，周啸天的七古时有骈语，也属宽对，更类似赋的写法，如《徽州民居》开始的部分：“一湾牛腹堰，两面马头墙；三雕皆吉画，四水收明堂。闲过南屏篱落疏疏访菊豆，偶来西递牌坊巍峨话甘棠；明清建筑旧貌在，徽州民居天下扬。”又如《将进茶》的中间一段：“宁红婺绿紫砂壶，龙井雀舌绿玉斗。紫砂壶内天地宽，绿玉斗非君家有。佳境恰如初吻余，清香定在二开后。”《寻猫启事》则通体骈语。骈语的穿插使周啸天的七古散中见整，整中见工，有效地避免了放歌时的“滑易”倾向。

三是顶真蝉联。周啸天的七古常用顶真蝉联句，上传下接，于重复中向前推进一层，又使语气连贯，势力陡增，歌味更浓。如“医缘每每化吉凶。逢凶化吉有后福”（《成龙歌》）；“服食尤惜年光促。年光促兮终不悔”（《人妖歌》）；“老街易作反修名。名易改，城难复”（《徽州民居》）；“总统地底多行宫。地底行宫路欲迷”（《代悲白头翁》）；“诗有别材非关酒，酒有别趣非关愁”（《将进茶》）等。

总之，周啸天的《欣托居歌诗》视野开阔，取材与命意都较新；在审美趣味上体现出“以鉴赏为诗”“以趣味为诗”的倾向；风格多样，以七古成就为最高；该集旧瓶装新酒，显示出旧体诗词的生命活力，是一部难得的艺术作品。余恕诚先生写道：“几乎把《欣托居歌诗》都读了一遍，真是一种享受。第一，我觉得这个集子已经不单薄了，印刷得又极好，足以传世；第二，既是道地的旧体诗词，又极富有时代感；第三，欣托居歌诗证明旧体诗词是有生命力的，今后还会有大放光芒的时候。”（《致周啸天》）

（原载《安徽师范大学学报》，2006年第一期）

周啸天《流水》点评

◉ 郭友琴

流水高山自古弹，鼓琴不易听琴难。

凤凰奚与麒麟合，旷世无胶续断弦。

《流水》乃古琴曲名。据朱权（明朝宁献王）云：“《高山》《流水》二曲，本只一曲，初志在乎高山，言仁者乐山之意，后志在乎流水，言智者乐水之意。至唐，分为两曲，不分段数。至宋《高山》分为四段，《流水》为八段。”传说先秦的琴师伯牙一次在荒山野地弹琴，樵夫钟子期竟能领会这是描绘“巍巍乎志在高山”和“洋洋乎志在流水”。伯牙惊道：“善哉，子之心而与吾心同。”钟子期死后，伯牙痛失知音，摔琴绝弦，终身不操，故有《高山流水》之曲。现多用来比喻知己或知音，也比喻乐曲高妙。这首诗即是以此曲喻义抒发人生“知音少，弦断有谁听”的感慨。

该诗章法上采用连转式。首句承题而起，叙述《高山流水》乐曲的千秋传承。次句兼承兼转。“鼓琴不易”和“听琴难”令读者生疑，引发读者寻究原因的兴趣。三句跳转。凤凰是中国古代传说中的百鸟之王，雄为凤，雌为凰，是雌雄统称，常用来象征祥瑞。麒麟是中国古代汉族神话传说中的传统祥兽，古人将雄性称麒，雌性称麟，认为麒麟出没处必有祥瑞。同是传说中的凤凰和麒麟怎么相合一起呢？此句可谓旧疑未解，新疑又生，进一步勾起读者的好奇心。结句转出“旷世无胶续断弦”，以暗喻手法解答了前面的疑窦，点明了人生知音难求的诗旨。凤凰和麒麟本是世上没有的动物，那么与“煮凤喙麟角合煎作膏，能续弓弩已断之弦”有关的“续弦胶”的记载必定是无稽之谈。作者此处巧妙地反用“鸾胶续弦”典故其本意，既显得全诗构思婉曲，跌宕有致，又见转中之前后照应，较好地表现出作者孤独的心境，表达了作者对“断弦绝音”的苦闷。

这首诗在表现手法上还借用戏剧和影视中常用的悬念技法，从诗的次句开始设悬，并迭生疑问，引起读者兴趣。直到结句才释悬，使读者的期待心理得到满足，也增强了诗的可读性，增加了诗的韵味。

引人注意的是，此诗的三四句原为“殷勤我亦寄红叶，莫作寻常胜友看”。改作“凤凰奚与麒麟合，旷世无胶续断弦”后，结句成为“孤雁入群格”，有引起“用韵不稳”口水的风险，也易使人对“鸾胶”喻义的理解产生偏差。但是，正是这两句的改动使得这首诗的思想意蕴变得深刻，艺术境界趋向高远。或许这才是当今古典诗词作者比读者多的窘况的真实写照，才是作者对自己的诗词获得鲁迅文学奖后所引起的如潮般的网络口水的郁闷和无奈的真实反映。也使得“知音难觅”的感慨更具有感染力。

诗无定法，诗不厌改。应是我们欣赏这首诗后得到的意外启示。

附：叶宝林点评

这首作品别有寄怀，颇耐寻味。诗题用“流水”而略去“知音”，谋篇见巧。前二句借高山流水的故事，表达知音难遇之恨。鼓琴人的用心，听琴人的解意，二者殊难默契。机杼在第三句：“凤凰安得麒麟合”，此句源于《文心雕龙·知音》，拿来可做诠释。“麟凤与麏雉悬绝，珠玉与砾石超殊，白日垂其照，青眸写其形。然鲁臣以麟为麏，楚人以雉为凤，魏民以夜光为怪石，宋客以燕砾为宝珠。形器易征，谬乃若是；文情难鉴，谁曰易分？”这句诗恐怕是作者的切身感受吧？整首作品用典叠而不赘，言平而意曲，可谓郑五歇后，哀梨并剪！

从传统诗词首获鲁奖谈起

◉ 高　昌

8月11日，第六届鲁迅文学奖揭晓，四川诗人周啸天教授的诗词集《将进茶》摘得本届“鲁奖”单项奖诗歌奖，引起社会各界尤其是诗词界的极大关注。这是传统诗词作品首次获得该奖，可说是传统诗词从复苏走向复兴、从复兴走向振兴过程中的一个很醒目的事件。尽管人们对这次评选结果也曾出现过各种各样的议论，但过去很少见过的新、旧体诗同场竞技、友好竞争的文学景观，确实是一种令人欣慰和欣赏的和谐艺术生态，相信对我们的诗歌事业发展将会产生一些启示性的积极作用。

目前喜爱传统诗词、阅读传统诗词、创作传统诗词的人越来越多。传统诗词写作的重现或曰回归，并不是对既往新诗写作的简单否定，而是有益的调节和科学的补充。诗词新潮的当代汹涌，早已经超越了单纯的诗体回归话题，而更具有了一种别具风姿的传统文化的象征意义。当代传统诗词整体性崛起所引发的广泛影响，相信是鲁迅文学奖向当代传统诗词敞开大门的重要原因之一。鲁迅先生本人的传统诗词造诣很高，他创作的“横眉冷对千夫指，俯首甘为孺子牛”“忍看朋辈成新鬼，怒向刀丛觅小诗”等等诗句更是口口相传。以鲁迅的名字命名的文学奖，当然不能长期忽略甚至排斥当代传统诗词的优异创作成就。传统诗词简练、凝重、典雅，把汉语的声韵美、形式美推向了极致，是汉语言中最美丽的艺术花朵。文脉绵长，福泽深远，既是民族智慧的美好载体，又是文明传承的优秀媒介。诗家本无种，阳光谁也不能垄断。新旧体诗人笔下的诗歌形式虽有区别，但大家所处的生活和时代却是共通的，两者之间也有个共同的名字，这就是“诗”。

《将进茶》获奖，不是因为诗人采用了传统诗词形式而受到“为少数民族加分”般的特殊照顾，而是因为诗人用传统诗词表现当代生活的艺术努力和创新追求。不以诗体论英雄，而以质量分真伪。不以身份论优劣，而以内容看高低。周啸天教授曾经写过一篇题为《敬畏新诗》的长篇论文，呼吁写传统诗词的作者重视汲取新诗的艺术营养和创作经验。周啸天教授自己的诗词作品，也都有着很强的现实感和在场感，质朴清新，生趣盎然，洋溢着当代人的风貌和精神价值。他的作品采用的是“旧酒瓶”，里面装的却是新的佳酿。

如今写诗，是吟风弄月还是关注民生，是思想探索、艺术创造还是消遣解闷？当下的中国诗歌，是在走一条宽广的光明大道还是狭隘的崎岖歧路？的确是无论新诗作者还是传统诗词作者，都应该认真审慎地思考一番了。

优秀的诗歌作品绝不仅仅是辞藻层面的、技术层面的，而更应该是生活化的、开拓型的、建设性的。第三届中国诗歌节于2011年举办的时候，我曾写过一篇文章《诗歌啊，请你“回家吃饭”》。其中“回家”，就是回归传统，走向大众；“吃饭”，就是关注民生，亲近现实……就当下诗歌界而言，我觉得尤其应该注意的仍然是“回家吃饭”问题。一方面不能片面追求所谓的艺术品位，不问民生，不下基层，不近实际，使大多数人民群众无法分享诗人的文化创造成果；另一方面，也不能妄自菲薄民族文化传统，不能满足于克隆洋经典，扮假洋鬼子，食洋不化，挟洋自重，使诗歌艺术失去了民族传统文化的沃土深根。

（原载《中国文化报》，2014年8月14日版）

唱得竹枝题得糕

◉ 高　昌

周啸天七律《吊刘禹锡墓》发表于《中华诗词》2018年第八期。全诗如下：

> 刘郎毕竟是诗豪，唱得竹枝题得糕。
> 抱我琴须寻旧暮，对君曲莫奏前朝。
> 一杯酒向名园酹，万里沙从大浪淘。
> 燕子飞飞人已去，遗篇默默想风标。

这是一篇带着体温和岁月芬芳的文字，如瀑如泉，清纯芳冽，叮咚作响。

诗词写作之道，其实并不太高深，写诗的人千万别端着。不要拿着架子、吊着山膀、摆着莫测高深的表情来写诗。那样子就如同一身赘肉的相扑选手转来转去，自己难受，别人看着也累。周啸天先生就是一位"唱得竹枝题得糕"的诗人，他的名句"炎黄子孙奔八亿，不蒸馒头争口气"，大胆地把"馒头"写入诗篇，鲜活泼辣，流畅亲切。这与"刘郎不敢题糕字，空负诗中一世豪"的拘谨，形成鲜明的比衬。我猜，周先生对不敢题糕字的所谓"禁忌"，是有不同看法的。而从另外一个角度来看，周啸天对刘禹锡的竹枝词却又有深沉的理解和感悟。他与刘禹锡在竹枝词里的共鸣虽越千百年，仍有一点灵犀相同，真挚而深情。唱得竹枝题得糕，析一人之两面，左右端详，等量齐观，语浅而深，颇耐咀嚼。

《吊刘禹锡墓》举重若轻，水到渠成，中规中矩，平易简洁。怀古作品常见，倘若把握不好，特别容易陷入陈词滥调的窠臼，不易出彩。这首七律则给人很舒服的阅读体验。尤其中间两联在句式上的陌生化努力，十分惊艳。“抱我琴须寻旧暮，对君曲莫奏前朝。一杯酒向名园酹，万里沙从大浪淘”，作者巧妙化用刘禹锡名句，并均采用“三一三”的少见句式，庄中温谐，散中藏律，圆和流转，既有深味，又极具轻灵。

无他，娓娓道来而已，却如不经易间的会心微笑，唤起的是久远深沉的心灵回声。

（原载《中华诗词》杂志，2018年第十期）

听取蛙声一片

◉ 朱军东

刚刚读完周啸天先生的《我怎样做诗》，看书名似乎是“理论文章”，其实里面绝大部分是周先生自己的作品，谈怎么做诗的篇幅很小。看周先生的诗有一个强烈的而又鲜明的印象，题材新、语言新、手法新、联想丰富，最难得的是具有人文情怀和人道主义精神，有大情怀、大悲悯，这是许许多多诗人不具备的。

2014年的时候周啸天先生获鲁迅文学奖，当时网上“蛙”声一片，我写了一篇文章挂在自己的博客上，题曰“为周啸天说几句话”，没想到被周先生转到他的博客里。10年过去了，我把这篇文字找出来再看一遍，当初的观点我现在依然没有改变：

> 四川大学教授周啸天，以诗词集《将进茶》获得第六届鲁迅文学奖，这本是诗词界的一件喜事，因为古体诗词第一次纳入鲁迅文学奖评奖的范围了。
>
> 然而，网络上铺天盖地一片批评之声。说周啸天的作品是打油诗，甚至有人说，他的作品连打油诗都不如。以我对周啸天的了解，我认为有此批评者大抵都是井底之蛙。
>
> 我从1991年开始，就看周啸天参与撰稿的《唐诗鉴赏辞典》和《唐宋词鉴赏辞典》，作为一位古典文学的学者，他对诗词鉴赏有独到

之处，其深厚的学养亦为我所佩服。后来我又陆续看了他的理论著作《诗词创作十日谈》，以及他的个人诗词集《欣托居歌诗》，对他有了更深的了解，我得出一个结论：他不但是学者，而且是一位诗人！

学者是专门从事学术研究的人，有自己的思想与见解，是某一领域的专家，但学者不一定是诗人。因为作诗是需要天赋，没有天赋的人，后天再怎么学，知识再怎么渊博也写不出动人的篇章。是学者，也是诗人，这样的人其实并不多见。而我认为周啸天恰恰就是学者与诗人的结合体。人们批评他的诗像打油诗，甚至打油诗都不如，其实并不了解中国诗词发展的脉络，也不知道当下诗词的窘状。

鲁迅说，一切好诗到唐朝已经被做完。我深表认同，后世之人诗写得再好，能超过唐人吗？但是，到唐朝以后，写诗的人怎么办？一是以唐宋为典范，亦步亦趋地跟着，题材，用韵，用词，甚至风格都不敢越雷池半步，有很多人把诗写得极像唐人，但这样的诗有什么意义呢？不过是逼真的赝品而已，哪有自己的面目？最可笑的是，古人送别有折柳习俗，现代人写诗还不断“折柳”，迂腐得不可救药。二是力求不同于唐人，俗话说“旧瓶装新酒”是也，所谓旧瓶，就是用旧体诗的格式；所谓新酒，就是用现代的词汇，写现代的人世，抒当下的情怀。周啸天的诗作大抵是“旧瓶装新酒”，其语言为大家所诟病，这是审美倾向而已，无伤大雅。试想，白居易的诗，当时也有人批评他俗，然并不影响他的成就。周啸天用俗且生动的语言写洗脚屋，写赌场，恰恰是当下旧体诗的一条出路。

在继承的基础上加以创新，没有眼光，没有学识，没有才气是办不到的。这是周啸天的价值，我想，这也是他获得鲁迅文学奖的原因吧。

周啸天旧体诗词创作论

◉ 李遇春　朱一帆

2014年，《将进茶——周啸天诗词选》摘取第六届鲁迅文学奖桂冠，这是“鲁奖”设立以来首次授给旧体诗人奖项，必然会成为文坛焦点现象。事实上也是如此，周啸天获得巨大荣誉的背后伴随着尖锐的批评和争议。但多数争议往往停留在印象式的感悟层面，缺乏纯粹诗学角度的学术探究。而在我们看来，长期置身学院、作为学人的周啸天，其旧体诗词创作却体现了难得的“诗人之诗”的风神气韵，他在中国传统诗词的现代化或旧体诗词的当代转换方面做出了可贵的艺术探索，其艺术成就不容轻易抹杀。

一、别出心裁的题材开掘

《将进茶》这本诗词集子可谓“宇宙之大，苍蝇之微，皆可取材”。①举凡当下风云人物、鲜活时事、旅行见闻、寻常生活，皆在其诗词作品中有所展现。但周啸天认为“书写当下，并非狭隘地美刺见事，而是需有当代的思想意识”，②所以他强调“命意新”③是题材选取的重要标准。据此，我们可以发现周啸天诗词创作题材的四种类型：一是彰显人的主体性的历史人物题材。二是由文化角度审视城市文明的城市生活题材。三是关注现代民族国家

① 《发刊〈人间世〉意见书》，林语堂（撰），《论语》1934年第38期。

② 《能令孔雀生光辉——滕伟明诗词选·序》，周啸天（撰），《巴蜀史志》2010年第1期。

③ 《周啸天选集》，周啸天（著），中国文联出版社2013年版，第280页。

命运的社会政治题材。四是融入诙谐的山水风景题材。如此视野开阔、包罗万象，且下笔琳琅、充满谐趣，周啸天之当代诗词堪称“作浮世之新绘”[①]而得其神理。

其一，彰显人的主体性的历史人物题材。“仰观宇宙之大”，无数历史人物划破长空，叱咤风云，引得后世之人竞折腰，但古代文人大多如苏轼般作此吟叹：“大江东去，浪淘尽，千古风流人物”，其中的历史人物是以历史陪衬者的“他者化”形象出现的，诗人围绕历史人物的想象和编织也只是为了以历史中的人物为鉴，从而“知兴替”或“叹兴亡”。但对于具备现代意识的周啸天而言，他的诗词则通过彰显历史中个体的自我意识与独立精神，从而肯定人在历史中的主体地位，提升了历史人物题材诗词作品的现代品格。

且看《辛亥五君咏》中“穷岁为奔走”“艰难缔共和”的孙中山形象；“东渡再亡命”“座仍灌氏骂”的章太炎形象；“千金买宝剑，九月当貂裘”的秋瑾形象……这些历史风云人物摆脱了在历史棋盘上被操纵的命运，其被忽略的主体性、人性、心灵得到关注。又如在辛亥革命中身先士卒、军功卓著的黄克强，周啸天写道：“清宫风雨夕，并世起孙黄。虚筵待总统，割席不商量。微尔无民国，秉公持纪纲。前驱真敢死，表里极堂堂。”（《辛亥五君咏其二〈黄克强〉》）诗中用白描手法，以具体的生活画面表现黄兴与孙中山的革命友谊，尤其是他为辛亥革命所做出的巨大贡献，借以抒写黄兴豪放卓异的人格和个性。由此一扫古人登高怀古中常见的“念天地之悠悠，独怆然而泣下”的历史悲怀，也弥补了古人同类诗作中那种“前不见古人、后不见来者”的沧桑历史中主体性的人的缺席。

对具有划时代意义的伟人邓小平，周啸天写来则别具匠心：“郑女江边夙啸歌，怜欢其奈踟蹰何！涉溱莫问水深浅，摸着石头能过河。”（《竹枝词七首其五》）这首诗可谓构思巧妙，《郑风·褰裳》里郑女对待情郎的态度

① 《将进茶——周啸天诗词选》，周啸天（著），天地出版社2012年版。

与邓小平对经济发展的态度形成隐显相间、虚实相生的互文关系。《诗经》里郑女娇嗔于情郎的犹豫不前、瞻前顾后，于是勇敢喊出“子惠思我，褰裳涉溱。子不我思，岂无他人”的显性话语，而在周诗中用此典故则指涉了邓小平鼓励人们要勇于探索经济发展新模式这一隐性话语。明为“在场”实为虚构的郑女，她的个人心境是完全“映射”在始终“缺席”的邓小平身上的。借此互文性结构，隐藏在改革开放历史潮流背后的一代伟人邓小平的个体形象得以凸显，他“摸着石头过河”的大胆探索精神也得以艺术呈现。

其二，由文化角度审视城市文明的城市生活题材。现代城市吞没着人，但“知识分子从来是城市腹中难以消化的东西”[①]，因为他们总是试图用手中的文化编码去解读城市文本。相比古代文人的托城言志（如“姑苏城外寒山寺，夜半钟声到客船”“谁家玉笛暗飞声，散入春风满洛城”“凤箫声动，玉壶光转，一夜鱼龙舞”），周啸天则从文化角度剖析当代城市生活的世俗化趋势与消费主义倾向，并言“莫便逢人作奇谈”（《人妖歌》）。

刘勰称“意象”为“独照之匠，窥意象而运斤：此盖驭文之首术，谋篇之大端”[②]。具体到周啸天的《洗脚歌》，反复出现的意象是“洗脚”，在不断反复的意象隐喻中，诗人开始了对我们时代城市生活消费形态的反讽。众所周知，先秦时期就有民间诗人写出“沧浪之水清兮，可以濯我缨；沧浪之水浊兮，可以濯我足”的诗句，远古的“濯足”意象建构的是清洁或圣洁的文人形象。至于驱使两女子洗足的汉高祖刘邦，则显现出一副“乱骂竖儒倨胡床”的姿态。此时的“濯足”就远不及上古之人，粗豪霸道有余，高雅圣洁不可寻矣。直至当今大款富豪的“洗脚”，周啸天称其：“健身中心即金屋，中有玉女濯吾足；大腕签单既得趣，小姐收入颇不俗。”远古神圣高洁的隐喻性意义被浑浊之世消磨殆尽，彻底沦为单纯的能指性工具。末句言至洗脚工，“来生万一作河东，安知我不为卿洗？”妙哉斯言！可谓在碎片化的能

① 《北京：城与人》，赵园（著），北京大学出版社2002年版，第10页。

② 《文心雕龙今译》，周振甫（著），中华书局2013年版，第249页。

指废墟之上赋予了“洗脚”以全新的反讽所指，为沉默的大多数现代劳工，虚构了城市生活愿景。难怪王蒙要赞叹这首《洗脚歌》“大俗大雅，大雅大俗，腐朽神奇”①了。

如果说周啸天对“洗脚”的反讽尚属触及了城市世俗化生活的表层，那么抨击人类“衣冠楚楚”、变态猎奇、耽于赌博的荒谬行径，则触摸到了城市消费主义文化的灵魂。且看“羚羊挂角迹甚稀，大象负牙种群危；狠心惊破熊罴胆，辣手活扒貉獾皮”（《天谴》），“注射自戕违养生，服食尤惜年光促。……观光客自天外来，一方经济为翻倍”（《人妖歌》），“年输巨亿作国帑，赌王乃能均富贫。殿堂中西聚文物，件件美奂连城璧”（《葡京赌城》），这些异化了的感官享受和物欲满足，凸显了人类在追求现代城市物质文明过程中人性的畸变与精神的失衡。因此，凭借对城市生活的世俗化倾向与消费主义文化的精准拿捏，周啸天的城市生活题材诗歌展现出了与古代同类题材诗作迥异的现代性精神追求，拓宽了城市题材诗歌的现代审美意识与风格。

其三，关注现代民族国家命运的社会政治题材。古时文人慨叹的“但使龙城飞将在，不教胡马度阴山”承载着浓厚的“华夷之辨”②色彩，随着20世纪初新兴知识分子对“民族”“国家”等现代性概念的传播，现代民族国家的轮廓在中国人的脑海中日渐清晰。只是对于中国而言，建立现代民族国家的过程“不仅是一个民族自决的过程，也是一个民族文化同一性的重新创造的过程”。③现代民族国家观念在民族文化同一性建构过程中逐步内化为国人的民族精神谱系，并渗透进国人对社会政治生活的关注之中。就周啸天而言，他敏锐地糅合“民族”“国家”观念进入社会政治题材的诗词中，如日本发生海啸、四川汶川大地震引发的国际人道主义救援，由韩国前总统

---

① 《宕渠四子论》，陈大捷（编），中国文联出版社2013年版，第227页。

② 《中国历史的人文精神》上册，陈铁军（著），合肥工业大学出版社2008年版，第20页。

③ 《辛亥革命与中国政治发展》，章开沅、严昌洪（主编），华中师范大学出版社2011年版，第118页。

卢武铉自杀所透出的对多元民族国家观念的认同等，都在诗人的现代民族国家视野中得到了新的理解和诗的表现。显然，现代民族国家观念并不同于传统的民族主义立场，后者往往从过于狭隘的民族利益出发，而前者则站在全球化的视野中观照不同的现代民族国家的命运，这是古代诗人词客所不具备的社会政治新视野，而这恰好是周啸天作为当代诗人的优势之所在。

其四，融入诙谐的山水风景题材。“中国人抚爱万物，与万物同其节奏：静而与阴同德，动而与阳同波。”[①]传统山水诗表现的正是这种与无限的自然、无限的太空浑然融化，体合为一的神性，所谓“曲终人不见，江上数峰青”“窗含西岭千秋雪，门泊东吴万里船”是已。但是，周啸天笔下的山水诗却在自然景色中融入诙谐元素，着意凸显了山水风景题材诗歌的趣味性，这就为传统的山水风景诗词增添了现代新气象。

描写中秋夜的月圆之景，周啸天有诗：“秋天向晚雨喧喧，刚道嫦娥一面难。却是吴刚亲涤器，当空涮出水晶盘。”（《中秋雨霁见月》）他用单一能指的现代物象“水晶盘”，消解了“月亮”意象背后蕴含的复杂所指（诸如“秦时明月汉时关，万里长征人未还”），明亮、圆润、清透的“月亮”本真表象得以还原。在“月亮”意象的既定隐喻意义消失之后，“吴刚”“月亮”“嫦娥”三者意象得以重组，吴刚为嫦娥刷盘子的趣味风景被展现。再看《天泰园白鹭》：“漠漠水田凭尔翔，争知稠院隐回塘？三餐不素偷为乐，独腿常蜷佯忍伤。观赏鱼劳贼惦记，珍稀鸟待客端详。主人抓拍成惊扰，一片孤飞雪打墙。”对于美好大自然的关注，是传统文人山水诗的旨归，但是周啸天特意将佯装瘸腿、实为叼鱼的白鹭夹杂其中，则使山水风景题材诗歌散发出一种世俗生活趣味。

① 《美学散步》，宗白华（著），上海人民出版社1981年版，第95页。

二、融会中西的思想旨趣

《尚书·舜典》定义诗歌首推“诗言志”，[①]“言志”者讲究思想性；孔子以《诗》三百教育三千弟子，旨在倡导儒家之道的思想性；《文心雕龙》谈诗谓“原道第一”，[②]也是倡导包裹天地万物客观规律的思想性，这都表明了思想性于诗歌的重要性。周啸天亦重视对诗的思想性追求，并直言“且夫诗，吾人志之所之”。[③]总的来说，他的诗歌思想融合中西于一体，并具体表现为批判精神、悲悯情怀和游戏态度三个方面。兼容并包、博采各家思想之长的开放性思想追求，强烈彰显着周啸天诗词的开阔格局与气势。

一是批判精神。以维护“道”为旨归的儒家学说，体现的是古典批判精神，[④]如孔子所言：“天下有道，则政不在大夫。天下有道，则庶人不议”；[⑤]以庄子为首的道家学说，则愤世嫉俗地批判现实，[⑥]所谓“窃钩者诛，窃国者侯，诸侯之门，而仁义存焉”；[⑦]“有漏皆苦”“三界火宅”“人间地狱”的观念，则鲜明表现了佛教学说对现实社会的批判。[⑧]上述儒道释三教学说所共同倡导的批判精神，历经千年的文化积淀，已然渗透进中国传统意识形态的主流话语体系，并构筑了中国文化的批判性思想传统。[⑨]而在西方，批判精神更是源远流长，启蒙运动时期的人们便高呼“思维者的悟性是衡量一切的尺度，一切都应押上理性的审判台，看看是否有存在的价值”。[⑩]这些以批判的眼光、以扬弃和慎取的态度为依归的批判精神经过数千年的沉淀，早已内化为当代知识分子精神资源的一部分，周啸天正是“站在巨人的肩膀

---

① 《十三经注疏》上册，[清]阮元（校刻），中华书局1987年版，第131页。

② 《文心雕龙今译》，周振甫（著），中华书局2013年版，第80页。

③ 《将进茶——周啸天诗词选》，周啸天（著），天地出版社2012年版。

④ 《先秦儒家道统意识与批判精神》，韩星（撰），《陕西师范大学学报（哲学社会科学版）》2014年第3期。

⑤ 《十三经注疏》下册，[清]阮元（校刻），中华书局1980年版，第520页。

⑥ 《道家与现代教育》，刘介民、郑振伟（编著），广东高等教育出版社2013年版，第29页。

⑦ 《诸子集成》第3册，刘宝楠等（编），上海书店出版社1986年版，第159页。

⑧ 《佛教与二十一世纪》，麻天祥（撰），《佛学研究》专题“佛教现代化专题研究”，1995年。

⑨ 《中国传统文化概述》，盖晓明、谭朝炎（主编），浙江大学出版社2013年版，第10—11页。

⑩ 《转型时期的人文关怀》，陈刚（著），南京出版社2004年版，第153页。

上”，以理性为基础对自己所处的时代进行着批判性反思。

周啸天的批判精神体现在他对现实生活中道德沦丧的人的抨击。如批判野生动物保护所的何所长，“酒债寻常行处有，能喝半斤喝八两。住近林区得美差，禽兽无主天豢养；兔子便有触株死，锦鸡撞在枪口上”（《何所长歌》）。针对自然，何所长获得了物化的“主体性”，但在道德和精神层面，他却放弃了自己的“主体性”，呈现出价值观扭曲，丧失人的自我意识的动物性。[①]又如以顾城女友身份现身的英儿，出书大肆炒作自己与顾城的陈年往事，周啸天在《隐私歌》中讽刺其“不降浓情归平淡，翻与好事媒体炒”。这种对异化的人的批判，正是周啸天融合中西批判精神的到场性当下显现。

周啸天的批判精神亦体现在对文化失落的批判。他造访贾谊故居，感慨于遗址破败，作诗：“我来长沙访胜迹，市人久忘贾谊名。沿街按图索骐骥，依稀认得太傅里；室内岂有芝兰香？墙外竟成鲍鱼肆。”“出门搔首复踟蹰，野鸟入室主人非；空龛冷坐聊自拍，乘兴而来兴尽归。”（《太傅里》）这哪里是“兴尽归”，分明是败兴而回。文章千年万古传的贾谊，如今被世人遗忘在鲍鱼肆的角落，当年居所的踪迹也只能模糊辨认。当面对成都老皇城与东湖昔日景观被“改头换面”的更为严峻境况，周啸天痛心疾首：“君不见成都老皇城，千百年间费经营；一朝墙倒众人推，老街易作反修名。名易改，城何辜，至今痛煞老成都。”（《徽州民居》）“荷塘菱沼尚依旧，亭阁楼台几度秋。鸥鹭尽，水云愁，无端风物此间休。”[《鹧鸪天（新繁东湖）》]不难看出，颇具文化象征意味的旧有人文景观，被无历史厚度的现代建筑所置换，这导致了人类对旧有文明的集体性失忆。周啸天凭借其敏锐的观察力批判性指出，文化的衰亡更多是来自文明内部自身的忽视与遗忘，内生的腐烂，才是致命的转折点，不要等到“出门搔首复踟蹰”之际才去缅怀失落已久的文明。

---

① 《从工具理性走向文化自觉》，霍海洪（著），科学出版社2013年版，第21页。

二是悲悯情怀。无论佛教还是基督教，都将包含宽恕与牺牲的悲悯情怀作为其宗教伦理的最高信条。如弘一法师言："水边垂钓，闲情逸致。是以物命，而为儿戏。刺骨穿肠，于心何忍。愿发仁慈，常起悲悯。"[①]耶和华被钉在十字架上时，说："父啊！赦免他们，因为他们所作的，他们不晓得。"[②]融佛教与基督教的悲悯意识于一身，深切体会到人类生存的普遍性苦难与悲剧性命运的周啸天，也由衷发出"真的诗人，无不具有悲悯之心"[③]的感叹。

周啸天的诗词充满了对人类苦难的悲悯。汶川发生地震时，周啸天作诗："天上黄沙地底雷，映秀瞬间成蒿里。危楼断臂尽覆窠，十万烝民同日死。"（《八级地震歌》）旷世之灾，数万人命顷刻乌有，有多少骨肉亲情被埋葬！战栗的诗句中饱含着周啸天的扼腕叹息，字字血泪里隐藏着他凝重的哀伤。当印尼发生举世震惊的海啸，周啸天悲悯于人类自身局限性造就的无可挽回惨剧，向天喊出"唯我物灵非先觉"，"人当澒洞太渺小，回天乏术唯祈祷"（《海啸歌》）的感人肺腑诗句。又如周啸天感叹于二十一位聋哑姑娘表演舞蹈，而写下诗句："天人千手妙回春，族类同痴泪不禁。失语时分存至辩，无声国度走雷音。"（《聋哑人舞千手观音》）周啸天摒弃了对聋哑人如"上帝之照临下土"[④]的优越感，而是以悲悯情怀充分肯定她们的群体生命价值与个体意义。加之，聋哑人这一特定群体所遭受的苦难，在宗教信念的悲悯看来，无不是整个人类悲剧性命运的呈现，[⑤]因此在这个意义上，周啸天感叹她们"引领慈航成普度，神州除夕降甘霖！"（《聋哑人舞千手观音》）这样的诗句，就超越了一般意义上的悲悯，而是上升为对整个人类的普遍性苦难进行普度的大悲悯情怀。

---

① 《弘一法师·淡定的智慧》，雪漪（著），中国纺织出版社2012年版，第172页。
② 转引自［澳］莫里斯：《新约中的十字架》，宗教文化出版社2013年版，第81页。
③ 《诗心与佛心》，周啸天（撰），《中国韵文学刊》2010年第4期。
④ 《闲堂书简》，程千帆（著）、陶芸（编），上海古籍出版社2004年版，第482页。
⑤ 《论悲悯与共通感——兼论基督教和佛教中的悲悯意识》，胡伟希（撰），《华东师范大学学报（哲学社会科学版）》2012年第4期。

周啸天的诗词亦充满了对人类精神性苦难的悲悯。如《春运》:“京郊地冻艳阳高,客至年关咒路遥。木落平林天远大,枝头留守有空巢。”借着抒情视角的由远及近,周啸天把“亲情饥渴”[①]这个非常巨大的言说对象,落实到具体的细部“空巢”。又借由鸟巢空守枝的景象,隐喻了空巢老人和留守儿童无所依附的寂寞孤独精神状态。周啸天以理解之同情,用悲悯情怀观照着他们的精神境遇。对于交情至深的友人张孟离世,周啸天悲痛其“书成半夜一嚎啕”(《怀张孟》)的压抑与孤愤。在生活本身沦为荒谬的特定历史时期,“揭疮疤话‘文革’”(《怀张孟》)的张孟承受着被主流社会群体压制的苦痛。他的孤独灵魂际遇,同时映射出那个癫狂、动荡年代里中华民族所遭受的精神苦难。这些无不表明,周啸天以悲悯情怀观照着人类痛苦的心灵,以悲悯情怀凝视历史的苍茫和荒诞,在苦涩的人类整体生存境遇中体悟着人类的精神苦难。

三是游戏态度。刘勰在《文心雕龙》里专辟一章介绍“谐隐”。所谓“谐”者,“言皆也,辞浅会俗,皆悦笑也”。而“讔”者,“隐也。遁词以隐意,谲譬以指事也”。[②]由此可见,中国古人颇为重视隐藏着游戏态度的诗文。在西方,人们也很早便注意到文学作品的游戏消遣性。如柏拉图曾说:“一件艺术品可以不提供某种用处,或真实性,或逼真的重现,当然也不产生伤害,但它却可以单独产生通常伴随其他要素的要素:吸引力。……这种具有吸引力的‘无害的快乐’就叫作‘游戏’。”[③]于周啸天而言,他在颇具自我写照意味的诗作《将进茶》中也显露出相同的思想旨归,即“世事总无常,吾人须识趣”。可以这么说,周啸天有意识地将中西方的游戏精神缝合进他的诗词创作,“以游戏态度,把人事和物态的丑拙鄙陋和乖讹当作

---

① 《农村留守儿童心理及行为问题疏导——让留守儿童不再“留守”》,李少聪(主编),第四军医大学出版社2011年版,第23页。

② 《文心雕龙今译》,周振甫(著),中华书局2013年版,第131页。

③ 《法律篇》,[古希腊]柏拉图(著),张智仁、何勤华(译),上海人民出版社2001年版,第58—59页。

一种有趣的意象去欣赏”，[①]融谐于理，化理为谐。

先看《教师节作》：“乘时儿辈多先富，教授名高久不肥。股市偏宜大款炒，传销深恐熟人非。百年书海群鱼跃，三尺讲台微雪飞。最喜清秋重教节，翩翩贺卡有光辉。”关于作诗，黄庭坚曾言：“作诗如作杂剧，初时布置，临了须打诨，方是出场。”[②]其实，诗歌的打诨处不一定非要在结尾，亦可出现于开头。这首诗的首联两句即为谐，读来甚觉戏谑可喜。周啸天用开门见山的旷达精神和自娱且娱人的喜感态度观照教师的清贫处境，用自我调侃的笔调写出了一种洒脱的情怀。再看《将进茶》。首先，这首诗的题目就极富谐趣，暗含着对李白大作《将进酒》的调侃。其次，周啸天又用诙谐的语言描摹李白（按：应为苏东坡）饮茶的情景，所谓“遥想坡仙漫思茶，渴来得句趣味佳，”大诗人李白成了被调侃的对象，手中的酒杯被换成了茶杯，而他原有的怀才不遇、及时行乐的悲愤思想，也被周啸天有意的幽默冲淡了。最后，再看全诗的首尾处两句：“世事总无常，吾人须识趣”“我生自是草木人，古称开门七件事”。在“寄蜉蝣于天地，渺沧海之一粟”的人生境况下，再来重新回味这首诗，不禁深切体味出周啸天早已将“宠辱不惊，闲看庭前花开花落”的冲淡思想化作了浅会宜笑的活泼语言，化理性的人生体悟为谐趣了。

三、别具一格的诗体追求

周啸天善于从前人的诗歌创作中，特别是从舒卷自如、气势恢宏、音律节奏美的唐人诗中汲取精华。[③]但他又不肯蹈常袭故，并常言作诗应“诗风独到”。[④]因此，通过有意识地对诗体进行探索，周啸天逐渐形成了自己

① 《诗论》，朱光潜（著），武汉大学出版社2008年版，第28页。

② 陈善《扪虱新话》引黄庭坚语，见《中国历代诗话选（一）》，王大鹏等（编选），岳麓出版社1985年版，第552页。

③ 周啸天在《将进茶》这本诗集的《自叙》中提到：“某也惭太白之豪情，愧少陵之物与，偷香山之格律，接眉山之兴会。”

④ 《不会吟诗也会吟：诗词创作十日谈》，周啸天（著），四川文艺出版社2012年版，第20页。

别具一格的诗体特征。这主要表现为：第一，用身体意象营造气势的歌行体；第二，口语化的诗语；第三，既通俗又雄健的诗风。如此鲜明的诗体追求，体现了周啸天在旧体诗词当代转换方面不遗余力的宝贵探索。

第一，用身体意象营造气势的歌行体。明代学者徐师曾在《文体明辨序目》中这样阐释“歌行体”：“放情长言，杂而无方者曰歌；步骤驰骋，疏而不滞者曰行；兼之曰歌行。”①由此可见，歌行体的首要特点是“以气势取胜”。②而文章之气势要连贯无隔断，又与诗歌意象有着紧密的联系，所谓“势者，意中之神理也”。③深得其中精髓的周啸天，有意识地用现代意识烛照歌行体，并匠心独运地使用身体意象来营造歌行体的气势，从而使得歌行体这一古老的诗歌体裁形式焕发出了现代感。

在《成龙歌》里，由幼时“小儿”，到青年“替身”，再到成年的巨“龙”，成龙的身体意象不断强大。而诗歌的气势也在不断强大的身体意象带动下，像出弦的箭和奔腾的黄河，在不断运动中蓄积着力量，最终如“一龙”飞天般猛烈地喷涌而出。此后，“一龙”复为凡间人，诗歌气势得到舒缓。而结尾四句“飞上枝头作凤兮，望穿天涯心不悔。梦中笑醒能几回，明朝须有明朝事”又以凤（按：成龙妻为林凤娇）作比成龙的身体，全诗的气势再次高扬，并达到了它的第二个巅峰。在成龙身体意象的起起伏伏之间，这首《成龙歌》的歌行体气势得到强力贯穿。如果说《成龙歌》里的身体意象，是在虚实相生的自由转换之间营造诗歌气势，那么《人妖歌》则是借助人妖的实体性身体意象，来铺排造势。具体而言，人妖在舞台上初现身时“回眸启齿略放电”“美发一挥何飘柔，踏摇四体皆魅力”的张扬自信的身体，高扬了诗歌的气势。这之后，“吞声学艺尽残酷”“注射自戕违养生”，被压抑的身体使得诗歌气势进入低谷。随后，周啸天笔锋一转，“惟效昙花放异彩”的绚丽身体，又一扫先前身体被压抑的状态，诗歌气势又得以高

① 转引自张玉梅：《古典诗词鉴赏与写作十讲》，上海交通大学出版社2010年版，第105页。
② 《宋诗学导论》，程杰（著），天津人民出版社1999年版，第281页。
③ 《姜斋诗话笺注》，戴鸿森（著），人民文学出版社1981年版，第48页。

扬。在人妖身体意象的起承转合之间，整首诗的气势由高扬变为低沉随后又上升为高扬。正是通过身体意象的不断变幻，周啸天营造了或抑或扬、或放或收的歌行体诗歌气势，从而强力彰显了歌行体这一古老诗歌体裁的现代神韵。

第二，口语化的诗语。古人作诗一向强调诗歌语言的含蓄凝练之美，所谓“含蓄无穷，词之要诀”。[①]然而，用中国古典文学中原有的词语、审美风格来展现新内容，这样固然古意盎然，但与现代生活终究觉得“隔”了一层。在电光石火的现代世界，需要诗人把直觉到的生命体验，用自然状态的语言呈现。因此，周啸天不仅强调“诗歌语言可以是口语化的”，[②]更是以现代口语直接入古典诗词，以此来表达现代人的生命体验与生存感受。

且看《永遇乐（驾校）》。“世纪之交”“复关在即”“驾校人气”“寰球愈小”“翩翩白领”“出入平安”等口语化的市民语言，给人以前所未有的亲切感、平常感。口语的简单与干净，呈现了书写对象“驾校”的“本真”状态。但是不应忽视的是，诗中却也夹杂着少量古语，诸如“有女同车”“中经首会”等。它们并不是诗人在创作时不小心流露出的“遗老遗少”情结，而是一种向古典诗词致敬的解构方式。具体而言，周啸天通过在口语中穿插自成一境的古语，一方面向自足的古典诗歌语言表达自己的崇敬之心，另一方面，古语在口语化诗语的强烈冲击下，背后的既有古典诗歌意蕴被解构。最终，体悟趋同、经验共享、建立在集体经验基础之上的鲜活口语，建构起了生机盎然的现世诗歌世界。周啸天通过还原诗歌口语化的语言，完成了对现代世界的“感觉还原”和“意识还原”。[③]又如《超级女声决赛长沙二首（其二）》：“另类推陈易出新，歌坛况复见清纯。珠圆靓颖呈荷洁，笔畅如椽赋宇春。央视蛋中欲觅刺，庄家幕后已通神。人生大笑几回得，今夕开心是兆民。”“另类”“清纯”“庄家”“鸡蛋里挑骨头”、超级女声四位

---

① 《论词随笔》，［清］沈祥龙（著），中华书局1986年版，第4055页。

② 《写诗就是写语言》，周啸天（撰），《中华诗词》2010年第8期。

③ 《中国现当代文学史简明教程》，席扬（主编），北京师范大学出版社2013年版，第209页。

选手的名字等等，这些混杂着现代流行语、俚语、口语词汇的使用，表明周啸天有意识地避免古典诗歌极致浓缩的辞藻的羁绊，从日常生活、现代口语出发，以此呈现喧闹的现代众生生活。再看《张将军故里》："张公一言决，地方慎请示。让道于建设，休倚将军势。"寥寥两句口语化的诗语，把被"神话"的张爱萍将军还原成活生生的人，同时呈现出周啸天自然真实、朴挚深切的情感。而且，全诗在"高速路""好风水""观光客""解说妹"等平民化口语的浸染下，张将军形象也散发出了和口语化诗语相契合的平民意识与风采。最后,《还魂引（一曲还魂）》里写到男女两性关系，称其为"解铃自有系铃人，大舞台，小天地"，在日常口语中足见睿智。而诗歌末尾融自我消遣与洞明豁达于一体的"好大个、男女关系。得饶人处且饶人，我干杯，你随意"则显现出日常生活中口语智慧的诗性光芒。周啸天用口语化诗语对日常生活场景的"本真"呈现，彰显了凡俗世界被遮蔽的诗性，真正表现了当下生活场景和个人生命体验，让古典诗词抵达了真实可触的"此在"。

第三，既雄健又通俗的诗风。先看雄健诗风。周啸天在《桂林杂诗三首（其二）》中这样写九马画山："北海有九龙，漓江有九马。云是破壁来，飞龙今在野。"前两句是状势，后两句则是述高。在一派雄浑气势之间，雄健诗风强力显现。再看周啸天写河西走廊："乘兴南来欲问边，河西丝路傍祁连。数峰犹带千秋雪，一壁残存万里鸢。大漠孤烟林属国，边陲筚路吊张骞。今宵唱彻凉州曲，杯碰夜光挥月圆。"（《陇西行》）颔联的"数峰""万里"紧承首联的"傍"，诗歌雄健气势强力贯穿两联。同时，周啸天巧妙地借助"雪""鸢"等自然物象所呈现的祁连山壮阔景象，也令人称道。而且"千秋"与"万里"的豪迈比喻，赋予了诗歌更加雄壮的气势。颈联的"边陲筚路吊张骞"则陡然缩小视野，气脉一变，让人在气势横生的开阔视野中，俯身低就、仔细品味个体人生际遇。尾联则又拓宽视野，在"唱彻凉州"的博大雄浑情怀之中，以碰杯话月圆结尾，使得全诗拥有了无穷的悠远余韵。作为一篇即情即景之作，诗写塞外河西走廊之所见，若非雄健之风则显气格卑弱。在诗歌雄健气势的抑扬之间，周啸天彰显了陇西阔达雄奇的意境。其他诸如“长风吹白日，大道出雄关”（《广元作》）、“梦返楼兰国，横穿古战场。洪荒人去后，落日自苍凉”（《陪明伦书院诸子继罗布泊之行畅游蜀道》）等也都流露出周啸天相同的雄健之风追求。

但是，作为在歌行体的学习上能“惭太白之豪情”而又有所升华的周啸天，对“正中有变”[①]的创作规律有着较为充分的注意。这种注意在诗风追求上则体现为于“雄健”之外，充分注意到诗歌“通俗”风格的显现。白居易曾在《新乐府序》中谈到诗歌的通俗风格，所谓“其辞质而径，欲见之者易谕也；其言直而切，欲闻之者深诫也；其事核而实，使采之者传信也；其体顺而肆，可以播于乐章歌曲也”。[②]周啸天的诗歌风格便在“雄健”诗风之外又以质朴、率真、切实的通俗诗风见长。如《儿童杂事三首（其一）》：“爷立儿走月即走，儿立爷走月不走。儿太聪明爷太痴，月亮最爱小朋友。”平易浅显的字里行间，宠爱儿子的父亲，自以为聪明的儿子形象跃然纸上。诗中三个视角（爷、儿、月亮）的互相转换，依稀之间再现了《断章》的哲理风采，可谓深得通俗境界之妙：“言浅旨遥，平易近人”。[③]

总之，周啸天不仅用高度自觉的现代意识拓宽了当代诗词的发展道路，而且在旧体诗词的当代转换方面已经探索出了一条属于自己的道路，这正如鲁迅文学奖的授奖词所提到的那样：“周啸天以旧体诗词‘作浮世之新绘’，衔接古典传统又着眼于当代生活，渗透着人文关怀与批判精神。”[④]但是，任何新事物的出现，必然是对公众既定认知之“道”的突破与背叛，加之周啸天的诗歌本身也存在着一些缺憾，诚如一些学者敏锐提到的那样：“客观地说，……在周先生的诗中存在一些语言较粗糙的问题”，[⑤]因此，尖锐的批评和争议纷至沓来。面对这种境况，作为诗歌接受者而言，我们不必紧张于当

① 转引自孙学堂：《明代诗学与唐诗》，齐鲁书社2012年版，第506页。

② 《元稹集》卷二十四，［唐］元稹（著）、冀勤（点校），中华书局1982年版，第277页。

③ 《唐诗风格论》，王明居（著），安徽大学出版社2001年版，第209页。

④ http://www.chinawriter.com.cn/news/2014/2014-09-22/218988.html.

⑤ 《古代诗词如何写出当代情怀》，李子（撰），《东方早报》，2014年8月13日版。

代诗词会消解古典诗词的既定意境与内蕴，因为古典诗词具备“我自岿然不动”的气概。而作为旧体诗词的创作者，如周啸天而言，则需要在探索旧体诗词创作的道路上，继续借鉴前人已有的丰硕成果，摆脱唐诗宋词影响的焦虑，以“我手写我口”的开拓性心态，弥补现有诗歌创作中的缺陷，走出一条承载当代审美诗风的旧体诗词道路。

（CSSCI来源集刊《现代中国文化与文学》第17辑，巴蜀书社2015年版）

周啸天诗歌摭论

◉ 丁淑梅　黄晋卿

诗歌创作如何面对当下是一个经典的诗学命题，但实践方式人各有异。从体式而言，当下中国诗坛主要有新诗和传统诗两种形式。大致说来，传统诗是当代人以传统体式所写的诗词，虽在新文化运动兴起时被目为陈旧，但还是不断有创作增量和大量参与者，只是往昔主导诗坛的辉煌已不再。进入新世纪，民间及文人创作传统诗词的势头愈趋强劲，有学者提出“复兴”之说，指出其与新诗同具现代性范式，以明其非古董而是深具时代吟唱的特质。[①]恢复传统诗词曾经的荣耀尚不可期，但传统诗歌的当下化及创新仍是一个不断完成的过程，值得深入研究和实践。关于这部分诗歌，命名争议较大，常见有当代诗词、旧体诗词、旧诗、国诗等[②]，国诗这一命名虽保守，但是也有不少人运用，一些诗词刊物则径以“国诗”名之，显示出统合传统与现代的倾向。

晚清至当代时局激变，为古典诗歌的创新带来生机，出现了如黄遵宪、聂绀弩等诗人，他们以崭新的语料和人生体验入诗，黄遵宪带有晚清人刚刚

① 《二十世纪中国旧体诗词的合法性和现代性》，陈友康（撰），《中国社会科学》，2005年第6期；《旧体诗词复兴论》，陈友康（撰），《宁夏大学学报》（哲学社会科学版），1999年第4期。

② 《国诗刍议》，徐晋如（撰），《社会科学论坛》，2010年15期。

开眼看世界的惊异与兴奋，而聂绀弩的诗歌诙谐中亦有沉痛，[①]他们是既力求开拓古典诗歌世界、又同时寻求未来诗歌发展方向的早期探索者。但是晚清以来，特别是五四新文化运动到"文革"结束的时段，传统诗歌的文化处境如何？是处于社会裂痕下意识形态的巨大张力中、被遗孤般悲壮护持？还是处于传统存续与文化革新的两道激流之中、被尖锐批判与抛掷？这一直是传统诗词的当下创作需要面对的紧张状态和文化焦虑。在这块文化湿地上耕耘，要么碍于语言格套之限力，难免春花秋月、玉漏银灯之陈词；要么格于拟古复旧之执念，陷入诗心无所附丽之泥潭。

如何面对"表达的尴尬"既能撷时语时事入诗，而又不落打油诗或老干体之窠臼？如何能与当下的生活息息相关，又葆有深湛诗意与古典韵味？传统诗词的当下写作，传统诗词"有意味的形式"如何发挥其审美效应，既保持那种剑气箫心式的诗意深湛、又涵盖和熔炼了更为深广的现实征象与当下的精神关怀？《将进茶》作为周啸天的传统诗词写作集（为了行文便利以下简称"周诗"），在传统与现代、观照古典与书写当下、出之己意与随物赋形之间，形成了自己独特的审美风格与个性情彩，可以说为我们提供了一种可能的探索路径和有益的创作实践尝试。

一、士之忧患与浮世针砭

当代诗词的现实批判性，与传统的"美刺"不同，"美刺"是对于王权的查漏补缺，诗歌写作者并不具有独立的人格与思想立场。而真正意义上的现代性批判，则是基于独立人格和公共立场之下对"普世价值"的维护，并在理性观照中进行批判反思，载有社会批判、人性追问及人文关怀。当下中国社会，新旧思潮、不同价值观念并存，传统和现代价值观念既断裂又交错，社会问题很多，如何在此种语境中发挥诗歌在文化重建及人性涵养的重

① 参见郭延礼《关于黄遵宪"新派诗"的评价问题————读〈谈艺录〉对公度诗的评论》，《文史哲》，2007年第5期；夏中义《"紫色俳谐"与知识界精神之困——聂绀弩旧体诗论》，《上海交通大学学报》（哲学社会科学版）2013年第1期。

要作用，是传统诗歌写作的一项重要功能。而周诗对于时下问题有着深入的批判，如商业社会追逐利益的人性异化、如粗暴行政力量对于传统情感的伤害等等。

商业社会是以商业交换为主要运作手段的，着重于世俗功利，这是社会发展到一定阶段的现象。以人本主义为理念的社会，需要多元欲望的满足，但是如果将一切事物都看作可交换的商品，那么传统道德和伦理的底线一再被突破，仁爱、善良、青春、情感、尊严等等都是可以即时性兑现的商品和炙手可热的卖点。一个民族是基于某种精神传统而生存的，对于传统背离则失去了赖以生存的精神家园。“后现代”的解构给人带来的自由有历史合理性，“‘后现代主义’的特征具体表现为对传统的‘主体性’概念、理性至上主义、旧形而上学的批判，而最终归结为人的自由生活——审美生活的彻底实现”，[①]但在获得解构的自由之后，如何真正将生活与人性审美化，则需要文化的滋养，也包括优秀传统的复活。周诗中最具价值和代表性的作品应属对商业社会功利主义进行反思和批判的诗歌。在这部分诗歌中，作者保持着对于时事的敏感，从热点事件、争议事件入手，对庸俗丑恶、喧嚣浮躁世相作出批判，从铺叙到议论，从现象到思考，态度客观但又十分尖锐痛切，具有很强的批判力度，同时庄谐兼备，具有独特的个人情彩。这体现了传统士人的国民之忧及现代知识分子的独立批判，正如其诗中说：“句到最工忧社稷”（《定风波·草堂》），[②]具有鲜明的文化立场和深沉的社会担当意识。

中国传统道德中存在着有所为、有所不为的伦理底线，而现代科学主义的客观冷静如果加上了商业性对于利益的最大追逐则是很可怕的，造就人性的残忍、冷酷，“食物环端极寡恩”（《某地狗肉节引发网战》）十分痛切

① 《后现代主义对现代性的批判与超越》，张世英（撰），《北京大学学报》（哲学社会科学版），2007年第1期；

② 本文所引周啸天诗歌皆出自《将进茶——周啸天诗词选（修订版）》，天地出版社，2014年版，以下所引不再一一注明。

警醒，没有了对于生灵的普遍关爱，只有生物学食物链的冷冰冰的规律，所有的生灵都纳入生产和消费的对象，这就是一向自诩的万物灵长？《天谴》一诗可称力作，以七言歌行写非典肆虐的现象及引发的一系列思考，从口蹄疫、注水猪肉，这些具体现象入手，铺陈人类为了追逐利益，不惜残忍屠杀动物："羚羊挂角迹甚稀，大象负牙种群危，狠心惊破熊罴胆，辣手活扒貉獾皮"，为了取得羚羊角、象牙、熊胆、貉皮这些珍稀之物，不惜手沾血腥，一旦瘟疫流行，又慌不择路，无暇反思长期的行径，只将原因归诸无辜的某种动物作为替罪羊，"一朝祸至不罪己，皆曰可杀果子狸"，对于此类无耻之行，诗人愤怒痛切不已："禽兽何及人无仪"，"衣冠轻肆诋禽兽，禽兽何及人无耻"，痛定思痛下上升到人的本质性的追问，希望能从中西传统伦理中获得深刻思考："直立戴发曰人子，半为魔鬼半天使"，是否人类天性中就具有暴力原罪吗，人难道真的一半是天使一半是魔鬼，但既然人类是具有反思能力的，又如何抑恶趋善？早期的西方宗教神话中有着末世来临，人与动物共乘挪亚方舟的美好图景，基督教中也有着万物平等的思想，"是知物种皆不贱，方舟共济与君同"，既万物平等那么动物也理应享有最基本的生存权利，"动物屡失生存权，尔曹亦希安乐死"，"种属歧视事尽非，兽道王道一理推；劝君莫打三春鸟，子在巢中盼娘归"，这种"己所不欲，勿施于人"的推心置腹式的中国伦理方式，以及"劝君莫打三春鸟，子在巢中盼娘归"农业社会的朴素温情以一种苦口婆心的劝慰出之，是非常典型的传统中国人的情感底色，亦可作为社会弊病救治之一法。在后现代语境下，最传统的未尝不可作为最时下的文化资源，正如1993年世界伦理大会将"己所不欲，勿施于人"这一儒家伦理作为世界性的伦理规约。20世纪初的一系列可怕的大灾难，令一向自负的人类不得不做出警醒和思考，不是洪荒时期的蒙昧恐慌，而是理性反思之后的庄重敬畏，正如《海啸歌》即是如此。2004年的印尼苏门答腊岛附近里氏8.9级地震引发的海啸，造成了东南亚及南亚国家死亡人数累计约二十万人，仅印尼一国死亡人数即超过十七万，而在灾难之前，"未兆易谋禽兽知，兽皆远走鸟高飞。唯我物灵非先觉，身缧始疑网恢恢”，灾难来临，鸟兽皆有知觉，纷纷逃走，而人懵然无知，横遭灾难，大自然的神秘广袤无法用人类理性所能够解释，宇宙的不可知之处令人不得不敬畏。神谕般的启示到处皆是，而人多视如平常，“青藏漫天皆梵呗，游人莫作耳边风”（《高原行杂诗·梵呗》）诗人警世之苦心可见。

商业社会中，个人的自尊、情感隐私都可以成为招摇炒作的卖点。这更是现代商业社会独有的，《隐私歌》对于此类复杂且有争议的话题大胆涉足，加以评判和议论。隐私是个可置于多种学科如伦理学、政治学、传播学等研究和思考话题，受着不同地域文化的影响。两性情感是重要的人伦之情，受民族文化影响，传统中国人的爱情多是目传心与式的含蓄深邃，是“盈盈一水间，脉脉不得语”“秋波一转，意惹情牵”的恋爱方式，构成了独具民族特点的爱情审美趣味。现代文化对这种审美冲击非常大，商品思潮影响之下，不足为外人道的爱情隐秘亦可成为销售热点和炒作材料。《隐私歌》从已故著名诗人顾城的情人李英儿在顾城夫妇去世八年之后出书叙述情感经历并且公开亮相这一事件切入，联系到曾经的前卫女作家卫慧、棉棉的私人小说，探讨现代社会中的隐私这一问题。狂热地追踪隐私和暴露隐私是两位一体的，这一现象表现了现代生活的苍白空洞，甚至畸形。诗中还援引戴安娜王妃被狗仔追袭而身亡的事件作为警醒。“词中有誓两心知，广传未必即佳话”可称精辟，人性的幽邃之处，不说穿、不道破，适可而止，心领神会，体现了古典式的相处方式和人格尊重。英儿的《爱情伊妹儿》，从女性话语权角度未尝不可，也可作为一个时代女性某类女性的情感见证，但她自己也坦率承认了对于公众口味的迎合：“徐志摩的爱情故事《人间四月天》播放之后，也使我意识到从社会角度讲，人们对诗人的爱情生活是比诗要更感兴趣的”，[①]因此也有了商业营销之意，正如此诗中犀利指出：“经济体制转轨时，文化市场赖引资。”《隐私歌》写于2002年，距今已十余年，

---

① 《从〈魂断激流岛〉到〈爱情伊妹儿〉（代序）》，麦琪（撰），《爱情伊妹儿》，长江文艺出版社，2002年版。

但现实意义很大，打开电脑和手机，观诸新闻，仍多是明星隐私类居榜首头条，人心的无聊低俗可见一斑，此种风气应加荡涤。

女性身体作为焦点去炒作更是时下具有争议性的话题，正如《苏紫紫歌》针对这一现象进行了思考和议论。裸模属现代社会敏感及颇受争议的话题，处于传统与当代伦理之裂隙。对于“出名要趁早”的误读，使一些女子不择手段，“若非一搏更何有，风流刚属90后。浪掷青春好时光，等闲白发人老丑”，“艺术情色一层纸，分水只在阿堵中”，批判利用青春美色炒作出名的浮躁世风，有棒喝之感。中国女性传统中有自身文化性格和心理，这种文化自戕更多损伤了自我性灵。当然诗歌也穿插了相关背景，苏紫紫童年时家庭的变故，情感的缺失等，寄予比较复杂的情感，批判中亦有仁厚。与此对照周诗也有对于纯粹艺术美的理想寄托，如《悼哥哥》写著名香港影星张国荣：“古诗虽云歌者苦，如君岂伤知音稀。陆海歌迷共垂泪，旋见光碟涨如飞。楼头坠絮已无语，帘外冷风继续吹。哥哥不复为情困，万里云霄一蝶衣。”张国荣演技精湛，塑造的程蝶衣等形象在电影史上占有一席之地，青春和生命已升华为艺术精灵，永远为人铭记。《妙真诗》写电视剧《红楼梦》林黛玉饰演者陈晓旭：“荧屏选秀徒痴嗔，几个红楼梦里身。一自绛珠归碧海，世间无复葬花人。”妙真为陈晓旭出家后的法号，借陈晓旭出家之后的平淡超脱与狂热的重拍红楼的选秀做对比，其立意自现。

传统是代代累积的情感寄托和精神家园，固守传统也是固守个人内心的宁静。其中地域、家族各有传统，面对当下“大跃进”式的城市扩张与粗暴的拆迁之风，那些极力保存地方文化的壮举，格外引起诗人的共鸣，《王家大院》写道：“老宅栖狐畏拆迁，祖传尺璧守来难。玉阶吉画三雕美，金井明堂四进宽。年代悠悠成故事，官商草草事权钱。一从土遁他州去，樯内人方刮眼看”，诗下有一段注：“洪雅县城隍街清代古民居王家大院因城建故被拆除，主人出巨资将每块拆下来的木料编号登记，后迁邛崃平乐古镇予以复原”，雕梁画栋、金井玉阶的洪雅县清代老宅被主人异地改建，这滑稽怪事让人回味和思考，这是城市化的行政化力量与保存传统的强大愿念相对峙后的产物，如果加以追溯，“文革”时期激进的破四旧更有连根铲除的决绝，对人们旧有情感的摧伤：“君不见成都老皇城，千百年间费经营；一朝墙倒众人推，老街易作反修名。名易改，城何辜，至今痛煞老成都”（《徽州民居》）。异地改建的老宅或许是我们这个时代意味深长的记号，也是精神家园被移除又重建的象征和隐喻。

曾经的激进革命与而今的浮躁世风给中国社会带来种种创伤，因此，周诗从各个角度展现百态千姿的世相，古今比照，中西穿插，加以评判，体现了作者清醒的认识和犀利笔触，叶燮所谓才胆识力，诚于此处见之。

二、气格敬挽与伦情主仁

对于现代主义的反拨上，西方有艾略特的古典主义回归，[①]对古典的回归，并非简单的形式继承，更是一种人格精神的复活。周啸天具有浓厚的古典主义和理想主义情结，其诗作中多有对于古典殉道式英雄品格的憧憬和赞扬。

如2012年作的《邓稼先歌》即为此类佳作，讴歌了主人公事功担当之外，又有名利之超脱。邓先生受命危难之际，于1958年开始主持两弹实验，同门多香车宝马，名利双收，而他由于工作的机密性，隐姓埋名，与妻子一别二十八年，“不赋新婚无家别，夫执高节妻何谓！不羡同门振六翮，甘向人前埋名字”，试验的成功使国家具备了强劲的军事后盾，“蘑菇云腾起戈壁，丰泽园里夜不寐。周公开颜一扬眉，杨子发书双落泪”，侧面着笔写举国激奋，而核试验有潜在危险，而事件突发则不得不奔赴死地，一次试验中降落伞事故使核弹坠地，邓驱车进入现场察看，辐射过量，后患癌症，六十二岁逝世，“神农尝草莫予毒，干将铸剑及身试。一物在掌国得安，翻教英年时倒计。公乎公乎如山倒，人百其身那可替。号外病危同时发，天下方知国有士”，“天长地久真无恨，人生做一大事已”，诗歌愈转愈悲壮，功

---

① 《T.S艾略特的反现代“世俗主义”观》，朱望（撰），《世界文学评论》，2008年第2期。

业已成，马革裹尸，这样一位民族英雄在病危之后才为人所知，其大事功承担之能力、名心利意之超脱是远非常人能及的。

此外，还有对韩国总统卢武铉的赞美，“平民总统平民子，凤凰飞出山谷里。一跃冲下群松颠，四面涛声声不止。橐奉阳光行北地，两韩同胞俱欢喜。横眉微侧美日月，直项顿教懦顽起”（《卢武铉歌》），从他的出身及美政写起，加之景色点染，为其后的自杀做一衬托，加深后面的悲剧气氛，“堤畔浊水湿吾足，一失足为千夫指。虽亏未失为日月，所贵昭然不自讳。孰云恶恶止其身，将老反为他人累”“撒手如归近乎勇，百夫之特亦惴惴”，品德受损，累及他人，则以死殉之，古典气节令人感佩。除此之外，还有组诗《辛亥五君咏》《党史五君咏》（其三）写孙中山、章太炎、秋瑾、陈独秀、瞿秋白、方志敏等人，以及还有咏唱邓小平、张爱萍的诗歌，皆以短作传风神气度。以诗为传、以史入诗渗透了深沉的历史思考，以及未敢稍忘家国的文化担当，遥遥呼应着传统的士人。

世俗社会往往看重现实利益，而通过诗歌则开辟了纯净之地，表达对于理想人格和纯粹品性的追怀和敬挽。周诗可贵之处，对英雄的礼赞，并非仅在杰出人物与政要，还有着对平凡人的礼赞。正如对于青海玉树地震时前去救灾的港人黄福荣力救三人脱险，不幸遇难，汶川地震时，黄亦曾赴灾区为义工，这是平凡人中的英雄，可谓“求仁仁既得，马革裹尸还”（《玉树三章·其二》）。

古典诗性除了以上的对于理想人格的追求和殉道之外，更多以宁静与温和对抗外在世界带给人内心的焦灼与分裂。后现代语境下的古典诗性应是一种理性化了的丰润的生命状态，何以如此？先在的生存预设经过一再的质疑甚至推翻，人是被抽空的状态，因此后现代主张强调人的情感、感性等，而感性和情感则是停留在生命的每一个瞬间的。因此，重情主仁是周诗的一大特色，特别是人伦之情、天真童趣、仁爱之心，从整体看，其诗情感特质和呈现方式非常独到，既有轻松诙谐的世俗情味，又有人世苍凉，这两者以奇妙的方式结合起来。

首先，周诗是很入世的——“不愿他生，唯愿今生”(《一剪梅·重访狮子山》)，在现实中体会到人伦亲情，也体会到世俗独有的快意、满足和感恩，在家人和朋友间最觉人伦的单纯和亲切：“无姊何如有姊强，花红叶绿好商量”(《练姐生日二首》其一)，“好商量”透露出民间独有的随和平易；“行年三四五六七，宁让孔融不让梨”(《放弟生日二首·其一》)则反用典故，家中偶有小争执，亦显热闹，此外《五妹生日作》一诗下有注文亦生动有趣：“余兄妹七人，终养父母，妹最有功。父卧病，妹婿市鱼，始称钓得，母以其得鱼之易也，或顺手转赠来客。”中国孝道讲究养老送终、承顺父母之意，老人多节俭，因此妹婿购鱼只称钓得，其孝意体贴入微，而由于鱼系钓得，母亲多转赠他人，生活中的误会别具趣味。因此，诗歌夸赞妹妹及妹婿：“持家得计酷如姊，处世真须嫁对郎”，可见对持家养老的妹妹、妹婿的感谢，以及深厚的手足之情。诙谐恭维中见融洽。而亲人如不能相聚不能不说是人生的缺憾，“年年不见老爸面，他生不为成龙子”(《成龙歌》)，诗下有这样注：“其子房祖名儿时有一个愿望，就是某天放学时，爸爸亲自来接他，以夸耀于同学，竟未如愿”，在社会大众以舆论狂欢批判成龙和房祖名时，周诗则抓住最为平淡也最为深厚的人伦亲情，在批判中包含关爱，显现出最为醇厚的诗道情怀。

在带有自叙性的亲情诗歌中，童趣诗是很有特色的，将最为朴素的舐犊之情表现得细致入微。如《儿童杂事三首》：“月亮最爱小朋友”，朴拙中的深婉，代替了上文的机锋峻烈之感，显示出作者的诗心温厚之一面。诗后以散文为作注，二者相得益彰：“儿上幼儿园，一夕散步，见天边月，‘月亮最喜欢小朋友了，不信你站着不动’，我站着不动，儿便开跑，一边欢呼道：‘月亮跑起来了’，儿站定，叫我跑，指天笑道：‘月亮不跑’”，被疼爱的孩子所独有的娇憨表现得淋漓尽致，体会到儿童游戏的趣味，也是诗人童心之体现。与儿子游戏有乐趣，即便是孩子调皮加以责罚亦别具趣味，“不肖认打爷方打，儿痛呼停爷未停”，其下有注：儿犯错认打，急唤停，抗议道：“我喊你打，你就打，我喊你停，你咋不停呢。”其实这种童心童趣也成了心灵的寄托、纯美人性的一种期望，就连捡拾鸟巢，都做如此想象：“缔构精微入眼无，三春苦乐共将雏。”（《林中拾得鸟巢》）这与“童话诗人”顾城不同，顾城诗歌的天真与童心确很纯净，但是隔绝于世间的，正如孤绝于世的激流岛是对其生命的象征和隐喻，而周诗笔下的童趣有着浓郁人间生趣，现世性很强，与白石老人画中的生灵、丰子恺先生笔下的韵致是相通的，再加之川蜀才士独有的轻松诙谐，更是妙趣横生：“牌到和时律已就，一时兴会两相高”《牧马山庄二首》，着实令人绝倒。这种妙趣恰能造就人生的韧度，正如获得鲁奖后毁誉皆来，饱受非议之下，竟还有这样的奇作：“今夕凭君借草船，逢逢万箭替身穿。同舟诗侣莫惊惧，与尔明朝满载还。”（《漫兴》）趣用草船借箭之典，写众矢之的、万箭穿心之情，自嘲反讽，黑色幽默。

此类表现生活点滴温情之作，绝非点缀式的轻吟慢写，而是将平淡朴拙的世间温情，放置在深沉的人生底色上，内里不乏对于人生深意之表现和抒发，如故人相逢、不妨沉醉的古人风范：“涸辙相嘘以湿同，茫茫人海各西东。对君今夕须沉醉，万一来生不再逢”（《锦里逢故人》），这与秦观的《江城子》“南来飞燕北归鸿，偶相逢，惨愁容。绿鬓朱颜，重见两衰翁。别后悠悠君莫问，无限事，不言中……”对读，一绝句一词，一精炼一淋漓，但其情无别，缠绵深厚，正如汤显祖“世总为情，情生诗歌，而形于神”之说。人生厚谊，值得格外珍藏正如“检得年前短信息，温情骤起一丝丝。等闲三字君安在，发自天摇地动时”（《五一二短信》），付人以厚谊，亦感人以厚谊，危难之际老友的嘘问值得永久保存。此外，“惠存一纸同门录，明月明年网际看”（《成都师专八二中毕业二十周年》），“临歧数行字，平生一片心”（《赠别二首》）皆是如此，还有高山流水的古典性情：“为君一掬浔阳泪，敢惜珠矶掷玉盘”，其情其境时下也难得见之。

低沉中有欢欣，欢欣中寓真情，人生的感喟不会过于深沉悲凉，理性的超脱也不会显得过于冷静。如《宝宝吟》是赠人之作，但亦含作者之深情，个人生命之感，友人交谊之情，怜爱幼童之意，“忆昨向彭州，汝母青梅小”“将复赤子道，虚心事襁褓。人生三节草，毕竟初生好”，其中深含人生渐老的伤感，人世悲欢沧桑之感，又有喜见佳儿的喜悦，比苏轼的“维熊佳梦”更多了随和与真切的赏爱。《渠县二中歌》本是应制之作，但充满人情味的细节展现了深厚的情感：“谆谆循循恩难忘，中秋授饼敢先尝？红纸包之云匪报，也来翻作鼠耗粮。”此类佳作不一而足。

三、古意嵌入与谐语生新

周啸天的诗歌非徒闲吟，是有着文学史创新之志的，也有着当下这个时代超越前人的宏愿：“传统诗词在当代的生存状况如何？大体可分两段言之。前一段是五四新文化运动九十年来，由于新诗的出现，当代诗词的边缘化生存。在很长时间内，诗词被视为过时的文体，淡出了文学研究的视阈，不登大学之讲堂，只有毛泽东诗词是一个例外。大家都记得鲁迅有一句近乎武断的名言：‘我认为一切的好诗，到唐代都已写完。’但很少有人留意他下面还有一句话：‘今后若非能翻出如来手心的孙大圣，大可不必措手’而正是这一句话，给当代诗词留下了生机。”[①]可以说，周啸天大量的诗词创作，正是努力跃出如来手掌的艰难努力之见证，古典诗词正是有了这样的努力，避免了一味复古的尴尬，也为汉诗的承传与创新提供可资借鉴的实践路径。

相比黄遵宪时代，文化环境不可同日而语。黄遵宪时期是封建社会刚被渗透的时期，面对传统诗歌的局限，试图以新词新语的嵌入获得新效果，但基本底色是传统审美感觉。而现代化的进程已经走过了百余年，其间现代思想意识已经通过各种方式、渠道，包括教育、传媒等等更普遍地渗透现代人的生命情感，加之，当下的世界各国各地区彼此隔离的状态逐渐打破，交流的丰富性和顺畅性是之前的社会不能比的，因此社会新变对人的影响必然会在文艺上有体现，新词新语是生活感受的自然流露，但又保持着传统和现

① 《中华诗词研究院成立感言》，周啸天（撰），《周啸天谈艺录》，北京：线装书局2012年版，第186页。

代的适度张力，读来和现实生活毫无隔阂之感。因此，周啸天所做的是既继承着传统，包括古典精神气度、格调韵味，但又富有现代意识，中西古今打为一炉。

首先是周啸天在古典诗歌深境上的开拓与延展，如“云深人在不知处，世事沧桑几日中”（《张家界》）不仅看到张家界山水幽深邃密，奇峰插天，还有对于世事的不可知感，特别是“洪荒人去后，落日自苍凉”（《陪明伦书院诸子继罗布泊之行畅游蜀道》）此类意味更加鲜明。应该说，情景交融这一意境构成方式在其诗中获得了更新，其最终的原因在于现代知识体系更新后，现代自然观带给人不同的深层观照心理和眼光。独到之处还有叙述中展现视觉效果，如“元亦休，白亦休，两袭青衫任去留。归来一片鸥”（《长相思》），诗中的历史想象恍在目前——孤单寥落，两袭青衫，相互慰藉，寂寥落魄中见友人温情，在应制诗中难得。此外，还有“数峰犹带千秋雪”（《陇西行》）、“添得芭蕉三两窠”（《雨中访菱窠》其一）等佳句。

此外，关于以现代语入传统诗而出新，周啸天也是颇多实践和独到心得。黄山谷以故为新，而周诗往往新旧参用。因为传统诗歌最大的困境在于语言系统的封闭性，而现代社会瞬息万变，如何打开这种封闭的语言系统，保持诗歌写作同现实的协同共振，是传统诗歌写作必须解决的核心问题。周诗最大限度地打开了传统诗歌封闭的语言束缚，将现代词汇大量融入诗歌创作中，在组接语言中大量使用拼接、错杂甚至杂糅的手法，极大地开拓了古典诗歌的表现力。其实，拼接，对照，错杂，也恰好是我们这个时代的写照；这种艺术技巧普遍表现于当下不同门类艺术的，允以美术为例，不少作者以跨文化领域的物象技法做比，具实验性和先锋性，如在中西文化领域游弋的画家丛志远的《篮球系列》将篮球运动员放置在中国传统佛教壁画上，衔接点即是共通的飞动遒劲身姿，将当代社会狂热的体育崇拜表现出来，为现代世俗社会人们的精神取向做了一个侧面的展开，颇具匠心。周啸天诗歌创作所体现的这种艺术精神，就已经不再是古典的摹写，而是古典在现代艺术中的复活，让古典诗歌获得了表现现代生活的强劲生命力。而在语言艺术中，亦可以拼接、对比为手法，不断融入新鲜的语料、创生出新鲜的语感。“一只蟋蟀叫今古，真作假时假亦真”（《Y先生歌》），前句用余光中诗，后句用《红楼梦》语，想落天外，而又自然浑成，“酒债寻常行处有，能喝半斤喝八两”，前句用杜诗，后句用民谚，讽刺昏庸贪污的基层干部，别具效用。此类还有“上头来到下头去，不为轻阴便拟归”（《竹枝词七首》其一）、“涉溱莫问水深浅，摸着石头能过河”（《竹枝词七首》其五）、“宁为稻粱谋，信仰在主义”（《张将军歌》）、“双眸荷静电，单衫杏子红”（《子夜变歌》）、“星运几经浪淘沙，焉能轻辞旺角月”（《悼哥哥》）、“我辈此日成老外，小平真能尊中国”（《泰国行》）。此外，以上谈及的批判性诗歌亦多见语言的推陈出新，亦是内容使然。周啸天诗歌内容丰富，艺术技法多元，如异域诗等都可做进一步研究，限于篇幅暂未展开。

《周啸天谈艺录》的扉页中以硬笔题道：“如果真的有来世，再让我做一千次选择，永远是愿意做一个诗性的人。”不称诗人而称诗性的人，不知道是否可以这样理解，以古典文化浸润的，有反思之力、仁爱之心、生命之情、文化之趣的人，因为诗歌已经作为一种审美化了的生存方式了。正是紧紧抓住诗心诗性，在周啸天的诗歌中，所谓古典与现代、本土与异域、新词与旧语，已判然不分，在传统深厚的古典诗歌底蕴下，奋发出鲜活的现实精神。

（CSSCI来源集刊《现代中国文化与文学》第18辑，巴蜀书社2016年版）

浮世绘　仁者怀　歌之声

◉ 丁淑梅

我是四川大学古代文学教研室的老师丁淑梅，周老师是我的前辈，也是我们教研室的同事；我们共事多年，他的为人、他的为文其实给我们很多影响和启示。今天我就跟各位前辈，还有在座的学者、诗人交流一点我的心得。我读周老师歌诗的体会，大概是这样三个点，即浮世绘、仁者怀、歌之声。

首先是浮世绘。各位老师前面的发言都有提到，就是周老师的诗歌所体现出的这种对世相、对人生、对自然的关怀；他泯然自我、化入人间，是一种无我的状态。他的诗歌，特别关注到了当我们还在讨论现代性问题时却已遭遇到的斑驳陆离的种种后现代社会现象。如《苏紫紫歌》《隐私歌》《妙真诗》《人妖歌》等篇对在时代夹缝中、在商业大潮涌动之下人性的幽暗的洞见与女性不幸的窥察；如《八级地震歌》《海啸歌》《洗脚歌》等篇对天灾人祸下、灾难困厄时市井人生的体贴书写与温情底色；如《天谴》《某地狗肉节引发网战》《葬猫诗》等对自然、生物被破坏带来的生态文明问题的痛定思痛的警示，以及如《王家大院》《徽州民居》等篇对重建地方文化传统和精神家园的真诚呼唤。他尤其善于知古察今，关切自然和人文生态不断恶化的情势下普通人的生活困境；众生皆苦，但他又不说破，不说穿，点到为止，然后他用非常俏丽诙谐的笔调来直面人间的灾难，淘洗和消释心灵的痛苦。周啸天诗歌对当下世界的书写，体现出的一种无我的状态，即体贴与悲悯的情怀。这种悲悯世间的情怀在《江难》《春运》《病非查不出》《失联》等篇章里有更多面相的真切体现。直面苦难，化悲为美，这是周老师诗歌常常给人巨大的心灵支撑的一种内在力量。

其次是仁者怀。如果说《浮世绘》里，周老师呈现的文学世界是一种无我状态的话，那么仁者怀就立起来一个大我的姿态。在以诗歌回应时代诗学命题时，我们看到他的文学世界以一座座屹立起来的形象高峰与思想高点，呈现了诗歌俯仰天地、追求真知的境界。如《邓稼先歌》《张大千歌》《辛亥五君咏》等篇，他大笔赞誉近现代以来科学、艺术与政治生活中的领军人物；如《赠罗志才》《老兵》《悼余旭》《哭张孟》等篇肯定和称扬那些在各自的职业生涯里默默发光的“当代英豪”，如《纾危》《春晚聋哑人舞千手观音》《赠黄英》等篇关注凡人凡事的点点滴滴、但是又可以称之为“英雄壮举”的鲜活气象。在这样的书写中，时刻感受到的是，周啸天作为中国传统士大夫身上所葆有的家国情怀，“句到最工忧社稷”，正是他《定风波·草堂》诗里呼之欲出的大我的声音。

再次是歌之声。从中国古代韵文流变迁这个角度看，所谓旧体、新体、格律诗、自由诗，提到这些诗歌体式时，都多少让人感到一种古今新旧的分离和断裂感，但其实有一个血脉是没有断的，这个背后的血脉就是“歌诗”。而周啸天的诗集恰恰就叫“欣托居歌诗”，正如他在《欣托居歌诗序》里所言，在歌诗这条道路上，其追步前人、开拓未来的一种恢宏气度油然而生，在无我、大我之外，开辟了周啸天诗歌的自我世界。从歌诗的角度看，周啸天的诗歌，以歌行体为代表，如《将进茶》《太白醉月歙砚歌》《宽窄歌》《〈诗经〉演》《还魂引》《子夜变歌》等篇，则从语言、声韵与精神意脉上汲古蕴新，既接续着传统，又面向了未来。明代胡震亨《唐音癸签》云：“乐府体式或名歌，亦或名行，或兼名歌行。歌曲之总名，衍其事而歌之曰行，歌最古”，如此看来周啸天的文学世界，其实是在接续自古歌、乐府、声诗到词曲的歌诗文化血脉里承托着传统文化的内涵和价值，同时又变古创今，不仅且歌且行，而且衍事运声而歌，在歌诗的当代生长土壤里开拓出了一片新天地。所以说他的诗是古体诗吗？是自由诗吗？我觉得亦古亦今，但又打通了古今、面向了未来。明人徐师曾《文体明辨序说·乐府》亦云“放情长言、杂而无方者曰歌，步骤驰骋，疏而不滞者曰行”，而周啸天的歌诗，放情长言而有方，步骤驰骋而自然，歌行迤逦显风神，有声有词而见韵。所以如果要思考中国传统韵文与新诗对接的未来发展方向，歌诗或许是一个可以继续讨论，继续探索，继续开拓的新领域；而周啸天的歌诗创作在这方面已给我们做出了可贵的探索和非常有价值的成就。

正如我早年在《周啸天诗歌摭论》曾说：“诗歌创作如何面对当下是一个经典的诗学命题”，周啸天的诗歌创作与其另辟蹊径的诗话形成的“诗探索”，恰恰回答了这样的时代命题。

（在2024中华诗词学会周啸天诗词研讨会上的发言）

《将进茶——周啸天诗词选》的价值与当代意义

◉ 曾　昂

周啸天教授的诗词集《将进茶——周啸天诗词选》（下文简称《将进茶》）获得了第六届鲁迅文学奖诗歌奖·诗词奖，他因而成为第一位以传统诗词集获鲁迅文学奖的诗人。自2014年8月11日鲁奖获奖名单公布以来，《将进茶》引发了广泛的社会关注，网上出现大量争论信息，其中不少是调侃、否定诗人诗作的信息。诗人淡定地回应那些给出负面评价的人说："那些骂我的人，实际上都帮了我一个很大的忙，让大家把眼光投向我这里了。""……我清楚我为什么获奖，那些评委是冲着我写得好的诗，吐槽的人是冲着我写得一般的诗，这两个事情都对，但不搭界，那些心理阴暗的人我瞧不起。"[①]因为传统诗词作品是第一次获得鲁迅文学奖，较之其他奖牌，这枚奖牌又有如此高的关注度，在或褒或贬的各类信息以及诗人回应已大量涌现的今天，笔者愿以这些信息为基础，结合本人新近对周先生的访谈内容，探讨《将进茶》的价值与当代意义。把握《将进茶》的获奖版本及文本内容则是开展讨论的基础。

一、《将进茶》的获奖版本及内容述评

有报道称，"其（周啸天）本次鲁奖作品《将进茶——周啸天诗词选》，

① 《北京参加鲁奖颁奖礼，接受华商报记者专访——周啸天：我清楚自己为什么获奖》，谢勇强（撰），《华商报》，2014年9月27日版。

系一本旧体诗词精选集，收录了作者20世纪80年代至今创作的158题共280首旧体诗词。诗歌内容取材宽广，观照现实；韵对严谨，遵从旧体诗词体制，具有独特的创作风格和明确的诗歌理念”。[①]笔者原初拿到的《将进茶》版本是天地出版社于2012年3月出版。经反复核实，该版本诗集的诗词数为147题共278首，而非“158题共280首旧体诗词”。又因有报道说诗人获鲁奖后，诗集售罄，出版社又加印了这本诗集。[②]各路信息，莫衷一是，初步判定版本问题有必要先厘清，然后谈其他问题。

围绕这些疑问，笔者于10月17日对周先生进行电话访谈。诗人告诉笔者：“参评鲁迅文学奖时，报奖版本不是天地出版社于2012年3月印刷的那一版本。因为这一版字号较小，不便阅读。2012年5月，天地出版社印刷了在此基础上调整后的版本。这一版才是报奖版本也即获奖版本，现在市场上已不好买到。与诗集初印本相比，这一版字体放大了些，对内容也有所增删，比如，新放进去了《邓稼先歌》《壶口行》等诗篇。”因笔者说获奖本确实没找到，诗人就说送我一本。当天上午我们相约见面，恰巧碰到要采访诗人的《川大校友》两位记者，诗人慷慨送给笔者诗集的获奖本及其他相关研究资料。诗集中还夹有一张A4纸，纸张抬头是《周啸天选集》，内容是诗人的《苏幕遮（上青藏）》《毕节行》《喝火令二首》《行香子二首》4题共6首诗。诗人说报奖时他在诗集里夹了这样的一张纸。

统计得知，获奖本收录150题共260首诗词。与初印本相比，诗题数增加，但诗词首数减少。即便把获奖本收录诗词与其夹带的A4纸的诗词数合在一起也只有154题266首。所以，前文所引报道说获奖本收录“158题共280首旧体诗词”的说法是不准确的。周先生回应笔者的信息显示，持这一说法的人可能误把初印本当作参评本，诗词首数取的又是整数。诗题数则是明显的统计失误。从获奖版本作品收录的时间段来看，上迄“20世纪80年

① 《周啸天获鲁迅文学奖诗歌奖》，《四川大学报》，2014年9月9日版。
② 《鲁奖风波人物柳忠秧周啸天晤面互赠诗集诗酒唱和》，张杰荀（撰），《华西都市报》，2014年8月26日版。

代”的表述是准确的，收录下限应是2012年，《延安二首》《榆林二首》《壶口行》等诗篇都是该年创作，2013年至今的作品并未收入参评本。《将进酒》获奖后确已再版。笔者再次与诗人见面时，他说：“在今年获奖后新印的版本中，前两版未收入的新的诗词已收录。”他还为笔者指出新版诗集中为2014年马航事件写的《失联》一诗的位置。但若在2014年说获奖本的诗词收录时限是“20世纪80年代至今”则站不住脚。作为古诗词研究专家的诗人在诗集中对其诗词自评说：“平仄稍严，欲存唱叹之音；韵对从宽，不失萧闲之致。”[①]在凡例中他指出，“旧著声病，幸蒙识者指摘，今得订正，深致谢忱。唯近体黏对，绝句当别论：五绝以小古风为本色，姑置不论。即七绝，有格称‘折腰’者，唐诗习见，一仍其旧”。[②]同时，诗人指出，作为常识，若诗歌意境真切，甚至可以牺牲格律。[③]因此，“韵对严谨”之说同样不符合诗集事实与诗人理念。“韵对从宽”也并未减损作品本身的魅力，相反，更突显诗人革新的勇气及深厚的理论修养。

在有关诗人获奖的争论中，与获奖作品内容相偏离的信息不少，其中包括这样的褒奖性的文字。因为偏离事实，无论褒奖还是否定，这些说法都很难让诗人信服。因为至今未见以获奖诗集内容为依据的批驳文章，要谈论获奖事件就有必要先了解诗集获奖版本情况及其内容。本文暂且集中讨论《将进茶》的初印本和获奖本，获奖后加印版本约略提及。初印本和获奖本都由自叙、凡例、诗词、附录、代跋五部分组成。除了字号差别之外，二者的区别主要在诗词内容。获奖版本所增篇章除了诗人言明的两篇外，还有《延安二首》《铜川窑》《难排》《即事》《都汶道中作》《过柳公权墓》等诗篇。获奖本显示，所列这些增选篇目都是2012年所作，其所夹A4纸上的诗篇也是同年所作，只是成诗稍晚一点。获奖本删去了《哭建纬四首》《悼亡

---

① 《自叙》，见周啸天《将进茶——周啸天诗词选》，周啸天（撰），天地出版社，2012年5月。
② 《凡例》，见周啸天《将进茶——周啸天诗词选》，周啸天（撰），天地出版社，2012年5月。
③ 《鲁奖得主周啸天回应三大质疑谈如何评价一个诗人》，中国新闻网，http://www.chinanews.com/cul/2014/09-25/6627057.shtml。

三首》《彭州作二首》等诗篇。篇章顺序微调也时有发生。比如，在诗集初印本中，《寻猫启事》《葬猫二首》如此排序，获奖本则是《葬猫二首》《寻猫启事》的顺序。细品诗文及注释可知，原初顺序是时间顺序，获奖本则照顾到了读者的阅读感受，颠倒顺序后，情感上先抑后扬，终得欢喜。又，篇目归属也有调整。比如，初印本中的《论古诗文三十三首·曹操二首》之二，获奖本把其归入《榆林二首》。因为这首诗的前三句都是写毛泽东的，最后一句才写曹操，而这一句也是毛泽东笔下的曹操。结合《榆林二首》诗文及注释看，获奖本以诗人自己的旅行及感触为诗篇归并原则，这样更为合理。

《将进茶》初印本及获奖本与诗人诗集《欣托居歌诗》有一定关系。《欣托居歌诗》有两个版本，2005年与2006年各一版。它们都收录了诗人113题（分题不计）共225首诗词，且所收诗词内容一致，诗词插图一致；连诗集自叙都是一样的。较之2005年版，2006年版的最大改变是在目录前加上了两篇文章：王蒙的《读来甚觉畅快——谈周啸天的传统诗词》和诗人自己的《成都幸会王蒙并诗》。《将进茶》的初印本及获奖本有许多内容来源于《欣托居歌诗》。比如，自叙。只是自叙主体部分的“著形容而怀恩，存墨迹以求同气”[①]这句话在《将进茶》的两个版本中被删除。选集自注加专家评语的编辑方式在《欣托居歌诗》两个版本中也已出现。再比如，作为重头戏的诗词部分，四本诗集有170余首诗词基本一致。所谓“基本一致”，是因为这些重合的诗词大部分完全不变，有些诗词在《将进茶》两个版本中再次出现时则或换了题目，或改正了个别字眼，或对诗文内容有较大调整。仅举内容调整较大的一例。《欣托居歌诗》两个版本中的《〈牧马山庄二首〉之二》：“清时有味胜无聊，牌骨如诗各细敲。能贮清阴好去处，茶棚风清数重茅。”在《将进茶》的两个版本中诗题不变，但内容都变为：“清时有味胜无聊，诗律棋牌各细敲。牌到和时律已就，一时兴会两相高。”四句中只

① 《自叙》，周啸天（撰），见周啸天《欣托居歌诗》，四川文艺出版社，2005年。

保留了一句，改后诗文内容更能在生活细处显出诗人本色，境界也高出许多。细究起来，诗集的重合度在逐版递减：《欣托居歌诗》两个版本与《将进茶》初印本重合180余首，和获奖本只重合170余首；诗人之文《成都幸会王蒙并诗》只在《欣托居歌诗》2006年版中出现。一句话，就《将进茶》两个版本而言，《欣托居歌诗》的两个相仿版本具有母本性质；若把他已出版的诗集放到一起，2005年的《欣托居歌诗》则是其他所有诗集的母本。《欣托居歌诗》的两个版本与《将进茶》两个版本差异也非常明显。除了收录文章及诗词的篇目差异，《欣托居歌诗》两个版本为诗文配有许多生动的图片，而《将进茶》两个版本却一幅都没有；前两者的诗词内容是竖排，后两者则为横排。仅就诗文论，诗人再版诗集时不断做着增删补正的工作。笔者与诗人聊起此事，诗人说："因为对自己的作品总是不满意，所以不断做这一工作。"可见，诗集再版的过程就是诗人追求诗文完美的过程。下文以获奖本内容为主要依据，力图把握《将进茶》的全貌。

对于260首诗词的内容，诗人自我概括说："拈管城之旧锥，作浮世之新绘。拓宽取材，趋生命意。有义可陈，于事可据。酌用比兴，略关美刺。""毫发岂无遗憾，七步得有佳句。句有发端，尤重空际传神；篇无余味，惟是卒章显志。近体谨严，贵乎畅达；歌行恣肆，忌在滑易。诙谐之极，或出庄严之态；阳刚为本，映带妩媚之姿。诗有赠答，不为应景；餐到韭萍，敢堕恶趣！"[①]诗词集涉及的人物从辛亥五君、党史五君（参评本选录写三君的诗）到红楼人物、人体模特、超女、快女，从卢武铉、成龙到本·拉登、人妖；书写内容从汶川大地震、日本大地震、印尼海啸到天伦之乐、中秋过节、翁杨之恋、悼亡亲人、洗脚、寻猫。取材甚宽，浮世新绘，皆非虚谈。不少诗词很有味道。比如《寻猫启事》："身轻于犬，毛白于鹅。曳涂山氏之尾，许鹰分面；镇生肖榜之首，与虎同科。摩登作秀，轻移台步；翡翠弄碧，曼回秋波。兹有猫字非非，事关咄咄。生小习于掌股，及长未逾门户。三岁

① 《自叙》，周啸天（撰），见周啸天《将进茶——周啸天诗词选》，天地出版社，2012年5月。

贯汝，每饭不忘主人；一朝跷家，今宵知在何处？可堪风雨凄凄，何况饥肠辘辘……”[①]即便寻猫小事，也能调出无限风味，诗人为我们的生活增添了亮色。诗文有态度，笔下存美刺。仅举二例：诗人把邓小平的黑猫白猫论与九方皋相马相比，“会抓老鼠即为高，不管白猫同黑猫。思到骊黄牝牡外，古来唯有九方皋”；[②]诗作讥讽赴澳门赌博的人“挥金十九大陆客”，调侃参赌公务员“海角归来说双规，使我达官失颜色”。[③]爱憎之分明，可见一斑。作家王蒙盛赞诗歌《将进茶》，“这里有一种平常心，写平常事，而平常人平常诗中出现了趣味，出现了善良，出现了生机，出现了至乐至公至和，在充满戾气的现代社会上，这实在是难得的和谐之音”。[④]他高度评价周啸天的《欣托居歌诗》，说“拜读之后更觉琳琅满目，活泼，生机，古雅，趣味，耳目一新，赞叹有加”，“喜传统体诗词有了新的突破矣”。[⑤]张应中认为《欣托居歌诗》“取材广泛，内容丰富，包括当今名人、新生事物、山水名胜、文学艺术、人物伦理诸端，其中，最富特色、最引人瞩目的是那些写当今人事的新题材、新内容”。张还评论说该诗集“诗多词少，诗歌众体皆备，以七绝为多，此为七言歌行（以下统称七古），此为七律，五言各体皆少。这些诗风格多样，‘从来才大人，面貌不专一’。其七古优游不迫、沉着痛快，七律畅达跳脱，七绝舒朗俊逸。以鉴赏为诗，追求趣味则是它们共同的徽记。在具体写法上，呈现好发议论、多使事用典的特点”。[⑥]因为《欣托居歌诗》与《将进茶》获奖本有承继关系，而且青出于蓝，这些评语用在《将进茶》获奖本的诗词上同样是合适的。至于韵律，前文已经触及，不赘述。

关于注释，作者自言：“本书注释从简，重在背景、今典及重要出处之

---

① 《将进茶——周啸天诗词选》，周啸天（著），天地出版社，2012年5月，第99页。
② 《将进茶——周啸天诗词选》，周啸天（著），天地出版社，2012年5月，第26页。
③ 《将进茶——周啸天诗词选》，周啸天（著），天地出版社，2012年5月，第58页。
④ 《读来甚觉畅快——谈周啸天的传统体诗词》，王蒙（撰），《文汇报》，2006年5月12日版。
⑤ 《读来甚觉畅快——谈周啸天的传统体诗词》，王蒙（撰），《文汇报》，2006年5月12日版。
⑥ 《以古为新，雅而能谐——评周啸天〈欣托居歌诗〉》，张应中（撰），《安徽师范大学学报》，2006年第1期。

说明。师友鸿雁往来，关着门说话，本不示人。然只言片语，心有戚戚，摭拾篇末，或有助读者之品味。标榜之嫌，固难免焉。欢迎批评。”[①]以《辛亥五君咏》为例。作者以孙逸仙、黄克强、黎元洪、章太炎、秋璇卿五位辛亥革命人物名字为题，分别作一首五言律诗。在五首诗的结尾皆以“注”的形式附有百字左右的人物简介；简介在记述人生经历的同时，突出人物的性格，作者的价值倾向蕴含其中。比如,《秋璇卿》一诗注曰：“秋瑾字璇卿，浙江山阴人。留学日本，投身革命。回国后与徐锡麟等密谋起义，事泄被捕，就义于绍兴轩亭口。工诗词，有‘不惜千金买宝刀，貂裘换酒也堪豪’之句。鲁迅著《药》，以华家人影射麻木之国民，而以夏瑜隐喻秋瑾，用心深矣。”[②]注文简洁而精到，体现出作者对秋瑾的欣赏与赞誉，这些文字与诗文“荒鸡正阒寂，风雨不胜秋。万古英雄气，一时班左流……”[③]互文见义，相得益彰。作者在《辛亥五君咏》后面设有“评”，引用了中国李白研究会会长薛天纬与四川省杜甫学会理事管遗瑞二人的评。薛天纬认为五首诗“格调在律、古之间，与所咏内容十分切合”；管遗瑞评论说“一诗而生、旦、净、末、丑俱备，真人生大舞台，历史大舞台也”。[④]专家评论，虽有“标榜之嫌”，但“有助读者之品味”作用更大。并非诗集每一首诗词后面都有“注”，如《练姐生日二首》，诗文中没有需要注解的地方，诗人就没有设“注”。如是处理，显出诗人在“注”中对笔墨亦有斟酌。诗人对“注”也在不断完善。比如,《将进茶》初印本中对涉及毛泽东的一首诗的“注”只引了毛泽东的词牌为《沁园春》和《浪淘沙》的两首词中的一些句子。[⑤]获奖本对该“注”修正，把《沁园春》改为《沁园春·雪》，并加上了毛泽东写这首词的时间、地点等内容。[⑥]改后，“注”的内容更准确了，“注”与诗

---

① 《凡例》，见周啸天《将进茶：周啸天诗词选》，周啸天（撰），天地出版社，2012年5月。
② 《将进茶——周啸天诗词选》，周啸天（著），天地出版社，2012年5月，第21页。
③ 《将进茶——周啸天诗词选》，周啸天（著），天地出版社，2012年5月，第21页。
④ 《将进茶——周啸天诗词选》，周啸天（著），天地出版社，2012年5月，第21页。
⑤ 《将进茶——周啸天诗词选》，周啸天（著），天地出版社，2012年3月，第91页。
⑥ 《将进茶——周啸天诗词选》，周啸天（著），天地出版社，2012年5月，第24页。

文的配合也更默契了。与“注”一样，也不是每一首诗词都有“评”，整部诗集的“评”少于“注”。评语作者有作家王蒙、诗人杨牧、宁波大学中文系教授李亮伟、安徽师大中文系教授余恕诚、浙师大中文系教授毛谷风等人。诗词、“注”、“评”一体呈现，加深了诗文的文化底蕴和历史纵深感，拓宽了读者的想象空间，诗选的如是处理，是值得点赞之处。诗人在参评本中坚持母本及《将进茶》初印本为诗词加“评”、“注”的深层原因之一，当是有学者在评论《欣托居歌诗》时已指出的，因为一些传统文化功底不太深厚的读者曾发出“看不大懂，能否给讲解讲解”之类的呼声[①]。加“注”、“评”，麻烦了作者，但方便了当今读者。

诗词部分的编排原则是“由近及远，相从以类”。[②]在“凡例”中言明如此编排的原因：“实因秀才与朋友拉家常话，常自新闻说起，又往往联类而及也。略无矜持，自有人情之妙理焉。”[③]如是安排有“人情之妙理”；又因“相从以类”，所以并无凌乱之感。诗集附录部分除了收录了《张浦杯·〈诗刊〉首届（2010年度）诗词奖授奖辞与获奖感言》，还收录了王蒙的《我喜欢各种绝妙好词》与《读来甚觉畅快——谈周啸天的传统体诗词》、杨牧的《唐诗以后又见诗——读〈欣托居歌诗〉》等共五篇文章。附录最后是刘学锴等与诗人往来书信的摘要。因为这些文字都涉及诗人诗词，其中提到的一些诗词篇目在参评本中再次出现，它们对理解参评本的诗词内容，作用显而易见。诗词集最后部分是诗人自己的一篇演讲稿，作为代跋出现，题为《诗心与佛心》。诗人在此文中指出：“人秉七情，应物斯感，或为之苦恼，或为之困惑，或为之激动，或为之神往，‘心有千千结’。须释而放之，才能复归宁静，复归圆融。通过戒定来释放，得到的结果是悟，是慧；通过语言来释放，得到的结果则是诗。释放即放下，放下即般若。以此观之，诗心之

① 《拈管城旧椎，作浮世新绘——读〈欣托居歌诗〉有感》，商振泰（撰），《巴蜀史志》，2006年第1期。

② 《自叙》，见周啸天《将进茶——周啸天诗词选》，周啸天（撰），天地出版社，2012年5月。

③ 《凡例》，见周啸天《将进茶——周啸天诗词选》，周啸天（撰），天地出版社，2012年5月。

深契佛心，非偶然矣。”然后以“喜悦”“慈悲”“智慧”三个关键词阐释诗心与佛心深契之处。得出结论是“诗心深处，往往契合佛心”。[1]诗人的非凡见识于此彰显。

二、《将进茶》的价值与当代意义

第六届鲁迅文学奖评奖委员会发布了《将进茶》的授奖词：“周啸天以旧体诗词‘作浮世之新绘’，衔接古典传统又着眼于当代生活，渗透着人文关怀与批判精神。他的诗词取材丰富，风格多样，或豪情勃发，浩气横生；或幽郁发挥，趣味逸出。在选材、命意、境界等方面对旧诗词表现当代经验，做出了具有难度的探索。”[2]诗词本身的主要价值，评语基本说尽。对诗人作品获奖资格的论说，诗人新浪博客已转载有江浩敬的《周啸天教授获‘鲁奖’绝对名副其实》等多位学者的文章，它们与诗人自评信息互补，论证已很充分。由此可得出的结论是，诗集虽有个别篇目不尽如人意，但佳作更多，诗集获奖当之无愧。诗人的诗词很传统，因其衔接传统；但也不传统，因其翻出了新意。做到“传统”稍易；做到“传统”又“不传统”则较难，诗人做到了。为诗词的当代书写成功闯出一条路，这是周先生的一大功绩，也是获奖最重要的缘由。另外，诗集诗词的排版顺序，为诗词自加“注”、“评”的编辑方式，诗人为诗集附上阐发自己独到诗歌理念的文章以及方家阐发诗词要义的文章，以上做法皆可圈可点。一本在手，诸事不愁，诗集具备了诗词当下书写的小百科全书性质。这一特质在2014年版的《将进茶》中表现更佳。这些做法同诗词一样值得关注，值得借鉴。

另一方面，获奖事件并未随着颁奖仪式的结束而画上句号。且不谈八月份获奖信息放出后社会的狂热关注情况，自九月份作品颁奖仪式结束到现在都一个月了，但如前文所述，笔者亲眼所见，依旧有记者就此事的相关问

---

① 《将进茶：周啸天诗词选》，周啸天（著），天地出版社，2012年5月，第207-217页。

② 《获奖作品〈将进茶——周啸天诗词选〉授奖词》，中国作家网，http://www.chinawriter.com.cn/2014/2014-09-22/219190.html。

题采访周先生。若从获奖信息发布之日算起，事件被媒体广泛关注已两个月有余，周先生及其作品可谓风光无限。媒体及公众对获奖者及作品如此长时间地关注，这在鲁奖史上不曾有过。从传播学的角度论，围观就是力量，围观也意味着影响。因为周先生的传统诗词集获奖受社会关注时间长，相关信息多，鲁奖评奖委员会这一颁奖决定可以说是本届颁奖决定中最值得肯定的一个。周先生的这枚鲁奖奖牌已经溢值，其社会效益已经最大化。诗集的当代意义已与这枚奖牌所引发的影响难分彼此，与诗人的各种回应融合。我们不妨综合所有这些因素来讨论《将进茶》的当代意义。

首先，诗人以传统诗歌理论家的丰富学识对获奖事件做出各种回应，以新闻人所具备的素养对社会舆论从容应对，使得有关诗歌理论的信息广泛传播开来，让大众受益，此乃这块奖牌溢值最突出的部分。诗人是四川大学文学与新闻学院教授，安徽师范大学中国诗学中心客座教授，四川省诗词协会副理事长，又曾担任四川大学新闻系主任，出版了《唐诗鉴赏辞典》（重要撰稿人）、《诗经鉴赏集成》等多部论著及作品。在因作品获鲁奖而被关注之后，诗人已接受多家媒体的采访，采访内容涉及诸多方面。比如，《四川大学报》的一篇报道显示，对获奖，诗人说："任何的奖项，与中奖一样，都有幸运的成分，既然是幸运，就不必太在意。"同时，诗人对"确有其事"的批评回应说："拙集中确实存在一些平庸之作，本该痛删，别人拿这个说事儿，只能怪自己。所以《将进茶》再印是必有增删的。"[①]对获奖和批评的如是回应，体现了一位诗人的风度与素质。对诗词在当代如何发展，诗人提出了自己的见解："当代诗词，一要书写当下，二要衔接传统，三要诗风独到。做到前两条，就是小好。连后一条也做到，就是大好。"同时，他认为做一位诗性的人比做一位诗人"重要得多"。"我教诗，首先是培养诗性的人，而后可称为诗人。"他说，"诗性的人读诗、爱诗、懂诗，读到什么

① 《"做一个诗性的人更重要"——周啸天回应获奖争议，谈如何写诗》，曹丹（撰），《四川大学报》，2014年9月9日版。

份上，写到什么份上。要成优秀的诗人，就必须懂得这个道理”。[①]这些话则道出了写诗要义及诗人成长秘诀。在中国新闻网报道诗人获奖的新闻中，诗人说：“……但我认为，评价一个诗人，不是看他能写得多坏，而是要看他能写得多好。”[②]这句话其实是告知大众评价诗人所应持有的标准。在《南方都市报》张书舟的报道中，诗人讨论了“打油诗”问题，认为“油放得合适就是”。[③]在《成都日报》一篇报道中，诗人回应“新闻诗”说法时说，“关于有人评价我的作品是‘新闻诗’的说法，我觉得不准确，还是叫作‘感于哀乐，缘事而发’吧。今后如果遇到让我有感触的社会新闻事件，我还是会写旧体诗表达感想”。[④]这些表述是巧妙告知大众什么是诗歌，诗歌“打油”不为错，“油”量合适就好；书写现实不是错，无病呻吟才惹人厌。

笔者亲见的一次回应则是在笔者接受诗人赠送的参评本等资料时的现场。在《川大校友》记者李孝蓉等的访谈录稿件中，诗人指出，诗歌对他来说就是“乐子”。他说，四川绵阳的文伯伦曾言，当下写诗词的人可分为三类，一类是进不去，一类是进去了出不来，一类人能进得去又出得来。文伯伦认为周先生属于最后一类。周先生认为其说到了点子上。他同时批评说，网上质疑他的很多人是并不懂那些格律什么的，不懂“诗词ABC”，想质疑获奖诗词却“够不到我”，“我也没义务给他们扫盲”。笔者对这些信息向诗人进行了确认。

诗人的各类回应连同诗人在新浪博客中转载的关于他的诗词的各类评论文章，它们确确实实在一定程度上起到了给不懂“诗词ABC”的人“扫

---

① 《“做一个诗性的人更重要”——周啸天回应获奖争议，谈如何写诗》，曹丹（撰），《四川大学报》，2014年9月9日版。

② 《鲁奖得主周啸天回应三大质疑谈如何评价一个诗人》，中国新闻网，http://www.chinanews.com/cul/2014/09-25/6627057.shtml。

③ 《周啸天回应“打油诗”：油放得合适就是——第六届鲁迅文学奖诗歌奖得主谈作品争议，称对肯定评价照单全收、对否定则进行过滤》，张书舟（撰），《南方都市报》，2014年8月15日版。

④ 《赴京领取鲁奖后周啸天表示“毫无压力”》，祝丹妮（撰），《成都日报》，2014年9月25日版。

盲”的作用，这当出乎诗人意料之外。因为网络发达，诗人的很多回应信息被反复转载。比如,《成都日报》祝丹妮写的《周啸天“传统诗词艺术”讲座谈口语在诗歌中的妙用》就被中国网、中国广播网、网易新闻中心、桑梓新闻网等多家网站转载。如此一来，“扫盲”的社会覆盖面还很宽。目前看来，“扫盲”效果在进一步加强，一些文化机构如“金沙讲坛”，已邀请周先生做诗词专题讲座,《成都晚报》在开讲前就开始了讲座预告报道，[①]预告信息又被网易等网站关注。可以毫不夸张地说，鲁奖把第一枚旧体诗词奖颁给周啸天，很值。这样的效果，只有让诗人、诗词研究专家、新闻人一肩挑的周先生才能胜任。因为诗人不但诗词写得好，道理讲得透；还能轻松自如地应对媒体，借力把诗歌理念传达出去。

其次，鲁奖诗歌奖的诗词奖奖牌的颁发，会革新很多人对中国当代文学的观念，吸引更多的人吟诵和创作诗词，研究诗词理论，从而在一定程度上打破新诗的霸权局面，对中国当代诗歌的健康发展起到推动作用。自新文化运动以来，传统诗词随着传统文化被打压而失去很大的生存空间，在当代文学史及文学教材中，传统诗词难觅其宗。新诗与旧诗似乎水火不容，“不论是‘诗界革命’还是‘新诗革命’，它都是以旧诗为对象的，这是不必回避的事实。‘新诗’生长于‘旧诗’，这在过去，人们是讳言的。”[②]“八十多年来，文学史、新诗史，讲新诗，就只从胡适之的《尝试集》说起。”[③]闻一多说：“他说你做诗模仿十四行体是可以的，但是你得十二分的小心，不要把它写得像律诗了。我真不知道律诗为什么这样可恶，这样卑贱！”[④]甚至，胡适评论新诗时说“旧诗词的鬼影仍时时出现在许多‘半路出家’的新诗人的诗歌里”[⑤]。

① 《第六届鲁迅文学奖诗歌奖获得者周啸天今天做客金沙讲坛》，白茹（撰),《成都晚报》，2014年10月18日版。

② 《论中国新诗》，谢勉（撰),《文学评论》，2002年第3期。

③ 《拈管城旧椎，作浮世新绘——读〈欣托居歌诗〉有感》，商振泰（撰),《巴蜀史志》，2006年第1期。

④ 《诗的格律》，闻一多（撰),《晨报副刊》，1926年5月15日版。

⑤ 《〈蕙的风〉序》，胡适（撰)，见《胡适文存二集》卷四，亚东图书馆，1924年，第298页。

然而，李怡指出，批判传统诗词的时代价值、主张写新诗的新文化运动主将胡适的《尝试集》旧体诗或曰近乎旧体诗的作品占绝大多数，除了《去国集》《尝试集》中的旧诗之外，胡适早期旧诗还有九十余首。①陈平原则指出，胡适等人依靠诗歌的“新/旧”对立“来追寻和建立一个新诗坛”。②早已成为学界共识的是，胡适等五四有成就的大家都是传统文化根基深厚的人。但由于五四主将的言论被编入现当代文学史及各类教材，他们受时代局限的偏激言论对当代诗人造成不利影响。著名新诗诗人杨牧说：“我是一个弄新诗的，从一开头就接受了新文化运动播撒给我的全部诗观，对于旧体，始终笃信鲁迅先生曾经说过的‘诗到唐朝就已经做完’。”是周啸天的诗歌成就，让杨牧彻底改变了这一观点。③

人民文学出版社1978年出版的《天安门诗抄》中，旧体诗、词、曲515首。以首数论，它们占了诗集的绝大多数。④杨牧说：“事实上，旧体诗的顽强血脉，即使在新诗近百年间成为统治性主打之后，仍绵波连连、香火未断。从毛泽东到赵朴初，到聂绀弩，到陈寅恪、钱锺书、胡绳、高亨、邓拓、李锐、蔡若虹等，也包括鲁迅他老人家本人，都是续此香火的圣手，这还没说为数不少弄了新诗又弄旧诗的‘新旧诗人’和迄今众多的旧体诗爱好者。”⑤曾经有文章援引资料说，“全国诗词学会（含诗社）的总数超过五万之数，注册的诗词学会会员超过百万之众”，传统诗词网络创作日产量惊人。⑥虽然文学现实中传统诗词如此，但在学界，诚如本届鲁奖评委褚水敖所言，“应当承认，旧体诗在当今文学界还没有摆到适当的地位”。⑦曹顺庆指出，“文言话语

---

① 《中国现代新诗与古典诗歌传统》（增订版），李怡（著），北京大学出版社，2008年，第152页。
② 《现代中国》第三辑，陈平原（主编），湖北教育出版社，2003年，第155页。
③ 《唐朝以后又见诗——读〈欣托居歌诗〉》，杨牧（撰），《文艺报》2006年8月29日版。
④ 《中华文学通史·第八卷·当代文学编·儿童文学·诗歌》，张炯等（主编），华艺出版社，1997年，第277—280页。
⑤ 《唐朝以后又见诗——读〈欣托居歌诗〉》，杨牧（撰），《文艺报》2006年8月29日版。
⑥ 《欣托居的诗词主张与实践》，梅红（撰），《绵阳师范学院学报》，2011年第6期。
⑦ 《褚水敖：书写当下衔接传统——访第六届鲁迅文学奖诗歌奖评委褚水敖》，《中华诗词》，2014年第9期。

霸权与白话话语霸权在中国文学史上交替出现，往往从一个极端走向另一个极端，对中国文学发展产生了深刻的影响。……而在文学的现代转型后，白话话语霸权反过来取代了文言话语霸权的统治地位，令现当代文学史变成了残缺的文学史”。[①]对这次评奖事件，他告知笔者：“《将进茶——周啸天诗词选集》是获得鲁迅文学奖古体诗词奖第一枚奖牌的作品。周啸天是第一个吃螃蟹的人。世间的‘第一’总会有这样那样的缺点，但其突破价值与意义更大。当代文学史教材不把当代古体诗词写入当代文学史，但不代表当代诗词没有成就。这部获奖作品必将载入史册。”本次鲁奖诗词奖获奖作品是多位学界知名学者专家亲自评选出来的，颁奖行为是摆正诗词位置的一次努力。所以，这一颁奖行为一定会更新学界很多人的现当代文学史及文学教材书写观念。

周先生曾写过《敬畏新诗》一文，发表在《诗刊》上。诗人以诗歌史实为依据，论证得出结论，新诗与传统诗词互通有无，才能结出诗歌硕果。“当代诗词作者如一辈子困守传统，拒不接受新诗熏陶，不会有太大出息。”[②]观点让人耳目一新。诗人并未把新诗与传统诗词对立起来。他如是说的，获奖作品及诗人的诸多自我辩白都表明，他也是如此做的。新诗与诗词在他的作品中出现融合趋势。鲁奖诗词奖的第一枚奖牌颁给《将进茶》，颁奖又引发如此大的社会关注度。诗人不但拥有这样宏阔的理论视野与博大的胸怀，又如此善于就势传播个人诗歌理念。因此，奖牌效应会引发更多的人读他的诗作，增加创作诗词的兴趣。奖牌还会让部分人由关注他的作品到关注他这个人，关注周先生的诗歌理念，从而引发一些人对中国诗歌理论尤其是诗词理论的兴趣。从已分析的相关报道看，这一效应已经初步显现。这种关注的结果必然会对新诗与诗词的书写有所裨益。

再次，把鲁奖的第一枚传统诗词奖颁给《将进茶》是作为国家文学大奖的鲁奖顺应时代要求的选择，是发展中华优秀文化的一步好棋。眼下国人

① 《白话话语霸权与文言话语霸权——对中国文学发展史的反思》，曹顺庆（撰），《江汉论坛》，2014年第1期。

② 《敬畏新诗》，周啸天（撰），《诗刊》，2011年10月上半月刊。

对传统文化的认知大方向由五四的倾向否定走向了倾向肯定，当然不是不辨好坏地全盘接受传统。在全球化时代，各民族都力图在文化上彰显自己的民族特色，在兼容并蓄的基础上延续自身的文化传统是越来越多的民族的共同选择。大众对传统文化与诗词的热爱，风气渐浓。比如，凤凰网、凤凰卫视联合岳麓书院主办的“致敬国学—2014首届全球华人国学大典”活动全球瞩目。再如，由国家互联网信息办公室主办、搜狐网承办的2014年度“中华优秀传统文化网上行”活动在王蒙、麦家等当代文化名人中秋吟诵古诗词的节目中拉开帷幕，该活动受到新华网等多家媒体关注。正是在这样的国内国际背景下，鲁奖连续两届设立了传统诗词奖，并于本届把第一枚奖章颁发给实至名归的《将进茶》。在这次争论中，无论有多少质疑，尚未听到有人公开质疑要不要给传统诗词作品颁奖，大众关注的焦点是获奖的诗词作品配不配得上这个奖项。鲁奖这枚奖牌的颁发，顺应时代潮流，鼓舞人心，其行为是在给中华文化大繁荣添砖加瓦。

如果我们接受“文学是人学”的说法，那么，文学奖就是作家奖，更是民众奖。传统诗词有大批民众喜爱，鲁奖设立和颁发诗词奖是时代的召唤，是顺应民意之举，也是作为国家大奖的鲁奖自我完善的重要标志之一。把鲁奖诗歌奖的第一枚古体诗词奖奖牌颁给周啸天的《将进茶》，虽然其中的个别诗篇有待进一步打磨，但诗集整体上配得上“第一枚诗词奖奖牌”这一称谓。鲁奖颁发的第一枚诗词奖奖牌引发了鲁奖历史上被社会关注最久的评奖事件。获奖信息发出后，获奖作品的版本及内容都没搞清楚就给出的评论，不管是酷评、差评还是好评皆缺少理据。在争议过程中，获奖诗人以其较高的综合素养巧妙应对，使得这枚奖牌溢值。诗人反为鲁奖添彩，反成鲁奖的荣耀。最后，如果有什么期待的话，那就是期待学界能尽快正视以《将进茶》为代表的当代中华传统文化的拓展、古体诗词创作的新成就，给予它们应有的地位，在学术领域真正营造文言与白话多元共存的健康格局。

（原载《广西师范学院学报》，2015年02期）

敬畏新诗的硕果

◉ 曾　昂

四川诗人周啸天的诗词集《将进茶——周啸天诗词选》（下文简称《将进茶》）获得了第六届鲁迅文学奖诗歌奖的第一枚传统诗词奖奖牌。关于诗集获奖所导致的纷争，笔者就此访谈曹顺庆教授，他说：“《将进茶——周啸天诗词选集》是获得鲁迅文学奖古体诗词奖第一枚奖牌的作品。周啸天是第一个吃螃蟹的人。世间的‘第一’总会有这样那样的缺点，但其突破价值与意义更大。当代文学史教材不把当代古体诗词写入当代文学史，但不代表当代诗词没有成就。这部获奖作品必将载入史册。”

《将进茶》至今已出版三个版本，分别是2012年3月版，同年5月版，2014年9月版。访谈诗人得知，参评版本是2012年5月出版的。每一次再版，诗集篇目都有调整，旧作或删或改，新作不断加入。以篇目论，14年版的诗集收录176题共259首诗词。经考证，诗人于2005年出版了诗词集《欣托居歌诗》，2006年该诗集再版。这两版《欣托居歌诗》的诗词内容基本一致，二者最大差别是后者收录了两篇文章，一篇是王蒙评论诗人诗作的，一篇是诗人叙述与王蒙见面论诗的。初步统计，初版《欣托居歌诗》与14年版的《将进茶》有近110首诗词重合，与其他版本的《将进茶》重合内容更多。所以，初版《欣托居歌诗》是其他所有诗集版本的母本。诗人曾在《诗刊》上发表《敬畏新诗》一文，论述当下诗词作者该如何处理与新诗的关系。[①]在学界和诗人群体都未完全理清新诗与诗词的关系的当下，本文重点关注诗人自己在实践中是如何敬畏新诗的，研究敬畏新诗对他的诗词写作有什么帮助，以获得一些启发。文章辑录了笔者访谈诗人的一些内容，因为它们能见出诗人心态，于文章主旨亦能起到佐证作用。

一、周啸天访谈辑录

对于媒体和网民对诗人的高度关注以及他与作家王蒙的关系，诗人说："媒体喜欢制造热点，他们最初的引用专挑运用口语的诗句，多出游戏之作。结果引来众多的关注，有人骂，也就有人读。以往，我获过其他诗歌奖项，比如《诗刊》首届诗词奖（第一名）、第五届华夏诗词奖一等奖（第一名），虽然更是圈子内的奖，但没有引起太多的关注。没人骂，也就没有人看。所以一有人开骂，我就知道这不是坏事，往往是好事。凤凰卫视锵锵三人行节目中，主持人问王蒙与我到底啥关系，王蒙来了一句：'很生。几年不见面，又不通电话。'他们就没话说了。王蒙接着说本人是谈诗词，怎么要扯到'关系'上去呢。另外，王蒙强调，相对于文采，诗词的精气神更加重要。"与诗人言论可以互相参看的是王蒙自己谈及此事的一些话："……但是现在国人对于谈诗并没有兴趣，兴趣是人事之间的斗争，就说王蒙参加的什么挺周，没有一个人说我挺这首诗的，都说我挺周，好像我跟周结盟的那感觉似的。"王蒙引金岳霖论近代中国的话"叫作官场无政治，情场无爱情，文场无文学，商场无竞争"，并说："文坛也现在变成了人事问题，没有人说这首诗写的好不好，没有人说邓稼先他写的好不好，或者别人还谁写过邓稼先的诗，比他写得更好，没有人，只说是王蒙喜欢周啸天，我喜欢他干吗。"[②]

对于格律，诗人说："平仄是个道理，但平仄不是硬道理。有些规则，

① 《敬畏新诗》，周啸天（撰），《诗刊》2011年10月上半月刊。

② 《许子东：网友讽周啸天诗表达对传统宣传不满》，凤凰卫视网：http://phtv.ifeng.com/a/20140903/40784682_0.shtml。

比如‘犯孤平’，就没有道理可讲。一四七都作平声，居然还叫孤平，有啥道理。只因为容易办到，所以没人反对。如果以为办到了就是诗，那也太天真了。为了少费口舌，我把《竹枝词》里的‘白猫与黑猫’改为‘白猫同黑猫’不就行了。都是技术之事，调整一下也不难，念起来不一定更顺口。对于格律，重要的是把握其精神，即‘前有浮声，则后须切响’。而不是严守某些清规诫律。要活格律，不要死格律，林黛玉对香菱讲的就是活格律。有人写一辈子诗，不追求诗味，只追求平仄。拙作《儿童杂事》之一写的是早年与儿子看月亮的事。一天晚上我们散步，儿子指着天上的月亮说：‘月亮最喜欢小朋友了。不信你站着不动。’我站着不动，他就跑，边跑边欢呼：‘月亮跑起来了！’然后他站着，让我跑，我跑开了，他就指着月亮高兴地说：‘月亮不跑！’我把这童趣直接写下来，何须平仄。新疆一位写了一辈子诗的人看到这首诗时说：‘这也叫诗？’南京一位很高明的教授诗人看了这首诗，高兴得很，马上就在《中国韵文学刊》给刊发了。人的鉴赏能力差别真大啊！”

关于写诗诀窍及诗词的发展方向，诗人说：“有人拿到一题目就写，有人拈到一韵就写，不管有无灵感。而写诗，一定要有创作意识，一定要在状态。比如《人妖歌》，当我由人妖联想到戏剧舞台上的反串时，就突来灵感，进入了浮想联翩，亦即形象思维状态。然后一气呵成，写成这首歌行。使王蒙‘大为雀跃’。又如《邓稼先歌》，是看了鲁豫有约邓夫人的访谈，为邓稼先的奉献精神所感动，情不自禁而命笔的。邓稼先的献身，是牺牲个人家庭生活。他只能告诉妻子，如果他干好了自己的工作，他这一辈子就没有白活。这首诗文写作动机，完全是出于感动，觉得不写就对不起邓稼先，也对不起自己的良知。王蒙读这首诗时，感动落泪。应时应景，彼此唱酬，你送我一首，我和你一首，别人可以这样做。但我不可以这样做，不到感动不写诗。”

谈及诗教，诗人说：“孔子是推行诗教的第一人，但《论语》没有孔子一首诗。孔门弟子也没有一个写诗。可见，孔子推行诗教的目的，不是教人写诗，而是教人做一个诗性的人。”他说：“有人认为‘新诗不具备汉语诗歌的文本资格’，对新文化运动以来的新诗全盘否定。这代表了一部分诗词作者的观点，而为包括我在内的另一部分诗词作者所不接受。只好各行其是，无妨分道扬镳。”在学界，曹顺庆指出，“文言话语霸权与白话话语霸权在中国文学史上交替出现”。[①]若综合看待当下学界与创作群体中这些彼此关系密切的争论并做进一步探讨，对我们文化的健康发展无疑会发挥积极作用。

谈及2014年版诗集《将进茶》的收录情况，诗人说：“我有个习惯，常把最新作的诗词放在诗集的前边。在今年新印的这版诗集中，新增了为马航MH370失联事件写的《失联》等诗篇，删去了以往诗集中存在的红楼梦人物咏题诗与论古诗文的那些诗篇。在中国文联出版社已出版的《周啸天选集》中，《党史五君咏》五首诗皆在，为贵州毕节五个不幸闷死在垃圾箱里的孩子写的《毕节行》也在。在《将进茶——周啸天诗词选》几个版本中，《党史五君咏》少了《陈独秀》《毛泽东》两首诗，《毕节行》也未录入。”诗人对出版社的处理表示理解。为弥补遗憾，诗人送笔者2014年版《将进茶》时特意附上一张纸片，上面印有《毕节行》和今年秋天的新作《暗香·超短裙》。围绕新作，他说：“《暗香·超短裙》是一篇命题作文。当时一位诗友被要求写这个题目，在电话中问我对此有何建议。我当时联想到两件事，一是当年放坝坝电影，苏联电影《列宁在十月》，当四个小天鹅开始跳舞时，坐在前排的观众常常情不自禁地跑到影幕背面去看。一是明星梦露的裙子被风掀起来时，她所做的那个经典的动作。我认为如果写进这两个细节，这首慢词就会出彩了。但自己的构思别人不一定能写，所以我就写了一首给他看。”谈到《八级地震歌》《海啸歌》等诗篇，周啸天说：“我关注灾难性的事，因为平时深藏不露的人性的善与恶在灾难到来那一瞬间会集中爆发，这种现象十分迷人。”他强调说：“新版诗集中，附录一里面有我的鲁奖

① 《白话话语霸权与文言话语霸权——对中国文学发展史的反思》，曹顺庆（撰），《江汉论坛》，2014年第1期。

获奖感言，文章《诗心与佛心》以及百余则诗话，比较重要。诗话的部分内容曾在2013年《诗词家》第四期和第六期上发表过。是那个刊物编辑辑录的，现在我又增补了一些，把我个人的诗词理念表达得比较全面。”

辑录的这些访谈内容显示，诗人对外界的批评或谩骂，能持平常心。他主张诗教的本质，是培养诗性的人，即心智健康的人。他一个重要诗词观念，是认同新诗。因此，由这样一位以传统诗词扬名的诗人写出《敬畏新诗》（发表在《诗刊》2011年十月号上半月号，封面要目）顺理成章。

二、诗词作者敬畏新诗之路

诗人在《敬畏新诗》开篇写道：“这个题目的意思是，作为传统诗词的写作者，本人对新诗持敬畏态度。”[①]诗人指出，“新诗经过最初的尝试，迅速发煌，大放异彩，虽为汉语诗歌，却与外来的影响（如惠特曼、泰戈尔、凡尔哈仑等等）具有很深的渊源关系，与纯属本土的诗词形同两物，各不相能”。但他反对在新诗与诗词之间划出鸿沟。“把诗词看作旧文化、与新诗新文化完全对立的人，写新诗而不看诗词、不懂诗词、不爱诗词的人，其结果只能是局限自己。理由很简单，在同属汉语诗歌这一点上，新诗与诗词仍属一江之水，新诗从诗词那里，应该是有所借鉴、有所汲取，而不必弃之如敝屣。”诗人说，“话说回来，诗词作者对新诗，也不能无知。‘不薄新诗爱旧诗’（陈毅），依我之见，‘不薄’还不够，还应关注，还应敬畏”。“敬畏新诗”实指诗词作者应借鉴新诗的优点，弄清楚新诗与诗词的异同是借鉴的前提。诗人从诗歌语言、外在形式、内在韵律、修辞手法等方面论述了诗词与新诗的异同，认为新诗原创的精神和陌生化的手法等长处值得学习。结论是：“当代诗词作者如一辈子困守传统，拒不接受新诗熏陶，不会有太大出息。”[②]文章富有理据性地提出，诗词作者都应该敬畏新诗。敬畏的目的是要

---

① 《敬畏新诗》，周啸天（撰），《诗刊》2011年10月上半月刊。

② 《敬畏新诗》，周啸天（撰），《诗刊》2011年10月上半月刊。

诗词作者学习新诗的长处，从而使得诗词写作更上一层楼。

关于诗词与新诗各自的优缺点，此类论述很多。比如，闻一多在《诗的格律》中说，传统诗歌格式长久不变，而新诗格式却层出不穷；传统诗歌格律与内容没什么联系，而新诗格律依据内容的精神而定；传统诗歌格律由他人确定，而新诗格律则由新诗诗人自定。[①]当代诗人杨牧肯定了中国新诗“在冲破旧的桎梏、在语言形式的空前变革、在精神因素的强烈注入、在新的文本的确立和探索等方面”的功绩与优势。也批评了当下一些新诗人“无视传统、急功近利，以浅薄为时尚，以虚浮为新潮，以散漫为自由，以油腔滑调或装腔作势为‘现代语感’，以至弄到自欺欺人地步”，认为新诗诗人应当诵记一定数量的诗词作品，应当学习传统诗人诗作的“关时、注世、物境、意境、沉着”等优点。[②]只是闻一多、杨牧的言论是强调新诗诗人应该具备一定的诗词积淀，新诗应该借鉴诗词讲求格律等长处，立场是发展新诗；《敬畏新诗》提及新诗应向诗词有所借鉴，但文章重心是论说诗词应向新诗学习的理据。诗人自己在实践中践行了敬畏新诗的主张。

少年时代的周啸天铭记马克思的一句话：“人所知道的，我都想知道。”[③]在人生早期所接受的这一学习理念对诗人的影响明显是积极的。他在儿时就接受了祖母的诗教，初中时代、知青时代、研究生时代一路走来一路与诗歌为伴，与有诗性的人为伍。[④]中学时代，诗人就喜欢郭沫若的《立在地球边上放号》《晨安》《匪徒颂》《天狗》等新诗。认为“郭沫若的那些诗是震撼人心的，须用超审美的标准来评价的伟大之作，没有人比郭沫若把激情表达更好的了”。诗人把郭沫若列为他文学师承很重要的一人。[⑤]以至郭沫若不惹人瞩目的《演奏会上》这样的短诗，诗人都不忽略。他自言：“郭

---

① 《诗的格律》，闻一多（撰），北京《晨报》副刊，1926年5月15日版。

② 《唐朝以后又见诗——读〈欣托居歌诗〉》，杨牧（撰），《文艺报》2006年8月29日版。

③ 《宕渠四子论》，陈大捷（编），中国文联出版社，2013年版，第254页，第255—256页。

④ 《不会吟诗也会吟——诗词创作十日谈》，周啸天（著），2009年版，第233—241页，第237—238页，第242页。

⑤ 《宕渠四子论》，陈大捷（编），中国文联出版社，2013年版，第254页，第255—256页。

沫若的诗论，关于诗是写出来而不是做出来的说法，关于内在律的说法，关于高潮时的生命最够味的说法，都深深影响了我。”诗人不但读新诗，还有自己独到的见解，他说：“20世纪的新诗，我至今认为，只有艾青能与郭沫若相埒，《太阳》《煤的对话》《手推车》《乞丐》等等是不可及的，艾青的诗论也很博大。”[①]

作者不但阅读新诗，他自己还写新诗，并曾为新诗诗人诗作写序。《周啸天选集》收录了诗人从1972年到2005年写就的《月下的花朵》《阿房宫之火》《战西山》《一句话的效果》《李白颂》《那两个人》等新诗。比如《月下的花朵》之八：“月亮在山边对我微笑/我跑上去时他又退得远远了/月：我见了你就想躲/但我属于你，我的光明来自你/日：老等不来/我下山了/是月的羞涩与日的矜持/毁了他们的爱情。”[②]诗文以清新质朴的文字，假借月亮与太阳演绎出男女之间羞涩的爱情故事，意味隽永。从诗集《将进茶》收录作品的时限看，诗人写新诗与诗词的时段基本重合。新诗与诗词同时写作，便于诗人把握新诗与诗词的异同，也自然使得诗人写作时能水到渠成地自然融合二者的长处。除了写新诗，诗人曾为叶子的新诗诗集《行走的叶子》写序。在序中，他说新诗（白话诗）是成功的，“它的起点很高，甚至是非常之高。因为新诗经胡适尝试不到一年就产生了郭沫若的《女神》《星空》《瓶》等杰作，不出十年，又出了杰出的诗人艾青”，“新诗较之诗词，更是一种自由的诗体，一种由内在韵律支配的诗体。这非但不是新诗的短处，反倒是新诗的优长”。[③]

对新诗，致力于传统诗词研究和写作的诗人不是远远地“敬畏”一下算了。而是接受了新诗名家的一些主张，并在较长的时段内以品读、书写、

---

① 《不会吟诗也会吟——诗词创作十日谈》，周啸天（著），2009年版，第233-241页，第237—238页，第242页。

② 《周啸天选集》，中国文联出版社，陈大捷（编），2013年版，第133页，第410-412页，第279页，第279页，第394页。

③ 《周啸天选集》，中国文联出版社，陈大捷（编），2013年版，第133页，第410-412页，第279页，第279页，第394页。

评论相结合的方式对新诗进行深度体验。这样的敬畏必然是发自心灵深处的敬畏，这样体验过的新诗实际上已化入诗人的血液之中，也必然潜移默化地影响诗人的诗词写作活动。

三、敬畏新诗的硕果:《将进茶》

在《将进茶——周啸天诗词选》出版之前,《欣托居歌诗》已被王蒙、杨牧、张应中、商振泰等多人评论，各版本《将进茶》的附录部分皆可见到相关文章。这些文章多是围绕诗人诗词的艺术价值展开讨论，关注的是诗词的当下书写与诗词传统的关系。因为《欣托居歌诗》是《将进茶》的母本，这也就意味着评论《欣托居歌诗》的文章也是在跨越时空地评论《将进茶》。我们不妨换个视角看《将进茶》，了解主张敬畏新诗的诗人是如何在写作诗词的实践中取新诗之长以提升诗词的书写水平的。

首先，敬畏新诗助力诗人在诗词题材、内容方面取得突破。在论及诗词失势的原因时，诗人说，一方面是诗词为新文学史所放逐，“主流文学观念以为诗词是旧体，不能书写当下”，另一个原因是“时至晚近，诚有诗词游离当下，自甘远逝以自疏。所写无非士大夫情怀——叹老嗟卑，愤世嫉俗，露才扬己，裁红量绿，步韵奉和，又一味雅人深致。遂由江河涸为小溪”。[①]又言，“新诗比旧诗更重原创性，从内容到形式，任何模拟都无所遁形。而诗词写作，在艺术上有太多惯例、模式、套话、现成思路和‘创造性模仿’”。[②]因为洞察出新诗的优势，对诗词失势原因及诗词缺陷又有清醒的认知；“文白兼善”遂被诗人目为诗词作者必备修养之一[③]，他的诗词书写的题材及内容自然受到新诗的影响。他说：“田晓菲女士说：‘不仅要牢记新诗

① 《周啸天选集》，中国文联出版社，陈大捷（编），2013年版，第133页，第410-412页，第279页，第279页，第394页。

② 《将进茶——周啸天诗词选》(修订版)，周啸天（著），天地出版社，2014年版，第180—181页，第161页，第163页。

③ 《将进茶——周啸天诗词选》(修订版)，周啸天（著），天地出版社，2014年版，第180—181页，第161页，第163页。

的诞生是对旧体诗的抵制，还要记住新诗的出现改变了旧体诗的创作。’善哉斯言！”[①]诗人认可“新诗的出现改变了旧体诗的创作”这一说法，该说法也在诗人自己这里应验了，他能跳出窠臼，在诗词中写了很多让人惊叹的内容：洗脚、超女、快女、人妖、本·拉登、IC卡，等等。诗人爱好新奇事物的天性[②]与文白兼善的素养相结合，促成了《将进茶》在诗词题材与内容方面的新与变。

其次，受新诗语言启发，诗人写作诗词时大量使用白话语言。他说：“新诗的思维语言是白话（现代汉语），诗词的思维语言是文言（古代汉语）。文言基本上是书面语言，它是典雅的、自足的、不断被重复（语有出处或来历）的。白话基本上是生活语言，它是活泼的、开放的、日新月异的。在语汇上，白话比文言更丰富；在表达上，白话比文言更具张力。”[③]翻开诗人的《将进茶》，“七六五四三二一”入诗，“上头来到下头去”入诗，“好大个、男女关系”入诗，“嫁人要嫁弄潮儿”入诗，“炎黄子孙奔八亿，不蒸馒头争口气”入诗，“板块小碰撞，能量大释放”入诗，“六十年华，四十体魄，二十心情”入诗，“何所长，何所长，有何所长当所长”入诗，“能喝半斤和八两”入诗。在词汇上，快女、超女、大腕、小姐、赌王、人妖、阿扁、Y先生、知青、村姑，这些白话词语尽皆入诗。因为长期敬畏新诗，在写作诗词时，选词用语就少受诗词传统的限制。把感性认知提升并写就《敬畏新诗》，则不但能强化这种语言倾向，还为自己的做法做了有力的辩护。

再次，诗词书写偶尔脱离个人生活事实并取得良好的艺术效果，这同样得益于敬畏新诗。在诗人专著《周啸天谈艺录》中，他指出，诗词内容多源于作者个人生活经历，但总这样书写生活不好。他说“诗词作者要向新

---

① 《将进茶——周啸天诗词选》（修订版），周啸天（著），天地出版社，2014年版，第180—181页，第161页，第163页。

② 《不会吟诗也会吟——诗词创作十日谈》，周啸天（著），2009年版，第233—241页，第237—238页，第242页。

③ 《敬畏新诗》，周啸天（撰），《诗刊》2011年10月上半月刊。

诗学习的第一条，就是创作意识”，不应“老在事实层面上兜圈子”。他以自己写就的《锦里逢故人》来阐释这一观点。诗曰：“涸辙相呴以湿同，茫茫人海各西东。对君今夕须沉醉，万一来生不相逢。”诗人说，“锦里逢故人”是自己的一个希望而并非事实，此诗“等于我杜撰的一个本事”，缘情而言，却特别真实。唐诗学家刘学锴先生在作者的信中说这首绝句：“既具东坡式的人生感慨之哲思诗情，又具深长的韵味，堪称佳作，置之卷首，良有以也。”诗人自言这一效果是向新诗学习创作意识获取的。[①]刘先生说的“置之卷首”，是指《将进酒》的三个版本中，目录前都印有唯一的一幅诗人自创书法作品，内容都是这首诗。而且三版诗集正文部分都收录了这首诗。一首诗有诗眼，诗集也应有诗集的诗眼，诗人是把这首诗摆到如此重要的位置，明显是把它作为其诗集的诗眼了。诗人自述的文字直接告诉我们，诗集诗眼得益于新诗。该示例也告诉我们，若把周啸天的诗作与他的生活经历对照起来，说不定会掉入“陷阱”之中。“陷阱”的迷惑性在于，我们习惯于把诗词与诗人人生经历对照解读，而写人生经历不等同于纪实，因此，《锦里逢故人》所提供的写作经验是富于启发性的。

最后，敬畏新诗为诗人灵活处理诗词韵律提供了帮助。对于新诗韵律，诗人说：“新诗较诗词，更深入生活细节，更重视思维深度，对想象、对构思、对措语、对内在韵律，要求更高，因而更难以藏拙，更需要原创性，更需要天才。”[②]诗人曾逐一批驳有人提出的诗词佳作鉴赏标准：“情真、格高、辞美、律严”。以对“律严”的批驳为例：“古体诗不用说，就拿近体诗来说吧，律严好还是律宽好，还真是难说。沈德潜说，‘似对非对，初唐标格’。时人徐晋如论对仗说，没有必要太过工整，太过工整的往往死板，或伤于纤巧。皆见道语也。中国画论曰‘宁拙勿巧’。杜甫律诗多拗体。你说

---

① 《周啸天谈艺录》，周啸天（著），线装书局，2012年版，第75—76页。

② 《敬畏新诗》，周啸天（撰），《诗刊》2011年10月上半月刊。

宽好还是严好呢？武侯祠联语曰：‘不审势即宽严皆误’，余谓诗词亦然。”[1]诗人说自己“认得格律、辩得入声、知道格律，只是‘曲子里缚不住’”，并且自己还刻了一枚“律岂为我设耶”的印章。[2]访谈内容也显示他接受诗词韵律的外在律，但不死守相关戒律。在《将进茶》自叙中自评诗词曰：“平仄稍严，欲存唱叹之音；韵对从宽，不失萧闲之致。”对诗词韵律的如是处理，是诗人对传统诗词及相关理论参悟的结果，也是诗人长期敬畏更重内在韵律的新诗的必然结果。当在心中接受了诗歌的内在韵律比外在韵律更重要的观点时，自然会放宽对外在韵律的要求。

在如何处理新诗与诗词的关系这个问题上，周啸天主张二者应彼此取长补短。作为诗词名家，他发出“敬畏新诗”的号召。诗人自己学习与写作诗歌的亲身经历是他立论的基础。他的经历告诉我们，敬畏新诗不是指诗词作者对新诗敬而远之；而是应该在研习诗词的同时，长期读新诗、写新诗、评新诗，多管齐下来深度体验新诗的优势，从而在潜移默化中以新诗之长补诗词之短，提升诗词书写的档次。《将进茶》是如此敬畏新诗所结出的硕果。因为该诗集已经获得鲁迅文学奖诗歌奖的第一枚诗词奖奖牌，诗集也就成了“敬畏新诗”这一主张最有说服力的现实证据。诗词作者要取得重大成就，周啸天的敬畏新诗之路可资为鉴。他以个人实绩反证了他的观点：“拒不接受新诗熏陶，不会有太大出息。”放弃新诗与诗词对立的二元对立思维模式，放弃文言与白话二元对立的思维模式，在和而不同中巧采他山之石，则“出息”会更大。诗人的言与行，对新诗作者、对现当代文学史学界同样具有参考价值。

（原载《心潮诗词评论》，2015年05期）

---

① 《周啸天选集》，陈大捷（编），中国文联出版社，2013年版，第133页，第410—412页，第279页，第279页，第394页。

② 《周啸天选集》，陈大捷（编），中国文联出版社，2013年版，第133页，第410—412页，第279页，第279页，第394页。

敬畏新诗与现代诗词创作的诗性觉醒

——读解周啸天先生《敬畏新诗》的诗学蕴含

◉ 何希凡

摘要：周啸天《敬畏新诗》一文是他作为古代文学学者和现代诗词作者卓具襟怀和见识的诗学宣言，蕴含着他青少年时期深度的新诗和古典诗词陶冶而成的稳定的诗美记忆与诗学素养，凸显了他作为现代学人和现代诗人打通古今、超越新旧的现代诗学立场，意味着他在诗艺和诗学提升中找到了传统诗词和新诗的对接点。他个人的诗学见解也标志着在新旧对立惯性中的现代诗词创作所亟待的诗性觉醒。

关键词：敬畏新诗；诗学素养；新旧对接；诗性觉醒

周啸天先生的诗词创作早已荣膺盛誉、名满天下，其诗学实绩亦是硕果盈枝，煌煌大观。作为一位在古典诗词的风骚逸韵里濡染妙悟、苦学精研几十年的著名古代文学学者，作为平生以卓越的古体诗词创作与学术研究形成生命双飞翼的一方重镇，周啸天先生同时抵达了诗词创作和学术研究的高阶。单就其诗词创作而言，就有说不尽的话题，而一个古代文学教授、古体诗词大家竟然将自己敬畏新诗的诗学宣言提交到权威的诗歌刊物[1]，这对于

---

[1] 《敬畏新诗》，周啸天（撰），《诗刊》2011年10月上半月刊。

不断有人将贬抑排拒新诗作为诗词创作必要前提的当今诗词创作生态而言，无疑是一声振聋发聩的惊雷。王富仁先生说：“从90年代以来，中国的新文学又受到了来自各个方面的质疑，其中又尤以新诗为最。除了少数写新诗和研究新诗的人，似乎说新诗的好话的人越来越少，而说新诗的坏话的人却越来越多，甚至一些以新诗名世的著名诗人和以研究新诗名世的著名诗歌评论家也这么说”[①]，可见在当今诗词创作界明确提出“敬畏新诗”是何等难得。在我有限的涉猎范围，除周先生提出敬畏新诗以外，还有京城的散曲名家南广勋先生，他在今年三月于成都召开的“中华词曲比较与文体演进国际学术研讨会”上提交的论文就是《散曲与新诗可以相濡以沫》，还发表了《散曲与新诗——读昌耀诗歌的感悟》[②]，原来南广勋在致力散曲创作之前就是用力甚勤的新诗作者，而且也是当代杰出诗人昌耀的倾心崇拜者。值得注意的是，《敬畏新诗》绝非是在当今诗歌创作严重的新旧隔膜和对立中讨好新诗的权宜之计，也不是在几十年来的诗词入史之争中的一种智慧性的调和策略，更不是在写了几十年古体诗词之后忽然间倒戈转向而对新诗俯首称臣。虽然已有学者特别关注到周啸天先生因为“敬畏新诗”而取得了诗词创作的累累硕果[③]，但我以为《敬畏新诗》作为周啸天先生公开的诗学宣言，其意义指涉绝不止于自我一己的创作，而是标志着当今诗词创作已经有了超群拔萃的诗性觉醒，这样的觉醒虽然并未应者云集，却是当代诗词创作足以振衰起敝的诗性觉醒。我特别想探寻的是，周啸天先生何以能超越自己渊深博大的既有古典诗学陶铸，何以能超越自己平生的专业沉醉和创作偏好而走向对新诗的认同乃至激赏呢？在对《敬畏新诗》一文的细读深味中，我感到以下几个重要方面是不应该忽视的。

其一，青少年时期深度的新诗和古典诗词陶冶同时成为终其一生稳定的诗美记忆与诗学素养。在周啸天先生对学诗之路的回忆中，其诗歌启蒙是

---

① 《为新诗辩护》，王富仁（撰），《文学评论》2006年第1期。
② 《敬畏新诗的硕果》，曾昂（撰），《心潮诗词评论》2015年第5期。
③ 《散曲与新诗——读昌耀诗歌的感悟》，南广勋（撰），《中华辞赋》2024年第8期。

祖母的儿歌熏陶，而读中学时对郭沫若诗和诗论的崇拜也是与古典诗歌的深度影响同步的："也就在那个时期，我读了大部分《沫若文集》，郭沫若诗文对我的诗歌和文体观念影响很大。我非常喜欢那些原创的、粗暴的而又生气勃勃的诗篇，喜欢《立在地球边放号》《晨安》《匪徒颂》《天狗》超过《地球，我的母亲》和《炉中煤》……我觉得郭沫若那些诗就是震撼心灵的，须用超审美的标准来评价的。郭沫若的诗论，关于诗是写出来而不是做出来的说法，关于内在韵律的说法，关于高潮时的生命最够味的说法，都深深影响了我。"[①]而与此同时，印度大诗人泰戈尔和东晋大诗人陶渊明也是他"最喜欢"的诗人，由此可见，在一个天赋卓具的文学青年的诗艺和诗学成长路上，对于古今中外伟大诗人的喜欢与沉醉是一种完整而绝非偏狭的生命沉醉，亦非他后来作为一个学者教授的专业定位所能拘囿与限制的，更非有些学者因立于狭隘学科立场，而在相互的学科隔膜中所形成的难免偏执的古今对立和中外对立。我们在这里可以明显感到，周啸天先生那时绝不是浅薄地迷恋郭沫若的权威地位及其在中国新诗史上如雷贯耳的盛名，而是在郭沫若那些夺人心魄、大气纵横的诗歌面前感到了精神的狂喜。我知道，今天很多人骂起郭沫若毫无顾忌，因为很多人都在骂，所以只要一窝蜂跟着骂，大方向就不会错。但我觉得，当大家都在骂郭沫若，那些跟着骂的人是不需要太多见识和水平的，而如果要实实在在为郭沫若说几句好话又能够让人心服口服，恐怕就会考验你的见识和水平了。毋庸讳言，郭沫若的新诗在今天阅读量越来越低，但在文学史上的地位却居高不下。为什么会出现这样的两极反差呢？我认为关键在于五四运动带给中国人的精神振奋和觉醒，在经过百余年岁月的间离之后已经渐行渐远。自二十世纪九十年代以来，文化保守主义卷土重来，"五四"则被贴上文化激进主义的标志受到了前所未有的清算，就连现代文学研究界也有人迎合这种文化行情而跟着说"五四"的坏话，兼

① 《从诗词消费中获益》，周啸天（撰），《周啸天谈艺录》，四川人民出版社，2019年，第144—149页。

以“国学热”的虚张声势，就连那些根本不知道什么是“国学”的人都在到处讲“国学”，整个社会都涌动着复古的浪潮，都觉得只有读古书、谈古人才是真正的学问，这就使得已在几千年古代文化传统中形成稳定审美惯性的中国人重新青睐古典，即使新诗里富有现代中国人的精神需要和审美需要，人们也会觉得新诗不及古典诗词更能为人们所接受所欢迎，尤其认为郭沫若的新诗违背了温柔敦厚的诗学传统，在诗艺上也显得粗糙凌厉，以为那种狂呼大叫的东西哪里有什么审美可言。但是，文学史家们则是从推动中国文学的发展进程，为中国文学提供了前所未有的崭新贡献的感受来高度评价郭沫若诗歌的。事实上，郭沫若不仅向文学史提交了中国诗歌史上从未有过的崭新诗歌范式，也提供了中国历史上从未有过的凸显人的觉醒和诗的觉醒的诗歌精神，所以郭沫若的《女神》是从头到脚的真正新诗，就连后来从新诗写作转向古代文学研究而“回马勒缰写旧诗”的闻一多先生，也对郭沫若的诗歌作了热情洋溢的赞颂：“若讲新诗，郭沫若君的诗才配称新诗呢，不独艺术上他的作品与旧诗词相去甚远，最要紧的是他的精神完全是时代的精神——二十世纪的时代精神。有人讲，文艺作品是时代的产儿。《女神》真不愧为时代底一个肖子。”[①]这就不难解释，为什么郭沫若的《女神》曾令万千读者狂热追捧了。因为他为中国诗歌带来了传统诗词所没有的，而中国人的个性解放又不能没有的精神冲击。在郭沫若的《女神》中，大自然的生命力归根到底是诗人的生命力在宇宙中的流泻，因而诗人在大自然面前不是孱弱无力、庸碌无为的。在传统诗歌中，大自然要么是诗人的精神怀抱，要么是诗人可怕的敌人，而在郭沫若的《女神》中，大自然第一次不再是严父和慈母，而成了与诗人平等的事物。大自然是伟大的，但人乃至诗人自我也是伟大的。在《我是一个偶像崇拜者》中，诗人在表达对太阳、山岳、海洋、江河这些自然中的伟大事物的崇拜心情的同时，又说：“我崇拜偶像

① 《女神之时代精神》，闻一多（撰），见《闻一多全集》第三卷，生活·读书·新知三联出版社，1982年。

破坏者，崇拜我。”而最突出地表达诗人的自我意识的诗篇便是大家熟悉的《天狗》，诗人在这里感到整个宇宙的生命力都在自己的周身涌动，似乎就要挣破肉体的躯壳爆炸开来。在天狗这个意象中，我们分明能够感到五四个性解放给中国青年带来的巨大鼓舞，他们再也没有“少年老成”的旧式青年那种萎靡不振的气息和困顿的状貌，他们再也不甘于做自然、社会和他人的奴隶；他们充满着生命的饥渴，同时又感到充溢着生命力的涌动；他们在自己的生命力流泻中感到狂喜和惊异。整个大自然是长动不息的，整个人类社会也应该是长动不息的。在不断破坏和建设中，事物显示着自己的充沛生命力。正是在这种发展观念的支配下，郭沫若的《女神》热烈地否定旧世界，热烈地歌颂自我和社会的新生。《凤凰涅槃》和《女神之再生》便是否定旧世界，歌颂新生的光彩夺目的诗篇。所以评价郭沫若的新诗，正如周啸天先生所说“须用超审美的标准”。我想，周啸天先生青少年时期受到郭沫若及其新诗的深度影响就是鲜活真切的新诗艺术影响，是不带任何世俗功利性的诗性生命陶铸，这样的生命雕塑是不会被岁月的风霜涂抹掉的。

其二，作为现代学人和现代诗人打通古今、超越新旧的现代诗学立场。周啸天先生始终清醒地意识到，当今不论写作传统诗词还是写作新诗，都是现代人的文学创造行为，而作为现代人的生命创造，怎么能因为唯古是崇而对新诗毫无所知呢？所以周啸天先生认为陈毅元帅所说的“不薄新诗爱旧诗”说得还不够味，还应关注，还应敬畏。我曾应邀为本地诗词写作者作过几次讲座，我知道他们很多人对传统诗词的技术性要领比我更加在行，因此以古论古他们不会感到新鲜，但我清醒地意识到传统诗词作者普遍缺乏或者说普遍忽略的就是对新诗的了解和认知，就是还缺乏现代人的写作立场和意识，所以我所讲过的《关于现代人写作传统诗词的几点思考》《诗艺诚可贵，诗思价更高》《当代人写作古体诗词的新文学素养》等题目都是有针对性的。我们继承和学习古代诗词不是为了更好地做古代文人，而是为了更好地做现代文人，我们学习外国的优秀文化不是为了更好地做洋人，而是为了更好地做中国人。我感到周先生提出对新诗持敬畏态度已经是诗词创作者中的最高姿态了，但他并不仅仅亮出姿态，而是既精通古，又深知今。读《周啸天谈艺录》，我们会看到他的诗论几乎涉及写好传统诗词的所有重要经验，他对古人古诗的深知及其独到见解就不用我赘言了，而他对新诗的很多精彩认知却令我这个吃现代文学饭的人自愧弗如。比如他对著名的新文学大家鲁迅、周作人、废名、余光中、洛夫等人的诗学见解可谓如数家珍，信手拈来。而对传统诗词和新诗各自的优长更是洞若观火。他对新诗的认可和激赏不是浅层次的情绪冲动，也没有仅仅止步于直觉感悟。尤其是对新诗之于传统诗词的独擅胜场，更是在亲临文本现场的古今比照中的精彩解读。周啸天先生早年不仅参加过《唐诗鉴赏辞典》的撰稿，而且因为见解超拔和文采焕然，成为撰稿最多、质量最高的撰稿人，也因此成为各类诗词鉴赏辞典的主编。这些不同凡响的历练，实质性地提升了周先生的文学文本解读能力，尤其是卓然惊艳的解诗能力，这一切都是周啸天先生超强的文学感受力的自我证明。而我所惊叹的是，文学感受力不仅充分彰显于他对传统诗词的精彩解读，也同时体现在他对新诗高人一等的价值判断中。比如他对新诗较之传统诗词的几大优长提炼真可谓中的之论：其一是新诗较之传统诗词的优势在于是自由体，它的美（形式美）只能处于不断的探寻中。唯其如此，便没有惯例可循。因此“新诗较诗词，更深入生活细节，更重视思维深度，对想象、对构思、对措语、对内在韵律，要求更高，因而更难以藏拙，更需要原创性，更需要天才”。其二是“新诗的诗思无所桎梏，容易做到应有尽有，应无尽无。诗词的句式、句数固定，却不免凑字、凑句、凑韵（趁韵）”。其三是“新诗较之诗词，在诗思上更有意识地追求陌生化，非散文化”。其四是新旧诗皆有的内在韵律，而过去认为是只可意会不可言传，而新诗人（比如郭沫若）就把它说清楚了。其五，传统诗词一般都是以真实经验为基础的诗歌，而以通感之类的写法写成怪而美的诗歌，则由传统诗词中的少数派发展为新诗中的多数派。我认为周先生对新诗优长的这些创造性理性提升不仅是很多写作和研究传统诗词的人所望尘莫及的，也是并非所有专门从事新诗创作和研究的人说得出来的。尤其在对传统诗词和新诗各自优长的比较中，周先生总是处处说到点子上：比如他认为胡风的《时间开始了》一诗表达一种“历史从我开始”的、几乎一代人的自恋感。后两句诗表达迎来新中国诞生的一代青年的激动和自我陶醉。语汇很新颖，表达很有张力，很到位。很难想象同样的意思，用文言纳入五七言句式，还会同样精彩。多少会削足适履吧。多少会逊色吧。他认为陶渊明《归园田居》的“少无适俗韵，性本爱丘山，误落尘网中，一去三十年”，其诗思完全是散文的，其所以为诗，乃在于形式——五古的形式。新诗则不然：

那个小男孩
已提前三十年出发
我如何才能赶上他？（张应中《童年》）

“那个小男孩”，便是童年的我。对于现在的我，又是非我——是“他”。三十年过去了，教我如何去找回“他”？我非我，非我即我——不说沧桑，却含三十年沧桑；不说惆怅，却含太多惆怅。语言是平易的、散文化的，诗思却是陌生的、非散文化的。可见，艾青口口声声追求的“散文美”，只是语言的散文化，决不是诗思的散文化。

尤其在对清人袁枚《随园诗话》中“漆黑茅庐屋半间，猪窝牛圈与锅连。牧童八九纵横坐，天地玄黄吼一年”一诗与同样写村学题材，写儿童读书童趣的新诗作比较解读时，认为袁枚诗写旧时村学宛如画出，“吼”字尤有风趣——学童读“望天书”的情态如见。不过，其诗思实与散文无异，语译下来就是一段记叙的段子。而高凯的新诗《村小识字课本》，比袁枚那首绝句还要活泼、还要好。作者不再简单地叙述为“天地玄黄吼一年”，而是具体在表现如何“吼”了——这一串儿飞出村学的琅琅书声，是多么熟悉的声音，怎么就叫这位作者捡了个现成，捡了个便宜呢！然而不然。这首诗的韵律节奏虽然可遇而不可求，铸词造句却并不现成。在琅琅书声的背后，是鲜活的人——张狗蛋、马铁蛋、王梅花、曹爱花……土得掉渣的名字，半土半洋的组词，有乡土气息，有时代感，有太多的信息：是山里孩子的写真——调皮蛋、乖蛋蛋、红脸蛋、黑手手、花衫衫；是一些生活细节——一个孩子迟到了在门外喊报到；村童思想短路，一时词穷（外就是那个外）；山里孩子对“山外”的憧憬，对“飞”的向往……总之，俯拾即是中有追逐，模仿中有创造，似随机实经心，还有，它的形式无可效仿。在传统诗词中，很难看到这样的作品。

我认为，周啸天先生这些古今对比解读之所以精彩到位，绝非立于厚古薄今或者厚今薄古的诗学偏执立场，而在于他无论对传统诗词还是现代新诗的价值评判都是首先仰仗高人一等的直觉灵犀，而又绝不像很多人那样仅仅止步于并非都经得起严格理性检验的直觉灵犀，他善于将直觉灵犀提升到创造性理性判断的高度，这一切意味着他的诗感和诗学见解都是建立在诗可以分优劣，却不能简单粗暴地以新旧古今论高下这样卓具襟怀和见识的诗学观之上的。所以当很多人认为曾经写新诗的人退回去写传统诗词是因为新诗没有前途，而他却认为“有一些新诗人，最后退回来写诗词，与其说是表明诗词较新诗为优越，不如说是因为新诗较诗词为难弄”；当很多人专觅写得最臭的新诗作品作为整体上贬抑新诗的实证，他却认为“有不好的新诗，却不是新诗的不好。不可以从门缝里瞧扁新诗。多读新诗，多读译诗，拓展眼界，触类旁通，广泛吸取其陌生化的手法，实有百利而无一弊。有些创调就是这样来的”。我曾经说过，今天的诗词作者即使在诗艺上抵达了李白杜甫的水准，你也成不了李白杜甫，因为他们是千余年前就矗立在中国诗歌史上的丰碑。而我们今人的出路在于，我们可以在新的时代高度上成就我们自己，甚至可以让李白杜甫也成不了今天的我们。我深深地感到，如果所有人都能像周先生这样打通古今，把传统诗词和新诗都放在凸显现代人诗思和诗艺高度的诗学天平上来感受、来评价，中国诗歌真正的互动共荣时代就不会太遥远了。

其三，在诗艺和诗学提升中找到了传统诗词和新诗对接的通道。我料想，当周啸天先生发表了“敬畏新诗”的诗学宣言之后，很多诗词创作者一定会追问，传统诗词写作究竟要向新诗学习什么？尽管周啸天先生认为“在同属汉语诗歌这一点上，新诗与诗词仍属一江之水”，但诗词与新诗毕竟有着古典和现代不同的生长语境，其具体作法和诗体形式也不尽相同。有些热爱诗词写作而又不满意新诗的人，总是喜欢向新诗作者提供学习古典诗词的药方，好像新诗作者都是古典文学的白痴，好像除此之外，新诗的借鉴就别无他途。其实借鉴并学习民族诗歌的优长本来就是新诗创作应有的题中之意，那些拙劣的新诗作者或许难免是古典诗词积淀的浅泛者，而那些从小被民族文化熏染的优秀新诗作者本来就有借鉴和学习的诗性自觉，较之有的传统诗词作者不愿向新诗学习，更不会敬畏新诗，优秀的新诗作者对民族文学经验的重视已成为不必宣示的生命自觉，正如周啸天先生所言，他们“大体都有深厚的国学基础与文化修养，他们写作的新诗兼具古典的风雅与现代的风流”。但新诗之于传统诗词仅仅是借鉴途径之一种，新诗不仅需要民族文学经验，还需要世界文学经验。新诗作者学习诗词不在于把新诗写成旧体诗词，而是为了写出更好的新诗。同理，传统诗词敬畏新诗也不在于把诗词写成白话新诗，而在于从新诗中借取传统诗词相对匮乏的新鲜经验。所以周啸天先生特别指出新诗较之传统诗词的诸种优长：“新诗较诗词，更深入生活细节，更重视思维深度，对想象、对构思、对措语、对内在韵律，要求更高，因而更难以藏拙，更需要原创性，更需要天才”“新诗的诗思无所桎梏，容易做到应有尽有，应无尽无”，“新诗力求醇化、净化，没有字数、句数的限制，故无须凑字、凑句；没韵脚也能成诗，故无须凑韵”，“新诗较之诗词，在诗思上更有意识地追求陌生化，非散文化”。我也曾先后撰文分别就两位优秀的新诗作者徐志摩和戴望舒的小诗作过诗思和诗艺的分析。

徐志摩的《沙扬娜拉——赠日本女郎》：

最是那一低头的温柔，
像一朵水莲花不胜凉风的娇羞。
道一声珍重，道一声珍重，

那一声珍重里有蜜甜的忧愁，
沙扬娜拉！

此诗在徐志摩所有的爱情诗里是最负盛名的，被陈梦家称为新月诗选里最短最为脍炙人口的一首。其根本原因在于：一是诗中的爱情一开始就是结束，而且既没有明确相爱的信号，也没有不爱的信号，就是在这一切都说不清的情况下，最狭窄的现实情爱空间却成了无限的诗意表达空间，刚刚萌生的爱意还来不及诉说表白就要分手了，这是最撩人心魄，最激动不已的时刻，所以诗人捕捉到了这个表达空间，就写出了最为深情缠绵的两性吸引。二是因为徐志摩充分借鉴了含蓄蕴藉的祖传美学秘方，写出了两性爱情的东方审美特色。三是冲破了旧体格律的语言硬壳，深情优美的现代白话语言更能淋漓尽致地传达出现代爱情的无限诗意，而结尾那一句飞扬而出的“沙扬娜拉”更是惊艳无比，平添了传统诗词所没有的异国风情[①]。

戴望舒写于1942年的小诗《萧红墓畔口占》：

走六小时寂寞的长途，
到你头边放一束红山茶。
我等待着，长夜漫漫，
你却卧听海涛闲话。

此诗超越旧体诗词的魅力在于：一是用“红山茶”的红色去悼亡，违背了中国传统悼亡习俗的黑白二色，但更契合作为诗人的萧红热烈奔放的诗心和诗魂，戴望舒不是在完成一般性的亲人和友人凭吊仪式，而是在凭吊一位才华横溢的现代作家、诗人，“红山茶”是献给一位身世寂寥而诗心热烈

① 见拙文：《妙在爱与非爱之间——从〈沙扬娜拉〉看徐志摩的诗艺启示》，《名作欣赏》，2007年第7期。

的现代女诗人的特别礼物。这是古典诗歌做不到的。二是超越了古典诗歌在梦境中复活死去亲人的超现实表达，而在现实诗意里复活了死者。这是因为在诗人戴望舒的心中，萧红的肉体生命虽然消逝，但作为诗人的萧红的诗心不灭，诗魂不灭。萧红并没有死，戴望舒还站在生死之门等待与她做诗意交流，虽然她暂时还没有回应，但她不是不回应，而是在以诗人的闲情“卧听海涛闲话”。可见，戴望舒能穿越生死之门与萧红愉快交流，诗心互照，他不是把萧红当作死人，而是当作诗心跳荡的诗人。这首小诗所创造的艺术审美奇迹，是古典诗歌未能做到的，我们今天写现代人的诗词，不能不学习这样优秀的诗歌及其珍贵经验。①

周啸天先生自己诗词写作的诗艺实践也表明，如果没有深厚的古典诗词濡染熏陶和诗学修养，就不会有他笔下那些本色当行的古典风雅；如果没有他将自己对新诗的敬畏化作他诗中的现代人类关怀和民族关怀，化作新意扑面的时代诗意表达，就不会有他笔底崭新的诗思和鲜活的诗艺营构。周啸天先生作为以诗词获得鲁迅文学奖的第一人，曾引起不少人的激烈反弹，反弹更多因为人们的误读。除开周啸天先生自己也承认的诗集中确有少许相对平庸的作品和有些不懂诗的人胡乱指点江山等因素以外，误读主要体现在两个方面。一是很多人用近体格律诗的标准去苛求他的歌行体诗，使其成为一种错位性的误读；二是唯古是尊的人不可能看到他的诗作兼具古典风雅和现代风流，因此不能接受他作品中时而出现的现代白话和口语词汇。其实，相对于近体格律诗的固定形式，歌行体就是古代的自由诗，更适合那些潇洒自由、豪情天纵的诗人。周啸天先生除了精通近体格律诗，更多写歌行体，其在诗学精神上就与现代新诗的自由洒脱悠悠对接，而诗中时而出现的当代新词新语，既是敬畏新诗的语感标识，又是现代人写诗的身份标识。像广为人知的《将进茶》《洗脚歌》《人妖歌》《邓稼先歌》都具有鲜明的时代标志，

① 见拙文：《穿越生死之门的诗心互照——读戴望舒〈萧红墓畔口占〉》，《名作欣赏》，2007年第2期。

回旋着不同程度的新诗风味。时至今日，我并不认为《将进茶》在诗人精神气度和宇宙人生之思上可以超越李白的《将进酒》，因为那些文人笔下的酒一旦经过诗化处理，已经不同于现实生活中难免伤身乱性的酒了。但《将进茶》却给我们带来了可以俯仰今古的诗意别趣，是周啸天以茶为载体与李白以酒为载体所作的妙趣横生的古今诗意对话："世事总无常，吾人须识趣。空持烦与恼，不如吃茶去"。毋庸讳言，现代人生也有很多"烦与恼"，而消除烦恼未必一定要恣性纵酒，"吃茶"的佳境不仅并不输于酒。"诗有别材非关酒，酒有别趣非关愁"，这就站在现代人的立场反拨了自古"以酒消愁"的狭窄诗思，然后笔锋转到"茶"："茶亦醉人不乱性，体已同上九天楼"，相较于酒，茶不论于身体还是精神都自有优长，而且吃茶也更富有审美陶醉："宁红绿茶紫砂壶，龙金雀舌绿玉斗，紫砂壶内天地宽，绿玉斗非君家有。"其中的几个意象既有文化品位，又具高华考究的美感和雅趣，自然，主要是文化人的美感和雅趣，实在有点令人心驰神往。至于"佳境恰如初吻余，清香定在二开后"，那种怡然陶醉的诗性体验，那种方家品茶的横生妙趣都营造出了一片淡然无争却韵味无穷的精神天地。"妙公垂手明似玉，宣得茶道人如花。如花之人真可喜，刘伶何不怜妻子"更是流淌着诗人至真至纯的生命关怀，仁爱之意尽在茶中。"诸公休恃无尽藏，珍重青山与绿水"，我以为只要具有真切的现代生命体验，都不难感受到这首诗的现代生命关怀，而古人是不可能有这样的生命觉醒和诗性觉醒的。《洗脚歌》一望而知就是最具当代共时性的题材，不仅古代一般人没有条件享受到专人为其洗脚，就是改革开放以前的现代社会，也很难见到洗脚成为一种社会服务景观。然而，洗脚毕竟在某种程度上还带有一定的私密性，所以很多享受了洗脚的人未必要把洗脚当作谈资。而周啸天先生作为诗人，他却敏锐觉知到洗脚所蕴含的古代仅仅是帝王专享的服务，如今已成为寻常百姓皆可享受的服务。洗脚房如雨后春笋，释放出社会巨变的信息，释放出民生品质提升的信息，不仅房内设施美轮美奂，而且服务者也劳有所获。虽然如此，彼此毕竟存在服务与被服务的身份之别，诗人宅心仁厚，畅想"沧桑更换走若马，三十河西复河东，而今俯首休气馁，依今翘脚聊臭美。来生万一作河东，安知我不为卿洗”。有多少人享受了洗脚的服务之后还要怜惜服务者与被服务者之间的俯首与翘脚？又有多少人能够在洗脚房内有着丰富的美感体验？更何况诗人还由此畅想着在岁月的变迁中彼此的身份置换。这些真情灼灼的现代人生关怀既充盈着古典韵味，又洋溢着现代诗意，寻常洗脚房被升华到如此引人心动神摇的诗意高度，该是何其有幸！《人妖歌》从国内戏曲角色扮演的乾坤置换（所谓乾旦坤生）类比人妖的雌雄同体，从而寄寓了较之《洗脚歌》更为震撼人心的跨国性现代人文关怀：“人妖本出里巷中，父母养儿为济穷。勾栏一入深如海，绝世无由作顽童。”观赏者看人妖无非止于声色之娱的感官餍足，有多少人在关心人妖的身世之悲和生命被损害被侮辱？诗人的独到感知和悲天悯人的诗意表达，想必应该能够不同程度干预满足感官刺激人们的灵魂。

最令人灵魂震颤、神摇泪零的是《邓稼先歌》：

炎黄子孙奔八亿，不蒸馒头争口气。
罗布泊中放炮仗，要陪美苏玩博戏。

这首歌行的开篇四句除去诗行的整齐押韵，简直就是现代大白话，其中的“不蒸馒头争口气”每为有些读者讥诮。殊不知这些大白话绝非日常生活中泛化的大白话，而是最具民族精神气度，富有特色与个性的大白话。“不蒸馒头争口气”是在建国伊始的艰难岁月中对传统的“饿死事小失节事大”精神气度的时代升华，最能体现全民族盼望国家崛起的公意。而“放炮仗”则是当时某位领导人对最具气魄和胆略的原话，最能体现在强大的美苏外力压迫之下自强自立的精神诉求。估计再美的诗意锤炼也比不上这些富有特色的原生态语言更具有诗性张力。诗是需要设身处地去咀嚼品味的，很多大白话独立出来可能显得平淡无奇，而一旦置于特定的诗境之中，就会产生化腐朽为神奇之效。王星汉的《飞机降落有感》：“乘风万里走青云，不肯回头望俗尘。自笑高高在上后，下来还是普通人。”如果抽出最后一句来看，简直毫无诗意，但因为将其置于特定的诗境和整体性的诗思表达之中，全诗最出彩的大概就算这句话了。我估计有些评论者的讥诮很可能就是基于非诗性的日常生活语言直觉感受。王富仁先生说：“一个评论家不同于一个普通的读者，读者是可以仅仅运用自己的直感或直观判断的，但他们的这种直感或直观判断除了回答调查问卷的问题之外，是没有公开发表的价值的。评论家的评论之所以需要发表，就是可以与人交流，要在相互的交流中给人以启发。所谓启发，就不是与别人的直感或直观判断的结论完全相同，而是有与别人的直感或直观判断不完全相同的东西，别人知道了彼此的不同及其原因，有可能改变或部分改变自己原来的直感或直观判断。”[①]这首诗语言的雅和俗也不是一成不变的，接下来就由开头四句的俗白之语转到可以与任何古典诗词媲美的典雅至美：“不赋新婚无家别，夫执高节妻何谓。不羡同门振六翮，甘向人前埋名字。”从个人的前程追求而言，作为国家的两弹元勋，邓稼先完全有能力和他的同门一样振翮高飞，但为了国家民族的尊严和安宁，“新婚无家”也不值挂怀，妻子在他的崇高气节面前怦然心动，对长达28年之久的分离之痛给予极大的宽容与体察。邓稼先无愧国士，他的存在与国家的存在形成了完整意义上的同构，他就是中华民族精神的化身。但站在人之常情的立场，新婚即久别，舍弃个人更加美好的锦绣前程到底足以催人泪下，经过诗人满含深情的诗意表达，便具有感天动地的精神力量和诗艺力度。最叫人潸然落泪的是“蘑菇云腾起戈壁”和“翻教英年倒计时”，邓稼先伟大献身的成功结果令举国欢腾，世界瞩目，但两弹元勋因“潘多拉开伞不开”“干将铸剑及身试”而“号外病危同时发，天下方知国有士”。邓稼先功盖天下，可惜病危时才为国人所知，而天下尽知之时便是英雄赴死之时，怎不令人扼腕长叹，怎不令人肝肠寸断！邓稼先的事迹原本就足以催人泪下，但世人未必都能如诗人写诗之前就首先有了入心入肺的感动。诗人不

① 《为新诗辩护》，王富仁（撰），《文学评论》2006年第1期。

是为写诗而写诗，而是带血带泪进入诗意表达，经过诗人深情高妙的诗意提升，原本感人肺腑的人和事更加富有美感，更加精炼而具有情感的冲击力。

综上可知，周啸天敬畏新诗是与他深厚的古典修养交织在一起的，又充分彰显于他深厚博大的现代民族关怀和现代人类命运关怀之间，也凸显了他在贯古通今的诗艺追求中对新诗自由精神、对新诗现代生命体验、现代诗艺经验和现代诗语风格的敬畏与亲近，他个人的卓越努力也标志着现代诗词创作的诗性觉醒。完全可以预见，当周啸天先生率先“敬畏新诗”的个人诗性觉醒成为更多现代诗词作者的诗性觉醒的时候，当敬畏传统诗词同样成为更多新诗作者的诗性觉醒的时候，其所带来的将不仅是弥合现代诗词与现代白话新诗之间人为造成的隔膜，而且更是中国现代诸种形式诗歌创作携手结成诗歌命运共同体所创造的真正繁荣。

听取新翻杨柳枝

——评周啸天诗词

◉ 黄全彦

周啸天诗歌，近年颇为时人所重，王蒙、杨牧等人都曾撰文盛赞。但他的诗究竟应该称为旧诗，还是新诗？却是众口纷纭，莫衷一是。这种迷惑，凡读其诗者，可能皆有同感。确实，看周啸天赋诗作词，笔墨所至，包罗万象，运斤如风，纵意而往，颇有独立苍茫当中饱蘸生命浓墨的庄重与潇洒。这等诗歌，很难简单地予以归类。若依笔者之见，周啸天所著诗歌，乃“乐府新声”。尽管先生作品甚多，题材甚广，却必然将以“乐府新声”传世。

“乐府”一名，出自汉代，它沿袭周人采诗传统，源于民间，多写闾里蓬门的喜怒哀乐，尤以忧戚之音摇动人心，浅貌深衷，其味在骨，最能致人感叹、发人深省。起初，“乐府”诗指乐府机构采择之诗。后来，“乐府”的概念逐渐宽泛，凡与音乐发生关系之诗歌，例如唐人七绝、宋词、元曲亦称“乐府”或“近体乐府”。与音乐并无关系，而继承了汉乐府“感于哀乐，缘事而发”传统的诗歌，亦称“乐府”或“新乐府”，如“三吏”“三别”。唐代的杜甫、白居易、元稹等人正是在汉乐府的基础上，挥毫泼墨，着意新变，蔚为“新乐府”之大观，于踯躅徘徊当中，忧伤叹息之间，见出满腹温情，留下动人歌吟。清编《唐诗三百首》于古近体诗之后，均单列“乐府”一类，律诗亦莫能外。七律如沈佺期《独不见》（一题《古意呈补阙乔知之》)。五律未列，但不等于没有，如杨炯《从军行》(烽火照西京)、李白《塞下曲》(五月天山雪)等，皆其显例。

唐人之后，乐府诗日渐式微，究其原因，不外是唐诗天才太多，有如日月经天，让人仰望，难以企及。各种诗体，五言也罢，七言也罢，杂言也罢，唐人也皆臻至高峰，后人再作，难以翻新。由此才有“宋人生唐后，开辟真难为”的慨叹，而闻一多、鲁迅等人也才生发出唐人之后没有作诗必要这显得有些颓唐绝望的话语。但近体词曲，仍沿袭着乐府诗的传统。

下边即来欣赏欣托居主人富于“源头活水”之新声乐府。

周啸天诗作内容，多与时事相关，世界大局国家大事尽收眼底，如《卢武铉歌》《代悲白头翁》《生日闻本·拉登死》《海啸歌》《日本大地震》《八级地震歌》《玉树三章》等。同时其诗亦多写流行物事，如《苏紫紫歌》《妙真诗》《聋哑人舞千手观音》《北京奥运开幕式》《超级女声决赛长沙》《赠同乡快女黄英》《悼哥哥》《成龙歌》等，无论是世界风云，还是流行元素，或长语书写，或短语描绘，皆能出语警惊，为时代留一注脚。如《卢武铉歌》:“平民总统平民子，凤凰飞出山谷里。一啸冲下群松颠，四面涛声声不止。囊奉阳光行北地，两韩同胞俱欢喜。……堤畔浊水湿吾足，一失足为千夫指。……孰云恶恶止其身，将老反为他人累！一死遂杜铄金口，万民清泪如铅水。郭外园田枕边书，搔首若负平生志。指向村头一片石，书我名氏而已矣。撒手如归近乎勇，百夫之特亦惴惴。君不见成胡上诉苦称冤，阿扁绝食肯遄死？卢武铉，奇男子！”通过本诗，对韩国总统卢武铉平生功业与遭遇有了直观认识，并对其气节深为感佩。再如《日本大地震》:“鳌奋三山动，公乎归去来。千家见末日，几县蹈寒灰。偶共麻姑语，相将黄竹栽。遥怜大岛茂，余悸小男孩。”本诗对日本地震所造成的劫难，体现了深深哀惜之情。卢武铉的自杀与日本的地震皆是世界大事，环球关注，信息颇多，有些甚至让人莫辨真假。周诗或从大处染翰，或从细处着墨，长言也好，短歌也好，均抓住了精神，书写了心胸，颇有“笼天地于形内，挫万物于笔端”的气概。

周啸天诗作语言，亦紧合时代节拍，如《超级女声决赛长沙》：“今宵荧幕富星光，五省共追超女狂。歌曲一朝惊屈贾，粉丝十万下江湘。……两壁芙蓉呈锦色，牡丹割地让花王。”这里的“荧幕”、“超女”、“粉丝”，均是时代新词。再如《葡京赌城》：“人生何处无博弈，胜败由来事不期。丈夫赌命报天子，股市平地有险巇。……东方赌城数葡京，葡京风水甲澳门。年输巨亿作国帑，赌王乃能均富贫。……门前居民迹如扫，挥金十九大陆客。海角归来说双规，使我达官失颜色。”这里的“股市”“大陆客”“双规”，也均是时代新词。这等新词新语，也是周诗一大特色，其他诗中如“大款”“臭美”“传销”“签单”“荷尔蒙”“比基尼”“剩男剩女”等，时代风潮扑面而来。诗歌也是语言的艺术，这等新词新语入诗，显示了周诗极强的熔铸本领，同时于年轻读者而言，使他们于古诗词去了几分神秘，少了几分隔膜，而多了几分亲近。

乐府书写现实，语言平易，但更重要的是其字里行间的仁者情怀，这也是人类生生不息最为高贵最见光辉之情感。汉乐府中的《孤儿行》《十五从军征》，新乐府中的“三吏”“三别”、《卖炭翁》《红线毯》皆是代表。此类诗歌，无一不是于整个人类抱有一种大同情态度，所以也能倾动千古。相较而言，周诗亦得个种意味，如《海啸歌》《八级地震歌》《悼哥哥》《挽歌诗》《怀张孟》等，流连徘徊，依依深情，读来令人有鼻酸心摇不能自已之感。当中最具代表者当数《人妖歌》：“京剧旦行梅派工，越剧小生范徐红；反串之妙补造化，何须台后辨雌雄。……人妖本出里巷中，父母养儿为济穷；勾栏一入深如海，绝世无由作顽童！心性先从教化改，形体渐受荷尔蒙。……年光促兮终不悔，惟效昙花放异彩；竞技选美作生涯，舞台得有绚丽在；观光客自天外来，一方经济为翻倍。……亭亭净植宜远观，尤物从来拒亵玩；海外归为知者道，莫便逢人作奇谈。”和一般人对人妖所抱的猎奇甚至轻侮态度不一样，这里全诗对人妖充满同情，可谓为人妖一洗百年恶名。尤其是“人妖本出里巷中”四句，出语最为沉痛，非仁者心胸绝不能道。再如《洗脚歌》结尾：“尔今俯首休气馁，侬今跷脚聊臭美。来生万一作河东，安知我不为卿洗？”自嘲当中，见出一片赤诚。周诗当中，这等“乌鹊南飞，绕树三匝，何枝可依？”的彷徨不去依依难舍之情，最是令人心热情动。再如《锦里逢故人》：“涸辙相嘘以湿同，茫茫人海各西东。劝君今夕须沉醉，万一来生不再逢。”这里仅就偶遇故人生发感慨，事情极小，但包含的情感却是难以测量，令人低徊不已。不少人只看到周诗的“畅快”，其实这等仁者精神，才是最值瞩目处。

就整个周诗来说，可谓以仁者情怀为经，以新事新词为纬，经纬交织，乃有欣托居诗体之乐府新声。

周啸天于此也实有感知，只是未曾名言罢了。《汉书·艺文志》于乐府诗言道：“感于哀乐，缘事而发，亦可以观风俗，知厚薄云。”而周啸天《自叙》言道：“拈管城之旧锥，作浮世之新绘”，“有义可陈，于事可据。酌用比兴，略关美刺”，这段话往内里看，其实正是在为乐府新声张目。而书名《将进茶》，显然化自李白《将进酒》，其实《将进酒》即为乐府题目，周啸天以此概括其诗集，风流潇洒之外，亦见出在乐府诗坛接踵前人开辟新径的自信。

诗歌诗歌，诗者、歌也。近体乐府尤重声音一道，周啸天于此心领而神会。他同意鲁迅说的诗有写来看的和写来唱的两种，而词体就是属于后一种，因此，他在《论填词》一文中提出“纯歌词”的作法。认为“歌词须有好句”，进而，要做到“语语可歌”。他在实践中正是这样做的。例如他在青藏之行后写的一组词，无论是《苏幕遮》也好，《行香子》也好，都做到了这两点。以《苏幕遮》一首为例，他采用了清人万树创造的“堆絮体”，在词中反复运用一种在重复中有变化的叠句：“及良辰，将胜友；与子偕行，与子偕行久。小别重逢一握手；唐古拉山，唐古拉山口。镜湖平，阴岭秀；雪积云端，雪积云端厚。好客人家处处有；熟了青稞，熟了青稞酒。”词中颇有好句，尤其是最后两句。“青稞”与“青稞酒”，重叠两个字，却各是一码事，这就好得很。特别适合于歌词，特别适合演唱。全词读起来，有一种不断上台阶的感觉。真是不可多得。

小有遗憾的是，周啸天之作，尚未谱乐歌唱。音声一道，感人最深。欣托居主人好以“歌”为题，其诗词平易晓畅，朗朗上口，余味悠长，乃绝妙歌词。假如有朝一日谱上乐曲，洋洋盈耳，传唱大众之口，乐府新声更是实至名归。若于婉转乐声当中，欣赏到欣托居歌诗之胜，则实为华夏一片绝妙风景也。

（原载《诗刊》“子曰增刊”，2013年02期）

天真烂漫是吾师

——论周啸天古体诗风格成因

◉ 黄全彦

苏轼贬谪黄州，作有“天下第三行书”的《黄州寒食诗帖》，其中两句写道：

诗不求巧字不奇，天真烂漫是吾师。

意思是作诗不追求技巧写字不追求新奇，师法的只是“天真烂漫”四个字。这两句话也很是耐人寻味，我们会读到许多书本和文章告诉你，怎样去作诗？怎样去成为一个诗人？可在苏轼看来，作诗最重要在于有一颗天真烂漫的童心。

苏轼本人就是这样做的，如他的《琴诗》：“若言琴上有琴声，放在匣中何不鸣？若言声在指头上，何不于君指上听？”《题西林壁》：“横看成岭侧成峰，远近高低各不同。不识庐山真面目，只缘身在此山中。”尤其是在他被贬惠州之后，诗歌更是活泼有趣，如“报道先生春睡美，道人轻打五更钟”（《纵笔》），“日啖荔枝三百颗，不辞长作岭南人”（《惠州一绝》）。这些诗读起来，就有一种妙趣横生的烂漫童心。

人们提到宋诗，往往看到的是严羽《沧浪诗话》所言“以文字为诗，以才学为诗，以议论为诗”，那只是笼统的概括。其实严羽还说过“诗有别材，非关书也。诗有别趣，非关理也。”他又言：“诗者，吟咏情性也，盛唐诸人，惟在兴趣。”这里才是作诗关键，“才”“趣”“情性”“兴趣”乃是作诗要诀。能够超越凡侪，挺立杰出者，莫不在“才”“趣”“情性”“兴趣”当中。即如宋朝大诗人，如苏轼、黄庭坚、陆游、范成大、杨万里，其诗都洋溢着一颗活泼童心。明清论诗有“肌理”“神韵”等各种学说，只有袁枚的“性灵”最切近人心，和苏轼的“天真烂漫”路径相通。

天真烂漫在于一种活泼趣味。由此来看周啸天诗歌，也是如此。如《洗脚歌》：

昔时高祖在高阳，乱骂竖儒倨胡床。劳工近世闹翻身，天下久无洗脚房。开放之年毛公死，香风一夕吹十里。银盆滑如涧底石，兰汤浑似沧浪水。健身中心即金屋，中有玉女濯吾足。大腕签单既得趣，小姐收入颇不俗。别有蜀清驻玉趾，转教少年为趋侍。游刃削足技艺高，捏拿恭谨如孝子。君不闻钱之言泉贵流通，洗与为洗视分工。沧桑更换若走马，三十河西复河东。尔今俯首休气馁，侬今跷脚聊臭美。来生万一作河东，安知我不为卿洗。

开篇的“昔时高祖”到“劳工近世”，一跃千年，笔墨最见活泛。续下的“开放之年毛公死，香风一夕吹十里。银盆滑如涧底石，兰汤浑似沧浪水”，这里的“香风”“兰汤”以及“沧浪水”的妙用，很是别致新奇。接着的“健身中心即金屋，中有玉女濯吾足。大腕签单既得趣，小姐收入颇不俗。别有蜀清驻玉趾，转教少年为趋侍。游刃削足技艺高，捏拿恭谨如孝子。”笔墨更是开阔，“健身中心”“濯吾足”“大款”“签单”“小姐”“玉趾”“游刃削足”“捏拿恭谨”，将洗足的技艺与程序娓娓道来，很是亲切活泼。后边的“君不闻钱之言泉贵流通，洗与为洗视分工。沧桑更换若走马，三十河西复河东。尔今俯首休气馁，侬今跷脚聊臭美。来生万一作河东，安知我不为卿洗。”这里“钱之言泉”“沧桑更换”“三十河西”“臭美”，更是戏谑兼自嘲。一气读来，兴味盎然，真乃妙品。难怪王蒙赞扬道：“谁也不会想到足底按摩也能入诗，而且写得如此古雅亲切。顺便说一下，我个人极少做这种按摩。我也不在乎这篇诗作的‘政治正确’与否，如果新左派认为应该造捏脚丫子的人的反，那也与我喜欢这首诗的绝门没有太多关系。”（《王蒙自传·九命七羊》）王蒙称赞这首诗是“绝妙好词”，足见奇趣。再如《将进茶》：

世事总无常，吾人须识趣。空持烦与恼，不如吃茶去。世人对酒如对仇，莫能席间得自由。不信能诗不能酒，予怀耿耿骨在喉。我亦请君侧耳听，愿为诸公一放讴。诗有别材非关酒，酒有别趣非关愁。灵均独醒能行吟，醉翁意在与民游。茶亦醉人不乱性，体己同上九天楼。宁红婺绿紫砂壶，龙井雀舌绿玉斗。紫砂壶内天地宽，绿玉斗非君家有。佳境恰如初吻余，清香定在二开后。遥想坡仙漫思茶，渴来得句趣味佳。妙公垂手明似玉，宣得茶道人如花。如花之人真可喜，刘伶何不怜妻子。我生自是草木人，古称开门七件事。诸公休恃无尽藏，珍重青山共绿水。

于本诗，李遇春、朱一帆在《周啸天旧体诗词创作论》讲道：“诗的题目就极富谐趣，暗含着对李太白《将进酒》的调侃。其次，又用诙谐的语言描摹苏轼饮茶的情景，所谓‘遥想坡仙漫思茶，渴来得句趣味佳’，大诗人成了被调侃的对象，手中的酒杯被换成了茶杯，而他们原有的怀才不遇、及时行乐的思想，也被周啸天有意冲淡了。再看全诗的收尾处两句：‘世事总无常，吾人须识趣’‘我生自是草木人，古称开门七件事’。在‘寄蜉蝣于天地，渺沧海之一粟’的人生境况下’，再来重新回味这首诗，不禁深切体味出作者早已将‘宠辱不惊。闲看庭前花开花落’的冲淡思想化作了浅会宜笑的活泼语言，化理性的人生体悟为谐趣了。”（《现代中国文化与文学》第17辑）文章提到的“谐趣”“调侃”“幽默”“活泼”，正见出周诗妙处。再如《何所长歌》：

何所长，何所长，有何所长当所长。酒债寻常行处有，能喝半斤喝八两。住近林区得美差，禽兽无主天豢养。兔子便有触株死，锦鸡撞在枪口上。辖区经营野味坊，保护费颇入私囊。来往食客俱公职，心照不宣快朵颐。记者好事来举报，暗走风声动身迟。乔作执法人未至，冰柜之物已转移。东窗事发及所长，始得扣发年终奖。别无所长可奈何，易日易地为所长。

诗里的“何所长（zhǎng），何所长（cháng）？有何所长（cháng）当所长（zhǎng）？”同一“长”字，两种读音，两种意思，将汉字的意趣体现十分到位，极有意趣，显得幽默诙谐，别有深意。再如诗里的“能喝半斤喝八两”“辖区经营”“保护费”“公职”记者“执法”“冰柜”“年终奖”，将现代词汇尽都熔铸诗中。且其中句子如“兔子便有触株死，锦鸡撞在枪口上”“来往食客俱公职，心照不宣快朵颐”，这种语言最是跳动活泼，足见心思鲜活跳脱。

再如《江淮行》（其一）：

驭气轻辞濯锦城，云间赏月更分明。
嫦娥乃肯作空姐，为我青天碧海行。

“驭气”出自白居易《长恨歌》“排空驭气奔如电”，用在这里指乘坐飞机，很有意味。尤其“嫦娥乃肯作空姐”，想象奇妙，令人莞尔。

再如《竹枝词》（其五）：

举重若轻世所稀，周公月旦分如其。
百年谁似小平子，天塌下来高个支。

这里写的是邓小平，邓小平具有四川人的通达幽默，他曾洒脱说道：“我一向乐观，天塌下来也不怕，因为有高个子顶着。”诗里写道“天塌下来高个支”，见出的正是这种幽默。

周啸天古体诗的“灵丹一粒”，大多来自这种天性的快乐幽默，其名作《邓稼先歌》“神州人口奔八亿，不蒸馒头争口气”，《人妖歌》“一身宛转二重唱，男声浑厚女声泣。美发一挥何飘柔，踏摇四体皆魅力”，这样的新鲜活泼，周诗尚有许多，如同杂花生树，让人眼前一亮，心里一荡，十分舒畅。

王蒙在《读来甚觉畅快——谈周啸天的传统体诗词》写道：“我也不甚喜欢那种作腐儒状的戴方巾、迈八字步的仿古诗，那样的诗虽然与巨树型号一致，却只是陈陈相因，克隆拷贝，空心糠萝卜；有其诗不多，无其诗不少。那真是旧诗、死诗、呆诗，无生趣无新意无生命之仿作伪诗。”（《文汇报》2006年5月12日）认为周啸天的诗歌在于冲决了这一约束，妙处即在：“琳琅满目，活泼，生机，古雅，趣味，耳目一新，叹赞有加，喜传统体诗词有了新的突破矣。”

王蒙之说深得周诗三昧，可谓真正解人，他颇为看重周啸天诗，正在于其中的“活泼生动，快乐阳光”，“琳琅满目，活泼，生机，古雅，趣味，耳目一新，”也正是苏轼所称道的“天真烂漫”之境。

古代大诗人，莫不有“天真烂漫”的一面，陶渊明的“采菊东篱下，悠然见南山”，李白的“两岸猿声啼不住，轻舟已过万重山”，杜甫的“即从巴峡穿巫峡，便下襄阳向洛阳”，皆是如此。这样天然生动诗句，仿佛不是从口里道出，而是从山川大地自然冒出如禾苗一般自然清新，这就是天籁。

孔子当年说“游于艺”，如今许多研究者认为文学源于游戏，正见出文学的本色。胡适在《白话文学史》言道：“陶潜和杜甫都是有诙谐风趣的人，诉穷说苦，都不肯抛弃这一点风趣。因为他们有这一点说笑话做打油诗的风趣，故虽在穷饿之中不至于发狂，也不至于堕落。”胡适这里说陶渊明杜甫诗歌“有这一点说笑话做打油诗的风趣”，而且认为这乃是他们坚韧生命的底色，正见出诗歌“天真”的魅力和力量。

周啸天成名于20世纪80年代，在编写《唐诗鉴赏辞典》崭露头角，当时著名古代文学研究专家刘学锴教授言周啸天文章有三大优点：“1.思想没有受过约束（指来自苏联的套路），令人羡慕；2.文笔优美，不要因做论文而丢失；3.鉴赏力敏锐，不能轻视这一点，这恰恰是有些学者的短处。”（刘国《根深叶茂　厚积薄发——周啸天访谈录》）不少学者在后天学习当中，容易成为“学究”，周啸天没有成为这样古板无趣之人，他的“思想没有受过约束”、文笔优美、敏锐，正得力于其“天真”，由此他的诗歌才能“俯拾即是，不取诸邻。俱道运斤，著手成春”（司空图《二十四诗品》）。

元人汤垕在《画鉴》中写道：“先观天真，次观笔意。相对忘笔墨之迹，方为得之。”这里说的是作画要略，也是作诗路径。艺术之道，就是这样相互贯通，交融一体，正见出“天真”之意义。

“六十年华，四十体魄，二十心情”（周啸天《柳梢青》），周啸天有如此艺术成就，正在于他有一颗忘记岁月忘怀时间的“年轻的心”，这就是王蒙所说的“青春万岁”：“所有的日子，所有的日子都来吧/让我们编织你们/用青春的金线，和幸福的缨珞/编织你们。”是的，青春，它无关年龄，只是在于是否有一颗年轻的心。

“问渠那得清如许？为有源头活水来。”希望周啸天能够一直葆有这颗青春的心，少年的心，漫游于诗歌的密林，写出更多“拈花一笑，悠然心会”的妙品。

才情学识之合力升华

——周啸天诗词简论

◉ 李亮伟

学者不必是诗人，诗人不必是学者。但是，如果此诗人是学者，或此学者是诗人，则其才、情、学、识四者备矣！如周啸天先生是。

诗有别才。要写出好诗来，一靠天分，二靠功夫。啸天先生之才，在天机俊发，思维敏妙，思致多方，又功夫深下，无材不可入诗，无意不可入诗，取材如持并州快剪，下笔如倾万斛之泉，运意如布行云舒卷。他在诗词途上，边观景，边行歌，绝无诗肩寒耸之态；他的诗词之中，或缘事，或缘情，绝无强说愁怀之病。才溢满卷。

如其取材广阔，从汶川大地震、印尼海啸，到洗脚、超女，乃至寻猫启事，以及人情世态、自然与人文景物……，不论重大事件、一般社会新闻、社会现象，各种人生经历及个人生活趣味等，写来风生水起，笔意纵横。尤其写时事，其才思笔意，每每出入于李、杜、白、苏诸公，诚为今世之奇才也！

如其联想丰富，神思飞越。空间上，能将万里之外扯近；时间上，可把上下千年拉来。前者如《天谴》诗，谴责人类残害、虐待动物的丑事，从“人间犹有注水猪”，到“西人斗牛事可丑”，一笔横扫国内外。又如《徽州民居》，赞美徽州民居保护之完好，诗末突转以“君不见成都老城隍”呼起，抒发其成都老城隍古建筑被毁之痛，对比鲜明。

如其思致甚妙，变化多端，天马行空，无往不可。《苏紫紫歌》诗，连类比照，顺手牵来：因苏紫紫是为湖北宜昌人，诗人便牵出其同乡王昭君作比；因姓苏，紫紫叠音，便又牵出苏小小作比；因在京城的大学里一时名声暴著，便牵出于丹作比；结尾则因人体模特之裸，突又转义而横扫裸官。纵横捭阖，妙思令人叫绝。

如其状物、写人，生动传神。《海啸歌》："器具毂转俱搏人，洪舌乱舐西忽东。"刻画海啸汹涌上岸后席卷着器具冲撞人，潮头东奔西突如巨兽之舌吞噬万物，写得令人惊骇。仅此二语，就再现了灾难的恐怖场面。又《天泰园白鹭》："主人抓拍成惊扰，一片孤飞雪打墙。"描写白鹭来园中偷鱼，主人抓拍照片，正按快门，不料白鹭惊起，直冲墙外，一团模糊的影子犹如白雪打向墙去。写来绘声绘色，置读者如在现场目睹一般。

如其驾驭语言，随心所欲，又用得恰到好处。通常，今人创作诗词多取古典的意象，以其意蕴积淀深厚而最具诗味之故。若用当今口语、流行语、方言、科技语、新事物词语等入诗词，易淡乎寡味，且不容易和谐地融入诗词这种古典体式和语汇系统，所以多慎用。啸天先生却能根据其所作诗词的语言环境随手拈来，驱遣自如，点石成金，恰切稳妥，妙意横生。其例甚多，兹不一一。

诗言志，诗言情。诗人的情志，是诗词的骨髓。啸天先生之情，在赤子之心，具通天尽人之怀；性情善感，情志丰沛，关怀万物；情致万端，情趣广泛，意气风发；闲情高致，风流倜傥。

如其为美颂，为讽喻，态度鲜明。《邓稼先歌》《张将军故里》《竹枝词七首》诸作，屏绝标签，断无虚美，言出于衷，情真意切。

如其生悲悯，生爱怜，多情多感。《毕节行》写毕节五名辍学儿童夜宿垃圾箱、取火中毒而死之事，沉痛至极。《苏紫紫歌》写大学生苏紫紫做人体模特，实因有生存艰难不得已的苦衷。同情之心，体贴之怀，爱怜之意，倾注在字里行间。《挽歌诗》，哀死者，颂品质，尽人情，长歌当哭，感人至深，催人泪下。

如其对生活的审美，对自然与人文美景的喜爱，皆于诗词中陶写其情志。啸天先生热爱生活，诗意栖居，富于情趣。好观山川风物，游历广，游兴浓，兴致高。其游历、描写青藏高原的《苏幕遮》(上青藏)、《钗头凤》(林芝作)、《行香子二首》(印象高原、塔尔寺)、《喝火令二首》(拉萨作、默想)等数首词，以及《高原行杂诗》等，写景咏事，风味十足，使读者恍若置身于高原风光及其独特的文化环境中。

从来诗人不是不学无术者，“然非多读书、多穷理，则不能极其至”。啸天先生之学，非普通人的常识之学，而是学者之学殖，其知识的量，是作为一个专家学者所拥有的丰富的知识储量；而且他具有颇为全面的知识结构，他大学本科是学数学的，逻辑思维缜密，分析能力强；因爱好文学，唐宋文学研究生毕业，形象思维亦发达。后长期从事古代文学的教学与研究，古代文学方面知识积累极为渊博，且有相当理论高度的认知。尤其是精于文学作品的鉴识、分析，对历代优秀诗词的创作方法、修辞技巧、语言锤炼、遣词命意、谋篇布局、意象取用、意境营造等等，研究透彻，了悟于心，深得诗家三昧。诗词创作是一门传统的语言艺术，其学术造诣既高，善学多思，融会贯通，他自己创作诗词时，便能推陈出新，“不涉理路，不落言筌”。

如其胸中积厚，诸子百家、三教九流语，前人诗词，中外史事、文化，百科知识，但触其类，便能信手引入诗词中。尤其事典、语典的运用出神入化，融于当代题材内容和语言环境，既多时代生活气息，又不失其典雅、含蓄。《怀张孟》：“如君又非老不死，吾侪焉能鼓盆歌。”“鼓盆歌”用庄子事典，与前句联用，为古、今语言相通融的典范。又如《超级女声决赛长沙二首》：“歌曲一朝惊屈贾，粉丝十万下江湘。”“屈贾”，指屈原、贾谊，皆是与长沙有关的名人，与下句联用，亦是古典与现代熔于一炉的杰构。不仅用中国典，亦用外国的，如《毕节行》：“昨夜火柴微光里，儿曹可曾睹天国？”“赤县宁无推恩者，苏俄尚有教育诗。”前句用安徒生童话《卖火柴的小女孩》，后句用马卡连柯论改造流浪儿的《教育诗》，不仅贴切，还引人深思。

古典的翻新使人耳目一新，《将近茶》便是由《将进酒》翻出，且有关茶酒的知识、茶酒的典故、茶酒的界别等，不知者，读此即收获丰矣；知之者，折服其善用学问，灵心妙解。一茶尚如是，纵观诸作，诗人胸中尽是学问，信手拈来，妙语连珠，而又无逞才露学之嫌，何故？自在流出，若清风之出岫，一片化境。

啸天先生所作诗词，多全篇通妙，本不容句摘。但笔者在这里出于举例的需要而句摘。实际上，句摘失去了前后语境，妙意已减。读者须观全诗，体会更佳。

诗词不必直陈识见，然识具而象生，而语畅，而气足，而理壮。啸天先生之识，是学者层级的识见，善于思辨，达古通今，世事洞明，目光敏锐，善识真善美，善辨假丑恶，反映生活能揭示本质，触及社会问题有相当深度，语多精警。思想豁达。

如其对各种时事或社会现象进行描述和反映乃至剖析，十分及时、深刻，他人尚处惊疑、思索中，他已然考虑成熟。《八级地震歌》《海啸歌》等，应时而出，对人们安抚心灵、直面灾难和战胜灾难，颇有助益。《哀文强》：“人之将死皆言善，大欲当前总健忘。时倒一官儿莫喜，尔如得志较文强。”揭示人性的弱点，意在言外，间接强调了法律约束和自律的重要。

如劝谕世人，《还魂引》针对世间不时有“爱你爱到杀死你”的悲剧而赋，“一曲还魂风细细。可不是、逢场做戏。解铃自有系铃人，大舞台，小天地。爱到尽头生以死，好大个、男女关系。得饶人处且饶人，我干杯，你随意。”《洗脚歌》：“君不闻、钱之言泉贵流通，洗与为洗视分工。沧桑更换若走马，三十河西复河东。尔今俯首休气馁，侬今翘足聊臭美；来生万一作河东，安知我不为君洗？”读者所获，非仅得其语言幽默之趣，亦兼得理趣。得理趣者为深。

如识见高明，《苏紫紫歌》云“艺术情色一层纸，分水只在阿堵中”，一针见血，对形体艺术给予肯定，也是对把形体艺术识为色情的无知无识者、素质低下者的回击。感性中寓理性，《清东陵》：“人间皇帝易迟暮，地下明珠不久埋。”感慨良深，亦启人思索。富于哲理之辩，《赠罗志才》：“丽而有骨方称艳，富到唯钱只是贫。”凡此皆能揭示真理。

如见解独到，与众不同，《翁杨恋二首》，力排俗见；《人妖歌》，他人观人妖而讳谈，独啸天先生视角新颖，理解、同情、敬畏，敢为“人妖”放长歌。见解新奇自然多生奇语，《卢武铉歌》，缘卢武铉因涉嫌受贿而投崖自尽以谢世人之事，先以七言形式娓娓叙议其人其事，末尾忽然变轩昂，对比成克杰、胡长清、陈水扁之贪生怕死，作长短句曰：“君不见成胡上诉苦称冤，阿扁绝食肯遄死？卢武铉，奇男子！”铿然而止，掷地有声。

总之，啸天先生之诗词成就，乃其综合素质的体现，为才、情、学、识合力升华出的结晶。得《周啸天选集》，读之击节再三，不禁惊呼，我岷峨有人，数百年间气，复见于今日矣！

（原载《作家文汇》，2013年12月号）

诗与散文

◉ 谢　谦

今夜凄风苦雨，躺在书房的沙发上，一杯酒一卷书，慢慢饮慢慢读。

酒非佳酿，红星二锅头是也；书非名著，《欣托居歌诗》是也。欣托居何？吾友周君啸天名其斋也。陶诗云：“众鸟欣有托，吾亦爱吾庐。”居今之闹市而慕古之隐士，非身隐，乃心隐也，是精神上的超脱与超越。我与周君同为蜀中高校执教鞭以谋衣食之人，面对同样的诱惑同样的折磨，我常感叹“人是越活越假心是越老越累”。而能不即不离不卑不亢，活得真率，活得轻松，且过知天命之年而不知老之将至，风度翩翩如英俊少年，诗词书法篆刻之雅好，摄影上网驾车之时尚，好古敏求而又与时俱进，浑然集于一身，文质彬彬，从容中道，我既闻其声，也见其人，欣托居主人周君是也。

记得多年前，周君赠我一叠自制的诗笺，上面抄有《洗脚歌》《人妖行》等数首咏时事的歌行，不觉莞尔：周君真妙人哉！洗脚房洗头房我也进过，没有多少感觉，更不用说诗兴。出来后，对朋友搞笑道，洗头房可题：“沧浪之水清兮，可以濯吾缨”；洗脚房可题：“沧浪之水浊兮，可以濯吾足。”不过是要点卖弄学问的小聪明而已。周诗曰：

昔时高祖在高阳，乱骂竖儒倨胡床；劳工近世闹翻身，天下久无洗脚房。开放之年毛公逝，香风一夕吹十里；银盆滑如涧底石，兰汤浑似沧浪水。健身中心即金屋，中有玉女濯吾足；大腕签单既得趣，小姐收入颇不俗。别有蜀清驻玉趾，转教少年为趋侍；游刃削足技艺高，捏拿恭谨如孝子。君不闻钱之言泉贵流通，洗与为洗视分工；沧桑更换若走马，三十河西复河东。尔今俯首休气馁，侬今跷脚聊臭美；来生万一作河东，安知我不为卿洗？

初读诗题与开篇数行，我以为可能是白居易式的“新乐府”，与民间口口相传的讽刺时事的顺口溜同科，但讽诵终篇，却别有一种感动。“婉而多讽”不假，但细细品味，他对洗脚这一行当本身并不妄下褒贬，戏谑调侃的背后，是宽容宽厚，一如其为人。我甚至读出诗中有一种悲悯的情怀。这绝非溢美之词。以我对周君的了解，我相信我的感觉。这在《人妖行》中表现得更突出：

……人妖本出里巷中，父母养儿为济穷；勾栏一入深如海，绝世无由作顽童。心性先从教化改，形体渐受荷尔蒙。吞声学艺近残酷，不比寻常事委曲；注射自戕违养生，服食尤惜年光促。年光促兮终不悔，唯效昙花放异彩；竞技选美作生涯，舞台得有绚丽在；观光客自天外来，一方经济为翻倍。舍身奉献非凡庸，我诚敬畏讵宽容；漫哂琉璃不坚牢，尔曹百岁总成空。亭亭净植宜远观，尤物从来拒亵玩；海外归为知者道，莫使逢人作奇谈。

泰国之游，最恶心的就是观看人妖表演。对于人妖本身，我很同情，但想到男儿身而作女儿态，浑身就起鸡皮疙瘩。周君有同情之外，还有一种审美观照，一种远距离的欣赏。我说周君活得很真，此其一例。好奇之心，人皆有之，周君亦有之。人妖既为泰国特产，既远道来之，何妨观之？如曰“非礼勿视”，伪君子也；如以亵玩为乐，真小人也。此周君率真而又超越流俗者也。

据说，诗以痛苦郁闷最为时髦。是故今之诗人多神经兮兮，今之诗歌爱好者则多凄迷惆怅。如果是这样，我宁愿不读诗。我怕我也变成神经兮兮，而失去了对自然、生命、人类、世界的热爱。我之所以喜读周诗，是他对生活的热爱，原来生活竟是如此有趣啊：

> 世纪之交，复关在即，驾校人气。大道如天，寰球愈小，咫尺天涯是。翩翩白领，纤纤玉指，有女同车试艺。笑冯谖、无鱼客里，高歌弹铗风味。槐荫树底，素瓷静递，次第车停车起。诲汝谆谆：欲达勿速，出入平安遂。心宽于路，间可游刃，一似行云流水。载驰乐，桑林妙舞，中经首会。（《永遇乐·驾校》）

我也曾上驾校，但心境与周君全然不同。也许是目的性太明确，也许是人太笨，不仅没有周君这样的诗兴，而且有一种痛苦感。虽也“有女同车试艺”，但却没有感觉。如果不是媳妇连哄带劝加强迫威胁，我可能就半途而废了。因为酒的诱惑远超载驰之乐，而媳妇又恰恰是想通过这种方式，逼我戒酒。人生而不自由，熊掌与鱼不能兼得，由此可见。如能以马代车，即或醉眼蒙眬，信马悠悠，又无车毁人亡之虞，多爽。媳妇说，别胡思乱想，人家交警会同意吗？那就继续学驾车吧。看人家周君悠游自在载驰乐，行云流水桑林舞，哪里像上驾校，他是在上艺术学校啊。

周君曾摘陶诗书赠我：“既耕亦已种，时还读我书。欢然酌春酒，摘我园中蔬。”我挂在书房，非以陶渊明自居，而是心向往之。现代人对陶渊明，不是不想，而是不可能的奢侈。地球人满为患，地价猛涨，哪里去寻陶渊明的田园呢？读周诗，突然醒悟：田园是一种境界，就在自家心中。正如周君名其斋，只要有陶渊明那种心境，则无论是闹市还是乡间，豪宅还是茅屋，皆可为“欣托居”也。

周君生活如诗，我向往而不能，活得很散文，闲云野鹤，也自得其乐。一笑。

周啸天的诗词主张与实践

◉ 梅　红

20世纪之初，新诗乘新文化运动的强劲东风登上文坛，传统诗词为之披靡，长久处于边缘化生存状态。新中国成立后近半个世纪，又出现毛泽东诗词一家独大的奇异景象。而自改革开放以来，传统诗词的创作则得到了复苏。田晓菲女士在《隐约一坡青果讲方言：现代汉诗的另类历史》中称这种新旧诗共同存在、共同发展的现象为“一幅丰富的‘杂交’图景”。并认为旧体诗的繁荣发展是值得关注的中国诗歌发展的另类历史。[①]传统诗词依然活跃，首先体现为作者人数众多。据一项统计表明，目前全国诗词学会（含诗社）的总数超过五万之数，注册的诗词学会会员超过百万之众。由于网络时代的到来，诗词创作在网络上也迅速蹿红，各行各业、男女老幼，只要爱诗的人，都在文字游戏中获得愉悦与快感，甚至出现了“当代诗词在网络”之说。其次体现为作品数量众多。昔称“李白一斗诗百篇”，而今存李白的诗歌不过千首。而清编《全唐诗》的存诗，也不过五万首。而在今天，只要通过百度检索你就会发现，每天在网上发表的诗词的数量，较之印刷时代不啻十倍、百倍地增加着，诗词的日产量，较之唐宋时代，或有过之而无不及。

与当代诗词创作队伍的庞大、诗词新作的海量化形成巨大落差的、极不平衡之事有二，一是作品质量良莠不齐——这种状况即使在去年由某民间

① 《隐约一坡青果讲方言：现代汉诗的另类历史》，田晓菲（撰），《南方文坛》2009年6期。

机构编辑出版的《二十世纪诗词文献汇编》中也表现得相当明显。二是诗词创作理论缺位——不少当代诗词作者的理论话语非常陈旧，所作诗话，不过是古代诗话的重复和翻版，对当代诗词创作具有实际指导意义者不多。在这样的背景下，周啸天的诗词创作和主张，就显得格外突出，有令人耳目一新之感。周啸天，四川渠县人，“欣托居”是他用陶渊明“众鸟欣有托，吾亦爱吾庐”之意为自己起的斋名。欣托居是《唐诗鉴赏辞典》（上海辞书出版社1983）的重要作者，著名诗词鉴赏专家，著有《唐绝句史》《欣托居歌诗》《诗词赏析七讲》《不会吟诗也会吟——诗词创作十日谈》等，在诗词界有广泛的影响。

概括而言，周啸天的创作主张有四：一是认为诗词的主要功能是释放，故创作诗词首重兴会；二是认为诗词要书写当下，具有时代的精神；三是认为当代诗词必须遵守游戏规则，在保留入声字的基础上放宽诗韵；四是当代诗词要注重阅读快感，以争取广大的读者。周啸天的创作实践，则很好地贯彻了这些主张，得到王蒙等评论者和研究者的关注和充分肯定。

一

关于诗歌的本质问题，从《尚书》主“言志”、《文赋》主“缘情”以来，一直是诗歌研究的核心问题，很多著作都有连篇累牍的阐发，往往不得要领。而欣托居说：“我所服膺的理论，是以“释”（释放）释诗——人秉七情，应物斯感，或为之激动，或为之困惑，或为之神往，或为之辗转反侧，凡此种种，都是生命的体验，或谓之情结。情结好比疙瘩，须释而放之，才能消散，复归平静。如果释放的途径是语言，所得到的结果，必然是诗。有人说诗是灵魂的出口，也应是这个意思。”[①]这段话深刻揭示出，诗歌就是人们宣泄内心深处的强烈感情，而以富于韵律的语言形式来表达，给人以意境

---

① 《诗词创作十日谈》，周啸天（著），四川文艺出版社，2009年，第28页，62页，223，224页。

美的深刻感受的文学样式。这和宗白华在《新诗略谈》中说的："诗的定义可以说是：'用一种美的文字……音律的绘画的文字……表写人的情绪中的意境。'"[①]是一致的，但是先生的说法更加具体、更加便于理解，自然也更加深刻。

在这个基础上，先生进一步指出："什么是诗人？凡是用全身心去感受、琢磨人生而又有几分语言天赋的人，便有诗人的资质。"管遗瑞指出，这段话至少从三个方面给人以启示："首先是，作为一个诗人，对于社会生活，对于自己周围的一切，要能够'全身心'地去感受。也就是说，要能够倾注自己的高度的热情，去作心灵的观照，从而激发出强烈的激情，通过自己的精思独造，巧妙构思，营造出新奇精美的意象，这才是'真诗'。其次，有了'感受'，还必须进一步'琢磨人生'，也就是说还要深入地体验人生，细致地分析人生、研究人生，具有自己独到的体会和见解。可以说，一切文艺作品（诗词当然不例外），都是思想的反映；作者的思想愈深刻，作品的感染力也就愈强烈，也就愈能给人以深刻的启示。从这个意义上讲，从古至今的大诗人，都是具有深刻思想的人。而深刻的思想，正是从'琢磨人生'中来，琢磨得愈深就愈好，这也可以说是诗人的一项基本功。第三，还要有'语言天赋'。"

正是基于这样的诗论和诗人论，欣托居对诗歌创作中兴会的作用，是特别强调的。他说："余谓古今诗词不外乎二，一曰创作，一曰模仿或创造性模仿。其间分别，尤在兴会——看你有没有如此情绪，有没有如此体验。有，则火速追捕，你就创作。没有，则搜索枯肠，你就模仿。"[②]

兴会是诗词创作与诗歌模仿的分界线。诗歌的模仿制作是容易的，而创作一定是心中有了块垒，有了情绪，在某情某景的触动下喷涌而出。出自内心方能进入内心，没有创作冲动的作品是难以打动读者，因而行之不远。

---

① 《美学散步》，宗白华（著），上海人民出版社，1981年，第244页。
② 《更把金针度与人》，管遗瑞（撰），《诗词世界》2010年第五期。

李白的《将进酒》的诗情虽然早已是郁积在心，但通过饮酒引发的兴会，才得到一次淋漓尽致的渲泄。《全唐诗》五万余首，为人传诵的只是其中具有兴会的作品。没有兴会，做诗就会成为组装、模仿、克隆，就无法给人耳目一新的感受。广西毛水清先生曾尖锐指出："现在的不少旧体诗作主要毛病不在平仄音韵，而在缺乏横溢的诗情，往往仅存皮囊而已。"[①]可以说，有无兴会、是鉴别一首诗词真伪的标准，有兴会的、就是真诗。先生赞赏一首打工者的诗："一夜天涯动客思，嘉陵江月照空池。想来兄弟应忘我，我亦三年未梦之。"（杜斌）以为这首诗与王维的《九月九日忆山东兄弟》有异曲同工之妙。最妙的是后两句的反弹琵琶："想来兄弟应忘我，我亦三年未梦之。"在相思牵挂中，更平添了几许人生的漂泊感与沧桑感，以及骨肉兄弟为命运所驱遣，各奔前程，无法相聚的别离苦。其中的特有时代情绪，为王诗所不及。欣托居认为它"一反唐人之情调，而尽得唐人之神髓——有切肤之痛也"。他还赞滕伟明《杨丽萍孔雀舞》，说："滕伟明得句但有神助，辄一蹦三尺高——'八千鸟喙顿忘啄'，直搏'六宫粉黛无颜色'，而绝无模仿之痕迹，是因为大厅有八千座位，忽然得句，此之谓'俯拾即是，著手成春'。"[②]先生所赞的也是滕先生的诗有兴会。对当代网络诗人李子的诗，他也赞赏有加。如李子《浣溪沙》下阕："忽尔手机来短信"——将手机、短信这样的审美因子纳入辞章之中，抒写将手机时代才特有的体验——"有人同醉在天涯，只言相识未言谁"，不仅有"同是天涯沦落人，相逢何必曾相识"的沦落漂泊感，更有数字时代人与人之间的似近实远的疏离感。这种兴会是直击唐人精髓的。

欣托居自己的创作，也是以兴会为宗的。七绝《江淮行》的第一首，就完全是一首兴会之作。他在《诗词创作十日谈》中讲到这首诗的创作情况："2004年中秋前夕，因出差从成都飞合肥。上飞机时，暮色苍茫，并没

---

① 《滕伟明诗词选序》，周啸天（撰），《巴蜀史志》2010年第一期。
② 《更把金针度与人》，管遗瑞（撰），《诗词世界》2010年第五期。

有想到要作什么诗。我的座位正好靠近窗口，上天后，不经意往窗外一望，竟然是平生所未曾见过的一幅图景：湛蓝天空上银盘似的悬着一轮明月，万里无云。云全在飞机下面很深的地方。全新的经验让我兴奋起来，怎么办呢，作一首诗吧。”①

驭气轻辞濯锦城，云间赏月更分明。
嫦娥乃肯作空姐？为我青天碧海行。

这首诗可以说是兴会一片，全新的景色激活了诗人的神思，使他浮想联翩，四句紧扣“空中赏月”，将在飞机上赏月独特的审美体验传递出来。诗的后两句独得李白诗歌的想象与浪漫色彩，风流倜傥，潇洒飘逸。

二

周啸天讨论诗词之鉴赏，曾十分明快地说：“怎样的诗词才算佳作，有一种提法是：情真、格高、辞美、律严。……然而，当代诗词倘若不为当代生活所动，写得与古人不分彼此，就算做到了这四条，好吗？习惯、重复是诗歌的大敌，因为会导致感觉的迟钝。今人写得绝类唐诗，就不如读唐诗；今人写得绝类宋词，就不如读宋词；今人写得绝类清诗清词，就不如读清人诗词。难道不是这样吗？”又说：“在文学革命百年之后，新诗占据了公共领域，诗词创作就必须抵制公共话语、为往圣继绝学吗？人，不能两次在同一条河流中蹚过。田晓菲女士说：‘不仅要牢记新诗的诞生是对旧体诗的抵制，还要记住新诗的出现改变了旧体诗的创作。’善哉斯言！”②

周啸天认为，近六十年来诗词为新文学史所放逐。究其原因，一方面是因主流文学观念以为诗词是旧体，不能书写当下。此种观念是否正确，实

---

① 《隐约一坡青果讲方言：现代汉诗的另类历史》，田晓菲（撰），《南方文坛》2009年6期。
② 《欣托居歌诗》，周啸天（著），四川文艺出版社，2005年。

有待于证实或证伪。另一方面，诗词作者游离当下、自我放逐，也是一个原因。确实有一部分旧体诗，不去写活生生的现实生活，而只是在小圈子里自我欣赏，所写无非士大夫情怀——叹老嗟卑，愤世嫉俗，露才扬己，裁红量碧，步韵奉和，又一味雅人深致。遂由江海涸为小溪。

为此，周啸天鲜明地主张，传统诗词要“书写当下”。他主张诗词创作应该学习新诗的创作，在语言、在意趣上获得新的审美视角，而摒弃掉陈旧审美要素。他指出：“书写当下，非指狭隘地美刺见事，而是须有当代的思想意识。何谓当代意识？曰民主，曰开放，曰包容，曰创作。非民主不能开放，非开放不能包容，非包容则无创作之自由也。胸次宽者平台大，取材广者命意新。既知大俗之雅，敢题糕字；复知大雅之俗，不作送往劳来。所好者道，进乎技矣。”①

旧体诗词创作要走出狭隘的天地，首先要有当代意识，要有开阔的胸襟。要写古人不曾梦见的题材，要出古人不曾出过的境界。先生的实践就是这样的。《欣托居歌诗》就是其创作主张付诸实践的结果，集中的诗是极富现代感。仅从诗题就可以看出：《洗脚歌》《人妖歌》《将进茶》《超级女声决赛长沙二首》《悼哥哥》（哥哥即张国荣，笔者注）、《报载翁杨订婚偶成二首》《寻猫启事》，等等，从时事新闻、重大事件，到读书看戏，旅游见闻，到生活琐事，无所不写。王蒙许之为“奇书”，称《洗脚歌》《人妖歌》为“奇诗奇思，真绝唱也”，说“《将进茶》亦属绝唱。”请看《洗脚歌》：

> 昔时高祖在高阳，乱骂竖儒倨胡床；劳工近世闹翻身，天下久无洗脚房。开放之年毛公逝，香风一夕吹十里；银盆滑如涧底石，兰汤浑似沧浪水。健身中心即金屋，中有玉女濯吾足；大腕签单既得趣，小姐收入颇不俗。别有蜀清驻玉趾，转教少年为趋侍；游刃削足技艺高，捏拿恭谨如孝子。君不闻、钱之言泉贵流通，洗与为洗视分工；沧桑更换若

① 《更把金针度与人》，管遗瑞（撰），《诗词世界》2010年第五期。

走马，三十河西复河东。尔今俯首休气馁，侬今跷脚聊臭美；来生万一作河东，安知我不为卿洗？

“洗脚”即足按摩，这是二十世纪九十年代的兴起的一种保健行业，迅速风靡全国各地，广受争议。诗人是如何写的呢？诗人从沛公洗脚时见郦生的故事说起。郦生拒绝在刘邦洗脚时与他谈话，将洗脚与人的尊严、人的高低贵贱联系起来。转笔写洗脚行业的兴起，描摹当下洗脚众生相，“大腕签单既得趣，小姐收入颇不俗”。诗人自述，此番洗脚为一大腕学生所请，平生第一次进入。可以推见，诗人自然是充满了新鲜好奇的那一类人。“大腕签单”，寥寥几个字，暴发户的形象跃然纸上。“小姐收入颇不俗”，将洗脚女的心满意足描摹出来，而“别有蜀清驻玉趾，转教少年为趋侍”，状如“孝子”，更是写出了当下某些世态。诗人感叹“君不闻钱之言泉贵流通，洗与被洗视分工”。“洗脚”已没有了郦生时代的那种严肃，对被洗者还带有某种夸耀性消费，还带有某种心理作祟，而对洗者，则已是与端茶倒水，扫地擦桌没有两样的挣钱方式。诗人完全没有愤世嫉俗者的偏执，那其中客观展现，冷静的笔调，既不褒扬，也不刻意贬斥。恰好是用诗歌记录了我们的时代，我们的生活。最奇绝的是“生来万一作河东，安知我不为卿洗？”二句。俗语曰：三十年河东，四十年河西。古人则把悍妇称为河东狮子。一语双关。这种四川人的幽默性，更将诗意推进一层，有禅机理趣，令人回味无穷。

王蒙在演讲和文章中多次提到这首诗，在他的自传《九命七羊》中写道：“我喜欢各种绝妙好词，例如由于参加安徽师范大学中华诗学中心的活动结识了四川大学的周啸天教授，他的诗令人拍案捧腹……谁也没有想到足底按摩也能入诗，而且写得如此古雅亲和。顺便说一下，我个人极少做这种按摩。我也不在乎这篇诗作的‘政治正确’与否，如果新左派认为应该造捏脚丫子的人的反，那也与我喜欢这首诗的绝门没有太多关系。”[①]王蒙所谓的

---

① 《诗论二题》，周啸天（撰），《四川诗词》2010年第二期。

"绝门"指什么呢，无非是诗的新题材和新境界吧。康有为诗云："意境几于无李杜，目中何处著元明"，也就是这个意思。

三

王蒙概括《欣托居歌诗》的特点为："第一他写得古色古香，幽凝典雅，第二他写得新奇时尚，与时俱进；第三他写得活泼生动，快乐阳光；第四他写得与众不同，自立门户；第五他写得衔接传统，天衣无缝。"[①]一方面要"书写当下"，一方面要"衔接传统"，这正好是周啸天的诗歌主张。

什么是衔接传统呢？简单说，就是遵守传统诗词的游戏规则。传统诗词的规则不外乎两条，一条是审体，一条是合律。审体，意味着不同体裁（五言和七言，古诗、律诗和绝句）有不同的要求，创作必须遵循其间的规律。合律，主要是骈偶和调声的讲求，此外还有用韵。

新文化运动中，中国文学破旧立新，开辟了白话文的新空间，传统文学被极度边缘化，旧体诗词首当其冲。胡适的《两只蝴蝶》艺术虽然平平，但因其破除了旧诗的体制音律而成为一首标志性作品。流沙河认为新诗迅速普及的原因之一在于抛掉旧体诗词的格律，获得形式的自由。[②]当时大势之所趋，以致柳亚子这样终身从事诗词创作的名家，在《旧诗革命宣言》中也匆促地作出了"旧诗必亡""平仄的消失，极迟是五十年以内的事"之类激进的判断。然而，这样的判断已被时间证伪。

对格律的追求是汉语诗歌的特点之一。其实，不仅仅是中国的传统诗词，就是西方诗歌，就是新诗，也有自身的韵律与节奏。不过在中国传统诗歌中，这一点表现得特别突出。自从南朝发现汉字四声以来，汉语诗歌就在调声方面达到了很高的造诣。"古诗的平仄韵脚将汉语的顿挫回环之美发挥到了极致。诗词声情之美，既可悦听动情，又能强化记忆。相似内容，有无

---

① 《王蒙自传（第三部）·九命七羊》，王蒙（著），花城出版社，2008年，第146页。
② 《读来甚觉畅快》，王蒙（撰），《文汇报》2005年5月12日版。

韵律往往差异很大。”[1]有无韵律性、有无节奏感已成为广大诗歌受众判断诗与非诗的基本要素。

传统诗词千年而下而依然生命力旺盛，格律是一个很重要的因素。现代人应如何把握诗词格律，周啸天认为，重要的不是硬记各种格式，而是把握格律的精神。他在书中讲到近体平仄格式推导时说：“五律在近体诗中为体最尊，它的格律也是律诗的基础。清人说，学诗须从五律起，充之可为七律，截之可为五绝，充而截之为七绝。这不仅是一种经验之谈，也是记忆近体诗诸多格律提纲挈领的、最简易的办法。”[2]这是非常精辟的见解。把握了五律的格式，有了律句的概念，懂得以稳定和谐为特点，不仅可以很好地了解和应用诗的格律，进一步推而广之到词、到曲，它们虽然各有自己格律的特点，但是基本规律却是一致的，这就收到了事半功倍的良好效果。

在当代诗词写作中，如何用韵是一大问题。今人应仍依平水韵，还是依新诗韵？平仄的划分是依平水韵，还是依普通话重新划分？一直存在争议。清人吴乔说：“古人视诗甚高，视韵甚轻，随意转叶而已，以诗乃吾之心声，韵以谐人口吻故也。”[3]周啸天也认为，不必把韵部看得那样神圣。合并调整的事，不是不可以做。问题只在一点，就是入声字还要不要保留？有的学者认为“做旧体诗应废除入声字”[4]，有些诗刊也在积极推动新的诗韵，对此，周啸天是有自己的看法的。

周啸天认为，韵尽可放宽，而“不必大动干戈，把入声字这个根本性的、很敏感的东西拿掉。正如学习文言文，词汇尽可吐故纳新，却不必将文言虚字这个标志性的、很敏感的东西拿掉一样——还是要之乎者也矣焉哉，不要啊吗呢吧的地得。”[5]一句话，入声字仍须保留。其理由不是别的，是由于经典文本汗牛充栋的存在。

---

① 《流沙河近作》，流沙河（著）。安徽教育出版集团，2006年，第2页。

② 《隐约一坡青果讲方言：现代汉诗的另类历史》，田晓菲（撰），《南方文坛》2009年6期。

③ 《当代传统诗词创作的机遇与问题》，金涛（撰），《中国艺术报》，2009年11月24日版。

④ 《旧体诗的改革与发展》，杨开显（撰），《读书》，2002年第7期，第39页。

⑤ 《围炉诗话》卷一，〔清〕吴乔（著），团结出版社。

当代诗词写作，是建筑在谙熟、继承传统诗词的基础上的。而对经典文本越是熟悉，对入声字的认知，越是深入血脉，成为意念，即使读不出，也认得到。如把入声字取消了，有一种感觉就会随之消失。如果把入声字作平声字用了，不用留神看，那些字自会蹦出来，让人感觉不爽。何况入声字还存在于吴语、粤语、闽语、湘语、客家话等方言中。没有这个“然而”和有这个“然而”是不同的。没有这个“然而”，事情或许好办得多。有了这个“然而”，你就没法说入声字已死。

周啸天主张在放宽诗韵的同时，保留入声字。而不赞成“你搞你的、我搞我的”——即所谓“双轨制”。因此，“衔接传统”既不是死守传统，也不是抛开传统另搞一套。

四

作品是否成功，取决于能否征服读者。白居易《与元九书》中慨叹说：“今仆之诗，人所爱者，悉不过杂律诗与《长恨歌》以下耳。……至于讽喻者、意激而言质，闲适者、思淡而词迂，以质合迂，宜人之不爱也。”除了题材的因素，就是缺少阅读快感，“思淡而词迂”有什么阅读快感呢，故“宜人之不爱”。周啸天认为，当代文艺的受众是分众化的，诗词写作追求阅读快感，较之古代诗词尤为紧要。

阅读快感的基础是可读性。周啸天在为一位新诗人所作的序中说：“我以为在影视艺术已成为最富于群众性的文艺部类的时代，诗歌要产生昔日那样的能使洛阳纸贵的轰动效应，甚至要取得昔日那样的社会效益，本来就不容易，写诗已成为一种艰难的事业。然而，新诗又确乎比任何时代更大量地被炮制着，据说是“大潮滚滚而来”，却写得更加晦涩难懂，似乎发誓要将已经减少好的诗歌读者吓退一半。”[①]这话虽然是针对新诗说的，也适合于当代诗词创作。

---

① 《写诗就是写语言》，周啸天（撰），《中华诗词》，2010年第8期。

在今天，人们的阅读环境已发生了巨大变化，各种媒体的纷纷竞争。国人的阅读时间不断下降。影视、网络游戏等的冲击，生活方式的多元化，文学作品的阅读已大大减少，很多诗歌杂志面临生存危机。这使得当代诗歌，无论是新诗还是诗词，都不得不关注读者的阅读兴趣，不得不关注读者的阅读快感。

周啸天非常强调诗歌的语言美。他认为“写诗就是写语言”，又说“诗词语汇之贫富，及表达之流畅与否，决定了诗歌的可读性和耐读性。”[①]他认为应该重新审视和梳理诗词语言的审美，扬弃一些陈腐的情趣，代之以新的审美因子。他特别主张诗词向新诗学习，因为“它是活泼的、开放的、日新月异的。在语汇上，白话比文言更丰富；在表达上，白话比文言更具张力”[②]。应该放弃旧体诗中一些陈腐的词语。如“貂裘”这样的词语，既不是寻常百姓能够消费，也不见谅于当今环境保护主义者。又如旧体诗中常见的“唾壶”，这东西现在已不见了，这样的词语难以吸引现在的读者。他的诗词中就吸纳了不少新语汇，如“失语时分存至辩，无声国度走雷音。”王蒙评道：“失语至辩，无声雷音，意韵悠长，感人至深，更有佛家妙谛。没有相当的中华文化素养是写不出来的。而‘失语’云云，又是现代西词中译，为时髦词，这类不拘一格首次用于传统诗词中的词语还多有，如‘臭美’、‘大款’、‘签单’、‘双规’……确实是融古今于一炉。”[③]

更新意象也是取得阅读快感的不二法门。周啸天举王维《相思》的“红豆”和新诗人杨牧的“绿色的星”为例，说找到一个成功的意象，一个绝妙的象征物，诗就成功了大半。他还称道网络词人李子的“种子推翻泥土”，“春色若红唇”，“果实互相寻觅，石头放弃交谈”，“隐约一坡青果讲方言”等等，认为它们不再仅仅是日常生活的体验，而具有了超验的特征。

---

① 《当代诗词写作中的入声字存废问题》，周啸天（撰），《合肥师范学院学报》，2009年第四期，第30页。

② 《目尽青天怀今古》（为方牧诗序），周啸天（撰），《远去的帆影》，中国青年出版社，2007年。

③ 《读来甚觉畅快》，王蒙（撰），《文汇报》2005年5月12日版。

因其陌生，转觉漂亮，虽然是苗头，未尝不是方向。

取得阅读快感要从首句开始，周啸天说：“我自己写诗，对起句较用心，好比第一颗纽扣必须扣对。或开门见山，或先声夺人，或作大的笼罩，总要先占地步，为全诗提神，写广元行是‘飞车过蜀北’、写海啸是‘版板小碰撞，能量大放释’、写地震是‘一山回龙沟中起’、写赌城是‘人生何处不博弈’、写悼哥哥是‘世间废物多不死’等等。”先声夺人并不是周啸天的发明，而是从前人那里学来的——如“风劲角弓鸣”（王维）、“带甲满天地”（杜甫）、“送客飞鸟外”（岑参）、“黑云压城城欲摧”（李贺）、“海外徒闻更九州”（李商隐），突兀而来，直疑高山坠石，令人惊绝。如“大江流日夜”（谢朓）、“高树多悲风”（曹植）、“明月出天山”（李白）、“蜀僧抱绿绮，西下峨眉峰”（同上）等，居高临下，势如破竹。前人谓有“入门下马气如虹”之概、“黄河落天走东海”之势。鲁迅七绝，几乎首首先声夺人，如“风生白下千林暗”“岂有豪情似旧时”“无情未必真豪杰”“文章如土欲何之”等等，周啸天认为这些作品最为可法。

周啸天擅长七言歌行，他的绝唱多出此体，在当代诗词作者中，罕有与之颉颃者。他提出了设置“兴奋点”的写作理论，说：“精气神又（须）凝聚在几个点（关捩点、亮点、兴奋点）上。对关键词与关捩点——是三个、是五个，还是心中有数的。其先后的排序，则主要依据感情跌宕和平仄转韵而定。既要行云流水，又要‘郴江幸自绕郴山’，须到点到位”。[①]因此，他的歌行纡徐紧凑，擒纵自如，引人入胜，绝无散缓之感。而不断出现的“兴奋点”，正是阅读快感产生的原因。陈延杰曾经说过，七言歌行是唐人的拿手好戏。而周啸天的造诣，与对唐诗的钻研，对李白、岑参等人歌行的探究，达到神而明之的境地，是密不可分的。这也是另一重意义的“衔接传统”吧。

（原载《绵阳师范学院学报》，2011年第6期）

---

① 《隐约一坡青果讲方言：现代汉诗的另类历史》，田晓菲（撰），《南方文坛》2009年6期。

胸次宽者平台大，取材广者命意新

——论周啸天之诗词理论与实践

◉ 张　帆

新中国成立后很长一段时间，传统诗词创作呈边缘化生存状态。自二十世纪八十年代改革开放以后，国人开始重新审视传统文化，传统诗词创作有复苏之势。据2001年中华诗词学会的统计，全国城乡自发成立的诗词学会、诗社超过了五万，这个数字相当于《全唐诗》存诗的总数。目前全国共有公开或内部发行的诗词报刊六百多种，每年刊出诗词新作几十万首。互联网上也有大量的诗词网站和“社区”，参与人数和发表作品之多，难于统计。在文化消费日益分众的形势下，这一群体也不能算小众。诗词创作人群涉及社会的各个阶层，尤其是互联网兴起后，在网络上写诗的人群更多，有公司白领、警察、飞行员、农民，还有下岗工人等等。特别值得一提的是，在当代诗词作者中，有一些致力于传统诗词研究的学者，他们对传统诗词浸淫较深，有开阔的眼界和自觉的创作意识，因此造诣尤深，四川周啸天和广东陈永正、南京钟振振、新疆星汉等人，便是其中的佼佼者。

周啸天别署欣托居，现为四川大学教授、四川诗词学会副会长。生于书香之家的他自幼酷爱古典诗词，后来读研究生、做大学教授，专门从事古典诗词的教学与研究。二十世纪八十年代初，上海辞书出版编辑以《唐诗鉴赏辞典》打头的古典诗词鉴赏辞书系列，周啸天是最重要的撰稿人之一，由此一举成名。教学与研究之余，他不仅写诗填词，而且提出了鲜明的诗词创作主张和鉴衡诗词的标准。明确宣称自己的创作主张是“一曰书写当下，二曰衔接传统，三曰诗风独到。”[①]又说：“书写当下，非指狭隘地美刺见事，而是须有当代的思想意识。……胸次宽者平台大，取材广者命意新。”并反复强调：“写个人经历，从自己跳出来；写社会题材，把自己放进去。”[②]

2005年周啸天《欣托居歌诗》由四川文艺出版社出版，引起了广泛的关注。著名作家王蒙读后大为雀跃，称之奇书，在《文汇报》发表评论，概括为五点：“第一他写得古色古香，幽凝典雅，第二他写得新奇时尚，与时俱进；第三他写得活泼生动，快乐阳光；第四他写得与众不同，自立门户；第五他写得衔接传统，天衣无缝。”[③]王蒙精彩的评价正说明周啸天的诗词创作，充分实践了他的创作理念。

周啸天的“与众不同”归根结底，不出于“胸次宽者平台大，取材广者命意新”二语。遍观其诗词，会发现在他的歌唱中，没有颓靡绝望之感怀，没有歌舞升平之吟唱，也没有看不惯之谩骂。而这三点，在当代诗词写作中是大量存在的。那么，周啸天诗词又有何“与众不同”？最突出的甚至可以说弥漫其中的，是一种悲悯情怀。周啸天在《诗心与佛心》一文中说：“诗心所以深契佛心，还有一个关键词，曰‘慈悲’。‘慈悲’本为佛语：愿给众生安乐曰‘慈’，愿拔众生痛苦曰‘悲’。也就是普世关怀中的博爱与仁慈，所谓‘诗者，持也，持人情性’也[④]，真的诗人，无不具有悲悯之心。”[⑤]而其所谓“胸次宽”，就与这种悲悯情怀密切相关。

诗人的悲悯情怀集中表现在三种题材的作品中：一是生命悲剧，二是自然灾害，三是人生百态。所谓生命悲剧，乃是生命现象的绚丽和个体生命的脆弱所构成的一种强烈反差。曾任四川大学新闻系系主任的周啸天对这一现

---

① 《不会吟诗也会吟——诗词创作十日谈》，周啸天（著），四川文艺出版社，2005年，第20页。

② 《能令孔雀生光辉——滕伟明诗词选·序》，周啸天（撰），《巴蜀史志》，2010年第1期，第47页。

③ 《读来甚觉畅快——谈周啸天的传统体诗词》，王蒙（撰），《文汇报》，2006年5月12日版。

④ 《文心雕龙译注·明诗》，陆侃如等（编注），齐鲁书社，1981年，第58页。

⑤ 《诗心与佛心》，周啸天（撰），《中国韵文学刊》，2010年第4期，第101页。

象和当前的"时""事"都有一份特殊的职业敏感，并热切地表现在其创作中。诸如伊拉克前总统萨达姆问绞、韩国前总统卢武铉投崖自尽、港台歌星张国荣及一位普通女性陈永龄的轻生不治，这些在别人未必是诗材的黑色新闻，都引发过他不可遏止的歌吟。虽然具体感怀各不相同，而一以贯之的是诗人对绚丽的生命现象的敬畏、对脆弱的个体生命的悲悯。

自然灾难是周啸天所锥心的题材，因为"没有什么比灾难更能在瞬间暴露出人性中深藏不露的东西"。[①] 2004年岁末，印度尼西亚苏门答腊岛附近海域发生里氏8.9级地震并引发海啸。东南亚、南亚八国死亡人数累计约20万人。一个目击者描述说："最初看到情景，就像无边的大海站了起来，走向你的大门口。"海啸第一波到来时，将无数的鱼儿抛上海岸，海滩上的人竟欢呼起来。欢呼未已，第二波就将所有的人都吞没了。读了这样的新闻，如果不为这场海啸写诗，周啸天的心情似乎不得宁静，于是作《海啸歌》曰：

> 版块小碰撞，能量大放释；地心且惊悸，海洋作人立。海洋直立势排空，涤荡八国洪涛风；近海生民二十万，一弹指顷万事空！阳光海浪沙滩客，未知天谴在顷刻；一波多鱼维其嘉，二波从空走何及？向来沙上拾鱼人，全向海心为鱼鳖。豫突咆哮入室中，身手虽健难为功；器具毂转俱搏人，洪舌乱舐西忽东。未兆易谋禽兽知，兽皆远走鸟高飞；唯我物灵非先觉，身缧始疑网恢恢。人当澒洞太渺小，回天乏术惟祈祷；此际何物更轻生？浮物皆作救命草。真成无谓触蛮争，海啸一来便倾城；……（《海啸歌》）

在突如其来的灾难面前，禽兽的直觉与避险的果断远逾人类。此诗的冲击力，正来自作者对生命无尽惋惜的同时，更有对人性贪婪与无知的感

① 《不会吟诗也会吟——诗词创作十日谈》，周啸天（著），四川文艺出版社，2005年，第250页。

喟。2008年、2010年相继发生汶川特大地震和玉树地震，诗人都以传统诗词的形式在第一时间寄情抒怀。汶川大地震发生后，他为万千生灵泣血而歌：

……十万烝民同日死！合两峰兮起悬湖，山河改观一弹指。几家出差免于灾？几家上班去不回？几家钟生出地府？几家刘阮失天台？……山川满目泪沾衣，手足伤残生别离。瓦砾堆下有现金，尸骸丛中无名氏。……（《八级地震歌》）

既有为瞬间失去生命的同胞的哀悼，又有对中华民族空前凝聚力的歌咏：

……震波顷刻九天送，握发总理身已动。百姓万难系一身，心长情急措语重：休裹足兮勿束手，我今安危与尔共。……遥望齐州九点烟，万国俱作刮目看。一线生机百倍力，八方捐资到四川。涉险犯难先士卒，轻身贵庶有上官。哀从南海举三日，旗为平人下半竿。……三地连体无小我，两岸同根有大爱。芜城更建进新图，广厦如山应可待。公喜复课语依依：多难兴邦儿无怠（《八级地震歌》）

还有对生态意识的理性关注，赞赏危难中人们对动物的拯救："卧龙熊猫亦国宝，于时奔散何草草。专家护之不顾身，此刻尚见人情好。"也有对动物被虐杀的质疑："于时禽兽俱求活，衣冠或恐疫情发。义犬拯人免于死，哀哉厥类竟扑杀！"（《八级地震歌》）不仅此诗如此，在《欣托居歌诗》中，我们常常看到诗人对动物和动物福利的关怀，《天谴》有这样的诗句："直立戴发曰人子，半为魔鬼半天使；衣冠轻肆诋禽兽，禽兽何及人无耻！"诗人对其同类在地球上的胡作非为，感到深深的羞愧，对弱势生命充满同情和敬畏。这种普世的悲悯因其他很多诗人不曾涉及，而尤为可贵。

在《欣托居歌诗》自叙中，周啸天明确提到他的写作宗旨，是“拈管城之旧锥，作浮世之新绘”。[1]所谓“作浮世之新绘”，也就是写人生百态。这一类作品，最为典范的，是王蒙谓之绝唱的《洗脚歌》和《人妖歌》。2003年，诗人随团赴海南旅游，在多数人对人妖表演不屑一顾的情况下观看了人妖表演，从而受到震撼，写下了《人妖歌》：

……回眸启齿略放电，伴舞女郎失颜色；一身宛转二重唱，男声浑厚女声泣；美发一挥何飘柔，踏摇四体皆魅力。人妖本出里巷中，父母养儿为济穷；勾栏一入深如海，绝世无由作顽童。心性先从教化改，形体渐受荷尔蒙。吞声学艺近残酷，不比寻常事委曲；注射自戕违养生，服食尤惜年光促。……观光客自天外来，一方经济为翻倍。舍身奉献非凡庸，我诚敬畏讵宽容；……海外归为知者道，莫使逢人作奇谈。

在这首被王蒙称之为“仁者之诗”的诗中，作者以细腻的笔触揭示了人妖这一生命现象的畸形存在，悲悯人性及人体的异化和扭曲，又不讳言人妖表演的特殊“魅力”。济穷养家、身世戮辱的人妖无暇自哀，向人间展示着纸醉金迷的一面；而芸芸看客中，又有几人知道他们背后的辛酸，有几人能为之道出“绝世无由作顽童”“形体渐受荷尔蒙”的内心悲哀？这是衔接传统的化工之笔，更是当代的“浮世新绘”。充分表现了诗家直面现实的天职和善待众生的良知。再如《洗脚歌》：

昔时高祖在高阳，乱骂竖儒倨胡床；劳工近世闹翻身，天下久无洗脚房。开放之年毛公逝，香风一夕吹十里；银盆滑如涧底石，兰汤浑似沧浪水。健身中心即金屋，中有玉女濯吾足；大腕签单既得趣，小姐收入颇不俗。别有蜀清驻玉趾，转教少年为趋侍；游刃削足技艺高，捏拿

① 《欣托居歌诗》，周啸天（著），四川文艺出版社，2005年，第1页。

恭谨如孝子。君不闻、钱之言泉贵流通，洗与为洗视分工；沧桑更换若走马，三十河西复河东。尔今俯首休气馁，侬今跷脚聊臭美；来生万一作河东，安知我不为卿洗？

这首诗的小序说：“洗脚房之崛起于服务行业，乃九十年代事。世人于吃喝之外兼请洗脚，竟成时尚。”诗人忆及《史记·郦生列传》的刘邦倨见郦食其的事，从而浮想联翩。全诗滑稽突梯，毕现人情世象，实可谓：莫道诙谐为戏墨，行间字里走风云。“沧桑更换若走马”以下数语，更有一种令人感喟的普世关怀。有的人不大理解这首诗。王蒙评点说：“谁也没有想到足底按摩也能入诗，而且写得如此古雅亲和。……我也不在乎这篇诗作的‘政治正确’与否，如果新左派认为应该造捏脚丫子的人的反，那也与我喜欢这首诗的绝门没有太多关系。”[①]那么这首诗的“绝门”何在？著名诗人杨牧解读道：“人生无常，宠辱不定，世事无恒，谈何贵贱！……‘座中泣下谁最多，江州司马青衫湿’，是同情，是垂怜，是居高临下；而川大教授周啸天，则是与洗脚工平起平坐，甚至想到了说不定哪天我也会趴下为你洗脚！这是超越，哲思的超越，艺术的超越，更是一种境界的超越。”[②]所以王蒙说：“大俗若雅，大雅若俗，腐朽神奇，全在一心之证。”[③]

在《欣托居歌诗》中，与悲悯情怀互为表里的是它的包容性。面对世界日新月异的变化，周啸天情感基调是温润和善，他更多的是静观其变、乐观其成，对鲜活的事物有浓厚的兴趣。用中国古人的话来说，这叫“多可而少怪”。诚如杨牧先生在致周啸天信中所说：“兄诗改变了古体诗已过时的印象，多见思想锋芒，我尤其喜爱那些妙趣横生，韵味十足，书写鲜活事体的篇什，如《超级女声决赛长沙》《澳门观舞》《Y先生歌》《代悲白头翁》

① 《王蒙自传之三·九命七羊》，王蒙（著），花城出版社，2008年，第146页。

② 《唐朝以后又见诗》，杨牧（撰），《文艺报》，2006年8月29日版。

③ 《读书阅人》，王蒙（著），安徽教育出版社，2010年，第267页。

《隐私歌》《人妖歌》《洗脚歌》等等。”[①]

周啸天诗的包容性，不仅表现在“取材广”，而且表现在“命意新”。何谓“命意新”？在周啸天诗中，就是包容的态度。大概是经历了“文化革命”，看够了太多对异己者的斗争和否定，周啸天对鲜活的、新生的事物，对时尚、娱乐、新新人类、流行文化，宁愿更多地去探索其存在的合理性，而不肯轻易否定，因而使其诗别具思想锋芒。前几年炒作的“超女”现象，一般人看到的是世风日下的地方，周啸天看到的是“另类推陈易出新，歌坛况复见清纯”，而对“央视蛋中欲觅刺”不以为然。王蒙对这种态度非常赞赏，说：“相对市俗化的生活能不能入诗，这里当有争议，因为有一种思潮视世俗为寇雠。周教授的写法为一种角度，是乐观其成的阳光态度。如果有人以批判的眼光写之，如写得好，亦应为佳作。”[②]

周啸天写过一首从古乐府《将进酒》夺换而来的新题乐府《将进茶》：“……茶亦醉人不乱性，体己同上九天楼。……紫砂壶内天地宽，绿玉斗非君家有。（绿玉斗典出自《红楼梦》，为妙玉给宝玉用的茶具）佳境恰如初吻余，清香定在二开后。遥想坡仙漫思茶，渴来得句趣味佳。……我生自是草木人，古称开门七件事。诸公休恃无尽藏，珍重青山共绿水。”王蒙评点说：“周先生的《将进茶》亦属绝唱……这里有一种平常心，写平常事，而平常人平常诗中出现了趣味，出现了善良，出现了生机，出现了至乐至工至和，在充满戾气的现代世界上，这实在是难得的和谐之音。”[③]这就是对“胸次宽者平台大”的最好注脚。

在当代，诗词作者与新诗的排斥，和新诗人对诗词的排斥，是司空见惯的现象。而写作旧体诗词的周啸天，却对新诗持敬畏态度，因为他曾大量地阅读过新诗，领略到新诗的妙处，这也源于他的包容。他说：“有不好的新诗，却不是新诗的不好。不可以从门缝里瞧扁新诗。多读新诗，多读译

---

① 《不会吟诗也会吟——诗词创作十日谈》，周啸天（著），四川文艺出版社，2005年，第247页。

② 《读书阅人》，王蒙（著），安徽教育出版社，2010年，第268页。

③ 《读书阅人》，王蒙（著），安徽教育出版社，2010年，第273页。

诗，拓展眼界，触类旁通，广泛吸取其陌生化的手法，实有百利而无一弊。有些创调就是这样来的。”[①]他非常赞赏网络诗人李子，对李子诸如“春色若红唇”，“种子推翻泥土，溪流洗亮星辰”，“太阳是、某种遗传。果实互相寻觅，石头放弃交谈”等古无今有的写法，说：“如果不是有爱于新诗，何来这等语言，这等妙思。这样的句子放在新诗中，能见惯不惊。放在这首词中，因为陌生，转觉漂亮。这是一种颠覆，也是一种创新。虽然只是苗头，未尝不预示方向。”[②]

悲悯与包容的相互作用，导致了周啸天诗的一个特质，即王蒙指出的“快乐阳光”。这种特质的形成，与诗人的人生观、诗学观密切相关。他从本质上讲是一个乐观主义者，一方面拒绝歌舞升平，一方面拒绝负面情绪，其人生观与诗学观似乎远承中世纪的陶渊明。周啸天别号“欣托”，即出自陶渊明《读山海经》：“众鸟欣有托，吾亦爱吾庐。”其含义是对物质生活的期望值不高，而渴望一个自由的精神家园。周啸天对诗歌本质的认识，包含在以下一段话中：“诗不能当饭吃，不能解决就业问题，也不能指望用诗来改造社会。……除了少数时期，新乐府不是评价很高的诗。诗的用处不在那些地方。诗如江上之清风、山间之明月，填不饱肚子，却能陶冶人的情操，使之成为诗性的人。”[③]

基于这种认识，周啸天常以审美的眼光，去看待周围的一切事物。即使美刺，他也不取“那种严肃、激烈的方式，他融美刺于幽默趣味之中，仿佛有点‘避重就轻’，却多了一种把玩、鉴赏的意味，让读者于轻松谐趣之际赞同他的观点，获得美感享受。作者写邓小平的六首竹枝词，不写邓小平的丰功伟绩，而杂取邓小平的轶事俊语，饶有风趣。……写王蒙的妙语连珠：‘……点窜玉谿锦瑟字，凿空乱吐葡萄皮’（《听王蒙讲座感赋》）。写流沙河的通达超脱：‘造化小儿诗弄人，划作右派狗不理’，‘不喜大人常

---

① 《唐朝以后又见诗》，杨牧（撰），《文艺报》，2006年8月29日版。
② 《读书阅人》，王蒙（著），安徽教育出版社，2010年，第267页。
③ 《诗词短论》，周啸天（撰），《岷峨诗稿》，2010年总第98期，第90页。

闭关，偶娱小我颇为文’（《Y先生歌》）”。“因了这样的特点，便称周啸天‘以趣味为诗’、‘以鉴赏为诗’也不为过。”①

周啸天对那些有争议的事物，具有很高的兴趣。因为事物被人争议，是由于该事物的复杂、矛盾或极端或与环境相冲突，往往最富意味。而对有争议的事物的鉴赏表态，也最能体现一个人胸襟、学识和审美个性。如《人妖歌》一方面写变性对人体的伤害，另一方面又指出它也开放出了一朵别样绚丽的花；《葡京赌城》既以豁达的心态肯定了“一国两制”条件下澳门博彩业的正面意义，又严厉讽刺了大陆客到澳门参赌的不良现象，凡此种种，都表现出诗人胸次的宽广和见解的通达。

诗人周啸天曾正面阐述他的诗学观云：“诗心所以深契佛心，第一关键词曰‘喜悦’，佛语谓之欢喜。”“诗的态度是审美态度，诗的方式是审美方式，所以它注定是超越利害、超越自我，以欣赏态度审视世界，以审美方式把握世界，其结果是使人得到审美愉悦。”“所谓喜悦，从诗歌创作的角度，又称兴会、灵感、兴趣、创造性情绪，这是创作的原动力。”“陶渊明的《挽歌诗》和《自祭文》将诗人面对生死的情怀说得自自在在，……他的人生命题是‘欣慨交心’。弘一法师写作‘悲欣交集’。我看‘悲欣’也好、‘欣慨’也好，‘欣’都是主导的方面。”②这些夫子自道，指出了周诗“快乐阳光”在认识上的根源。他的诗不仅在“写什么”上“与众不同，自立门户”，而在“怎么写”上也有独到之处。

首先是诗歌语言，周啸天有一番妙论：“不少人动辄侈谈意境，却很少注意到语言。……不有语言，成何意境！”“诗词写作的过程，说穿了就是一个作者同自己商略语言的过程，就是玩味推字佳还是敲字佳的过程。”“文学语言可以是口语化的，但决不是口语。……自作语常常表现为对口语美的一种发现——‘说盟说誓，说情说意，动便春愁满纸。多应念得脱空经，是

① 《以古为新雅而能谐》，张应中（撰），《安徽师范大学学报》，2006年第2期，第154页。
② 《诗心与佛心》，周啸天（撰），《中国韵文学刊》，2010年第4期，第99页。

那个先生教底？’（蜀妓）‘难道天公，还钳恨口，不许长吁一两声？’（郑板桥）为什么这些诗语至今仍有语言感应力呢，不正是因其‘多非补假，皆由直寻’么！”“来处语即来自书本的、有出处之语，广义地讲也就是成语，这类语汇是作者博览群书，含英咀华，从典籍汲取或熔裁而来的，是读书受用的结果。运用得当，可使人于字面之外，产生更多的联想，故胜语更多。”[①]周啸天有一种言语上的潇洒气派，能在文言和口语，雅语和俗语，丽语和清词等境界中来去自如。一方面在总的风格上倾向于文言的雅致，另一方面则不避口语、俗语、时髦语，因为解用，故成妙谛。如写春节晚会的《聋哑人舞千手观音》。诗曰：“天人千手妙回春，族类同痴泪不禁。失语时分存至辩，无声国度走雷音。”王蒙评道：“失语、至辩，无声、雷音，意韵悠长，感人至深，更有佛家妙谛。没有相当的中华文化素养是写不出来的。而‘失语’云云，又是现代西词中译，为时髦词，这类不拘一格首次用于传统诗词中的词语还多有，如‘臭美’‘大款’‘签单’‘双规’……确实是熔古今于一炉。”[②]

其次是诗体与结构。七言歌行原是唐人的拿手好戏，而在当代诗词创作中，擅长此体的作者不多。周啸天是深得此体神髓者之一，他说：“歌行为体恣肆，易流于冗长散缓，令读者丧失耐性。惟冗句之务去，力求应无尽无。闲中生色之笔（这可不是冗句）亦不可少。一张一弛，形成节奏。要铺叙，要开合，要风度，要波澜起伏，姿态横生，方称得体。李白、苏轼、岑参之歌行，天姿高妙，笔力雄健，音节铿锵，最为可法。”[③]至于结构，周啸天认为结构的本质是内在韵律，他谈自己的创作经验道：“我自己写诗，对起句较用心，好比第一颗纽扣必须扣对。或开门见山，或先声夺人，或作大的笼罩，总要先占地步，为全诗提神……中幅以下……发散思维，随兴之所至，然而，精气神又凝聚在几个点（关捩点、亮点、兴奋点）上。对关键词

① 《写诗就是写语言》，周啸天（撰），《中华诗词》2010年第8期，第1页。
② 《王蒙自传之三·九命七羊》，王蒙（著），花城出版社，2008年，第146页。
③ 《不会吟诗也会吟——诗词创作十日谈》，周啸天（著），四川文艺出版社，2005年，第222页。

与关捩点——是三个、是五个，还是心中有数的。其先后的排序，则主要依据感情跌宕和平仄转韵而定。既要行云流水，又……须到点到位，不能像挠痒挠不到痒处，那是会很不爽很不带劲很难受的。”[①]对照《洗脚歌》《人妖歌》《悼哥哥》《葡京赌城》《八级地震歌》等作品，玩味这段创作感言，就不难明白，为什么在别人笔下容易流于散缓的七言古诗，到周啸天笔下，却是纵横捭阖、张弛有度，就像沈德潜形容那样——“想落天外，局自变生。大江无风，波浪自涌。白云从空，随风变灭”了。[②]周啸天确实为七言歌行这一古老的诗体，开出了新生面。

（本文为西华大学校级重点学科建设成果，立项编号：XZDO905-9-0）

① 《不会吟诗也会吟——诗词创作十日谈》，周啸天（著），四川文艺出版社，2005年，第223页。
② 《唐诗别裁集》，〔清〕沈德潜（编注），岳麓书社，1998年，第129页。

承古人之规矩　开自己之生面

◉ 范诗银

周啸天教授曾任中华诗词学会的副会长、顾问。他以饱满的热情，参加学会领导事务，做了许多有意义的工作。比如积极参加常务理事会，学术研讨会，各类笔会，诗词培训班等，为中华诗词杂志撰写理论文章，创作诗词，宣传诗教，建言献策，授课解惑，贡献智慧。他和省诗词协会的领导们，重视诗词创作，开展了丰富多彩的采风、大赛等活动，通过协会刊物等渠道，推出了不少好诗词、好诗人。重视诗教工作，继广元市创建为中华诗词之市以后，又推动渠县等一些县市展开了诗词之乡的创建工作，目前形势发展很好。这几年来，由于周啸天教授和省诗词协会领导们的组织协调，中华诗词学会和四川省诗词协会，工作上越来越协调，关系上越来越密切。中华诗词学会在自身建设和工作开展等方面，得到了四川省诗词协会的有力支持和帮助。利用这个机会，请允许我道一声谢谢！谢谢周啸天教授，谢谢省诗词协会的领导们，谢谢四川的诗友们！

周啸天教授当然是最著名的诗人，事实就摆在那儿，《邓稼先歌》获得了华夏诗词奖一等奖的第一名；他的《将进茶》获得了鲁迅文学奖的诗歌奖，且是设奖以来唯一的传统诗词获奖者。到目前为止，集这两奖于一身者，唯周啸天教授一人。周啸天教授当然是著名的诗词学者，我只说一件事。36年前，上海辞书出版社出版了《唐诗鉴赏辞典》，收录196位唐朝诗人的1105首诗。出版社邀请126名学者撰写鉴赏文章，其中，大名鼎鼎的俞平伯先生83岁，而周啸天教授只有35岁！平均每人可撰写9篇鉴赏文章，而周啸天教授却撰写了116篇。30多年前，我就读过书中周啸天教授的鉴赏文章，只感觉知识真丰富，却不知道他只有35岁。这几天，我又把他评鉴的这116首诗一首一首地翻检着读了一遍，把这116篇文章浏览了一遍。写得真是好啊！我相信，凡是读过这本书尤其是读过周啸天教授鉴赏文章的诗友们，一定会十分感谢周啸天教授的。

（原载《渠县好诗词》，四川人民出版社）

他的诗是“增量”

◉ 钟振振

啸天兄我认识是非常非常早了，可以说我是啸天兄的第一读者，这话怎么讲呢，因为我们是同届的研究生，“文革”后第一届即七八级的研究生，两个学校隔得很近，有很密切的关系，很早就知道啸天的大名了。至于认识啸天先生的风采呢，首先是未见其人先读其文。1986年我在读博士，被上海辞书出版社邀请去作特约编审，在审定的过程中我就发现撰稿人大多是当世名家，许多都是学术界的前辈，都是学术大家，可是看完后，对有些先生我是很佩服，认为是名副其实。但是也有些先生我不那么佩服，至少在文本阅读和鉴赏方面，我觉得还有很大差距，只有啸天兄的文章呢，我看了佩服得五体投地。当时我对汤高才先生说了一段话，这段话几十年后，我把它写到了应啸天兄之请，为他作了一个不像样的序言中。在这篇序言中说的是我36岁时的认知，明年我就70了，这个认知仍然是不变的。承蒙四川人民出版社把我的这段话印在了书腰带上，相信各位领导诗友们可以看到。大意就是讲，有很多人读诗词，文本都没有读懂，不知道古人在说什么，啸天兄读出来了。有些人读懂了这个文本，但是说不出来，不知道它好在哪里，看不出好在哪里，理解文本不行，啸天兄看出来了。也有些人读懂了，也看出好来了，但是自己说不出来，啸天兄说出来了。有些人也说出来了，但说得干巴巴的，你欣赏是诗词，可你自己写出的鉴赏文章，怎么就让人读了读不下去。而啸天兄写得干净利落，不拖泥带水，那个语言表达行于所当行，止于所不可不止，这是苏东坡的话。啸天兄是苏东坡的大同乡，所以深得东坡的写作要诀，如万壑泉涌地，随地形曲折，行于所当行，止于所不可不止。我把我的意见对汤高才先生说了，汤先生说我同意，这个意见也是我想说的。汤先生说他在编《唐诗鉴赏辞典》时，就发现了啸天兄的才学，所以他说你注意到没有，在我编的这个唐诗鉴赏辞典中，啸天先生的文章是最多的。我说这就对了。

所以我参与《唐宋词鉴赏辞典》的审定，当然不是我一个人哪，还有一位老者。大家不晓得，这个老者了不得，上海古籍编辑所原副总编辑，一编室文学编辑部的主任，很可惜，老先生学问非常好，为人作嫁，现在学术界都不知道。其实钱仲联先生、邓广铭先生的力作，责任编辑就是他。他能够给钱仲联先生、邓广铭先生纠正很多错误，提供老先生们没有看到的资料。他退休后，被汤高才先生聘为《唐宋词鉴赏辞典》的总审定。我们在审定的过程中，有一个非常好的作风，就是只认文章不认人。文章如果有错误，不管是名头再大，地位再高的学者，统统枪毙，拿下换人。所以那时我跟啸天兄虽然没有见过面，也不认识，但是有一个隔空合作。那就是说，我们这时审掉、枪毙了的文章，多半就请啸天兄来写，他写出来一定成功。所以今天，几十年以后的学术界发展的事实，充分证明了当初我们识英雄于风尘之中。为此我说，这辈子没有做多少值得骄傲的事，其中很重要的一个值得骄傲的事就是，我是啸天兄的第一读者，比较早地认识到啸天兄的才华。

后来，啸天兄得了鲁迅文学奖，当时有很多反对的声音，包括学术界。因为学术界有很多学者也治诗词之家，治来治去，由于自己不搞创作，搞的是诗词外围学，就没有进入诗词学的审美内核，只能搞些考据。我的看法是，他们是利用古典文学诗词文献作为资料，实际上治的不是诗词之学，诗词之学的核心应该是它的审美价值。所以很多人不懂诗，说是诗词之学，其实做的是它的某个分枝，而不是诗词学的核心部位。所以很多人很困惑，学术界的人也为社会舆论所绑架，所以他们就来问我，周啸天的诗词到底写得怎么样，我说：好！他们讲，你说好我们就放心了。那确实是好。

这个里边，人家所诟病的无非就是啸天兄用了一些通俗的语言嘛，现代的语言嘛。其实我们很多江湖上的诗友，网络上的诗友，有一部分是泥古派。泥古未尝不好，学习古人我也是赞成的。但是学古人，进去了你要能出来。进去了出不来那就糟了。说白了，你要进去了出不来了，你的作品就是存量，存量你也得盘活呀。你如果不能盘活存量，那就是问题了。我说啸天兄的那个诗是增量，在内容上、在风格上、在写作技术上对于前人都有继承、有发展、有突破，所以啸天兄的价值在这里。其实你要说泥古，泥古很容易的呀。如果我们一味泥古的话，那我们的诗就只有《诗经》,《楚辞》都不会有，汉魏乐府，唐诗宋词，一概休提。

我讲一个小故事。《新唐书》署名欧阳修、宋祁，其实欧阳修是领衔，真正的作者主要是宋祁。宋祁何许人也？他与其兄宋庠同年考中进士，礼部本拟定他名列第一，只是章献皇后觉得弟弟不能排在哥哥前面，才将宋庠作为头名状元，而宋祁名往后挪，故一时有“双状元”之说。宋祁是了不得的人，但他有一个最大的毛病是泥古，好用艰深之句。他奉敕撰《新唐书》，专改白话为文言以显其雅。在撰《李靖传》时，嫌“迅雷不及掩耳”不够文雅，就用换字法逐字替换，改成“震雷无暇掩聪”。把一句非常形象非常生动的话，变成一句怎么读怎么别扭的话。连欧阳修都看不下去了，就在他门上大书八个字，宋祁回来一看：什么“札闼洪休”呀，不就是“书门大吉”吗，何必求异如此。原来唐代有民俗，做了噩梦，须在门上题字以攘解，语云：“夜梦不祥，书门大吉。”欧阳修写的八个字是：“宵寐非祯，札闼宏休。”“札”者“书”也，“闼”者“门”也，“洪”者“大”也，“休”者“吉”也。写这个干什么呀？欧阳修说：“震雷无暇掩聪”，你不就是这么干的吗？

这样的事谁不会干呀，是个读书人就能干。但这么干有意思吗？出彩吗？语言始终是与时俱进的。用古代的语言，是好的，但是你不能说现代的语言就不能入诗，现代的语言经过提炼，可以入诗的。问题不在于你用文言还是用口语，而在于你用得好还是用得不好。很多人认为我用古代的语言，我用古典，那我的诗就好，不是这样的。鲁智深的七十二斤的禅杖，你要有能力运用。你是鲁智深，你能够运得像车轮一样，用得举重若轻，那我服你。你要是用得很吃力很笨拙，我不服你。要说学古典读书多，啸天兄读过的书，知道的古典，肯定比咱们诗词界同行中崇尚泥古的人厉害得多。但是啸天兄他肚子里有学问，有典故，不轻易用。要用出来，那就是运斤成风。不像有些人没有读多少书，却爱显摆：我写这个字你不认识吧，我用的这个典故你不知道吧，哎呀，这种作风，我不欣赏。当然啦，你真正读进去了，读化了，用出来很妙，像鲁智深一样运斤成风，我不反对你，我只会欣赏你。但是很遗憾，很多人不是这样的。话说多了，耽误大家，就此打住，谢谢。

（在2018周啸天诗词学术研讨会上的发言）

《啸天说诗》前言

◉ 钟振振

文学研究最基础的工作，是对具体文学作品的阅读。而对于一篇具体文学作品的阅读，实包含着三个要素：一，文本解读。二，艺术分析。三，审美判断。

首先，我们要读懂作者在“说什么”。这就是“文本解读”。文本解读有两种不同的定位：“作者定位”与“读者定位”。所谓“作者定位”，是指读者以作者为本位，不带任何先入为主的有色眼镜，尽可能做到客观、冷静，在作品文字所给定的弹性范围内，披文入情，力求对作品做出有可能最接近作者本意的解读。它关注的焦点，是作者的创作。所谓“读者定位”，是指读者以自我为本位，带有强烈的主观色彩，不关心作者想说的是什么，只关心我从作品中读到了什么。这种定位，理论后盾是西方的“接受美学”与“读者反应批评”，在中国古典传统则是“六经注我”，“作者未必然，读者何必不然”。它关注的焦点，是读者的接受。作为一般读者，普通文学爱好者，爱怎么读就怎么读，这是他的自由，不容他人置喙。但作为学者，专业研究者，当我们在对具体作家具体作品创作的本身进行研究，而非对其作品的大众接受进行研究时，通常都采取“作者定位”。

然而，光读懂作者在“说什么”还不够。还要探讨作者“怎样说”，审视其写作技术，这就是“艺术分析”。然而，光读懂作者在“说什么”，弄明白作者“怎样说”，也还不是我们的终极目的。最终，我们还必须对该作品作出评价：它“说得怎样”？“说”得好还是不好？好到什么程度，不好到什么程度？这就是“审美判断”。文学之区别于其他文字著述的本质属性，在语言艺术之审美。其他文字著述，或求真，或求真且善，至于其语言运用，辞达而已，作者说得清楚，读者看得明白，目的便达到了。而文学作品则不仅求真，求善，更求其美。因此，将文学等同于其他各类文字著述，阅读文学作品仅求其真、其善，而不提升到审美的层次，即无异于对蒙娜丽莎作人体解剖，真正是煞风景了。

总的来说，在古典文学的各类文体中，“诗词”是篇幅最短小，语言最精炼，技术含量最高，从而被人们公认为最难读懂，最难鉴赏的一类文体。一般读者不必说了，一般学者也不必说了，即便是资深的专家，乃至于大师级的学者，对具体诗词作品的文本阅读，误解的现象也时有发生；对某些诗词作品的艺术分析与审美判断，也未必切中肯綮，甚或不免于隔靴搔痒。

笔者这样说，并非信口雌黄，而是以事实为根据的。三十多年前，笔者还在攻读博士学位，承蒙上海辞书出版社信赖，诚邀笔者作为《唐宋词鉴赏辞典》的总审订者之一，与上海古籍出版社原副总编辑陈振鹏先生共同审订了该书的全稿。该书是上海辞书出版社继《唐诗鉴赏辞典》开创体例并获得巨大成功、巨大社会效益之后编辑的第二部鉴赏辞典，约稿规格是很高的。撰稿人当中，不乏当时诗词研究界的著名专家学者乃至大师级的学者。但即便如此，书稿在文本解读、艺术分析与审美判断这三个方面，还是存在着大量的失误。笔者前后花了一年多时间，细细审读，写下了数千条具体的审读、修改意见。这些意见，绝大多数都经陈振鹏先生裁决认可，由他亲自操刀对原稿做了订正；或反馈给作者，请他们自行修改。

在笔者的审读印象中，鉴赏文字质量最高，几乎无懈可击的撰稿人为数并不太多。而在这为数不多的撰稿人当中，笔者印象最深刻的一位便是周啸天先生。当时啸天硕士生毕业不久，尚未成名，笔者与他素昧平生，缘悭一面，亦无通信往来。但每读其文，辄击节叹赏，钦服不已。笔者在与《唐诗鉴赏辞典》《唐宋词鉴赏辞典》的责任编辑汤高才先生闲谈时，对啸天所撰鉴赏文章曾做过大意如下的评价：别人没有读懂的诗词，啸天读懂了；别人虽然读懂了，但没能读出其好处来，而啸天读出来了；别人虽然读懂了，也读出好处来了，但下笔数千言，剌剌不能自休，却说不到位，而啸天的鉴赏文章，既一语破的，文字又简净明快，绝不拖沓，行于所当行，止于所不可不止。高才先生对此评价深为赞同，并说他在《唐诗鉴赏辞典》的组稿过程中就已发现啸天的长才，因此一约再约，以致在此两部鉴赏辞典中，啸天所撰稿件篇数独多。高才先生实在是一个爱才的前辈，真能识英雄于风尘之中，不拘一格用人才啊！

三十年后，笔者与啸天已成为熟识的朋友。啸天应四川人民出版社之约，将其历年精心撰写的古典诗词鉴赏文章汇编出版，而不以笔者为谫陋，来电命序。义不容辞，乃重述当年所见如此，今日所见依然如此的评价，以为喤引。如此精彩的古典诗词鉴赏文集，必将得到广大读者的宝重，其传世是必然的！

2017年5月23日，钟振振撰于南京仙鹤山庄寓所之酉卯斋

书到今生读已迟

◉ 曹　旭

我是一个特别敬佩四川历史上出现的人物的，特别是一些文学家。从汉朝开始，我钦佩司马相如，司马相如是李白从小就认为，是自己逾越不过的一座高山，他小时候就读司马相如的赋，家里大人也觉得他应该像司马相如学习；司马相如以后就是李白，李白以后就是苏东坡，李白天才横溢，是一个阳光大男孩式的诗人，而苏东坡是中国历史上最通达的一个文化人，他的诗词文和哲学，都有文化人的通达和高度。李白到一个地方就会写诗，苏东坡到一个地方也会写诗，有时也有和李白PK的意思。李白写过《望庐山瀑布》，苏东坡写《题西林壁》，李白写过的字句，他都不写。你以为庐山就这么简单吗，就是飞流直下三千丈吗，非也，你们唐人包括李白，都离庐山太近，身在其中，不识庐山真面目。在现当代，我也非常钦佩郭沫若，他的历史研究和文学研究，从甲骨文到新诗《女神》和“屈原”的剧本，本事是很大的。有人质疑他的人品，其实，站在史无前例的瀑布前面，人们多多少少都会失去本真的声音。郭沫若也是四川人的骄傲。延续下来，我就要说啸天。

也许你不同意，但事实是，在这个世界上要了解一个人，和被别人了解是最困难的。我觉得现在很多人并不了解啸天，包括在座的人，可能不完全理解啸天。刚才振振教授讲到《唐诗鉴赏辞典》——那部书我也参与过写作。每个时代都有每个时代引领风骚的东西，现在引领风骚的就是央视的什么百家讲坛，诗词大会。那个时代就是《唐诗鉴赏辞典》，那个时候我们还是学生呢。开始要我写的时候，别人说："哎哟你真了不起，一个大学生就能参与写作。"然而我在这个里面写的条目，远远比啸天的少。那部书的责任编辑叫汤高才，他不畏权威，不看你有多大来头，他对整个唐代文学研究队伍的情况不太了解，但他有自己的思想，只看文章的好坏。结果有好多先生，稿子都有被掷回来。当时那些专家的意见大得不得了。给汤高才定了三大罪状，其中一大罪状就是啸天的鉴赏文章选那么多。但我看啸天兄的文章，觉得非常好，真的很好。后来啸天主持唐诗鉴赏补编，还约我写过稿件。

啸天的语言里有一种特殊的东西，别人学不来的，就像他的脸，别人是不可能和他一模一样的。他写的东西有一种夙构、夙慧的成分在内，具有四川人特有敏感的、大俗大雅的韵致。有些夙慧，是属于一个时代，一个特定的山水和文化养出来的人，不是靠后天发奋努力就可以得到的。正如袁枚所说："书到今生读已迟。"袁枚用的是黄山谷的典故。

今天我在啸天诗馆看到，啸天兄有家学渊源。啸天兄有些书，是上辈子读下来的。我这辈子还读不过来。啸天的语言，是特殊的语言，是特殊的人才有的。也就是严羽《沧浪诗话》里所说："诗有别才，非关书也"，"诗有别趣，非关理也。"你书读得再多也没用，诗还是写不好。

我读啸天的《将进茶》，总体感觉是："哎呀，这真是唐诗。"如果我不认识作者，我就会觉得这个人很高大，个子一定很高，有一米八〇，其实不是这样的，而是李白所谓"长不满七尺，而心雄万夫"。这些诗的每一句，看起来不与唐诗相似，其实精神相似。今天在诗馆，看到啸天其他的几首诗，都是这个味道，都是这个感觉。诗有别才，我觉得啸天就是这个"别才"。

（原载《渠县好诗词》，四川人民出版社）

大雅若俗　歌行擅场

◉ 薛天纬

啸天教授是我的老朋友，我们是哪年认识的，已经想不起来了。我们都是“文化大革命”后1978年入学的首届研究生，他在安徽师大，我在西北大学。我们交友的基础是对古典诗歌的共同爱好。我很欣赏啸天的旧体诗，钦佩他的诗才与文才。2006年，啸天将他的旧体诗集《欣托居歌诗》寄我，扉页上题词：“流水高山自古弹，鼓琴不易听尤难。”显然将我谬托知音。而他真正的知音是王蒙先生。2006年5月18日，啸天给我寄来一份复印的剪报，是当年5月12日王蒙先生发表在《文汇报》上的诗评《读来甚觉畅快——谈周啸天的传统体诗词》，文章很长，占了大半版。啸天附了一封短信给我，信中写道：“近阅王蒙先生在《文汇报》上刊发论拙诗之文，甚为骇异，何誉之不虞，而论之诛心也。”捧读王蒙的文章，深为其精到的分析而折服。我本来也说过要写啸天的诗评，但王蒙先生已发表了高论，为免续貂之讥，始终没有动笔。

2014年，啸天的旧体诗集《将进茶》荣获鲁迅文学奖。然而，啸天在收获荣誉的同时，树大招风，也招致了一些非议。我当时想，这世上真有一些不懂诗的人，却要妄评他人之诗！事情过去了5年，啸天仍保持着唯一以旧体诗获“鲁奖”的记录。最近在微信中读到北京大学钱志熙教授一篇文章，讨论今人写作的旧体诗能不能进入文学史的问题，钱教授对此持肯定态度。我想，假如今人所写的旧体诗进入文学史，不用说，毛泽东诗词和鲁迅的旧体诗是经典之作，还有大家公认的聂绀弩等几位诗家的作品，此外，啸天的旧体诗也一定得进入。这不仅仅是因为啸天的诗获了“鲁奖”这一事件，而是因为他的诗确实写得好、水平高。

时下写作旧体诗的人很多，作品多到难以计数。在我看来，今人写作的旧体诗总体上可分为两大类：一类是“大众的”，一类是“小众的”。“大众的”诗俗，“小众的”诗雅。啸天的诗本质上属于“小众”一类。“小众”的诗，语言艺术有许多特点，其中很重要的一点，就是“用典”。典故化为诗的血液，流贯于诗句之中使人浑然不觉。如《泰国行》结尾曰：“途中逆旅皆星级，导游时指红灯区；知有河豚未敢尝，归来依旧一床书。”将俗话所谓“有贼心没贼胆”的心态和盘托出，令人忍俊不禁，“归来”句用唐人卢照邻《长安古意》典：“寂寂寥寥扬子居，年年岁岁一床书。”点破自己的书生身份，不仅形象地描绘了书生的生活常态，而且呈现了书生虽清苦寂寞却清高脱俗的精神境界。这许多含意，只信手拈来一个典故，便能充分而完美地表达，彰显了典故在诗歌语言中的神妙功用。啸天诗中用典，有时将古人诗句完整地搬来，如《听王蒙讲座感赋》用元好问《论诗绝句》“一篇锦瑟解人难”句；有时搬用古人成句而稍加点窜，如《卢武铉歌》“万民清泪如铅水”句，原出李贺《金铜仙人辞汉歌》“忆君清泪如铅水”句；有时又将古人诗句加以重组，如《卢武铉歌》“搔首若负平生志”句，乃组合杜甫《梦李白》“出门搔白首，若负平生志”二句而成。凡此种种，不一而足，无不触手天成，浑然无迹，曲尽用典之妙。我之所以说啸天诗是“小众的”，以用典而言，读者须当时读懂，方能体会其好处；如果凭借注释才能理解典故，就完全找不到感觉了。啸天给他的诗加了颇为详细的注解，我想是为了照顾大众读者，以尽普及的责任。

啸天诗虽属“小众”，有时却大雅似俗，不避将俗语甚至“大白话”入诗。曾赢得王蒙击节赞赏的《邓稼先歌》，劈头写道：“炎黄子孙奔八亿，不蒸馒头争口气。罗布泊中放炮仗，要陪美苏玩博戏。”把俗语白话用到了极致，看似彻底地“大众化”了，然而接着“不赋新婚无家别”一句，将杜甫“三别”两首的篇名融为一体，极其确切地表达了歌颂对象抛妻别家、为国献身的崇高行为及精神境界，令人肃然起敬而为之动容。诗的格调顷刻间由俗返雅，显示了本色。

（原载《渠县好诗词》，四川人民出版社）

古诗虽云歌者苦　如君岂伤知音稀

——周啸天古体诗读后感

◉ 杨逸明

一百年来，当代诗词创作终于走出了低谷，走向了复苏和复兴。

二十世纪四十年代，柳亚子曾经说："再过五十年，是不见得会有人再做旧诗了。"他说得很无奈。但是几十年后的诗词创作现状证明，他幸好没有言中。

二十世纪的六十年代初，郭沫若这样说："旧体诗词，我看有些形式是会有长远的生命力的。如五绝、七绝、五律、七律和某些词曲，是经过多少年代陶冶出来的民族形式。……如果能真能做到'既有浓郁的诗意，语言又生动易懂'，我看人民是喜闻乐见的。"他说得很中肯。几十年后的诗词创作现状证明，他说对了绝大一部分。现在的诗词群体，对于律绝和词确实情有独钟，对于古诗和乐府却很少涉猎动手创作。

中华诗词的浪漫主义和现实主义的传统，很多是体现在古诗和乐府的创作之中。《离骚》《古诗十九首》《木兰辞》《焦仲卿歌》《将进酒》《蜀道难》《兵车行》《三吏三别》《琵琶行》《卖炭翁》《新丰折臂翁》……在中华诗词的星空中至今都闪烁着熠熠的光辉。

汉代乐府诗或清新明朗，或深情婉转，或慷慨悲歌，但都在质朴自然的风格下。诗歌语言绝无文饰，浑朴真挚，独擅古今。后世诗人多受汉乐府的影响。唐代有新乐府运动，由白居易、元稹、张籍、李绅等所倡导，主张恢复古代的采诗制度，发扬《诗经》和汉魏乐府讽喻时事的传统，希望起到“补察时政”和“泄导人情”的作用。这一优良传统到了当代似乎已经式微。

当代诗词作者很少创作古诗和乐府诗。周啸天是一个例外，他写了很多古诗和乐府诗，但是他却获得奖项有《诗刊》首届诗词奖第一名、中华诗词学会第五届华夏诗词奖第一名、2015“诗词中国”杰出贡献奖。甚至还获得了鲁迅文学奖，而且是目前唯一一位以旧体诗词创作成就获得鲁奖的当代诗人。

古代以白居易为代表的新乐府作品，其特点是内容上反映当下的社会现实，针砭时弊，形式上采用新题乐府的形式，运用平白浅易的语言，使得诗歌通俗易懂，更便于流传。乐府诗的语言及其形式特点是语言简单易懂，多为口语，亲切朴素，押韵灵活，形式多样。

周啸天的诗歌创作正是继承和发扬了这种优秀的古典诗词歌传统。他的代表作有《邓稼先歌》《将进茶》《洗脚歌》等等，写的都是当下的人物和事件。

请看他的《邓稼先歌》：“炎黄子孙奔八亿，不蒸馒头争口气。”“一生边幅哪得修，三餐草草不知味。七六五四三二一，泰华压顶当此际。”“公乎公乎如山倒，人百其身哪可替！号外病危同时发，天下方知国有士。”“天长地久真无恨，人生做一大事已！”当代这样一位为国为民作出杰出贡献的伟大人物，诗人不为之歌唱，岂不有愧于时代和人民？而要歌颂这样一位“还看今朝”的“风流人物”，只写律绝确实也难以腾挪空间和施展笔墨。周啸天能写得流畅，生动，感人，洋洋洒洒，行所当行，止所当止，读来痛快！

请看他的《将进茶》：“诗有别材非关酒，酒有别趣非关愁。灵均独醒能行吟，醉翁意在与民游。茶亦醉人不乱性，体己同上九天楼。”“我生自是草木人，古称开门七件事。诸公休恃无尽藏，珍重青山共绿水。”当代人喝酒成风，往往一闹起酒来就没完没了，劝酒灌酒把人往死里整。这首诗立意甚高，是清醒人士的有见识之作。酗酒之徒特别是嗜酒的写诗人往往以“李白斗酒诗百篇”作借口，殊不知饮中八仙中李白是喝酒最少的一个，他喝一斗酒，人家“汝阳三斗”“焦遂五斗”，“左相”还“饮如长鲸吸百川”呢！这首诗中“灵均独醒能行吟，醉翁意在与民游”“遥想坡仙漫思茶，渴来得句趣味佳”。说茶比酒更好，均悟后语也，非常有说服力。

再请看他的《洗脚歌》：“昔时高祖在高阳，乱骂竖儒倨胡床。劳工近世闹翻身，天下久无洗脚房。”“尔今俯首休气馁，依今跷脚聊臭美。来生万一作河东，安知我不为卿洗？”将当代一个社会普通场景写得穿越古今未来，发人深省，绝对是诗人的大手笔。

有人讥笑周啸天的这一类诗的语言太俗，甚至有人挖苦作者，说是“口水诗”“打油诗”。如此流畅的诗句，竟然被人说成是“文理不通，音韵拗口”。语言通俗，并不等同于“口水”和“打油”。试举古人的例子：“爷娘妻子走相送”“儿别爷娘夫别妻”“不重生男重生女”“今年欢笑复明年”“卖炭得钱何所营？身上衣裳口中食。可怜身上衣正单，心忧炭贱愿天寒。”……这些全是用口头语大白话写成，不都是唐诗中的耳熟能详的名句吗？

凡是语言朴素、句子通俗流畅而又被普通老百姓喜闻乐见的诗歌作品，士大夫阶层或是学院派学者教授们总是不以为然，往往还会被他们嗤之以鼻。杜甫《又呈吴郎》：“堂前扑枣任西邻，无食无儿一妇人。不为困穷宁有此？只缘恐惧转须亲。即防远客虽多事，便插疏篱却甚真。已诉征求贫到骨，正思戎马泪盈巾。”就曾遭人讥讽差评。《汇编唐诗十集》：“通涉议论，是律中最下乘。”《读杜心解》：“若只观字句，如嚼蜡耳。”邵长衡：“此诗说有佳者，吾所不解。”王慎中：“不成诗。”王闿运：“叫化腔。”可是这首被有学问的人们斥之为不登大雅之堂的七律，却依然流传千古，被人传诵，原因只有三个字：接地气。

当代诗词界大多数作者争论的是律绝严守还是放宽平仄格律，是押新韵还是旧韵，关注和重视是不是用典，是挤韵撞韵十六忌。当代诗词创作似乎在走一条死守格律死守旧韵的死胡同。纵观当代诗词创作的刊物和微信平台，基本是律绝和词占领阵地，像周啸天一类的作者和作品（例如滕伟明的《将进酒》《重庆棒棒军》《乐山女儿行》、廖国华的《燕燕曲》等等）成为凤毛麟角。诗词江湖对于周啸天这样继承了优秀的现实主义传统的创作群体和作品，往往不理解，存偏见，对于周的批评或无知，或偏颇，或过苛。

周啸天有自己的好诗标准："书写当下、衔接传统、诗风独到。"他认为不书写当下，不衔接传统，就不是好诗歌。"有了书写当下、衔接传统这两条，允称小好；加上诗风独到这一条，堪称大好。"他自己也正是遵循了这个标准进行诗歌创作。我觉得他的诗很"接地气"，"堪称大好"。

周啸天有一首诗中有两句诗："古诗虽云歌者苦，如君岂伤知音稀。"我觉得这正好可以拿来回赠给周啸天本人。他的这些古诗和新乐府创作，一定会有知音，一定会流传下去，一定会为我们这个时代留给后人一份宝贵的现实主义的诗歌财富。

2024年10月5日于吴江晚风轩

沉浸醲郁　含英咀华

——谈谈周啸天诗词的用典及其他

◉ 星　汉

我佩服周啸天。有这样一件既是玩笑也是认真的事儿，可以说明我对周啸天的佩服。我和周啸天一同参加2016年第三届“诗兴开封”国际诗歌大赛采风活动，两人都是最后离会。8月21日晚上，在清明上河园有《大宋·东京梦华》大型水上实景演出。开演前，我和周啸天约定，他先填一首词，题目要写上我的名字，我步韵和之。以期百年之后，有人写《周啸天交游考》，我就沾光了。

周啸天原作是《小梅花·开封行同星汉兄观大宋东京梦华水上实景演出》：

天山北，华阳国，相招尔汝鼓云翼。访名都，识皇图，踏徧青山阅尽几西湖。壁间窈窕瘦金字，似诉当年花石事。泪婆娑，对宫娥，一旦沈腰潘鬓俱消磨。　何须罪，何须对，忍看御榻他人睡。白纶巾，扑黄尘，清明上河曾是画中人。诗词院本诸宫调，运去百工皆北漂。泛楼船，客梁园，今夜同君穿越一千年。

星汉和作是《小梅花·丙申初秋清明上河园与啸天吟兄观看东京梦华水上演出，步韵呈阅》：

从西北，来诗国，开封借得冲霄翼。旧皇都，绘宏图，吟朋聚首奋笔写澄湖。花花广告彤彤字，演出空前称胜事。步婆娑，似嫦娥，引入看台今夜可消磨。　谁之罪，谁能对，南唐朝政如春睡。大头巾，化烟尘，雕栏玉砌转瞬换新人。纤夫号子悲凉调，声压汴河洪水漂。米家船，邵平园，归去相邀杯酒话流年。

赵翼《瓯北诗话》评苏轼诗：“胸中书卷繁富，又足以供其左抽右旋，无不如意。”对周啸天的《小梅花》词，也如赵翼之说。周啸天其他的诗词，同样见其腹笥甚富。

星汉拙文《和谐社会说精品》，曾被某“学者”逐段批驳，但是其中关于用典的几句话，至今我还在坚持着。

而今诗词作者的读书情况无非三种。一是读书少，或是不读书的一批作者。这类作者也有一定的悟性，偶尔也会有上一两首出自天籁的好诗，但是由于欠缺文学功底，很难持续写出较为满意的作品。二是读书多，文人气和书卷气很浓的一类作者。这类作者中不少人以书本为创作的源头，且喜用典故。诗词的语言要高度浓缩，力求精练，有时候用典可以加大诗词的容量，这本非坏事儿。但是，如果滥用生典、僻典，以此来炫耀自己知识的渊博，就难免有“掉书袋”之嫌。这类作者纵然有一些好作品，但是有些诗词总是与读者之间产生一种隔膜，有些作品往往与“当代诗词”的“当代”二字相去甚远。三是读书多，且能活学活用，走进书本，也能走出书本。即便用典，也能运化无迹，不见斧凿痕。这才是诗词创作的真正高手。

周啸天的诗词创作的用典属于第三类！他的诗词总是有一种浓浓的书卷气，颇显渊雅。略举数例，以证言之不虚。下面所引多非全诗，读者识之。

《主家变故，致小狗失所》：“丧家叵耐久承欢，路遇嗟来每乞怜。”小狗失所，当然是“丧家”。哪个文人不知道孔老夫子说自己在河南的时候：“似丧家之狗，然哉！然哉！”

白居易《长恨歌》："承欢侍宴无闲暇，春从春游夜专夜。"小狗能"承欢"，在主家的地位可知矣。《礼记·檀弓下》说黔敖对"饿者"呼喊："嗟！来食！"可是人家宁可饿死也不吃这羞辱的饭。韩愈《应科目与时人书》："若俛首帖耳，摇尾而乞憐者，非我之志也。"这是诗中"乞怜"的来头。

再看《赠杨牧》："覆瓿犹存未烧书，天生我才难自弃。"覆瓿：覆酱瓿。源自《汉书·扬雄传下》。覆酱瓿，就是盖酱坛。后用以比喻著作毫无价值，或无人理解，不被重视。这个典故有点儿生涩。但是这首诗是写给杨牧的，作为大诗人的杨牧不可能不理解这个典故。犹如纳兰《金缕曲?赠梁汾》一词多用典故。这首词是23岁的纳兰写给40岁举人出身的顾贞观的，这位特殊的读者当然明白其中典故的含义。"覆瓿"典故的运用，亦同此理。未烧书：陈恭尹《读〈秦纪〉》诗云："夜半桥边呼孺子，人间犹有未烧书。"洪吉亮《北江诗话》："青陇人耕无税地，红灯儿读未烧书。"李白《将进酒》中的"天生我材必有用"，白居易《长恨歌》中的"天生丽质难自弃"等等，都是周啸天这两句诗的底气。

《陇西行》；"数峰犹带千秋雪，一壁残存万里鸢。大漠孤烟临属国，边陲筚路吊张骞。老杜的"窗含西岭千秋雪，门泊东吴万里船"，在这里用得那样顺当。王维《使至塞上》中"单车欲问边，属国过居延。大漠孤烟直，长河落日圆"运化此处，已如水中着盐，加上"孤烟"与"筚路"（柴车）的对仗，更见工稳。

《访杜甫纪念馆》："诗人一敛春秋笔，此地空余笔架山。自断曹刘难并驾，何妨屈宋作衙官。极评须到千年后，妄议休凭十首前。今日故园开甲第，富儿趋骛共流连。"

此诗首联读者可以看到崔颢《黄鹤楼》"昔人已乘黄鹤去，此地空余黄鹤楼"的句式，还能看到《新唐书·杜审言传》中"吾文章当得屈、宋作衙官"，王世贞《艺苑卮言》中"十首以前，少陵较难入；百首以后，青莲较易厌"，杜甫《奉赠韦左丞丈二十二韵》中"朝扣富儿门"等典故。其颈联

"极评须到千年后，妄议休凭十首前"，应是至理名言，星汉许为佳对，必能流传后世！

《海啸歌》中"一弹指顷万事空"，见苏轼《过永乐文长老已卒》："三过门间老病死，一弹指顷去来今。"《洗脚歌》中"沧桑更换若走马"，见李贺《梦天》："黄尘清水三山下，更变千年如走马。"《翁杨恋》中"春风吹皱一池水"，见冯延巳《谒金门》词："风乍起，吹皱一池春水。"《悼余旭》中"今夜溅溅鸣易水，不闻唤女有高堂"，见《木兰诗》："不闻爷娘唤女声，但闻黄河流水鸣溅溅。"《峨眉纪游》中"莫道路从人面起"，见李白《送友人入蜀》："山从人面起，云傍马头生。"凡此种种，不一而足。

周啸天除了用古人典，还用近人典。《诗刊创刊六十周年》中"翻出手心去"，鲁迅有《致杨霁云》："我以为一切好诗，到唐已被做完，此后倘非能翻出如来掌心之'齐天大圣'，大可不必动手。"此处反用。《甲午清明访徐家坝觅得旧凳插队圃馀抄书所坐》中"自惭欠坐十年冷"，南京大学教授韩儒林先生有对联云："板凳要坐十年冷；文章不写半句空"。此为周啸天所本。

黄庭坚认为"老杜作诗，退之作文，无一字无来处"，这话有些过分。我要说，周啸天的诗词都有"来处"，读过周诗的人，或许不会和我较劲。周啸天的诗词确实做到了以故为新，变俗为雅，书卷气与生活气息并存，这就不是前面我说的用典的第一类人和第二类人所能望其项背的了。

我在《和谐社会说精品》里还说："如果要求古人每一首诗都是精品，那是苛求古人；如果这样要求名人，那是苛求名人；如果这样要求自己，那是苛求自己。"同样，读者不能因为周啸天获过"第六届鲁迅文学奖"，就认为他的诗作都是精品，如果那样，那是对周啸天的苛求。明王世贞说："百首以后，青莲较易厌。"启功也说："江河水挟泥沙下，太白遗章读莫全"（《启功韵语·论诗绝句二十五首》）。李白尚且如此，遑论他人。

（原载《渠县好诗词》，四川人民出版社）

纵横恣肆庄谐杂出　不拘一格雅俗共赏

◉ 赵义山

各位朋友，星汉兄刚才讲，我们的诗词，要我们的儿子孙子来评。我看不要。为什么不要呢？我要隆重地推出在座杨景龙教授的一篇文章。我为什么建议把他的这篇大作印发给各位？我有一支曲咏啸天，说“披怀叹叹须瞧破”。用自己满腹的情怀，他是用什么形式在唱在叹，谁看破的呢？杨景龙看破了。他在文章中将啸天的诗和启功的诗，聂绀弩的诗三家相提并论，题目叫作“试论元曲精神对当代诗词的影响”，我觉得非常好，这就是瞧破以后的结论，没有瞧破这一层，不能很好地欣赏啸天先生的诗。

这里我想说一段话：读惯了七律七绝的眼光，读惯了唐诗、宋词的眼光，来读啸天的诗，就会隔膜。因为一般的读者，包括某些学人，对中国诗歌的发展，只是接受了文学史上现成结论。之外的就没有接触。如王梵志，寒山。如唐代白话诗，里面也有精品，这些白话诗里也有精品，也有让我们拍案称奇的作品。宋代的词里头也有白话词，辛弃疾写了许多、秦少游写了许多、黄庭坚也写了许多。就像唐代的诗中有佛教的诗一样，宋代的词中也有道教的词，也有写得非常有才气的，但文学史上没有得到反映。因此，我们所接受的中国诗史，由此形成的诗史观，是残缺的，不完整的。另一面，从诗体上讲，对散曲这一体，许多人不知道。因为散曲这种体裁发生得晚，又有一点生不逢时。金元时才出现，在元代大发展，在清代衰落，到近代写的人少，但还在发展，一般人没有引起重视。不要说一般人，就是一些学人，例如研究卢前。吴梅最好的弟子就是卢前，搞文献搞理论搞创作，能写能唱，吴梅以后，能与卢前并驾齐驱的，鲜有其人。那位研究卢前的学人，说："卢前是散曲灭绝以后最后一个大家。"他得出这个结论，是没有看到卢前以后散曲的创作，还有莫大的发展，还有赵朴初，还有四川的萧自熙，还有首任散曲研究会会长羊春秋，还有丁芒。到新时期还有在座的张四喜呀、南广勋呀，好多好多的，一大批。我可以这样下一个结论：进入新时期后，中国散曲这种体裁的大发展，出现了井喷式的繁荣。创作人数，作品数量，代表作品，个人别集，散曲总集，散曲刊物，散曲组织，还有创作密切反映时代，是历史上任何一个时期无可比拟的。

看不到这种背景，啸天的诗词，聂绀弩、启功的诗词，他们继承元曲的，大面积的诙谐，大面积的通俗，大面积的生活化，这样一种精神，他们看不到这一点，就说不到一块去。别怀只眼读啸天，在唐宋有白话的这一派应该注意到，还有散曲要注意到，把各体的优长，熔为一炉。这个必须看到，有这样的认识，就可以读啸天的诗。读啸天的诗词，我读出来的有十六个字的感受："纵横恣肆，庄谐杂出，不拘一格，雅俗共赏。"星汉刚才讲到啸天诗的用典。有些人不读书，不知道他用典你也读得过去，你知道他的用典，就会读出更丰富的内涵。雅俗共赏嘛。这不是一般人能够做得到的。这是我要讲的，对啸天诗歌的审美内涵，他在形式上的融众家所长为一体的认识。

说个不算题外的话。为什么在啸天获鲁奖后，网上会有那么多的人发杂音？我也看过一些帖子，也回了几个帖子。有两个帖子我还记得。一个是上海某个刊物编辑，说我做诗歌编辑几十年了，我见过的名诗人的作品也不少，但我没有见过啸天的诗。那意思就是说，我见过那么多名诗人，但没有见过啸天的诗，啸天算什么名诗人呢？这是一个。还有一个，说："我们单位有啸天这种诗歌水平的人至少有四到五个。"在这个帖下面，我就给他回了一句，现在我就把啸天那几首名作，帖在这里（大概是《洗脚歌》《人妖歌》《将进茶》等），请先生把贵单位水平可以与啸天相埒的，最著名的那一个最著名的那一首贴出来我们见识见识。他就不吱声了。

还有一个帖子，是一位老先生，他不认得啸天，他以为啸天是一个小青年，就以老前辈的口气讲："诗写得像周啸天这个样子是情有可原的。因为他们这一代人，古典文学修养一般都比较浅。"于是，我就问道："你知道周啸天吗？周啸天研究生读的是古代文学的，然后在大学是中文系古代文学教授，写了那么多鉴赏文章，写了那么多古代文学研究的文章，如果此等人，古代文学修养比较浅，那么何等人古代文学比较深的呢，请先生试举一二。"这位先生也不吱声了。

于是从此，我悟出一个道理，为什么那些人发杂音。原因有两个，一是那些人对啸天的诗缺乏了解，而媒体传播以讹传讹。另一个，一般读者知识的构成，与啸天先生有很大差距。我们这一代人，对古典诗词的了解，一般是从毛泽东诗词开始的。但毛泽东只写绝句，写词，不写歌行。如果毛泽东写歌行，大家对啸天作品的认知，可能会多一些。这是时代的局限造成的后果。那些发杂音的文章概括一下，有两点。第一是罔顾事实（如说啸天古典文学修养比较浅），他不管事实是怎样的。第二是不合逻辑，如"我做编辑几十年认识那么多名诗人，都没见过啸天的诗，啸天算什么名诗人啊。这就好比说，我在渠县收费站，收了那么多年费，都没有见过赵义山的车经过，他怎么会开车呀。罔顾事实，强词夺理，不讲逻辑，写出来的文章，算什么呀。

都是鲁奖惹的祸，不是鲁奖，不会有那么多的杂音。不过也好，好在它给国人上了一课。让国人见识到：1.诗还有啸天先生这种写法。2.诗不但有啸天这种写法，而且得到了大专家们的认可，得到了同行的高度评价。所以，坏事引出好事，给国人上了一次诗教的课，让他们认识真正的诗人应该是什么样子。因此，杨景龙先生这篇文章我看非常高兴。这本来是我想写的一篇文章，就是关于周啸天的诗和国人的诗史观，我早晚要写这一篇。三观不同，说不到一块去。诗史观不同，我们说诗，也说不到一块去。我是希望有一天，国人的诗史观大体求同存异，提高诗词鉴赏水平。我们能够认识到更多真正的好诗，这对传统诗词的发展，诗词写作水平的提高，都会有好处。总而言之，祝贺啸天兄诗词学术研讨会的召开，也祝贺渠县在诗词之乡的创建中所取得的丰硕的成果和成绩，祝远道而来的朋友接下来的采风活动愉快。

（在2018周啸天诗词学术研讨会上的发言）

旧话新说啸天诗

◉ 赵义山

我们今天的传统诗词创作，是中国诗歌史发展的新篇章，是对传统的接续和发展，所以，评估我们当代人诗歌创作成就的高低，就既需要前瞻，也需要后顾。前瞻，看到未来之发展；后顾，思考我们在前人基础上有何新的发展和创造；这自然就与是否懂得中国诗歌发展史并是否具有相应的诗歌审美经验密切相关了。我写这篇文章，是与这些年啸天诗的传播、接受和评价紧密相关的。

一、旧话新说之缘起

作为“中华诗词精品推介工程的第一响”（周文彰会长语），中华诗词学会于2024年10月18日在成都召开了“周啸天诗词研讨会”。我有幸与会，并作了题为《旧话新说》的发言。

所谓“旧话”，是10年前第一次曾在一个公开场合讲过一些关于中华诗词发展推广和关于啸天诗的接受的话题。记得是在2014年的9月，当时中央台开播了几集《诗行天下》节目，邀请了中华诗词学会、中华诗词研究院一些专家开了一个小型座谈会。记忆中有郑伯农、刘征、钟振振、罗辉、蔡世平、周成村等先生在座。我当时以中国散曲研究会会长的身份作了一个简短发言。在发言中，我首先肯定了《诗行天下》节目的成绩和影响，但也指出了该节目一个重大的不足：节目策划中，有一流的诗、词作家，但没有一流的散曲作家，这在诗、词、曲三大传统经典诗体的推广中，便缺了一体，显得不完美，期待能弥补。当时啸天兄刚荣获鲁奖不久，全国各地有些朋友不太理解，发一些不友好的杂音。我便借此话题，谈到国人因对散曲一体比较陌生，缺乏对散曲的审美经验，因而对散曲幽默诙谐的审美风格缺乏了解，所以读不出啸天诗以及聂绀弩、启功等先生诗词中所融汇的元散曲中活泼俏皮、幽默诙谐的美感来。国人除了缺乏对幽默诙谐的曲体风格的审美经验之外，还缺乏对纵横捭阖、汪洋恣肆、流利畅达的歌行体诗歌的审美经验，而啸天诗词中的人性光芒、正大气象和谐趣精神，又恰恰主要表现在他的如《将进茶》《洗脚歌》《邓稼先歌》《人妖歌》《恶之花》等一系列收放自如、妙趣横生的歌行体诗中，由于这两方面诗歌审美经验的缺失，网络上近乎诗盲的各种各样的杂音都有。所以当时我认为，那并非啸天诗的不幸，而是因为我们不懂诗史，缺失歌行体诗和散曲一体审美经验的悲哀。那是第一次讲这个话题，其后又在一些公开或半公开的场合讲过类似的观点，因为乃10多年前所讲，所以已是“旧话”。

其后，在2018年5月四川渠县的啸天诗词研讨会上，我又再一次重复那个话题，所以渠县那一次算是“旧话重说”。那次的重说，还是因为时间仓促，仍觉意犹未尽。但有新的思考，比如认为国人对于歌行体诗和散曲的审美经验的缺失，原因固然很多，但最主要的原因在于共和以后，至少有两代人只有条件从毛泽东诗词学习写诗填词，而毛只写律诗、绝句和长短句词，既不写歌行，也不做散曲，因此，在几乎两代人的古体诗词创作与鉴赏的观念中，已经习惯于把律诗、绝句和长短句词看作古代诗词的全部，而对于歌行体诗和散曲，大多是持排除态度的。事实也是如此。比如直到2017年，郑欣淼会长在武汉主持讨论修订《聂绀弩杯年度人物评选办法》时，大家对散曲创作是否纳入评选范围，也还唇枪舌剑，经历过激烈的争论，由此便可见一斑。因为缺失了散曲和歌行体诗的审美经验，读不出啸天诗的好，是不足为怪的。我再一次讲，这就像用欣赏楷书的审美标准和习惯去评鉴行书和草书，显然是审美标准的错位，是不对的。一个话题，先后说了两次，原本想将这些看法写成一篇文章，供更多的同道讨论批评，但10多年来一直忙乱不堪，也就终于未能写成。直到前几天在“周啸天诗词研讨会”上，我又一次说到这个话题。不过，虽然是同样的话题，但有一些新的思考，所以叫“旧话新说”。为什么要三番五次地说同一个话题呢？首先觉得这些问题有较重要的理论和实践意义，对当下和未来的诗词创作、鉴赏和批评，或有一定参考价值；其次，出于敝帚自珍的缘故，觉得也应该把自己多次思考的片段连缀起来，形成一个便于存放的整体，以免随时间推移而散失。这便是《旧话新说》一文的由来。

二、从中国诗歌史角度看古今诗坛的两大异象

中国古今诗坛有何重大不同，在我眼里，我觉得最大不同有两点，我把他概括为“两大异象”。一个是当今诗坛之诗歌与音乐的分裂，这是与古代诗坛的最大不同。古代的诗歌大半是可以唱的，而且每一次诗体的重大变化，即每一种代表着一个时代的新体诗歌的诞生，都无不由音乐为其先导，都无不是诗人、乐人的共同参与并与大众互动的结果。唐诗、宋词、元曲三大诗体的形成和盛行，都无不如此。所以有相当部分唐诗、宋词、元曲作品是可以唱的，而且一度分别是唐人、宋人和元人的流行歌曲。我们今天读到的诗选集、词选集、曲选集，最早的那一部，一定是可唱的歌本，而不仅仅是文本。我们古代的第一部诗选集《诗经》，这是大家所熟知的，不用说，它便是一个歌本。第一部唐诗选集——天宝三载芮挺章编的《国秀集》，也就是一个“可被管弦”的歌本；第一部晚唐五代词选集——后蜀广政三年赵崇祚编的《花间集》，收“诗客曲子词”500首，就更是一个歌本；第一部元人曲选集——至治前后杨朝英编的《乐府新编阳春白雪》，同样也是一个歌本。在唐代，歌儿们唱的歌词，一定会有李白、王维、王之涣、白居易等一流大诗人的诗；在宋代，歌儿们所唱，则一定会有张先、柳永、欧阳修、苏东坡、秦观、姜夔等一流作家的词；在元代一定会唱关汉卿、王实甫、白朴、马致远、张可久、乔吉、曾瑞等一流曲坛大家的曲。我们现在一流的大家、一流的诗词作品，有多少人能唱呢？歌唱家们习惯唱的以及引领大众唱的，有相当部分是他们自己编的歌词，其中确有不错的作品，但也有相当一部分歌词难以上升到诗学审美的高度，就像时装，只能随旋律的过时而消失。诗乐分裂，各行其道，导致我们当代的好诗很难有机会为广大民众熟悉和接受。如啸天的一些诗，也有人订谱演唱，为听众熟悉，如笔者的一些词曲作品，也曾有全国各地一些音乐界的朋友为之订谱演唱，在一定范围内为听众喜爱；但无论如何，是没有办法被民众熟悉和接受到刀郎的程度，这是我们诗乐分裂的结果。但是在古代，“童子解吟《长恨曲》，胡儿能唱《琵琶篇》”，那是白居易的，一流诗人之作；“天下凡有井水处，皆能歌柳词”，那是柳永的，一流词人之作；“市井儿童诵瑞卿”，那是曾瑞的，一流曲家之作。歌儿们一出口就是一流诗人、词人和曲家的作品。我们当代有很好的诗歌无法走向大众，一个根本的原因，便是诗与乐的分裂，大众与一流诗人交流互动的渠道阻塞了，甚至断裂了，离则三伤。诗歌之于民众“兴观群怨”的情感陶冶价值、艺术审美价值、人伦教化价值、爱憎导向价值，被大大削弱，甚至基本消失。这就不仅是以啸天等人为代表的诗人的悲哀，也是当代诗歌的悲哀，音乐的悲哀，大众审美的悲哀。

当今诗坛的另一异象，是古体诗（含诗词曲各体）与新诗的分裂。古人没有像我们现在这样写新诗的是写新诗的，写古体诗的是写古体诗的。古人在诗歌分类中不用“旧体诗”与“新诗”这对概念，他们一般用的是“古体诗”与“今体诗”（或“近体诗”）这对概念。古人没有只写今体就不写古体，或只写古体而不写今体的，这是没有的现象。像大诗人李白、杜甫、白居易等，都是既写古体的古诗和歌行，也写近体的律诗和绝句；像苏轼、黄庭坚、陆游等，也都是既写作为古体（含古诗与律绝）的诗，也写作为“新体”的长短句词的；古体与今体的内涵与外延，是动态变化的。但是，从汉魏六朝直至明清，在长达两千多年的中国诗歌史上，也没有出现过像当代这样写新诗就鄙薄古体，写古体就鄙薄新诗的现象，而是共同地追“新”，但却又共同地尊“古”，古体与今体，是相濡以沫、息息相通、相辅相成的。反观我们当今的诗坛，写古体的与写新诗的，两大阵营的人往来不多，绝大部分是“老死不相往来”的。这个异象就导致两拨人下意识地互不承认。既然写诗的人都互不承认，互不接受，那么，要让大众承认和接受也就难了。这就充分暴露出双方在有关诗歌的一些基本问题的认知上未能达成共识。比如，究竟什么是诗，什么不是诗？诗与文是否需要有一个边界？如果需要，这个边界究竟在哪里？诗歌艺术是否需要有一定的格式和语体的规范？如果需要，又应该有一种怎样的规范？今天的诗人，如果略有为大众写作，为时代写作的意识，那么，究竟应该写什么样的诗？窃以为古体诗作者和新诗作者，以及搞理论研究的学者，不应该回避这些问题，而应该直面这些问题，应该坐下来，坦诚地交换意见，争取能够达成最起码的共识。

但，一个不争的事实是，因为人所共知的原因，当代新诗在学校教育中有合法地位（就仿佛于汉代经学的今、古文之争中被立于“官学”的今文经学），已纳入学科教育体系，有专门的学科群体研究并在本科生、研究生、博士生中进行完整的学位教育。而当代古体诗，在学校的学科教育体系中，因为其跨越了时代，所以未被纳入古代文学教学与研究的学科教育体系中；又因其在文体上属于古体，又不被现当代文学研究的学科教育体系所接纳，于是遂成共弃之物。偶有现当代文学研究者关注当代古体诗词创作者，但并未被“官学”体系所接纳，难以纳入本科生、研究生、博士生教育的完整的学位教育体系。这就是为什么尽管清醒的诗学者认为不押韵的新诗根本就不是诗，但还是会受到一批又一批懵懵懂懂的青年学子不断趋骛，甚至带着使命感终身用力于此的根本原因。在这样的诗学背景之下，要想古体诗词受到广泛关注、接纳和好的评价，是非常困难的。

综上所述，因为诗、乐分裂的古今异象的存在，无论新诗还是古体诗，首先与大众审美需要严重脱节；因为古体诗歌与新诗的分裂，并人为造成的学术地位的古不如今，所以古体诗在总体上除了被大众冷落，还为官学系统的学界鄙薄或放弃。因而，在古体诗尚未被大众广泛接纳并被官学教育体系认可和关注的大背景下，要让人们能普遍地接纳并能读出当下一流古体诗的好，特别是能读出和欣赏啸天诗的好，那就无异于痴人说梦了。所以，在这种诗学背景下，那些年对一位以古体诗词创作获得了鲁奖的人，发出乱哄哄的杂音，就不难理解了。

三、审美经验缺失与审美评价的偏差

前文从中国诗歌发展史和大众接受的角度说啸天诗的好，以及当今不少一流诗家作品的好，在一定时期内没有得到真正理解甚至被埋没的重要原因。那么，肯定有人会说，你就不要说大众，也不要说学界或新诗创作者和研究者了，就是你们当代写古体诗的作家，都能一致地读出啸天诗的好，一致地承认啸天诗以及其他一流诗人作品的好了吗？为什么在啸天诗获得鲁奖后，率先起哄，批评甚至否定啸天诗的好，恰巧是你们当代写传统诗体的一些同行们呢？要回答这个问题，不得不做一些分析和研究。比如，一些持批评甚至否定意见的朋友，主要批评和否定的是哪些作品？他们批评和否定的是这些作品的哪些方面？而肯定啸天诗之好的朋友，又主要肯定的是哪些作品？他们又肯定的是哪些方面？经过分析研究，可以发现一个有趣的现象，即无论否定或肯定，双方几乎都不约而同地主要针对啸天的歌行体诗，如《邓稼先歌》《将进茶》《洗脚歌》《人妖歌》《恶之花》之类作品。否定啸天诗的朋友，主要针对《洗脚歌》之类题材的俗气，对这些歌行体诗中如“炎黄子孙奔八亿，不蒸馒头争口气。罗布泊中放炮仗，要陪美苏玩博戏”（《邓稼先歌》）之类的诗句，认为其松散、俗气，完全是口水话，根本就不像是诗，甚至认为像这样的作品都被称为诗，完全是对诗的玷污和亵渎；而肯定啸天诗之好的朋友，则赞赏其大俗若雅，如王蒙便曾赞赏说：“谁也没有想到足底按摩也能入诗，而且写得如此古雅亲和。高祖高阳（见《史记·郦生陆贾列传》），蜀清玉趾（秦时富婆，见《史记·货殖列传》），沧浪之水（见楚辞《渔父》），更换走马（见李贺诗），皆有典有据有味。似此大俗若雅，大雅若俗，腐朽神奇，全在一心之证。”王蒙不愧为啸天诗之知音和解人。实事求是地说，啸天歌行体诗确为其诗集中精华所在，它们不仅面向时代，涉题广泛，取义丰宏，且雅俗交融，气象正大，表现出一种纵横捭阖、流利朗畅的气势豪情。为何两种认知截然相反，且反差竟如此之大呢？这就不得不说到审美经验的缺失与审美评价的偏差了。

的确，当代诗坛因前述两大异象的存在，其不应该有的隔阂不仅在诗人与大众之间存在，在诗人与乐人之间存在，在新诗人和古体诗人之间存在，甚至即使在同是写古体诗（即所谓“旧体诗”）的作者之间，一些擅长写古体诗中之歌行体诗的作者，与一些专长于近体律绝的作者，又仿佛或多或少存在一定隔阂。这种隔阂，我觉得很大程度上是因为一些审美经验缺失所造成的重大审美偏差而引起的。这种审美经验的缺失，如前所述，主要表现对古代歌行诗的体性特征和以元曲为代表的俗文学的风格特征两个方面的缺失。

首先说古代歌行诗的体性特征。古代歌行体诗与古代近体律绝各自的体性特征，是非常鲜明的。以具体作品为例，如大家熟知的李白的《蜀道难》《行路难》《将进酒》《梦游天姥吟留别》，杜甫的《丽人行》《兵车行》，王昌龄的《白雪歌送武判官归京》，高適的《燕歌行》，白居易的《长恨歌》《琵琶行》等代表性歌行体诗；与李白的《戴天山访道士不遇》《早发白帝城》《望庐山瀑布》，杜甫的《蜀相》《登楼》《登高》，王昌龄的《芙蓉楼送辛渐》《出塞》《从军行》，白居易的《赋得古原草送别》《钱塘湖春行》《暮江吟》，元稹的《菊花》《离思》，刘禹锡的《西塞山怀古》《望洞庭》，李商隐的《无题》《锦瑟》《夜雨寄北》，杜牧的《赤壁》《山行》等代表性近体律绝诗篇；一纵横捭阖、自由潇洒、流利朗畅、不拘一格；一庄重典雅、精致工巧、严谨规范、一丝不苟。对两类诗体不同的审美特征，古人早有关注论说，如宋人姜夔谓“体如行书曰行，放情曰歌，合之曰歌行”（《姜氏诗说》）。姜说比喻贴切，非常精炼准确地概括了歌行体诗潇洒恣纵、自由奔放的基本特征，故为明代论诗说文者如程敏政、吴纳等人广为引用，得到一致认同。对于律诗的严谨典雅，前人亦有体悟，如谓“五言律诗如四十贤人，著一屠沽不得”（明·陈继儒引述他人语），其所推崇的是律诗的典雅风范。也有人将歌行和律诗对比，称“律诗如切玉，歌行如破竹”（明·陆时雍《诗镜》），其所推崇者，一为律诗的精工典雅，一为歌行的恣纵豪爽。因为时代原因，今人大多对律诗绝句的精工典雅认知颇深，且习之娴熟，而对歌行体诗的认知和习染则较为荒疏，既缺乏感性体验，也缺少理论认知。

其次说以元曲（含散曲与剧曲）为代表的俗文学风格特征。曲体文学的通俗与谐趣，对于当代读书人而言，是不陌生的。但对于曲文学中的这种俗趣之风的形成，却又不一定都能明了。从诗歌发展史看，诗歌中通俗谐趣一体是一直存在的，从汉乐府到唐诗、宋词、元曲都能见到，并且在唐代王梵志、寒山、拾得等人的白话诗和宋、金时期黄庭坚、张伯端、王彦龄、赵可可等人的俗词中表现相当突出。如王梵志的白话诗“城外土馒头，馅草在城里。一人吃一个，莫嫌没滋味”；王彦龄的俗词《望江南》“居下位，只恐被人谗。昨日只吟青玉案，几时曾做望江南。试问马都监”；赵可可的俗曲“赵可可，肚里文章可可。三场挨了两场过，只有这番解火。恰如合眼跳黄河，知他是过也不过。试官道，王业艰难，好交你知我”。这类作品的通俗与谐趣是一望可知的。尤其王彦龄的《望江南》词，据王灼《碧鸡漫志》记载，还是当场吟出的自我解围之词，在戏谑调侃中巧妙地化解了与上司的矛盾。元曲中以杜仁杰、王和卿、关汉卿、马致远、刘庭信等人为代表的俗趣之美，便是上承白话诗和俗词传统而来的。如关汉卿的〔仙吕·一半儿〕《题情》“碧纱窗外静无人，跪在床前忙要亲。骂了个负心回转身。虽是我话儿嗔，一半儿推辞一半儿肯”，写一对恋人卿卿我我的调情，其通俗明快，活泼谐趣，一如舞台演出的滑稽小品。此等通俗与谐趣的审美风格，在聂绀弩、启功等前辈笔下和啸天兄诗词中表现得都较充分。

但是，在相当部分现当代传统诗词作家中，至少有两代人对于歌行体诗歌的恣纵潇洒、豪情奔放的体性特征，对于以元曲为代表的通俗文学的诙谐机趣的风格，是缺少审美经验和创作体验的。而啸天诗的长处，恰好又表现在他的歌行体诗，在他歌行体诗中所表现出来的闪耀着人性光芒又充满幽默诙谐的诗趣。不少写古体诗的朋友读不出啸天歌行体诗的好，主要是基于上述两方面审美经验的缺失所造成的一种认知偏差。这当然是时代环境所造成的。因为我们有两代人学写古体诗大多不是从李白、杜甫、白居易等人出发，也不是从柳永、苏轼、关汉卿等人出发，而大多是从毛泽东诗词出发，是从阅读和模仿毛泽东诗词入手的。但毛只写古代的近体律诗、绝句和词，所以我们现代不少人对于古代传统诗词的濡染和认知，也就基本限于近体律诗、绝句和词。如毛的《七律·长征》《七绝·为女民兵题照》《沁园春·雪》《卜算子·咏梅》等，就成为一般诗歌爱好者学习和模仿的对象。毛从来不写歌行体诗，也不写散曲，所以人们对歌行体诗和散曲完全是隔膜的，于是导致诗歌审美的重大缺失。人们习惯性地用读律诗、绝句的审美经验去读啸天的歌行，就如同用欣赏楷书的审美眼光去欣赏行书和草书，因而形成重大的审美偏差，所以对啸天歌行体诗中表现出来的淋漓恣肆、幽默诙谐、纵横捭阖和流利畅达之美，便读不出它的好来。所以我觉得要正确地评价和欣赏啸天的诗，除了朋友们所熟知的一些艺术上的特点如构思的新颖工巧、出人意表，语言的精工典雅、耐人玩味等以外，就是我们对歌行体诗的特点，对俗词和散曲当中那些诙谐、幽默的特点，对这些诗体中的审美特征，应当有一些了解和接受，尤其是啸天的歌行体诗，融入古代白话诗、俗词以及散曲的幽默，诙谐的风格，像聂绀弩的诗，像启功先生的诗，都是这样一个路子。如果我们只有欣赏律诗、绝句和雅词的句格严谨规整之美的经验和偏好，而没有欣赏古代歌行体诗的淋漓恣肆、纵横捭阖和流利畅达之美的经验，甚至加以排斥和拒绝，那就难以读出啸天诗的好来。由此可知，如果我们要能正确鉴评现代诗人所作传统诗词作品的好与不好，我们就不能仅仅局限于对近体律绝和雅词的审美认知，而且要弥补我们对古代歌行体诗，对散曲，对古代白话诗、俗词和俗曲等通俗诗体的认知，还要全面懂得中国各体文学尤其是中国诗歌的发展历史，否则，我们诗歌审美的认知偏差是难以弥补的，由此，我们对于一个作家及其作品也就很难有客观公正的评价了。

四、啸天歌行体诗的人性光芒与正大气象

读过啸天诗的朋友，无论对他的古、近体诗，还是词，大多数读者总会觉得其诗词俱工、各体皆擅，有触处生春之感，但却又无不为其歌行体诗所振奋和感动。要全面论说啸天歌行体诗的好，我觉得必须做专题研究，但限于事冗时迫，且为篇幅所限，笔者在本文中仅就自己阅读体验最深的两点要言之。此两点，一为其人性光芒，一为其正大气象。

先说其人性光芒。人所共知的原因，在一个相当长的时期内，在文学批评中，我们常挂在嘴边的是阶级性，只要一提起人性，立即联想到“资产阶级人性论”，认为它是属于“资产阶级”的，是该被消灭的，于是涉及“人性”的问题，在相当长的一个历史时期中成为禁区，“人性”一词长期成为“敏感”词，几乎被两代人遗忘了。当“人性”被普遍遗忘和忽略之后所造成的恶果，也许我们现在才刚刚开始感受。此话说来甚长，就此打住吧。需要指出的是，随着20世纪八九十年代经济的改革开放，国门逐渐打开，西学再一次东渐，部分人文社会科学工作者开始认识到人性的重要性，遂在不同领域内开始对这一问题的探索。在中国文学研究中，由复旦大学著名学者章培恒先生领衔撰写的《中国文学史》教材，便以人性为重要审美视角，展开对古代作家作品的批评研究，2000年其著作出版之后，在学界产生重大反响，被学界誉为“石破天惊”（北京大学钱志熙教授语），可见人们在文学批评中见到人性的回归，是多么的惊喜！那么，啸天歌行体诗中的人性光芒，又主要表现在哪些地方呢？窃以为主要表现在对生命的珍惜，以及对弱者的同情和对生命我有贵得自由和尊重的讴歌。

诗人对生命的珍惜，表现在各个方面。如《毕节行》中对五名赤贫儿童无屋可居，为避寒而蜷曲一垃圾箱生火取暖，结果因一氧化碳中毒而殒命的惋惜和悲痛：“夜来寒风驱五儿，可怜身是父母养。髫发才近一之日，入此室处犹梦想。不祈温度岂穹室，暂得光明剧耗氧。天明竟与鞋履别，拾荒老姥呼不得”“忍寒切肤甚忍饥，饥可画饼哺肉糜”“蜾蠃能及人之幼，曷不先负毕节儿”！又如《邓稼先歌》在歌颂一代英烈为祖国国防事业的强大，

抛妻别子二十八年，最终献出宝贵生命的感人事迹之后，并没有落入对崇高精神无尽颂扬的俗套，而是从人性的角度，抒写对英烈失去可贵生命的哀挽之意，以及家人失去亲人的万分悲痛之情："公乎公乎如山倒，人百其身哪可替！号外病危同时发，天下方知国有士。门前宾客折屐来，室内妻儿暗垂涕"，因为植根于人性的大哀大痛真实可感，令人肠断心裂，所以篇末"两弹元勋荐以血，名编军帖古如是。天长地久真无恨，人生做一大事已"的逆挽之笔就更具千钧伟力！英烈为国捐躯，令人痛惜，而因自然灾害造成的平民殒命，万千生灵毁于一瞬，诗人亦表现出难以压抑的哀痛。如《八级地震歌》对汶川大地震中遇难者的哀泣："危楼断壁尽覆窠，十万烝民同日死！合两峰兮起悬湖，山河改观一弹指。几家出差免于灾？几家上班去不回？几家钟生出地府？几家刘阮上天台？学堂坍塌街市毁，娇儿老母多生埋。十指连心痴复醉，计秒时分最难捱。血爪流丹不得力，安得神兵天上来！"如此怜悯与同情之怀，何异于老杜"安得广厦千万间，大庇天下寒士俱欢颜"的慈悲大爱。

对于生命的珍惜，作者有时可以超越国界和种族而上升到对人类命运的关怀，对世界和平的呼唤。如《恶之花》如此歌吟道："西风猎猎日高起，坠楼人落如红雨。仰天布什神形沮，基地拉登魑魅喜。血色失处毅色壮，人须疏散君须上。吹火蜡屐不再着，四百义士凌烟葬。日轮西下寒光白，真主无言上帝默。紫气渐随双塔移，妖光暗射星条蚀。恍惚偷袭珍珠港，广岛长崎应若响。高句丽挟洲际弹，黑客指破互联网。文明魔道递相高，恶之花发久夭夭。君不见反恐反更恐，天方兵气何时销。"2001年9月11日，美国纽约世贸中心地标性建筑双子塔在本·拉登策划的恐怖袭击中轰然坍塌，约三千人无辜伤亡，场面极其惨烈。事发后，人们普遍因仇美或亲美表现出不同态度，或同情哀挽，或幸灾乐祸。但诗人没有局限于事件本身，而是把它与二战以来如美国珍珠港被袭、日本长崎广岛遭原子弹轰炸、朝鲜的导弹试射、黑客的互联网攻击等等事件联系起来，从人类和平与安全的最高原则出发来审视这一切，将暴力对抗双方站在各自立场都可称之为辉煌胜利的"成果”，称之为“恶之花”，因为它们最终带给人类的都只会是罪恶和灾难，所以作者期待它们的消亡：“天方兵气何时销”！这在20多年前的特殊时代环境中，比起毫无人性的幸灾乐祸，诗人却表现出对无辜死难者的同情和哀挽，显示出更高的人性觉悟，这是十分难能可贵的！

作者对生命的珍惜，有时还表现在对生性扭曲和生灵残害的伤痛。如《人妖歌》写观赏人妖歌舞表演时的目之所见与心之所感，作者没有如普通观众仅沉溺于对人妖“美发一挥何飘柔，踏摇四体皆魅力”之迷人丽质的感官刺激，而是深切地体悟到人妖以一己之伤一家之痛换来他人欢乐的悲苦，由此对贫家儿的不幸命运表现出深深的怜悯与同情：“人妖本出里巷中，父母养儿为济穷。勾栏一入深如海，绝世无由作顽童。心性先从教化改，形体渐受荷尔蒙。吞声学艺近残酷，不比寻常事委曲。注射自戕违养生，服食尤惜年光促。”人世间，有人以伤害甚至残害他人获得一己的利益和享乐，作者却对被残害者给予深深的理解和无限的同情，其生命关怀，人性光芒，灿然可见。

作者对生命的珍惜，很多时候还表现出同胞物与的大爱。如《天谴》“羚羊挂角迹甚稀，大象负牙种群危。狠心惊破熊罴胆，辣手活扒貉獾皮”“曩有美文出布封，诗人博爱记昆虫。是知物种都不贱，方舟共济与君同。犬马于人皆益友，西人斗牛事可丑。我欲匝地扫陋俗，谁能假我倚天帚！噫吁嚱，种属歧视事尽非，兽道王道一理推。劝君莫打三春鸟，子在巢中盼娘归。”其大爱之心、慈悲之怀，溢于言表！

此外，如《悼哥哥》对港星张国荣之死的挽悼，《挽歌诗》对同事伴侣久病不治而毅然自绝的惋惜，《怀张孟》对同乡才人壮岁辞世的哀挽等等，都无不表现出对故人的悲悯和同情，都无不表现出对生命的珍惜和关爱。

除对生命的珍惜，出于基本人性的人文关怀，有时化为对弱者的同情、理解和尊重，这在啸天歌行体诗中亦有表现。如《洗脚歌》写自己在一次被请洗脚的过程中，就洗于被洗的不同角色地位而心生感慨：“君不闻、钱之言泉贵流通，洗与为洗视分工。沧桑更换若走马，三十河西复河东。尔今俯首休气馁，侬今跷脚聊臭美。来生万一作河东，安知我不为卿洗？”诗人在此放下了浅薄消费者常有的倨傲之态，而以平视的目光，给在社会底层谋生的服务者以人道的同情、理解与尊重，平凡的诗句中，人性的光芒便得以显现了！

秉怀人性而对生命的珍惜，诗人还时有对生命我有、贵得自由的讴歌。如《苏紫紫歌》对与王昭君同乡的贫家美女苏紫紫不畏人言，竟以名牌大学生身份选择人体模特儿的兼职之事大唱赞歌：“青冢寂寞两千载，其地始生苏紫紫。对镜无处不可怜，钱塘小小心欲死。乍令人大复蜚声，不让于丹出名字。紫紫祖母夙相依，双亲早作劳燕飞。童年谙尽强拆苦，衙门之门网恢恢。百逢冷眼甚无助，夜夜发书锥刺股。一朝深造入国门，翳我独无人有母。谁欲生存谁面对，侬有身体侬做主……艺术情色一层纸，分水只在阿堵中……唯我作场不清场，秋水自可鉴天光。朱唇休管人齿冷，紫紫心中有北方。”对紫紫出身寒微却自强不息的坚忍不拔，对紫紫敢于冲破世俗偏见，“侬有身体侬做主”“朱唇休管人齿冷”的自由精神，对紫紫“秋水自可鉴天光”的纯真无邪，都给予了热情洋溢的赞美。

啸天诗歌中的人性光芒，不仅闪耀在歌行体诗中，在他的近体诗和长短句词如《日本大地震》《玉树二首》《还魂引·自度词》等作品中亦有体现，只不过因题材、体式等差异，在其歌行体诗中表现得要更为淋漓酣畅和震人心魂。由此，就不得不说到啸天歌行体诗的艺术风貌了。

如果说啸天歌行体诗在思想性方面的最大特征是人性光芒，那么，在其艺术风貌上所呈现出来的最大特征，便是一种由人性光芒映射着的大题材、大事件、大场景、大胸怀、大慈悲，以及与诗人睿智的目光、赤诚的情怀、奔放的激情交相融汇而呈现出来的正大气象。在前述著作中，如《邓稼先歌》所歌咏者便是大题材，如《八级地震歌》所悲伤者便是大事件，如《海啸歌》所描绘者便是大场景，如《恶之花》所展示者便是大胸怀，如《人妖歌》《天谴》等所怜悯者便是大慈悲。凡此等等，都无不彰显出一种高度，一种宽度，一种厚度，一种力度。笔者徜徉其间，或为之振奋，或为之感动，或为之痛惜，或为之悲泣，或为之哀挽，心动神驰而魂悸魄动者，皆由其人性光芒和正大气象所放射出的审美感召之力也！如就体式的比较而言，近体律诗、绝句的典丽精工，珠圆玉润，小巧玲珑，歌行体有所不逮；而歌行体诗之浑朴自然，淋漓酣畅，潇洒自如，近体律绝则有所不及。所以蜀中诗人，如“世人惊我恒殊调”的太白，如“横放杰出”的东坡，当其诗情喷涌，如万马奔腾之时，近体律绝和精工典雅的小词，都很难令其快意畅情，只有自由奔放的歌行体才适合他们纵横捭阖、自由挥洒。而一些大题材、大事件、大场景也确需歌行体之大篇幅、大铺排方能吞吐容纳、快意畅情，而律绝、小令便显得逼仄局促。前人看到了这种差异，有云：“绝句如小家事，句中着大家事不得。”（宋·吴可《藏海诗话》）这也是就篇幅容量而言的。如果就意象延伸之象征意义而言，所谓以尺幅容大千，则二者不必轩轾，此又是另一话题了。现在有些诗歌刊物偶有拒绝刊发歌行体诗者，显然还是带有一种审美偏见。试想，如果我们把李白、杜甫、白居易那些歌行体都统统拿掉，李、杜还是我们今天所认识的盛唐“双子星座”的李、杜吗？唐诗还能展现给我们今天所看到的雄浑气象吗？如果把啸天的歌行体拿掉呢？啸天还是我们现在所认识的啸天吗？而仅凭小巧精致的律诗、绝句和小词，便可以支撑今日传统诗词之堂屋吗？想必读者诸君应该自有答案的。最后，还是想引王蒙先生的话作为本文的结束：“这里有一种平常心，写平常事，而平常人平常诗中出现了趣味，出现了善良，出现了生机，出现了至乐至工至和，在充满戾气的现代世界上，这实在是难得的和谐之音。”“何今日喜写传统诗词之人之多也？固是生活安定，寿命延长，中华文化弘扬高唱之佳兆也。其中不乏佳篇，也时见陈词滥调、画虎成犬、无病呻吟、装腔作势之作多多。难得有此一部奇书，值得一读一吟一粲。读周啸天之诗词，人生快事也。”

拈管城之旧锥　作浮世之新绘

——周啸天诗词点评

◉ 赵义山

一、洗脚歌

昔时高祖在高阳，乱骂竖儒倨胡床。劳工近世闹翻身，天下久无洗脚房。开放之年毛公死，香风一夕吹十里。银盆滑如涧底石，兰汤浑似沧浪水。健身中心即金屋，中有玉女濯吾足。大腕签单既得趣，小姐收入颇不俗。别有蜀清驻玉趾，转教少年为趋侍。游刃削足技艺高，捏拿恭谨如孝子。君不闻钱之言泉贵流通，洗与为洗视分工。沧桑更换若走马，三十河西复河东。尔今俯首休气馁，侬今跷脚聊臭美。来生万一作河东，安知我不为卿洗。

二十世纪八十年代改革开放后，国民生活水平逐年提高，如餐饮、茶馆、麻将、健身，旅游等服务与消费，可谓五花八门；九十年代后，消费升级，如K歌、美容、洗脚、美发、整容、整形之类层出不穷。对于一般消费者而言，你服务，我消费，见惯不惊。但是，作者却在一次被请洗脚的过程中心生感慨，于是有了这篇带有时代印记而又表现出人本主义精神的歌行体佳构。开篇出人意表，从汉高祖在洗脚时接待高士郦食其的事说起，其意在表明，昔日有女郎侍候、倨床洗脚的帝王享受，现在也已成为寻常百姓事了！由此间接地表现出国民生活水平的提高。接着从不凡的洗具陈设，以及泡洗、修脚、按摩等详写被服务过程，读到“银盆滑如涧底石，兰汤浑似沧浪水。健身中心即金屋，中有玉女濯吾足”“游刃削足技艺高，捏拿恭谨如孝子”诸句，可见啸天兄歌行中一贯的谐趣本色特点。至“洗与为洗视分工”之后，则转为人生感慨，在“尔今俯首休气馁，侬今跷脚聊臭美。来生万一作河东，安知我不为卿洗”的抒写中，诗人放下了浅薄消费者常有的倨傲之态，而以平视的目光，给社会底层的服务者以应有的理解与尊重，平凡的诗句中，人性的光芒便得以显现了！

二、恶之花

千尺楼高双子座，黄鹤之飞不得过。北塔懵为客机袭，南塔莫逃飞来祸。黑云压城白絮喷，合众秋防势若崩。寰球争睹啊买噶，不知尚伏几天兵！西风猎猎日高起，坠楼人落如红雨。仰天布什神形沮，基地拉登魑魅喜。血色失处毅色壮，人须疏散君须上。吹火蜡屐不再著，四百义士凌烟葬。日轮西下寒光白，真主无言上帝默。紫气渐随双塔移，妖光暗射星条蚀。恍惚偷袭珍珠港，广岛长崎应若响。高句丽挟洲际弹，黑客指破互联网。文明魔道递相高，恶之花发久夭夭。君不见反恐反更恐，天方兵气何时销。

2001年9月11日，美国纽约世贸中心遭遇“基地组织”头目本·拉登策划的恐怖袭击，其地标性建筑双子塔被恐怖分子劫机撞塌，约三千人伤亡，场面极其惨烈，震惊世界。事发之后，人们普遍因仇美或亲美表现出不同态度，或同情哀挽，或幸灾乐祸。诗人没有局限于这一事件本身，而是把它与二战以来如美国珍珠港被袭、日本长崎广岛遭原子弹轰炸、朝鲜的导弹试射、黑客的互联网攻击等等事件联系起来，从人类和平与安全的最高原则出发来审视这一切，将暴力对抗双方站在各自立场都可称之为辉煌胜利的“成果”，称之为“恶之花”，因为它们最终带给人类的都只会是罪恶和灾难，所以作者期待它们的消亡：“天方兵气何时销”！这在20年前的特殊时代环境中，比起毫无人性的幸灾乐祸，或不问就里地大声谴责来，诗人便显示出了更高的人性觉悟，这是十分难能可贵的！至于内容方面还有对事件救援中“四百义士”英勇献身精神的着墨，以及对双子塔遇袭事件生动形象的艺术呈现、起承开合自然得体的章法技巧等等，已广为人知，倒无须赘言了。

三、竹枝词

会抓老鼠即为高，不管白猫同黑猫。
思到骊黄牝牡外，古来唯有九方皋。

又

峨眉自古路朝天，最是公来不禁山。
半边容我与君走，尚与路人留半边。

竹枝词，原本古代民间俗调，自唐代刘禹锡等人染指以来，便形成一种既有朴素生动之趣，又有格式规范之美的一种雅俗共赏的诗体，得到古今诗人和大众的喜爱。诗人选取这一诗体歌颂小平同志求真务实、友善亲民的作风和品格，是非常得体的。两首表现手法基本一致。第一首借小平同志口中常引民间俗语“不管白猫黑猫，捉到老鼠就是好猫”，稍做加工，并用春秋时九方皋相马不重外在形貌而重内在精神气骨的典故作比，完美地表现了小平同志求真务实的领导风格。第二首写小平同志游览峨眉时拒绝封山一事，也是在小平同志所引大众俗语“大路朝天，各走半边”的基础上稍事剪裁增饰，便生动地表现出小平同志平易近人的优良作风。诗作用语虽朴素无

华，但表现力强，看起来着墨素淡，但却饶有韵味。（赵义山）

丧家叵耐久承欢，路遇嗟来每乞怜。

今夜不知何处去，明朝须有倒春寒。（《主家变故致小狗失所日与之食忽寻之不遇》）

状丧家之犬摇尾乞怜之状，凄然如在目前。“今夜不知何处去，明朝须有倒春寒”之移爱于物，生无限怜悯之情，其佛子之心、慈悲之怀溢于言表！

四、一剪梅·重访狮子山

弹剑当年奏苦声，不愿他生，唯愿今生。来逢千里共长行，窗外眸明，柳外花明。十载萍踪访旧程，鬓尚青青，树尚亭亭。芙蓉城到牡丹城，去也关情，住也关情。

此词怀旧却并不伤今。其所怀者，为在四川师大旧校区狮子山的往昔情遇。作者二十世纪八十年初研究生刚一毕业曾供职于此，十年后旧地重游，心生感慨，遂词以记之。上片一起笔用冯谖弹铗而歌之典，暗示当时生活拮据，即便如此，却“不愿他生，唯愿今生”。为什么？后面三句便是答案。“窗外眸明，柳外花明”，正是因为窗外人、花相映的美景中那一双含情脉脉的明眸，令人魂销魄动，才让人对“今生”如此执着依恋！不仅是千里有缘来相逢的情遇，还是日后“共长行”的伴侣，所以当年虽然暂时困顿于此，但却结缘于此，情遇于此，所以不仅无憾，反而有甜蜜之忆了，这便是此作虽然感旧，但并不伤今之缘由。下片再回到旧地重游所见所感，“十载萍踪”一句融汇着今昔之感。所幸当年柳暗花明之“树尚亭亭”，所恋之人与自己，也都还“鬓尚青青”，那应该得益于两情相悦之真爱的滋养吧。

下面“芙蓉城到牡丹城”，即从成都到彭州（即天彭牡丹之城）的工作和生活地点的变迁，点明“十载萍踪”之踪迹，用两城之市花分别代指两城，诗意盎然；最后收结于“去也关情，住也关情”，点明当年去蓉城而往彭州，都是因为那一怀真情！此词在怀旧感今中将人生难得的真情挚爱表现得婉转动人，其人与境的映衬，情与景的融合，今与昔的对比，以及全词每个韵段中两个四字句之韵脚的反复或重叠，都表现出娴熟高超的技巧。

岂曰无衣？与子同袍。举国逆袭，医在前茅。与子同仇！
岂曰无衣？与子同泽。举国逆袭，人自为宅。与子偕作！
岂曰无衣？与子同裳。举国逆袭，踊跃用兵。与子偕行！（《无衣》）

庚子大疫，人类大灾，武汉封城，举国驰援。骚人墨客，歌咏之诗章连篇累牍，或古或律，或词或曲，不可胜计，而如此作，仿《诗经》之旧体，咏抗疫之新事者鲜矣，故给人新颖奇趣之感。此诗所拟者为《秦风·无衣》，原诗歌咏秦国将士团结御侮的激昂斗志，此诗借以表现全国人民尤其医务工作者勇赴疫区的“逆袭”义举，非常贴切。形式上采用《诗经》风诗惯用之叠章方式，仅变化原诗各章第三、四句，原诗第一、二、四则保持不变。不变，保留了原诗团结奋勇的民族精神和重叠反复的民歌风味；变，则汇入抗疫的时代新风；不变，保留了“旧瓶”的古色古香；变，则融入了富有时代气息的新酿；于是，在变与不变中完成了一首“旧瓶新酒”的上乘之作。

读周啸天《行香子八台山日出》

◉ 刘庆霖

巴山绵亘，八叠为峰。几千转、跃上葱茏。气违寒暑，服易秋冬。竟霎时雾，霎时雨，霎时风。雀呼起早，目极川东。浑疑是、开物天工。阴阳一线，炉水通红。看欲流钢，欲流铁，欲流铜。（周啸天《行香子八台山日出》）

傅雷先生曾说：“艺术革命有一个永远不变的公式：一种艺术渐趋呆滞死板，不能再行表现时代趋向的时候，必得要回返自然，向其汲取新艺术的灵感。”（《世界美术名作二十讲》之《乔托与阿西西的圣万济各》）向自然汲取灵感，不如说向自然汲取力量更准确。自然之力是客观存在的，连绵起伏的山，厚重沉稳，给人信仰，给人力量。我们常用“稳如泰山”来表示某人遇事沉着稳重有定力，山之沉稳便是山的不动之力量；而我们常用摧枯拉朽来形容风之力量，用排山倒海、水滴石穿形容水的力量。风与水是运动之力量，它时大时小或者此大彼小，绵绵不断、经久不衰、无处不在。而且，自然之力量是可以转化的。石油和煤炭可以转化为火和电；风力和水力可以转化为动力和电力；连阳光也可以转化为电力和热能，等等。这些自然之力量，在一定程度上，也能转化为人的精神动力。

当今由于交通便利，世界仿佛变小了，人们行万里路、游“地球村”、亲近自然比从前容易多了。然而，真正走进大自然的人极少，更很少有人能够产生“自觉从大自然中汲取力量”的想法。2018年6月初，我们一些诗人参加了四川达州的一次采风活动。在大巴山中的八台山住了一宿，看了八台山的日落，又看了八台山的日出。大家都创作了八台山诗词，给我感受比较深刻的有两首，其中一首便是这首《行香子八台山日出》。周教授看日出的时候，恰巧我也在场。那天早晨的太阳从大巴山升起到钻入云层，只有2分47秒。可就在这短短的时间内，天地的壮美被诗人抓住了，周教授把这一瞬间的天地，比喻为天工开物时的“熔炉”，“浑疑是、开物天工。阴阳一线，炉水通红。看欲流钢，欲流铁，欲流铜。”诗人不但看到了美，也感受到了力量，并将这种力量付于笔端，有一种“天人合一”意象，把天地自然和人放在平等交流的位置，我把它叫作“生命思维”，诗人捕捉到自然之力量，便会增添笔力。周教授这首词便是成功的一例。

周啸天诗词三首赏析

◉ 林　峰

一、葬猫二首（其二）

药锄掘地到三尺，葬尔非花也是痴。
盏里香油连夜少，猫猫去矣鼠先知。

古有黛玉葬花，今有啸天葬猫。但黛玉葬花为小说家书中臆想，并非真有其事。而啸天葬猫确为时下真事一桩，君若不信，有诗为证！诗人以药锄掘地，而非寻常锄头，可见诗人心绪之细，怜猫之切。想来平日里诗人与猫为伴，视猫如友，故而日渐情深。今日送猫入土虽不似昔日黛玉葬花那般伤感、那般痴情，但爱猫之意着实已近猫痴，此为诗人自嘲，亦可视为诗人当时之内心独白。若诗人此诗一味沉浸于哀猫、惜猫一节，其作意便落入曹翁红楼之窠臼，此诗作亦流于俗套。但诗人本非凡人，自有其腾挪大法，另开蹊径。转合处，诗人以盏中香油顿少，来凸现黑猫不在，而盗鼠又现之惨象，借以揭露纵使国家三令五申，依然贪腐难止之社会现象。诗人以葬猫为由，连讽带刺，一针见血，对当今世界之个别乱象以迎头痛批。此诗人之义愤，亦诗人之风骨也。清人叶天士有云："可言之理，人人能言之，又安在诗人之言之；可征之事，人人能述之，又安在诗人之述之，必有不可言之理，不可述之事，遇之于默会意象之表，而理与事无不灿然于前者也。"

（《原诗·内篇》下）此诗事中寓理，理在诗中，语言浅近但意味深长，非斫轮老手不能为也。

二、峨眉纪游

一生好入名山游，此日登高万佛头。
莫道路从人面起，屡看云向杖端浮。
天惊一线猿猱怨，寺爱万年山月留。
归去能消几量屐，平居惯上数重楼。

峨眉胜境，蜀中佛国；雄视西南，秀甲天下。据《峨眉郡志》载："云鬘凝翠，鬒黛遥妆，真如螓首蛾眉，细而长，美而艳也，故名峨眉山。"相传此地为普贤菩萨道场。诗人以太白名句"一生好入名山游"（《庐山谣寄卢侍御虚舟》），切入诗中主题，最是恰到好处。诗人身登绝顶，俯瞰山中，眼下寺庙数百，高低错落；僧人数千，经声缭绕；更有佛像数万，庄严肃穆。"万佛头"一句便由此而生也。拾级而上，但见山路弯时，人去人来；竹杖指处，云聚云散，令佛教名山益发缥缈虚空，恍若隔世。

山上有一奇观名唤一线天，又称白云峡，峡外明朗开阔，峡内险壮清幽，两面悬崖绝壁，直插云空，透过疏藤密叶只露出蓝天一线，很是佳绝，故有是名也。因此地甚险，直教猿猱亦心生哀怨。诗人故意设此一景，大有李太白《蜀道难》"黄鹤之飞尚不得过，猿猱欲度愁攀缘"之余味。此处无以复加之险状已令诗人叹为观止，更何况个中尚有亿万年之清风明月，有千百年之古刹钟声，又怎不让人流连忘返。

待尾联一结，又荡开一笔，令整首作品面貌一变也。"归去能消几量屐"典出《世说新语·雅量》。不管此行磨穿几层鞋底，归来后依然愿意再上层楼。此言一出，诗人之暮年浩气扑面而来也，诗人不管岁月几何，亦不管鬓丝几许，勇攀高峰之初衷不改，学如登山之志向不变。"器大者声必宏，志高者意必远。知夫声与意之本原，则知歌词之所自出。”（南宋·范开《稼轩词序》）。此诗读来，一股昂扬气势顿由心头喷薄而出，催人向上。

三、临江仙·活水公园

曲径小楼翠竹，浅渠活水青葭。纤尘未染静无哗。城中十万户，此地两三家。　鸟散堤杨轻袅，鱼潜藻荇交加。蜀都风日最堪夸。皓齿锦江水，明眸盖碗茶。

河边曲径，水畔小楼，再佐以娉婷翠竹，随风摇曳，此境此情是何等清幽，又何等闲雅。该词以景语开篇，显得疏密有致，动静分明。“善道景者，绝去形容，略加点缀，即真相显然，生韵亦流动矣。”（明·陆时雍《诗镜总论》）信然！此词为成都活水公园而作，园内细浪浮烟，碧草如茵，水车翻滚，青葭浮动，一派旖旎风光，醉人心神。兼之公园远离闹市，更显得一尘不染，清静无比。诗人用“十万户”与“两三家”之鲜明对比，来形容此地环境已脱却尘俗。

下阕续写眼中景致：半空莺鸟飞舞，长堤杨柳轻袅；水底潜鱼翻藻，波面萍荇错纵。诗人借景衬情，情景相生，从而道出“蜀都风日最堪夸”此一由衷心语。众所周知，天府之国，山清水碧，却也阴雨连绵。难得好风连日，红阳灿烂，令蜀都风致，格外清丽。此词最妙在结拍两句“皓齿锦江水，明眸盖碗茶”。“皓齿”“明眸”本为青春少女所独有，此时锦江水与盖碗茶皆幻化为少女之皓齿明眸，成都府便活脱脱洇染成一幅千古美人图也。由此可见，诗人于成都之钟情，是何等执着，诗人于故乡之痴迷，是何等深沉。清人王夫之尝云：“含情而能达，会景而生心，体物而得神，只自有灵通之句，参化工之妙。”（《姜斋诗话》）。诗人结拍之生动意象顿使活水公园跃然纸上，豁人眼眸，此举亦堪称景情互见之典型范例也。

周啸天诗词选析

◉ 吴　江

一、锦里逢故人

涸辙相嘘以湿同，茫茫人海各西东。

对君今夕须沉醉，万一来生不再逢。

此诗是周啸天代表作之一。著名诗人星汉先生极为称道，认为此诗已经做绝、足以传世。作者对自己的作品予以了介绍与解析，但读者也不妨有自己的理解。此诗于我，两个词可以描述：一见惊心、过目不忘。

此诗之所以能成为周啸天教授的代表作，足以传世，与唐宋名作相比并不落下风。除了基于各位诗词名家分析的方面外，笔者有几点感受：

深情至痴。何以深情？据周啸天先生介绍，乃是在那个非正常年代与这位好朋友“相濡以沫”共患难，由此结下深厚的友情；非亲身经历者，难有深切体会。其后因形势变化两人分别，暌违几十年再相见，自然感慨万千。“以湿同”，艰难时期一同落难（下乡），其后为生活一人读书一人务工各奔前程，乃是命运无情、人生无常，足见个体生命的无力。前二句为后二句蓄足了势。第三句是全诗写作的当下，直须沉醉，恍如隔世，不知今夕何夕。“今夕复何夕，共此灯烛光。”（杜甫《赠卫八处士》）“乍见翻疑梦，相悲各问年。”（司空曙《云阳馆与韩绅宿别》）隐去了几十年来各自的辗转浮沉、酸甜苦辣。末句“万一来生不再逢”，个中深情尤为感人：明知本没有来生，不可能再相逢，却痴望有来生，能够再相逢；复担心即使有来生，偏偏又难以相逢；于是，“对君今夕须沉醉”，以免来生深憾矣。如此深情，较杜少陵《赠卫八处士》“明日隔山岳，世事两茫茫”更进了一层、更重了一分。

时空旷阔。此诗首句当年乡间共患难，写聚；次句其后各奔向天涯，写散；三句写如今成都偶遇，写重逢；末句时空进一步伸延，发散至来生之时无定之处。可见此诗容量足够大，方可包含与故人之深情回旋激荡。

择词精妙。据作者介绍，题目中的“锦里”就是成都。无论作者择用“锦里”有心或无意，“锦里”一词不可易移。锦里乃成都之一景点，有繁华锦绣之意，或指时代，或指个人生活状况，均与首句“涸辙”形成强烈的对比，如此反差，足见相见之难，足见深情至贵，足见来生未定，足见今夕须沉醉。好的诗题，让诗的内容更为丰富。

二、题江深草阁图步杜少陵韵五首

路远江深绕七盘，九天万里入征鞍。
运交华盖头之大，时遇贵人途乍宽。
草阁数间凭赞助，柴门一扫脱酸寒。
寓形宇内别无事，镇日咋呼邻里欢。

又

往事何堪更复盘，几多岁月未离鞍。
人经战地睡眠少，驴入剑门天地宽。
舍弟俱分千里外，罗衾各耐五更寒。
先朝若梦付闲话，花径叨陪且尽欢。

又

太白曾呼白玉盘，何时照我跨归鞍。
谶言不是无中有，世路恒从窄后宽。
时事新闻棋弈变，宦情早作辅车寒。
寻盟访旧半为鬼，对酒当歌忽寡欢。

又

珍馐次第易光盘，投箸长亭鞴玉鞍。
巫峡三声千壑暗，夔门一出百忧宽。
林中野鹊噪昏景，江上孤舟怯岁寒。
但喜高朋知所好，一樽相劝办余欢。

又

一曲新词珠落盘，谁令黄阁驻吟鞍。
心期超近忽超远，诗律甚严还甚宽。
沙鸥泛泛知溪暖，杨柳青青变岁寒。
更喜风从花信至，死生契阔叙悲欢。

附：杜甫《严公仲夏枉驾草堂兼携酒馔得寒字》：

竹里行厨洗玉盘，花边立马簇金鞍。
非关使者征求急，自识将军礼数宽。
百年地辟柴门迥，五月江深草阁寒。
看弄渔舟移白日，老农何有罄交欢。

初见此组律诗，是于《岷峨诗稿》2023年冬季刊。题画、连章、步韵、同韵，诸体特性融为一体、出手不凡，当即大为叹服。稍后于同一期刊物上读到管遗瑞先生的赏析文章《连章步韵，因难见巧》。我谓此组诗“足见健笔宏才”，不止管先生所说的“连章步韵”，还有以下几个方面：

同韵。几首诗或一组诗用同样的韵字，如苏轼集中多见，因其“横放杰出”，故举重若轻、信手天成。组诗同韵，其难点在于不重复，不重复他人，也不重复自己。且看周教授此组诗中的颔联：“运交华盖头之大，时遇贵人途乍宽。”“谶言不是无中有，世路恒从窄后宽。”“人经战地睡眠少，驴入剑门天地宽。”“巫峡三声千壑暗，夔门一出百忧宽。”“心期超近忽超远，诗律甚严还甚宽。”各联择词造句、节奏声息并不雷同，而纪行叙事、言理喻志，各有分工。纵横腾挪，不觉拘碍，可见才力不凡；每一联对仗工稳，无一重复，更难能可贵的是几乎皆可以作为佳句吟咏流传。如“谶言不是无中有，世路恒从窄后宽。”自可为警句名言。

题画。周啸天教授此组诗所题之《江深草阁图》，我无缘亲见，然读诗即如见图中乃杜甫居于江滨草庐。读图不可只读到图中人物，题图诗也非限于画面与文字。周啸天教授此组诗，以图为本，更跳脱而出，不止书写了杜甫一个人的人生经历，而是书写或抒发了包括作者在内许许多多人的人生经历与感叹。“好诗不过近人情。”周啸天教授此组诗，既写杜甫经历，同时寄予个人感慨，引发读者共情。

博观约取，厚积薄发。阅读此组诗，有“无一字无来处”之慨。多处词句，化用于前人，又自有新创造新意境，如：“人经战地睡眠少，驴入剑门天地宽。舍弟俱分千里外，罗衾各耐五更寒。”即令读者想到“自经丧乱少睡眠”（杜甫《茅屋为秋风所破歌》），“细雨骑驴入剑门”（陆游《剑门道中遇微雨》），“有弟皆分散，无家问死生”（杜甫《月夜忆舍弟》）及“吊影分为千里雁”（白居易《望月有感》），“罗衾不耐五更寒”（李煜《浪淘沙令·帘外雨潺潺》）等等。可见对于诗人来说，固然“诗有别才，非关书也”（严羽《沧浪诗话》），然欲有所成，非破万卷书、行万里路不能。终究是“读书有益”、“读书受用”。

一组七律，诸善皆备，殊为不易，无深厚才情学养诗力者不可为。

三、牧马山庄

清时有味肯无聊，诗律棋牌各细敲。

牌到和时律已就，一时兴会两相高。

孔子说：“君子和而不同。”（《论语·子路》）《牧马山庄》是周啸天教授于此休闲游赏之作。前二句描绘山庄之中，清静之处，有人玩棋牌，有人玩诗词，各自沉浸于自我的世界，彼此互不干扰。此乃难得清闲之日，大家终要寻些有趣味之事，不愿无聊虚度。后二句描写别人经营的牌终于获胜时，自己的创作已经完成，一时之间大家都兴致盎然。

表面上看，此诗平易浅显，然深味之，诗虽小却大有讲究。此诗前二句主要写静，包括山庄的清静与人物的慎静，然静中含动；后二句主要写动，写出写诗玩牌之人各得其所，各得其乐。此诗四句，一句总，二句由总而分，三句由分而总，四句总。其次，人各有所好，宜相互尊重，平等相处。刘梦得于陋室“谈笑有鸿儒，往来无白丁”之清高，终不若周啸天教授于牧马山庄“牌到和时律已就，一时兴会两相高”之平和包容。

四、汤加火山爆发

六博争雄七国间，汤加诸岛赖居安。

冥冥海底暗箱启，死火山成活火山。

自注：2022年1月15日，汤加海底火山发生剧烈喷发，或称千年一遇。

现代诗词创作，大抵是“旧瓶装新酒”——以传统的体裁表达现代的内容。格律当尊古，笔触须面今。如周啸天教授之七绝《汤加火山爆发》即为榜样。

读诗题，即了解诗的内容，进而了解到诗人并不限于一隅甚至一国，而是具有全球视野及关注人类共同命运的博大情怀。

首句设喻，以战国时期七国争雄的惨烈残酷，喻汤加火山喷发之剧烈，此为以古喻今；以古人博戏之小事，喻大国争雄的国际形势，此为以小喻大。次句交代汤加诸岛人民赖以生存的唯一处所即在此博弈之间，令人感叹生命于自然或底层于强权的脆弱无力。

后两句写火山喷发的内容，尤为精彩。“冥冥”一词多义：幽暗、晦暗，鬼魂所在之处，私下、暗中，切合海底，亦切合人世。“暗箱”不解释，“启”字很要紧，是末句“死火山成活火山”的诱因，如同打开潘多拉魔盒的钥匙。死火山变成活火山，给相关国家人民带来巨大的灾难，令人痛惜。

此外，隐隐感觉作者也有一层担心或一言忠告，即：勿启暗箱，勿诱火山。诗中有现代词汇，更具现代思想。此等境界，令人感佩。

五、天泰园白鹭

漠漠水田凭尔翔，争知稠院隐回塘？
三餐不素偷为乐，独腿常搴佯忍伤。
观赏鱼劳贼惦记，珍稀鸟待客端详。
主人抓拍成惊扰，一片孤飞雪打墙。

不少人以为诗人多正襟危坐、刻板教条。这是由于他们不了解真正的诗人。读周啸天教授的《天泰园白鹭》，我们会发现，诗人其实是充满趣味的；生活是有趣的，诗当然也可以有趣。诗的首联看似平易，其实用心。首先提出一个疑问：白鹭是属于“漠漠水田”的，怎么从诗佛王维的诗中，从那世外桃源般的辋川山庄，飞到这花木繁茂、水池环曲的天泰园来呢？王维的《积雨辋川庄作》“漠漠水田飞白鹭”，清新淡远、自然脱俗，白鹭这一飞，就把辋川居与天泰园、古贤与今人，穿越时空连接起来了。“文似看山不喜平”，诗人在颔联开始回答首联之疑问，竟颠覆了白鹭高洁脱俗的传统形象。此地有鱼，“三餐不素”，偏偏要以偷为乐。非但如此，还佯装忍着伤痛，拳着一只腿，以博人同情。这个“佯”字，令人忍俊不禁。这哪里是白鹭？这哪里是世人心目中的白鹭？分明是一个狡黠可爱的孩童。白鹭食鱼、蜷腿的习性，在诗人眼中笔下，却成了刻意为之，鹭与人等同视之，便良多趣味。颈联趣味不减。诗人截取蜀谚“贼惦记”入诗说明白鹭常来，已有川人川语的幽默风趣；更把上联又“偷为乐”又“佯忍伤”的那位，称之为“贼”，再加一个一本正经的“劳”字，意思是说：辛苦您了；没有恼怒责怪，反而客气慰问——非蜀人不能为此语也！为什么没有恼怒责怪，因为对于天泰园来说，这是珍稀的鸟啊，人们欣赏还觉得不够呀。显然，天泰园的主人是有仁爱之心的。诗的尾联：主人欣赏拍照，是想留下珍贵的影像，却无意惊飞了这白鹭，孤单地飞起，像一片白雪，越过天泰园的围墙，又飞回王维的辋川别墅了吗？留给人们几多感叹与想象。观此鹭，赏此诗，真一趣事也。七律句子多以“2221”或“2212”结构，但本诗颈联的节奏，却采用了“313”的所谓折腰句的结构，即“观赏鱼/劳/贼惦记，珍稀鸟/待/客端详”，更加灵动活泼，较好地克服了律诗常有的那种程序化的过于追求对称匀称之弊。这种句式，不宜多用；此诗之中唯此一联，确是形式与内容很好的结合，也体现出一种风趣。显然，有趣味的诗人，才会生产出有趣味的诗歌来。

六、贵州某地斗牛两牛于对撞一刻罢斗同胞相认故也

声息潜通两觳觫，临场罢斗色凄凉。
人心恐未安于此，兽道元来狠有方。
萁豆相煎伤尺布，原田偕作恋斜阳。

凭君莫话斗牛事，必不罢休易以羊。

自注：《孟子：齐桓晋文之事章》："然则废衅钟与？何可废也，以羊易之。"

斗牛的传统，世界多地保留至今，本初之意义已然不存，现在多已发展成为体育盛会、观光项目之类，很多人喜闻乐见，敏感的诗人从这一事件中看到的是人性。诗题较长，基本交代清楚了诗文内容与写作缘由。诗的语言才能更大程度地发挥文字的传情达意感人启思的功效。首联"声息潜通两觳觫，临场罢斗色凄凉"，乃诗题的内容，描写两牛罢斗的场面。觳觫，二意：恐惧战栗貌；借指牛。典出《孟子注疏·梁惠王章句上》，乃说人们为了某仪式而杀牛，正与斗牛之事相符。二字述及斗牛之事件之主角之神情，稍生僻一些，但似无可代。首联已然可以看到诗人对牛的同情，而颔联是诗人对人心的认识：二牛罢斗，演出搞砸，观众失望、主人生气；历来兽类相争，是凶狠至极你死我活的，而今之状况，异乎寻常令人不解。这两句，交代了两牛罢斗后的人心，显然人心不解兽道。颈联分述人与牛。"萁豆相煎"，出自曹植《七步诗》，喻同胞骨肉的相残；尺布，一尺布，指数量很少的利益，也喻兄弟间因利害而冲突。同类相残同胞互害，古今中外不胜枚举，这就是人。而二牛的愿望，只不过是在田野上为人们共同耕作一直到老。牛且如此，人何以堪？对比何其强烈，诘问直及人心。读及此处，能不思乎？能不愧乎？尾联用典，作者本着对人类对人性的深刻认识，用以羊易牛事继续抨击人性的虚伪、贪婪与残忍。对动物如此，对人又会怎么样？前事未远，吾辈敢忘。本诗充满着批判的力量，洋溢着人性的光辉，具有极强的现实意义和极高的思想价值。

七、行香子·八台山日出

巴山绵亘，八叠为峰。几千转、跃上葱茏。气违寒暑，服易秋冬。

竟霎时雾，霎时雨，霎时风。　雀呼起早，目极川东。浑疑是、开物天工。阴阳一线，炉水通红。看欲流钢，欲流铁，欲流铜。

注：贾谊《鹏鸟赋》：“天地为炉兮造化为工，阴阳为炭兮万物为铜。”

天下山水之名胜何其多也，终有不能亲临之处。但通过阅读优美的诗词，同样可以去领略。且随周啸天教授的《行香子·八台山日出》一词，去观赏壮美的八台山日出。八台山位于四川省达州市，是四川最先看到太阳升起的地方。词的上片，写登八台，突出其高拔。八台山有“巴山第二峰”美誉。一二句遥看，巴山为横，八台为竖，构图立体，立见八台之劲拔壮美，不教“大漠孤烟直”独美。三句写攀登，“几千转”，山高路长曲折艰辛；跃上葱茏，写登顶的所见，“跃”字表现出诗人的喜悦与豪情。“气违寒暑，服易秋冬”，系山高所致。一路上气温变化，着装更换，乃攀登渐次向上。八台山上风云变幻，“霎时雾，霎时雨，霎时风”。一个“竟”字，突出少见，惊诧而震撼。词的下片，写观日出，突出其壮美。过片二句，是早起观日，雀跃欢呼纵目远眺。日出刹那，天地相交之处，一线之间的阴阳变化，囊括天地、死生等宇宙间一切，疑为天地洪炉造化万物之景，真宇宙之壮观也，诗人发出由衷的感叹。一线何其细微，此景何其宏大；火红的朝阳在此之间升起，在此之间熔炼，在此之间流淌——此景此喻何其夺魄传神，岂不胜于“长河落日圆”的孤寂没落。“看欲流钢，欲流铁，欲流铜”，是置身于这初升的红日下和红日照耀的八台山上，作者的所见、所思与所感。王国维于《人间词话》提出：“言气质，言神韵，不若言境界。有境界，本也。气质、神韵，末也。有境界而二者随之矣。”这首词画面流动，力量强大，状难言之景于目前，含不尽之意于言外，达到了浑成的壮美境界，显示了诗人的深厚功力。原来，上片的八台山，只是观礼台与铺垫；而下片壮观的日出，才是主角与高潮。读周教授这首词，真如相随登八台赏日出，精彩叠叠，壮景历历，纵未亲历，亦当无憾了。

八、戊戌春日植树天下诗林

予今种树汝乘凉，欲赠蘋花异代香。

汝坐霞光千道里，忆予曾对此斜阳。

旧有“诗忌重字”一说，虽然也读过古人许多有意无意重字之诗作，如“一叫一回肠一断，三春三月忆三巴”“东边日出西边雨，倒是无晴却有晴”“此生此夜不长好，明月明年何处看”“梅须逊雪三分白，雪却输梅一段香”“即从巴峡穿巫峡，便下襄阳向洛阳”“刘郎已恨蓬山远，更隔蓬山一万重”以及李商隐《夜雨寄北》等，创作仍有缩手缩脚之感，不敢越雷池一步。读周啸天《戊戌春日植树天下诗林》，忽令人豁然开朗。此诗乃作者2018年春季在郑州天下诗林植树有感，一二句写现实中的当前，以“予”为主体。首句用“前人种树后人乘凉”语，紧扣植树。次句托蘋寓兴，用柳宗元《酬曹侍御过象县见寄》“春风无限潇湘意，欲采蘋花不自由”诗意，想象却跨越到“异代”，是作者向下一代的读者的致意。三四句时光流转，视角转换，写想象中的未来，以“汝”（即下一代读者）为主体。上句对应首句后三字“汝乘凉”，末句“忆予曾对此斜阳”对应首句前四字“予今种树”，表现的是下一代读者对前代诗人的神往。全诗回环往复，予与汝、事与情理、实与虚、今日与未来交错分合，不避重字，反而是其佳处。就章法而言，于同一空间（天下诗林）写不同时间（当下与未来），与崔护《题都城南庄》神似。

九、苏幕遮·上青藏

及良辰，将胜友。与子偕行，与子偕行久。小别重逢一握手。唐古拉山，唐古拉山口。　镜湖平，阴岭秀。雪积云端，雪积云端厚。好客人家处处有。熟了青稞，熟了青稞酒。

宋代陆游《文章》诗云：“文章本天成，妙手偶得之。粹然无疵瑕，岂复须人为。”这是读过周啸天《苏幕遮·上青藏》的第一感受。此作除“处处”这一叠词外，还有三十二字重复，而整首作品仅六十二字，重复的字超过了百分之五十。若只是简单的重复，也不足为奇，关键是每四句中作一次重复，却十分自然妥帖，毫不生硬造作，关键是重复虽只是各添加一个韵字，却拓展出新的内容、情味。如“与子偕行，与子偕行久”，重复时只添一“久”字，即有增意，可见乃同道故交，情之深厚久长。又如“唐古拉山，唐古拉山口”，重复处添一“口”字，由大而小，由远而近，正是“上青藏”过程的真实描写。又如“雪积云端，雪积云端厚”，重复处添一“厚”字，立现高原天气变幻莫测这一特点。最后“熟了青稞，熟了青稞酒”，此处重复尤佳，只添一“酒”字，写出了青稞熟了，再酿青稞酒这一生产过程，好在“青稞”和“青稞酒”重复二字，却不是一回事。读罢令人回味无尽，叹赏不已；允为妙手天成，不可多得。

推恩广及他人幼　出口恒成文锦章

——《岷峨诗侣·周啸天卷》读后作

◉ 师红儒

《岷峨诗侣》丛书前言曰：岷峨诗稿社成立三十余年，坚持崇尚李杜苏辛，反映现实，关注民生，不作无病呻吟语，业已形成刚健、质朴、活泼、清新之群体风格，号为岷峨诗骨。今读《周啸天卷》，斯论诚不假也。

周啸天先生低调内敛，是给人留下的第一印象。其自称惭太白之豪情，愧少陵之物与，偷香山之格律，接眉山之兴会，拈管城之旧锥，作浮世之新绘。然细读《将进茶》《邓稼先歌》《洗脚歌》等作品，其襟怀识见卓然立现，尽显体物悯人的风骨情怀，取材切合时事，寓意深邃，笔法恣肆。“为诗者以识为主，入门须正，立志须高（《沧浪诗话》语）”，其为诗不拘物象而尽得神韵，不避巨细而尽显人生之哲思，或恢宏或细微或古朴或新奇，无不出人意料，可见其为诗之义，治学之根本。有人问先生如何能作好诗，先生不假思索，答：读到哪，写到哪。此言不谬，只有具备足够的知识学养和诗学修为，为诗之路才会雅正雄远。席间有人曾戏谑先生“古稀年青鬓胜少年”，先生笑道：“不白之怨也。”风趣的对答足见先生的睿智和乐观的生活态度，敏行讷言、热爱生活，有先生取之不竭的诗材泉源。

我读周啸天先生诗，其格也清、情也真、意也新、声弥远。

一格清。请读这些诗句，“宁红婺绿紫砂壶，龙井雀舌绿玉斗。紫砂壶内天地宽，绿玉斗非君家有。佳境恰如初吻余，清香定在二开后”（《将进茶》)；“镂空惊鹊别枝梅，风吹峨眉山月来；月影斑驳在诗卷，玉山自倒卧苍苔”(《太白醉月歙砚歌》)；“山有幽名自古留，前山不比后山幽。烟云绕树花殊色，峡谷飞湍水疾流”(《青城后山纪游》)。这些古拙、雅素、清真的句子间无不凸显出一种自然醇和的意趣，诗心独具的灵襟所致，有泉流石上之自如悠然。意在笔先，神扬意深，思兴遄飞，寻常物得诗骚气而鲜活毓秀，诗人意藉眼前物得以抒发升华。风也、月也、山也、花也、诗人也，浑涵一块，信手拈来，飘逸奔涌，相得益彰，神采直逼古人。格清所以气清雅正，气清而骨峭音越，由此决定了先生诗之品格。

二情真。“绝去形容，独标真素，此诗家最上一层”(《诗镜总论》陆时雍语)，怀质抱真，天然自成，不假雕饰，沈挚精稳，是先生作品一大特色。情真而意永神隽，是作品之所以感人处。如，“说与少年如隔世，耆旧凋零已无多。君子学不可以已，推恩愿及二三子”(《渠县二中歌》)；“等闲三字君安否，发自天摇地动时”(《五一二短信》)；“为君一掬浔阳泪，敢惜珠玑掷玉盘”(《流水》)。师生间的教诲情、诗友间的惺惺相惜共勉之情、同学侪辈的殷殷离别情，在先生的作品中占了很大篇幅。诗人本是多情者，情到深时总不同，大凡名篇佳句皆因一个真字而引人唏嘘叹服。先生的诗作直探人的内心深处，透视灵魂的净浊，读来心有戚戚。千古真诚无价，情深故而语真，情义发乎心而自得，而雄健俊逸，而意蕴深厚，平常事才会不俗，率真见性，慎微知机，臻于雅境。

三意新。取材广泛自如而能赋予新奇独特的视角观点使先生作品具有极强的活力和影响力。大到《邓稼先歌》《北京奥运开幕式》《海啸歌》，小到《洗脚歌》《纽扣辞》《葬猫》等等，时而如山崩海哭，时而和风细雨，读来拍案称奇。现实中就地取材，关注新事新物新变迁，加以诗人的独特思维，或激越悲鸣，或朗月清风，不拘一格，洋洋洒洒娓娓道来，令人目不暇接、目驰神迷。试看：“海洋直立势排空，涤荡八国洪涛风；近海生民二十万,一弹指倾万事空”，读来惊悚神伤；“一物在掌国得安，翻教英年时倒计”读之豪壮振奋；“盏里香油连夜少，猫猫去矣鼠先知”掩卷不禁哑然失笑。万事万物在先生笔下无不收放自如，物尽其态，各呈其妙。语新句奇，峻骜闳深，赋予作品鲜活灵动的生活情趣和蓬勃昂扬的生命力，陈美刺核有无，立意也深，诗心所在。格物致知，清襟凝远，笔法恣肆，内蕴层深，作到难也新，易也妙。

四声远。先生毕生致力于古典文学的教传习，对汉语的音韵、词字的运用、诗词章法等方面烂熟于胸精到娴熟，油然布遣，发乎天然。“枕函双飞鸳，双飞复双宿。君之手所绣，此意吾自熟。为莲爱并蒂，于鳞羡比目。君称拙于辞，衷曲在枕腹，冰炭刺吾肠，枕乎尔何物”（《枕函辞》）“一湾牛腹堰，两面马头墙；三雕皆吉画，四水收明堂”“《徽州民居》”；“粗茶淡饭杂时蔬，厕上床前几卷书；兴来颜戳李敖厚，得间微挑金庸疏。……诗客或为门外汉，书家岂是社中人！”（《Y先生歌》）。此类诗句流利清远，诗骚雅怨，韵谐调清，大巧若拙，雅驯雄健，有居高声远响遏行云之势，而其中句法章法颇得古人神髓，不是浸淫于古诗此道识得其中三昧，自是很难道出。真素精拔新奇卓识的诗风一扫靡丽空泛的当代诗坛，让人读出深雅雄厚的韵味来，在先生的古诗中这样的章句俯拾皆是。

诗人要传承高贵的人文精神和高雅的艺术审美情趣，在襟怀、器识、诗心、诗品上做到峻远宏阔，持人情性，情动于中而形于言。无疑，周啸天先生是此中翘楚。其诗雄笔健，踵唐宋遗风，推陈出新，奇思不竭，使传统诗词的创作别开生面，门径为之一宽。当然，周啸天先生的妙悟精微、超群才思和诗学造诣，只能意会差可，难得尽其妙谛。其体现当代意识和时代精神之作品极富悲悯心与人文精神，“拓宽取材、有义可陈、略关美刺”的诗风值得当代诗人们来借鉴和学习。诗风长健。这里，借用先生诗句“高山仰止从此始，学莫便乎近其人”，希望诗人不拘一格，多出精品力作，为弘扬中华民族优秀传统文化添上浓墨重彩的一笔。

字浅　文刁　语新　意奇

◉ 韩倚云

在我读到的有关周啸天诗词的评论性文字中，南广勋先生的小令《双调·沉醉东风·读〈岷峨诗侣〉之周啸天卷》堪称用字少少，而发明多多。区区四十余字，句句中肯而饶有风趣。全文如下：

敞胸怀烟波浩渺，落笔端意雅情高。有古风，无酸套，语新奇字浅文刁。盥手移灯细细瞧，美丢丢捧他臭脚。

“敞胸怀烟波浩渺”，是说周啸天作诗襟抱宽，题材广。《毕节行》写五个流浪儿之死，《葡京赌城》侧击高官涉赌，尚属传统新乐府的范畴。而《洗脚歌》《人妖歌》《妙真诗》《苏紫紫歌》《失联》（写马航事件的）等，表现对现实对社会对人生的关注；《天谴》《贵州某地斗牛》《带犬》《主家变故致小狗失所》等，表现对动物对小生命的关心，诗胆大，文心细，无不以慈悲为怀。古无今有，极具特色。滕伟明先生说周先生“几乎到了无事不可入的地步”，“（《洗脚歌》《人妖歌》）我都写不出来”。

“落笔端意雅情高”。吐槽者总说周诗打油，然而在这些人看到“俗”的地方，王蒙看到的是“幽凝典雅”，南广勋看到的是“意雅情高”，他们都拈出一个“雅”字。这真是“看作品又因读者而不同”（鲁迅）了。周先生腹笥广，虽然是“我手写我口”，却往往含英咀华，字带书香。其力作《邓稼先歌》，媒体和大众津津乐道的只“不蒸馒头争口气”一句（就这一句也是有出处的），而忽略了这首诗中逐处都有读书受用的东西：“新婚无家别”出自杜诗，“夫执高节”、“同门六翮”出自《古诗十九首》，“七六五四三二一”（倒计时）翻用罗隐《京中正月七日立春》（一二三四五六七），至于“神农尝草”、“干将铸剑”、“人百其身”、“宾客折屐”、“荐以血”、“名编军帖”、“天长地久”等等，笔端驱使古今人奔走不暇，由于富于文采，所以特别典雅。

“有古风”，说到了周诗在体裁上的特点。本来，唐人只称五言古诗为“古风”，年代久了，后人也习惯性地将七言歌行说成“古风”。七古是“唐人的拿手好戏”（陈延杰），李白岑参，登峰造极。今人将七古做到无懈可击的不多，周先生要算一个。其写作心得是：起笔要“大江无风，涛浪自涌”，中幅要从一个兴奋点到另一个兴奋点，兴奋点之间自成跌宕，结尾要“白云从空，随风变灭”，全篇要应无尽无。（周啸天《诗词写作十日谈》）可以说，鲁迅文学奖正是冲着这个体裁的系列作品，颁给周啸天的。他的新作有《恶之花》（写“九一一”事件的）《宽窄歌》等。人无我有，推陈出新，值得一读。

“无酸套”，是说周诗的格调。周诗写人生百态，笔墨鲜活生动，绝无酸文假醋，忸怩作态。从某种意义上讲，“有古风”就是“无酸套”，而“无酸套”却又有新风。像《澳门观舞》《Y先生歌》《何所长歌》那样“作浮世之新绘”的作品，岂止“无酸套”，甚至很“另类”。正因为如此，才给诗词宝库添得新的品种。

“语新奇字浅文刁”——“字浅文刁”四字可圈可点。周先生对语言追琢，对文字游戏，有很高的兴趣。在这方面，他向书本学习，向生活学习，也向民间学习。《何所长歌》开篇的“何所长，何所长？有何所长当所长。”就取自民间俏皮话。妙在将字面相同，而意义迥异的词语并置一处，此“何”（姓氏）非彼“何”（什么），此“所长”（职务）非彼“所长”（爱好特长），幽默到极致。七律《翁杨恋》开头的“二八翁娘八二翁”，有异曲同工之妙：此“翁”（姓氏）非彼“翁”（老头子），而“二八”与“八二”在数字上则是回文式反复。将生活中纯属偶然，本无关联的东西，用游戏态度，做成天作之合，从而与诗的言情有机地关联起来。由此可见，“字浅”容易，“文刁”谈何容易！事关生活功底，语言功底。明人沈复说：“唯其才子，笔墨方能尖薄。”所谓“尖薄”，也就是“刁”的意思。南广勋先生作为当代散曲高手，对这等为吐槽莫名其妙之处，独具慧心，故能发人所未发。

“盥手移灯细细瞧”看上去是闲笔，而人物形象跃然纸上。只一笔，就画出一个书痴面对一本好书，毕恭毕敬的样子，做到了活灵活现。因为恭敬，所以“盥手”。与古人在做特别庄重之事前，必须焚香沐浴斋戒一样。余恕诚先生致周啸天的信中说：“今晚在灯下，几乎把你这部诗集都读了一遍，真是一种享受。”便可作为此句的注脚。由于按捺不住兴奋，下意识地就有个“移灯”的动作，“细细瞧”，则是细细品味，而不是造次一观，因胃口而埋怨食物。

“美丢丢捧他臭脚”是以俚语入曲，当行本色。“丢丢”在山东方言中有不害臊的意思。读周诗后心中畅美，故不禁喜形于色，毫不掩饰。南先生自注道：“周先生作《洗脚歌》，或谓之‘捧臭脚’，今反其意而用之。”——你说“捧臭脚”么，我今天倒要捧一下他的“臭脚”（即吹捧他一下），看看如何！这是嬉笑怒骂，皆成文章。同时，一种惺惺相惜之情从笔端流出。曾读到钟振振先生一篇题为《若无新变，不能代雄》（萧子显语）的文章。记得他曾在一次大会发言中说，读周啸天诗词的感觉，两个字——“惊艳”。何以惊艳，大概就是因为“新变”的缘故吧。

总之，南先生这支小令不仅见地高，在品格上与所论对象，亦有异曲同工之妙。较之元末明初人贾仲明的《双调·凌波仙》对人物的品藻，毫不逊色。

（原载《渠县好诗词》，四川人民出版社）

读周啸天《西江月·清明回放五年前视频》

◉ 韩倚云

周啸天先生的恋情诗词为数不多，但每一首都做到用字少少，发明多多，各有特色，各有创新，不重复自己，不重复古人。笔者刚读到的《西江月·清明回放五年前视频春芝好在》，又令人耳目一新。区区五十字，句句情真感人，又有深度，语言质朴，不乏文采。词曰：

穿越时空隧道，故人近在眼前。诸生丛里纵高谈。黑发一头未变。忽听渝音道我，我心蓦地悬悬。悬心适放转潸然。端的与人为善。

清明是中国人最看重的传统节日之一。适逢相濡以沫的春芝夫人辞世后第一个清明节，作者心情可想而知。而他祭奠夫人的方式非常特别：回放夫人生前影像，重温旧情，不言相思，已是满纸相思。

起句“穿越时空隧道”，直接用了“穿越时空”理论，通过直接穿越，看看夫人情况如何？这个“穿越”非梦境、非想象，而是影像的真实。“故人近在眼前”，与苏轼《江城子·十年生死两茫茫》之“夜来幽梦忽还乡，小轩窗，正梳妆”决然不同。是用一种几乎是欢快笔调，写伊人与自个儿相对。

三四句“诸生丛里纵高谈，黑发一头未变”。叙述影像的内容：夫人职业为教师，多年做大学辅导员工作，视频中她正对学生侃侃而谈，谈学习，谈人生。这里没有悼亡词的老套，却把读者深深打动。不是“纵使相逢应不识”，而是“黑发一头未变”。怎么可能呢！读者须知，这是回放五年前的影像，夫人白发本来不多，经过一番打理，从视频中看，当然可以是“黑发一头未变”。从这里，读者读到了作者的欣慰，也读到了作者的痴情。

五六句，“忽听渝音道我，我心蓦地悬悬”。“渝音”是重庆话——夫人是重庆人，师生聚会闲谈，不端架子，真性情流露，不用说普通话，只说重庆话。“道我”二字，是说夫人突然对学生提到了作者，或说出作者的名字。于是词人的心忽然（蓦地）悬了起来。干吗这么悬心？原来作者隔着视屏，好像在偷听夫人与学生闲谈。忽然听到自个儿名字，立马担心夫人背后揭短——谁在生活中没有一点糗事呢？谁不怕别人背后揭短呢？“我心蓦地悬悬”，短短六字，写透人情世故。

七八句是突然转折。“悬心适放转潸然，端的与人为善”。“潸然”出处《诗经·小雅·大东》：“睠言顾之，潸焉出涕。”《汉书·中山靖王刘胜传》：“纷惊逢罗，潸然出涕。”唐·杜甫《送梓州李使君之任》诗：“君行射洪县，为我一潸然。”所发感慨相当有分量。词人为何这么激动？原来接下来他听到的，是夫人非但没有揭短，反而在对学生夸他。当面夸人，不一定使人感动；而背后夸人，却一定会使人感动。本来，词中人觉得自己没有那么好，想不到夫人这样夸他，很不好意思，觉得这是夫人在与人为善。由此又联想到夫人一生与人为善，便不禁汪然出涕。

不一样的清明！不一样的悼亡词！这使人想起周先生诗学话语的一个命题，叫“想不到的好”。他说：“诗有两种好法，有一种叫想得到的好，有一种叫想不到的好。想得到的好，是锦上添花，说到底还是重复。想不到的好，才是翻出手心，才是雪中送炭，才能增值。我以为，当代诗词作者都应该追求想不到的好。”（《周啸天诗话》一四六）

而这首《西江月》，可以视为周先生现身说法，具体演示，怎样做到想不到的好。据周先生说，回放学生发给他的这个视频，感动之余，一刻钟工夫就写成了。正是情到真处，一毫不容假借。什么样的人写什么样的诗。只有具备穿越生死的人生观的人，才能把悼亡词写到这样清纯通透，而一洗万古悼亡的悲悲戚戚之感。

意新而气足

◉ 东陵种瓜生

蜀中周啸天先生，论诗有八字箴言：“应有尽有，应无尽无。”或问其意，先生答之曰：“‘麻雀虽小，肝胆俱全’，是‘应有尽有’；‘凫胫虽短，续之则忧’，是‘应无尽无’。”吾谓：“兹论高矣，不但作诗如此，作文亦当如此。犹记陈师道携文谒曾巩事。其文仅数百言，曾巩见之，每一两行连抹，凡削去一二百字，文意犹完。此毋乃应有尽有而应无尽无者乎？”

先生成名久矣，声播四海，固不待吾哓哓琐言。今只择其短小精悍者录之，诸如《将进茶》《洗脚歌》《恶之花》《葡京赌城》《人妖歌》《何所长歌》等长篇，因篇幅所限，则不录。《珠峰》：“八千米雪柱晴空，休把寒冰语夏虫。剧怜孔子小天下，未识人间第一峰。”思力语锋何让坡公。《观恐龙博物馆》：“谬将知己托雕龙，龙骨坑前走叶公。此世纪非公世纪（唐杜光庭《虬髯客传》：‘此世界非公世界。’）来世纪恐两无踪。”此岂有法可循耶？吾长视先生为“周半仙”，何也？盖其诗一半能学，一半不能学。能学者，有法可依；不能学者，无法可依。此正无法可依而不能学者也。

《草船》：“今夕凭君借草船，逢逢万箭替身穿。同舟诗侣休惊惧，与尔明朝满载还。”此先生获鲁迅文学奖后答非议者之诗，真可谓“借题发挥”，题在此而意在彼者矣。易安词云：“落日熔金。”先生衍之为《行香子·八台山日出》曰：“阴阳一线，炉水通红。看欲流钢，欲流铁，欲流铜。”气象更见飞动，不得让易安专美于前。《某书记掌掴下属丢官》：“堂上一言声气粗，太明白处甚糊涂。怜卿手重胡屠户，药遍人间悔亦无。”新闻诗当如此作，方不是新闻而是诗。《朝天峡》：“乱石当空累石丸，网箍桩铆冀平安。人心毕竟思维稳，便到千钧一发间。”三四颠倒句。《吊刘禹锡墓》：“抱我琴来寻旧墓，对君曲莫奏前朝。”《吊李商隐墓》：“刚道夕阳无限好，忽然云雨尽堪疑。”《游三苏园》：“人之恋者市朝也，客亦知夫水月乎。”皆一联中有波折。《春运岁尾车行京郊，路旁木叶尽脱，时见空巢，怵目惊心》：“京郊地冻艳阳高，客至年关咒路遥。木落平林天远大，枝头留守有空巢。”《东航空难现场发现结婚证十余本，时俄乌战场阵亡四千有余，岂无新婚者也》：“世间祸福本无凭，结发初晞露水恩。恨不随军同日死，古来白骨有新婚。”皆不为一物一事所限，善于联想，能由此及彼，斯正先生之诗多意新而气足者之故也。

怎一个趣字了得

——论周啸天纪游诗词的艺术特色

◉ 邓建秋

“趣”是周啸天诗词重要的艺术特色和审美特征。读其纪游诗词，也是因趣而妙，充满妙趣。那么，这种风格又是如何形成的呢？笔者认为除了诗人行旅中所见之景、所历之事富有奇趣外，除了诗人那天真的个性、浪漫的气质外，其原因还与诗人奇思妙想，匠心独运，采用多种艺术手法加以表现有关，其中最突出的是“反常合道”和“避熟就生”手法的运用。

一、反常合道

苏东坡提出：“诗以奇趣为宗，反常合道为趣。”（宋·释惠洪《冷斋夜话》引）“反常合道”周啸天的纪游诗词就是通过“反常合道”手法的经常运用，从而达到“无理而妙”的审美效果，让读者得到奇妙美妙的审美享受。

一是“使平凡而互不相干的，或相互矛盾的事物作一种新颖而突然的结合，以产生一种新的美学关系，目的在求得一种惊奇效果”（洛夫），如：“皓齿锦江水，明眸盖碗茶。”（《临江仙·活水公园》）“皓齿”与“锦江水”，“明眸”与“盖碗茶”，本是毫不相干的两类事物（齿与眸，指代人也；水与茶，眼前景也），直接组合在一起，初看觉得毫无道理，但细读，就感到这两类不相干的事物被诗人巧妙地剪接、嫁接在一起，使人既觉得

“锦江水”像“皓齿”一样亮洁，“盖碗茶”像“明眸”一样纯净，同时也让人觉得“皓齿”像“锦江水”那样温柔明媚，“明眸”像“盖碗茶”那样含蓄隽永、意味深长，这里既像是写景，又像是写对饮之人，人就是景，景就是人，眼前景即眼前人，眼前人亦眼前景，人景难以分辨，景物与人浑然一体，互相增益。短短十字，极富张力，极富妙趣，启人无穷想象，看似反常无理，实则符合人的心理，符合诗词表达的特征。

二是移情于物，从而使物具有人的色彩，物在诗中带上了人的思想情绪，以此方式故意让物显得不合常理，从而达到无理而妙的效果。如《都汶道中》：“震后群山积乱麻，岷江终古浪淘沙。山下飚轮追日夕，山头顽石待冤家。”顽石本无爱憎，一个“待”字，写出凌空作势将欲扑下的状态，使顽石有了人的情绪和动作，其次是不但顽石在这里等待，而且还对过往行人进行选择、甄别，甚至还能识别谁是冤家，遇到冤家才当头砸下或顺势滚下来，这显然不合常理，却形象地表现了行人在危如累卵的顽石下经过时的恐惧、畏惧心理。如果诗人在这里直说行人害怕石头掉下来，这首诗就很平淡了。

三是有意制造不合常理的情景，让读者产生强烈共鸣效应，造成震撼效果。当人遇到感情激越、遭遇情感波折或悲喜过度的时候，常常会说出各种“无理”的话来，而正是这些话语的“反常”之处、“无理”之至，却更能惊人耳目，动人心魂，乃至断人肝肠。如《锦里逢故人》：“涸辙相嘘以湿同，茫茫人海各西东。对君今夕须沉醉，万一来生不再逢。”不说今生而说来生，而来生本属子虚乌有，“万一”二字，却又表明诗人因为对故人情感的深厚、对今日相逢的珍惜、对未来再逢的希冀，而相信甚至坚信是有来生的，只是诗人担心、害怕的是在来生里与故人不能相逢。看起来诗人的担心、害怕纯属荒诞无稽，甚至有些荒唐可笑，但正是这样的荒诞之忧、荒唐之语，强烈地表达了诗人对故人真挚深沉的感情，此诚所谓痴绝语也。诗人有意以“反常”之表述营造冲击人心的共鸣点，就取得了“无理而妙”的效果。

四是通过丰富的想象，无中生有，营造出反常的景象，以达到奇妙的效果。如："驭气轻辞濯锦城，云间赏月更分明。嫦娥乃肯作空姐？为我碧海青天行。"（《江淮行七首》之一）诗人乘坐飞机，因赏月更分明，忽生奇想，突发妙问，想象邀请嫦娥来当空姐，陪伴诗人飞行于碧海青天之中。再如："昔上天都未放晴，今年景色倍还人。我来小试并刀快，剪去黄山几段云。"（《江淮行七首》之四）"景色倍还人，"景色如何还人？无理。"剪去黄山几段云，"更是岂有此理。再如："秋天向晚雨喧喧，刚道嫦娥一面难。却是吴刚亲涤器，当空涮出水晶盘。"（《中秋雨霁见月》）这真是无理之极，不合常理之至，但恰恰反映出诗人具有天真烂漫的童心和想落天外的想象力，符合诗人或轻松愉快，或惊喜的心情，正是因为这种不合常理的奇思妙想，这种毫无道理的无中生有，使这些诗显得生动活泼，堪称奇妙。

五是借助反常的景象甚至荒谬的设计，诗人间接甚至曲折地表达自己的思想和情感，但效果是读者的感受往往更强烈，其诗之意往往更深刻。如《过柳公权墓》写到，因为"近世书风多诡谲"与"笔师造化法心源，修到心端则笔端"的柳公权相去甚远，完全背离了柳公权提倡的"用笔在心，心正则笔正"，致使死去千年的柳公权九泉有知，也会生生气活过来。诗人不直接表露对"近世书风多诡谲"现状的不满或愤慨，而是说柳公权对此大为不满、极端愤慨。死去的人这么会有什么反应或态度呢？这么写，看似不合常理，其实是诗人借此表达自己的观念和态度，如果这里直抒已见，这首诗就没有什么趣味了。

周啸天自己也说："想象不怕离奇。关键在于离奇反常乃至荒谬的设计，要给它一个前提，使之变得合理，并产生奇趣。"并且说这种手法可以"化腐朽为神奇，是多么的有趣"（《诗话》）。实践证明，这种"反常合道"手法的运用，表面上看似不合逻辑，不近情理，亦乖常理，但往往出奇制胜，让读者陷于一种新的审美享受中、一种奇特的妙趣中而拍案叫绝。

二、避熟就生

"避熟就生"是周啸天纪游诗词的重要表现手法之一。黄宗羲说："昔人云：吾辈诗文，无别法，但最忌思路太熟耳。思路太熟则必雷同。右军万字各异，杜少陵千首诗无一相同，是两公者，非特他人路径不由，即自己思路，亦必减灶而更燃也。”（《陆铃俟诗序》）又说，“所谓陈言，每一题，必有庸人思路共集之处，缠绕笔端，剥去一层方有至理可言”（《诗文管见》）。周啸天始终坚持写诗要出新出奇，要翻出如来佛的手心，没有新意，不如不作，他说：“习惯、重复是诗歌的大敌，因为会导致感觉的迟钝。”“习惯是诗歌的大敌，陌生化则会带来刺激，带来惊喜，造成新的意义。”“有两种好法，有一种叫想得到的好，有一种叫想不到的好。想得到的好，是锦上添花，说到底还是重复，想不到的好，才是翻出手心，才是雪中送炭，才能增值。”（《诗话》）说到底，就是要让人有陌生感，有了陌生感，就能有新意，就能体现出妙趣。

一是题材的陌生化。如《人妖歌》《泰国行》《澳门观舞》《葡京赌城》，题材本身就容易引发人们浓厚的兴趣。这个无须多说。

二是内容的陌生化。如《内江作》：“二十余年万事非，富儿乞瘦乞儿肥。甜城声气逐糖减，但有涛声似昔时。”如果按一般思路，写一个城市，无外乎城市如何如何的繁华热闹，人民如何如何的安居乐业，就了无新意，落入俗套。这首诗只抓住内江作为著名甜城这一特点，通过二十余年的变化，从如今的“富儿乞瘦乞儿肥”这一社会现象，切入随着生活水平的提高，人们如今又产生了新的烦恼，那就是血糖指标的升高，给身体健康带来影响，人们谈糖色变，对糖避之犹恐不及，从而使甜城的声气随之下降。这首诗通过一座城市因糖而闻名遐迩，又因糖而逐渐淡出人们视野的历史，折射出生活条件的改变、生活方式的变化，甚至时代的巨大变迁。“甜城声气逐糖减”这句话移异不得，其他城市抢不去，对其他地方的人而言，就觉得新鲜。

三是表达的陌生化。如《山行》：“上坡兼用手，下坡且蟹行。万难须放胆，内急莫看人。”写山行的诗，从古迄今不可胜数，不外乎情景二端，此诗写山行却一不着眼于景，二不著笔于情，而是着重在趣。无论切入角度，个性语言，声调风格，都是前无古人，今世未见，其陌生感之强烈自不待说。

再如“亭合双江成锦水，桥分九眼到斜晖”（《浣溪沙》），诗人将眼前的九眼桥、合江亭两个地名进行了拆分，重新组装成一副对仗工稳的对子，不但增强了诗意，更让人感觉到新，感觉到奇，感觉到妙，有效地避免了熟。

四是语言的陌生化。古典诗词是建立在文言文基础之上的，并且在千年发展中，已经形成了一个比较固定的语境或语言系统。将当代语汇用进古典诗词，是求新求变的法门之一，如《山行》的“内急”一词，在诗词中就没有出现过，用在这里，因为有“万难须放胆”在前面铺垫，所以在这里就显得十分自然妥帖，不觉得突兀，反而让人感受到一种意想不到的好。再如“荷刀带月去，子弟本农家。守土知时节，顺藤理倭瓜”（《喜峰口二首》），“倭瓜”一词，在诗词中也没人用过。这首诗照字面理解，是农家子弟在打理庄稼，但从诗题和诗中的荷刀、守土可知是写子弟兵在喜峰口上杀敌，倭瓜借代日本鬼子的脑袋，让人感觉非常贴切而有趣味。再如“秀色快餐八百里，绝胜白也在轻舟”（《江淮行七首》之三），“快餐”，绝对当代语汇，但与“秀色”组合在一起，貌似成语“秀色可餐”而不感突兀，反而更形象地描写了路途上景色之美和车速之快。虽不突兀，但却新鲜。再如“忽忆港澳还中国，百石强车作飞跃。公无渡河公竟渡，五千年史一定格”（《壶口行》），“定格”一词作为“影片中特技摄影所造成的画面”这一词义也没见在诗词中出现过，用在这里，将中华民族五千多年历史一下子纳入到一个固定的画面里，漫长悠远的时间与这个固定静止的空间在此猛烈碰撞，戛然而止，这是一幅怎样惊心动魄的画面！这样的用法在周啸天诗词里俯拾即是，蔚为大观。

综上所述，周啸天诗词有意求新出奇，道前人所未道，常有想不到的好。其诗词构思奇巧，出人意表，不落俗套；造语奇特，翻新出奇；结构奇拗，炼字警拔。在风格上，既恪守传统，又彰显当代；在手法上，既“反常合道”，又“避熟就生”，从而形成了妙趣横生的艺术风格和审美特征。

（原载《渠县好诗词》，四川人民出版社）

周啸天诗词印象

◉ 邓建秋

周啸天的诗词在当代诗坛独树一帜，他在传统诗词的基础上，勇于开拓，大胆尝试，用生动而丰富的诗词创作实践，为古典诗词的发展注入了新的活力。

他认为："一个诗人有两个琢磨，一是琢磨生活，二是琢磨语言，两个琢磨都到位时，写出的东西'不摆了'。"（《周啸天诗话一五五则》）

他是这么说的，也是这么做的。从他的诗词创作看，他在"琢磨生活"上，可谓极尽能事。他说："有出息的诗人，应设法到广阔天地去，接触新鲜事物，开拓题材，增加兴趣。要写就写最够味的感觉、最有把握的东西。宁肯写得少些，但要写得好些。切莫仅凭年年都有的那些个纪念日、喜庆事，闭门造诗，那样做的结果，必然是'黑毛猪儿家家有'。"在题材内容上，周啸天的诗词涉猎广泛，涵盖了自然、历史、人生、社会等多个领域，如关注社会现象与行业百态的《洗脚歌》《葡京赌城》《人妖歌》，记录重大事件的《玉树二首》《海啸歌》《八级地震歌》，反映时代人物与精神的《邓稼先歌》《春晚聋哑人舞千手观音》，捕捉日常生活与感悟的《宽窄歌》《将进茶》《春运》《流水》，描写自然风光的《八台山日出》《印象高原》《九眼桥望合江亭》等，这些作品，能够从生活中汲取灵感，或展现出对现实世界的关注和思考，或体现出对重大事件的关注和对人类命运的关怀，或反映社会的变迁以及人们生活方式和观念的转变，或抒发对亲情、友情等感情的深切感悟与体验，或抒发对自然风光的欣赏与赞美。这些植根于生活的作品，极大地丰富了作品的内涵，同时也向读者展示了一个丰富多彩的世界，也丰富了诗词创作的题材领域。

在“琢磨语言”上，他善于运用古典诗词的语言形式，同时又融入现代的词汇和表达方式，使诗词既具有传统的韵味，又富有时代气息。他的用词精准、贴切、生动、活泼，能够以简洁的语言传达出丰富的情感和深刻的思想。如《洗脚歌》:“健身中心即金屋，中有玉女濯吾足。大腕签单既得趣，小姐收入颇不俗”，语言直白、通俗，将现代社会中的洗脚场景生动地描绘出来，用“金屋”“玉女”等古典词汇，以一种略带调侃的方式展现了当下的消费场景和人们的生活状态，充满了生活的烟火气。这种语言风格打破了传统诗词的古雅、含蓄，使诗词更贴近大众的日常生活，容易引起读者的共鸣。如《将进茶》里“世事总无常，吾人须识趣。空持烦与恼，不如吃茶去”，语句简洁明了，如同日常的口语对话，却蕴含着一种豁达的人生态度。用“吃茶去”这样简单的行为，传达出对生活中烦恼的超脱，让读者在轻松的语言氛围中感受到一种对生活的思考。

正因为周啸天两个琢磨都到了位，所以写出的东西真的“不摆了”，从而形成了一种鲜明而独特的诗风。其诗词风格既有大气磅礴的一面，又有细腻婉约的一面。在描写宏大的历史事件和自然景观时，他能够以豪迈的笔触、壮阔的意境展现出一种大气磅礴的风格。如《壶口行》:“九曲黄河朝海走，浊浪一收归壶口。跳波十里争龙漕，四月生凉风在吼。横行异代不同时，星海歌兮太白诗。三川北虏今何在，力挽狂澜仍东之。”中华民族的母亲河——黄河，流经九省、自治区，从青藏高原的巴颜喀拉山脉出发，一路咆哮奔腾，向海而去，途经秦晋峡谷时，“跳波十里争龙漕,”“浊浪一收归壶口,”形成名闻天下的壶口瀑布。诗人面对这旷世奇观，不禁意气风发，壮怀激烈，引用的前四句连用走、收、归、跳、争、生、吼几个动词，一气灌注，表现出了壶口瀑布汹涌澎湃、气吞山河的气势。诗人站在壶口瀑布前，思绪不由穿越时空，跨越古今，想到了李太白的“君不见黄河之水天上来”，进而联想到了冼星海的《黄河大合唱》，发出了“三川北虏（语出李白诗）今何在”的豪迈追问，由此展示出黄河桀骜不驯的血性和中华民族不屈不挠、一往无前的英雄气概，歌颂了黄河的磅礴气势及其历史的源远流长。诗之景奇，诗之气壮，诗之意远，诗之境阔，写出了黄河的魂。

而在描写生活中的小细节和情感时，他又能以细腻的笔触、婉约的情感表达出一种温柔之美。例如在一些描写亲情、友情和爱情的诗词中，诗人通过对细微情感的捕捉，让读者感受到人性的温暖和美好，如《锦里逢故人》：“涸辙相嘘以湿同，茫茫人海各西东。对君今夕须沉醉，万一来生不再逢。”不说今生而说来生，而来生本属子虚乌有，“万一”二字，却又表明诗人因为对故人情感的深厚、对今日相逢的珍惜、对未来再逢的希冀，而相信甚至坚信是有来生的，只是诗人担心、害怕的是在来生里与故人不能相逢。看起来诗人的担心、害怕纯属荒诞无稽，甚至有些荒唐可笑，但正是这样的荒诞之忧、荒唐之语，强烈地表达了诗人对故人真挚深沉的感情，此诚所谓痴绝语也。诗人有意以“反常”之表述营造冲击人心的共鸣点，就取得了“无理而妙”的效果。

同时，其诗词风格既有幽默诙谐的一面，也有庄重严肃的一面。在一些作品中，他以幽默的语言和调侃的语气表达对生活的观察和思考，让人忍俊不禁。如《萨达姆被俘》中“伊昔中东战两伊，伊人胆略世称奇。谁知竟作阶下虏，辜负江山与美姬”，以一种略带调侃的语气描述了萨达姆的被俘事件，在看似轻松的语言背后，也蕴含着对战争和政治的思考。而在一些严肃的题材中，他又能以庄重的语言和深刻的思想表达出对历史、人生的敬畏之情。例如《玉树二首其一》：“不往高原去，焉知抢险难。有风氧气薄，无雪夹衣单。滥震何为地，精诚可动天。昔闻格萨尔，定力至今传。”这首诗以其深刻的主题、生动的描写和丰富的文化内涵，展现了高原抢险工作的艰难与伟大，以及人类在灾难面前不屈不挠的精神，既是对抢险人员的赞美与敬意，也是对人类勇气和坚韧的歌颂。

最能体现这种“两个琢磨都到位”诗风的，我认为《父亲节在道获儿微信将添孙女》是其中代表之一，诗曰："生儿得力长精神，生女纯棉袄似春。我既生儿儿育女，今生何事不如人！"此诗为作者乘车到内江去做一个讲座，在路上突然收到一条微信，是其儿子发来的一条微信，微信上只有四个字："是个妹妹。"作者于是浮想联翩，产生联想，接着是读书受用，发妙语于毫端，这就是诗歌形象思维的全过程了。首句"生儿得力长精神"，微信说"是个妹妹"，诗却先从"生儿"说起，表扬一下儿子。"得力"二字来自杜甫的诗句："生我不得力，终身两酸嘶。"（《无家别》）一个战败溃逃的士兵，回到家里，空无一人，想起老母已经死去五年，自己没有尽到做儿子的责任，自责"不得力"。这里反其意而用力，拈出"得力"二字。次句回到正题上来："生女纯棉袄似春"，句中把"小棉袄"这个词，做进去了。常言道女儿是"小棉袄"，使人感到很贴心。句中没有直接呈现这个词，把"棉袄"二字用在四五字，有一个拆分的感觉，读者不容易察觉，这是造句陌生化的一种手法。三句把生儿育女合起来说"我既生儿儿育女"。前分后总，是诗歌内在韵律处理的一种办法，同时这不是一个完整的句子，只是一个分句，是条件复句的上半句。这就提起一个悬念，于是下句得出一个结论："今生何事不如人！"这是一句很高兴的话，很令人振奋的话，很提劲儿的话，表现很高的情绪的一句话。而这句话又有出处，又是读书受用。这是作者曾读到过清末诗人江湜的一首关于"生女"的诗，因为旧时代人重男轻女，生了一个女儿，江湜非常不开心。他写道："得女他时翻是累，今生何事更如人！"虽然情绪是负面的，句子造得还是很到位的，有力地表现出作者的沮丧。而作者突然触着，想起这个话，并猛然把它翻转过来，写成："今生何事不如人"，感觉就完全不同了。整首诗语言质朴，情感真挚，通过对生儿育女的描述，展现了家庭的温暖和生命的意义。在父亲节这个特殊的日子里，作者以即将添孙女为契机，表达了对子女的爱和对人生的感悟，让人感受到浓浓的亲情和对生活的热爱。同时，这首诗也引发了读者对家庭、生命和人生价值的思考，具有深刻的思想内涵。正如作者自己评价此诗："全诗浅貌深衷，对古典作了最大程度的降解。"

周啸天认为：“对于当代诗词，我主张三条，一曰书写当下，二曰衔接传统，三曰诗风独到。有了书写当下、衔接传统这两条，允称小好；加上诗风独到这一条，堪称大好。”（《周啸天诗话一五五则》）而周啸天的诗词，正是做到了既“书写当下”，又能“衔接传统”，并达到了“诗风独到”，所以“堪称大好”。

不断面临挑战的当代诗词写作

◉ 子　川

尊敬的各位领导、同道：大家好！很荣幸安排我在周啸天作品讨论会上做个发言，周啸天这名字我知道得很早，真正见面认识交流却很晚。第一次见面是创作委员会挂牌成立之日，那天我下飞机后在成都市区稍事逗留，晚上被送到金堂县与会，因为迟到之故，与正在聊天的刘道平、周啸天二位见面相识，可能从成都带了点酒意过来，那天晚上我有点兴奋，一改平常讷于言的本性，哇哇说个不停。再后来，与周啸天又有过两三次活动中的面晤和畅叙，彼此交流了不少诗内诗外的信息与思考，聊到当代诗词在文学版图中定位、当代诗词评价方式与机制、出版载体与选本意识，等等，总体上是共在一个同频共振的话语中。

周啸天是中华诗歌史学现象的一个异数，也是一个幸运者。这里说到的“中华诗歌”是把我们通常用的中华诗词与白话诗组合在一起来表述。也只有把二者整合起来表述，“异数”和“幸运者”才容易让人理解。试想一下，现当代诗歌史可以把鲁迅、郁达夫、闻一多等一批新文学大家的诗词作品尽数屏蔽，而周啸天竟可以自己的诗词作品闯入新文学版图，折桂鲁迅文学奖，算不算是一种异数？今天人怎么看，怎么说，都不重要，重要的是在中华诗歌史学意义上，周啸天留下一道无法磨灭的印迹。幸运如斯，无以复加。

啸天的作品有鲜明的时代特色。在这个传统诗词面临现代转型的时代，他的诗词创作像古典与现代裂隙中的镶嵌物。从题材上看，他将现代生活元素大量引入诗词创作，无论是奥运健儿，超级女声，这些看似与古典诗词格格不入的现代事物，甚至足疗这样几乎无法入诗的生活内容，他都试图用传统诗词格律来融解、重塑它们。他的这一追求，拓阔传统诗词的界域，使之不再局限于风花雪月、山水田园和怀古伤今等传统题材。他的这一追求，也引发了不少争议。有人认为这样的诗词过于通俗化，有失雅正。传统诗词讲究含蓄蕴藉，往往通过意象的叠加、隐喻等手法营造出一种空灵，深远的意境。一旦把琐碎庸常的具体生活带入诗词创作，过程中无论怎样试图诗语化，含蓄隽永的美感难免有所减弱，尤其在追求新变过程中。比如："央视蛋中欲觅刺，庄家幕后已通神。人生大笑几回得，今夕开心是兆民。"难以入诗的现代生活经验，融入诗词格律之中的一些尝试，虽未必都是啸天的上乘之作，但尝试是为了创新，是为了让诗词更贴近大众，让更多的人能够参与到诗词创作和欣赏中来。

我们还必须认识到，创新较之守成，难度大，风险更大。即如一个体操运动员，他设计一个高难度的自选动作，必然得有一次次尝试甚至失败的检验与校正，因此，我们更需要关注他最后呈现于观众眼中的美感和裁判员给出的最后得分。如果把过程中求新求变的一次次未必成功的尝试，抽取出来，以偏概全的否定某个具体作品，这是不公允的，是偏见。古人论及诗词创作曰："若无新变，不能代雄。"新变显然不会从天上掉下来，它得你一遍遍去寻找拓宽既有语言和范式的边界，而这种拓宽绝非"突破"那么容易，拓宽是让既有边界有延展且没有越界。这一点，说来容易，真去实践，绝非易事。生活现场，越界的现象比比皆是，也有人把越界解释为"突破"，那是自欺欺人。反过来说，新变如果那么容易，人人皆能一试即中，岂不是人人皆可称雄一代。

从艺术表现手法而言，啸天追求诗词语言通俗易懂，却不失典雅，传统诗词有时因过于追求典雅含蓄而与现实生活脱节，让人望而却步，啸天却能在两者之间找到平衡。他以简洁明快的语言传达深刻的思想情感，使更多的人能够领略到诗词的魅力。例如他的一些诗句用词平实，却能准确地勾勒出事物的特点或者人物的神态，仿佛一幅幅生动的现代生活画卷在我们眼前展开。比如："爷立儿走月即走，儿立爷走月不走。儿太聪明爷太痴，月亮最爱小朋友。"同样写赏月："驭气轻辞濯锦城，云间赏月更分明。嫦娥乃肯作空姐？为我青天碧海行。"

在诗词的韵律方面，啸天也有自己的探索。他没有被传统格律完全束缚，而是在遵循基本韵律规则的基础上进行适度的创新。啸天的《洗脚歌》："昔时高祖在高阳，乱骂竖儒倨胡床。劳工近世闹翻身，天下久无洗脚房。开放之年毛公逝，香风一夕吹十里。银盆滑如涧底石，兰汤浑似沧浪水。健身中心即金屋，中有玉女濯吾足，大腕签单既得趣，小姐收入颇不俗。别有蜀清驻玉趾，转教少年为趋侍。游刃削足技艺高，捏拿恭谨如孝子。君不闻钱之言泉贵流通，洗与为洗视分工，沧桑更换若走马，三十河西复河东。尔今俯首休气馁，侬今跷脚聊臭美。来生万一作河东，安知我不为卿洗？"即体现这样的追求。毕竟每一个时代都有其独特的文化语境和审美需求，现代生活现场，语言的语音、语法和词汇与过去年代相比，已经发生了很大的变化，如果一成不变地泥古，新变何以实现？

说到新变，顺应时代是重要选项。而今时代，当代诗词写作面临两大挑战：前有唐诗宋词两座经典高峰难以逾越，后有人工智能这条逐新之狗紧追不舍。近年来科技进步和人工智能的高速发展，对当代社会各方面构成巨大冲击，从当代诗词创作角度，今天诗词创作所面临的挑战或者说所承受的压力断不可小觑。AI强大的计算能力，在搜寻、整理、概括甚至处理信息等方面，改变了诗词创作的生态。有人认为人工智能的介入，消解了诗词创作的技术难度，使得大众写作水平迅速提高，是正效应，但从更深层次去思考，我们会发现，AI手段的介入与应用，是双刃剑，所谓提高只是技术手段，而非艺术本身，甚至，AI的能力愈强对艺术创造的伤害愈大。这是负效应，人工智能的强项，在于它的计算力以及它搜寻既有数据的能力，如果我们的创造元素大部来自既有知识，"读万卷书"的知识积累，根本无法与计算机抗衡。既有知识（包括你我创造出来已经社会化的作品）皆是“线下”的元素，显然，搜集、处理这些元素的能力，人工智能不知强于人多少多少倍。这等于给人工智能时代的诗词写作提出一个新原则，艺术创作的好作品必须是“线上”的产物，尽管它一经诞生即沦为“线下”创造元素，这里可以画一条分界线——线上的不能被人工智能利用既有元素创造出来的东西，才是真正有价值的好作品，比如：余光中的乡愁是：“一枚邮票”“一张船票”“矮矮的坟墓”“浅浅的海峡”；比如：“咬人的狗不叫，时间就是这样一条狗。”在这些诗句创作出来之前，AI绝对想不出“乡愁”“时间”可以这样去比喻，而借助于人工智能的习作者，用计算机搬来的词语之砖堆砌起来的现成意象与比喻，将被人工智能快速取代或淹没。因此，在创造与非创造这条分界线之上（线上）的属于个人的思考、想象、发现，这样一些创造元素，才真正体现艺术生命的本旨。

如果这一点被证明是正确的，过去许多观念将会被颠覆。新时代的诗词创作的新变，成了一个极其艰难的严峻话题。在读啸天诗词作品过程中，我没有跟着过多贴标签，毕竟已经那么多的认同和实际评价在那里。但参加这次研讨会，阅读啸天许多优秀作品，促使我思考了一些新问题：相对于一部优秀作品，当下诗词写作不仅要走出传统，创造出契合今天生活实际的新变之作，还必须摆脱人工智能高速覆盖、网罗既有元素的重复雷同，沦于平庸之弊。这毫无疑问需要更多时间来探讨，有一点，在强大的计算能力面前，人的强项在于向内而非向外，葡萄牙诗人，作家费尔南多·佩索阿有一篇文章《写作是对自己的正式访问》，对自己的访问，想必是计算机很难模仿、复制的，哪怕它计算能力再强。佩索阿的写作在世界范围产生重大影响，远在人工智能出现前。佩索阿和法国作家西蒙娜·薇依等一批作家，他们书写许多向内而非向外的个体思想与生命体验，这种向内的不可被复制的写作原则，不仅影响了近一百年的西方的文学追求，也提前阻断人工智能对文学创作的冲击。在人工智能盛行的今天，我忽然发现人工智能有一个致命的弱项，它们有能力处理全世界已有的信息，却无法拷贝复制个体生命的体验。这一点，或许对面临不断挑战的当代诗词创作，有所启迪。

综上所述，在文学批评的视角下，我们对优秀作品应该秉持一种客观、全面的态度。周啸天的创作是当代诗词创作多元发展的一个重要体现，为我们深入思考传统诗词在现代社会的发展方向提供了宝贵的范例，值得我们深入研究、探讨，从中汲取有益的经验，推动当代诗词在现代社会的持续发展。当然，我们也要认识到，当代诗词创作不仅需要挑战传统审美标准，守正创新，还要面对人工智能的强劲挑战，必须更多强调“线上”，而非“线下”，重视向内，而非向外，注重人体生命体验，而非照搬既有语词和现成意象。这是后话，此处不赘。

谢谢大家！

（在2024中华诗词学会周啸天诗词研讨会上的发言）

《诗词十二家·周啸天》编者按

◉ 蔡世平　刘能英

川人周啸天，四川大学中文系教授，知名学者。同时，作为当代具有影响力的旧体诗人，周先生知道如何用诗歌这种形式表达一个人文知识分子的价值取向与社会担当。

诗歌的力量来自哪里？一是对人性真善美的开掘与赞颂，二是对社会丑恶现象的揭露与批判。所谓诗人就是能够先于他人感知天地炎凉、人间忧乐，及时给社会播撒正气、校正时风的人。无疑，周啸天的创作在表现现实生活、针砭时弊、追求思想高度等方面，凸显了诗歌的力量。

作为学者型诗人，周啸天的诗歌语汇丰富、用词讲究、怡人眼目、知识含量高、艺术含量足。特别是坚持传统、化旧为新、化古为新的表现手法，值得称道。《贵州某地斗牛》描写人兽同源，探讨人与自然该如何相处，读来惊心动魄，令人感慨万千。

一次不合时宜的打扰

◉ 王　安

2022年疫情严重，做不成事，我报了一个诗词学习班。老师留的作业是《喝火令》，这是一个并不常用的词牌，它除了字数、平仄、押韵的要求外，还有一些自身的要求，如二仗、三摊、应衬等。我做完之后心里没底，就微信发给周啸天老师求教。求教是真的，但也有一点儿小心思，周老师是当今诗词界天花板级的存在，如果能得到他的评价，鼓励我几句，不也是个吹牛的资本吗？事实证明，我想错了，周老师毫不客气地给我的作业来了个差评。鼓励几句，小娃娃可以，对你王安不行，不光对你王安不行，黄庭坚也不行。

周老师原话："王安兄，因近日老伴住院，常在奔波中，迟复为歉。填词写诗，千万别用网上的检测，古人也不见得能过那种关的。鲁迅说：'一切好的作品，都在告诉我们怎样写。'《喝火令》唐宋词只得黄庭坚一首：'见晚情如旧，交疏分已深。舞时歌处动人心。烟水数年魂梦，无处可追寻。　昨夜灯前见，重题汉上襟。便愁云雨又难寻。晓也星稀，晓也月西沈。晓也雁行低度，不曾寄芳音。'其特点在下片的三次复叠，黄词用'晓也'领起三句（最后两句视为一句），并不出彩。你比着黄词用'信也'领起，也不出彩。一定要在这三句上出彩。今人曾少立有写城市生活的一首：'日落长街尾，西山动紫岚。繁华气色晚来膻。旋转玻璃门上，光影逐衣冠。　买断人前醉，飘零海上船。高楼似魅似蹒跚。一阵风来，一阵夜伤寒。一阵星流云散，灯火满长安。’上片结尾很有时代气息，下片复叠的三句也比较出彩（易记）。你要写好这个词牌，参考一下古今人范作，自然悟入。”

我和黄庭坚一起得到周老师的差评，使我受宠若惊。周老师细致入微的指导，让我感到了他的平易近人，治学严谨。直到一个月后我收看了《啸天说诗》（341期）《浮生若梦，为欢几何》，了解到一些情况，我才明白我是多么不该打扰周老师。

《浮生若梦，为欢几何》讲李白的《春夜宴从弟桃李园序》，周老师认为它是历代关于雅集活动最经典，写到极致的美文，意境崇高，格调健康，充满春天的生机和青春的欢乐，人生虽然短暂，却可以充分享受大自然的恩赐。周老师特意提到他夫人肖老师和他一起参加了多次雅集活动，并一一报出雅集的地名，但这次她来不了了，病了，在住院，然后开始评述李白的序。《啸天说诗》分为两部分，一部分是视频，一部分是文字，两者内容基本一致。文字部分的最后周老师作了一句说明：谨以此文献给往生的老伴——肖春芝。视频部分也加了一段文字向《啸天说诗》的拥趸告知肖老师逝世的噩耗。

我10月18日给周老师发的微信，当时肖老师病重。录制这期节目是10月29日，周老师任务在身。他回复我是10月30日，就是录制节目的第二天。11月2日肖老师逝世，11月30日第341期《啸天说诗》播出。把这些时间点连起来，我感到自责并深受感动，周老师压力巨大，我跟着添什么乱呀！周老师学问好，人好，向周老师学习。从这件小事上，我看到了他的诗心与佛心。

附读周啸天札记三则

《薛涛（章回小说）》：诗贯穿全书，二十四回中只有第九回无诗，而第九回比诗还牛，薛涛代草《上皇太子笺》，读来荡气回肠。诗入小说最典型的莫过于《红楼梦》，那些诗增加了小说的文化含量。小说《薛涛》的篇幅只有《红楼梦》的五分之一，但两者在诗入小说这一点上很像。王蒙近年发表的小说也有这个特点。

《我怎样做诗》：周老师说“写个人经历，从自己跳出来；写社会题材，把自己放进去”，让我想到有人对王蒙自传三部曲的评价——“一个人的国家日记，一个国家的个人机密”，这个评价与周老师所说的意思很接近。

《诗心与佛心》：周老师说“诗心深处往往契合佛心”，让我想到刀郎《流浪生死的孩子》，刀郎主唱，女声伴唱用rap的形式把《地藏经》诵读一遍，是不是也在追求诗心与佛心的契合？

周啸天诗词二十首阅读札记

◉ 王　安

《玉树二首录一》："有风氧气薄，无雪夹衣单"，地震缺氧高寒让"玉树临风"失去了原来的倜傥风流。

《春晚聋哑人舞千手观音》："失语时分存至辩，无声国度走雷音"，给弱者自卑者以鼓舞和自信，生活充满阳光。

《天泰园白鹭》："三餐不素偷为乐，独腿常拳佯忍伤"，诗人心情不错，打趣白鹭，让人忍俊不禁。

《贵州某地斗牛两牛于对撞一刻罢斗同胞相认故也》："原田偕作恋斜阳"的美好认知，要付出巨大代价方能获得，一恸。

《红军文化陈列馆》："子弟八千均土地，妇姑十九做军鞋"，白话入诗，如火如荼！

《朝天峡》："人心毕竟思维稳，便到千钧一发间"，历险也是宝贵的人生经历，关乎人的定力、格局与境界。

《锦里逢故人》：短短四句诗有浓得化不开的友情，有谋生不易的辛苦，有岁月是把杀猪刀的叹息，更有看淡生死的达观。

《流水》：如果听琴者听出了鼓琴者意想不到的感受、志趣、滋味乃至思想境界，这应当是鼓琴者最高兴的事情。毛主席一眼就看出了《红楼梦》中贾史王薛四大家族的阶级斗争，慧眼独具。

《戊戌春日植树天下诗林》：此诗在时间的转换上有李商隐《夜雨寄北》

的味道。

《珠峰》：诗人以珠峰叹孔子登泰山而小天下，任正非以珠峰喻老美搞科技战把自己冻在山顶，搬起石头砸自己的脚，均为奇思妙想。

《浣溪沙·九眼桥望合江亭》："桥分九眼到斜晖"与北京颐和园昆明湖上的十七孔桥同俦，每逢夕阳西下，这里聚集许多摄影爱好者。

《柳梢青·三苏祠》：上片赞三苏，不忘小妹。下片作者想跟"词仙"苏东坡先生聊聊，平等对话，并非一味匍匐在地。

《一剪梅·重访狮子山》：虽然来路辛苦，作者珍惜的只是今生今世。好一个"窗外眸明，柳外花明"，好一个"去也关情，住也关情"，好一个"鬓尚青青，树尚亭亭"，作者爱生活超过了他自己。"鬓尚青青"是写实，周老师古稀之年无一根白发。

《苏幕遮·上青藏》：全词明白如话，忽略了青藏的严峻，只把敦厚、愉悦与亲切挽留。

《行香子·印象高原》："影指家乡，心向天堂"是词的灵魂。油画色彩，六畜兴旺。转经筒、隆达、糌粑、幄帐、牧场、野牦牛，大青马，藏羚羊，这些名称组合在一起就是交响乐，神奇，陌生，令人向往。

《行香子·八台山日出》："看欲流钢，欲流铁，欲流铜"，八台山的日出从此打上了周氏印记——热烈、厚重、庄严、灿烂，雷霆千钧。

《中秋引》：此诗用典颇多，不查不知道，一查吓一跳，几乎句句有典故，郁郁乎文哉！周老师与自己的几个学生在中秋月圆时喝茶聊天，对自己的从教是满意的，也透露出几分伤感与怀念。

《宽窄歌》：这是一篇思辨诗，我们生活在悖论中，再窄，也可以是自由的天地；再宽，也可能"不得出"。读来最惬意的一句是"人生达命信可乐，夜航船上伸伸脚"。

《将进茶》：欣赏周老师对茶的态度。余亦不善饮酒，体内缺少分解酒的蛋白酶。20世纪80年代我陪王蒙访问作家陆文夫家，他教我如何泡茶，效果极佳，记忆犹新。

《邓稼先歌》：这首诗是我认识周老师的缘起，我读了王蒙《读周啸天〈邓稼先歌〉随记》感动不已，随后我成了《啸天说诗》的拥趸。他关于读的高度决定写的高度的说法令人印象深刻。

《唐绝句史》序

◉ 宛敏灏

曩读中国文学史多种，病其每皆瑕瑜互见，盖涉及面广而撰者囿于所闻也。夫文非一体，鲜能备善；书海浩瀚，尤难尽观。故知人论世，以评述一家一派者为详明；探源析流，则断代分体为精审。

绝句诗大盛于唐，洪迈辑《万首唐人绝句诗》九十一卷，王士祯删为《唐人万首绝句选》七卷，清四库并著录。独惜全面论述唐绝句之专著尚属阙如。今周子啸天所撰《唐绝句史》适可填补此项空白。其书稿初成于1981年，曾作为选科教材试用于高校，近始修改定稿。予谓此书有三善：全面叙论唐代五七言绝句之产生、发展及其艺术特色，引诗证说，史论并举。使读者获得系统知识之外，并可提高鉴赏能力，其善一也；论诗自有见解，不蹈袭人语。间举古今学人成说而不影响自成一家之言，其善二也；纵谈一代重要诗体创作得失。兴酣墨饱，引人入胜，其善三也。至其为用，则文学史、诗史等撰者或将如泰山之于土壤；对于有志著述欲更扩大研究成果者，《唐绝句史》固不失为肇始之椎轮；若乃青年学子或文艺爱好者，思于诗学知识有所增益，则此书亦可初供饮河之资焉。

予与啸天一别几四年，顷承以此书修改稿寄示。快读一过，欣然忘暑。因思口之于味也有同嗜焉，爰志数语，促其印行公诸同好。庶几百花齐放，得侪新秀于群芳；偶烹小鲜，亦冀识者之品味云。

1985年大暑于芜湖赭山

评《唐绝句史》

◉ 邓小军

1987年，重庆出版社出版了周啸天著《唐绝句史》，全书十四万字。宛敏灏先生在《序》中写道："绝句诗大盛于唐……独惜全面论述唐绝句之专著尚属阙如。今周子啸天所撰《唐绝句史》适可填补此项空白。"

此书文笔清畅优美，时时表现出对唐绝句艺术造诣的独到领悟，文笔与文思，可谓与所论述之对象相称。如论李白《黄鹤楼送孟浩然之广陵》等作，"莫不是信手拈来，极自然的发端。而这些自然的发端，接下去却有一个含义深远的结尾"。又如论李白《峨眉山月歌》，"山月处处可见，使'思君不见'的情感大为强化。山月可亲可近，而又可望不可接，大是思友之情的物化"。

此书对于唐绝句的历史发展及艺术经验的见解，也值得注意。在史的方面，作者虽然颇为欣赏盛唐诸公，但对于历来毁誉不一的杜甫绝句，却极予重视，乃为之专辟一章。杜甫是全书之中唯一立了专章的绝句作家。其中又详细分析了杜甫绝句突破传统的原因，从内容题材到艺术风格的拓新、拓新在绝句史上的意义等项问题。在唐绝句艺术经验方面，除随时加以拈出外，又在盛唐绝句一章中设专节加以分析。其中第六条为"组诗体制，聚零为整"，强调组诗的整体意义。这都是值得注意的。又如论述韩偓绝句时，作者指出"其用笔之曲折，针线之细密，辨味之细致，都达到前所未有的程度"。这一评价可谓极高，衡诸绝句史实际，却又是合乎实际的。

此书在吸取古今研究成果时，也见出用心之精细。作者引用前人文字，不尚繁复，而是取其得当、精辟。许多引文都恰到好处，使人觉得应当引，非引不可，绝非可引可不引。在时下的论著之中，这是一项突出的优点。

（原载《唐代文学研究年鉴》，1988年号）

评《诗词赏析七法》

◉ 吉明周

大凡读过《唐诗鉴赏词典》的人，总会发现这样一个事实，周啸天是其中鉴赏稿写得最多的一位。他对唐诗的鉴赏有灵气，有妙悟，有见地，有文采，每每给神游唐诗、希望从中寻幽探胜的人一种艺术美感的点拨和教益。现在，当他把他的新著《诗词赏析七法》（四川文艺出版社出版）呈现在人们面前时，一切都了然了，原来他对诗词的赏析，并不止于感性认识，更有理性的升华。

他把诗词赏析概括为七法，即：1.识字——诗词语言的知识；2.知人——对作家的了解；3.论世——必要的历史知识；4.诗法——基本的诗学常识；5.意逆——相应的生活体验；6.吟诵——因声求气的咏味；7.比较——大量的赏析实践。而且，他又按作品的审美结构的层次，对七法作相应的划分：识字、诗法、吟诵——文字声音表象层；知人、论世——历史内容层；意逆——象征意蕴层；比较——作品整体与意境的关系。这就从知识性、系统性、学术性三方面，完成了对诗词鉴赏美学的简要勾勒。

作者并不满足于纯理论的探讨，他从实际需要出发，在每一法后都结合具体实例，进行“赏析示例”，使论者能借以粗知诗词赏析的门径，有意识地运用“七法”指导赏析实践。如“吟诵”一章，以白居易的《琵琶行》示例。指出描摹琵琶声的一段，乃是全诗中最精妙的文字，特别注意音乐对比因素的刻画，如高低、粗细、重轻、缓急、滑涩、断续等等。他援引大翻译家傅雷的分析："大弦嘈嘈""小弦切切"一段，好比staceato（断音），像琵琶的声极切。而"此时无声胜有声"几句，等于一个长的pause（休止）。"银瓶乍破水浆迸"两句，又是突然的attak（爆发），声势雄壮。作者又指出诗中还特别注意以音乐化语言来描绘音乐。如有叠字"嘈嘈""切切""嘈嘈切切"；有重复"大珠小珠"；有变声叠韵如"间关""幽咽"；有顶真如"幽咽泉流冰下难。冰泉冷涩弦凝绝，凝绝不通声暂歇"；有前分后总如"大弦嘈嘈……小弦切切……嘈嘈切切……"，这些词格的运用，使得此诗在音情的密合上达到极致。这样的赏析原已角度新颖，会心独具，作者又在每一示例后，附以"讨论"，将赏析者的方法、角度、会意、妙谛一一呈现无余，使人得益匪浅。如《诗经·静女》，关键要注意联系生活，努力填补诗中的空白；又如马致远《借马》"要着重从套曲的喜剧因素的构成上加以赏析"……这些，又都使人在方法上得到了启示。

作者留意诗坛轶闻趣事的采撷，使书中充溢盈然兴味。如说明"词别是一家"时，拈来有人重新标点杜牧《清明》诗使之成为长短句的趣闻。诗是这样标点的："清明时节雨，纷纷路上行人。欲断魂。借问酒家何处？有牧童、遥指杏花村。"人们由此对词的风格特征有了更深切的了解。

作者认为作品的价值和地位恰恰是创作意识和接受意识两种因素共同作用的结果，因而高度评价读者参与艺术形象的创造。这是作者的识见所在。

书末《后记》引用了新都宝光寺的一副楹联："世外人，法无定法，然后知非法法也；天下事，了犹未了，何妨以不了了之。"笔者愚见："以不了了之"，是意犹未尽，亦表达期待高明的心愿；"知非法法也"，是知道之言，更流露百家争鸣的初衷。主观臆测，随机发挥，亦不知然耶否耶？

（原载《澳门日报》，1990年2月23日版）

诗词园林的导游

◉ 李元洛

中国的古典诗词，是一座美不胜收，千年万载也不会凋败的园林。年年月月，世世代代，都会有络绎不绝的游人到这里来观光游赏，寻幽探胜。有的游者有较高层次的审美修养，他们自然可以独来独往，傍花随柳而欣然忘归。但更多的特别是年轻的游客，却往往需要高明的导游为他们解说指点，使他们对风光的佳胜能够悠然心会。周啸天就是这样一位娓娓道来而要言不烦的导游，他的《诗词赏析七法》，就是深得园林风景之胜而自出心裁的解说词。

我最早认识周啸天，是在上海辞书出版社所出的《唐诗鉴赏辞典》。我虽忝列为撰稿人之一，却发现他是撰写篇目最多的一位，文辞洗练，别有会心，给我深刻的印象。我喜欢古典诗歌，对于其中的绝句尤其偏爱，很久以来就准备对绝句艺术作一番研究，写一部专书。因此，我在《书讯报》见到重庆出版社出版《唐绝句史》的消息，不禁欣然色喜，而作者竟然是周啸天。我的眼睛再一次被这个半熟悉、半陌生的名字照亮。我邮购此书而不得，只得求索于出版社的负责人，承他赐告周啸天的工作单位，于是我才得以和周啸天初结笔墨之缘。

中国自古就是诗的泱泱大国，而四川也历来是诗人辈出的一方宝地，啸天这位研究诗歌的学者出在四川，也可谓地灵而人杰了。他的《诗词赏析七法》，在为数不算太少的诗词赏析书籍中堪称别开一枝，这里，我且撷取它若干独具的色彩与芬芳：

从诗歌鉴赏美学的角度而言，它有自己的理论体系与架构。全书主体部分共七章，即“识字”、“知人”，“论世”、“诗法”、“意逆”，“吟诵”与“比较”，既说明了欣赏诗词所必具的外缘条件，也阐述了作为欣赏者所应有的主体审美心理结构，既探讨了诗词本身内在的艺术规律，也对不同诗人和不同流派的作品作了横向的比较，知识性、系统性、学术性三美俱备，纵与横的参照系兼而有之。

作者继承了前人诗词欣赏的审美经验与研究成果，在予以发扬光大的同时，也处处可以看到他自己的智慧的闪光。例如诗词欣赏中的“知人”、“论世”与“意逆”，这原是我们民族诗词审美中古已有之的文化积淀，作者予以阐发，但不再停留在古典诗论的直观式、印象式的阶段，而是做理性的、系统的解析，昔日的吉光片羽，今日化而为主知的大块文章。至于在“识字”、“诗法”和“比较”这几章中，更可见作者欣赏诗词的独到的美感经验。

文辞简洁清楚，也是此书的一大特色。诗，是美文学，我历来主张有关诗的评论文字或研究文字，也要对“美”有所讲究与追求，而不应该“形容枯槁”或矫揉造作。时下并不鲜见的枯涩呆板的文章，以及堆砌名词术语而语言恶性西化的文风，只有使读者厌倦与厌恶，啸天的文章理性思辨之中不乏艺术感受，其行文虽不主丰华之美，却有简峻朴茂之姿。从接受美学的原理来看，可读性强，能刺激读者共同参与诗词欣赏的审美再创造。

诗词美的奥秘不可穷尽，古典的诗词美也需要当代读者以现代意识与现代眼光去审视，从而使传统焕发出新的光彩。啸天在吸收中国古典诗学精华的同时，如能恰当地以新学科、新方法对古典诗词作进一步研究，我相信对即使是传统的材料与命题，也会有柳暗花明又一村的新的发现的。我赞美他的《七法》，也期待他的新著。

我原来以为啸天是已届耄耋之年的学者，谁知才刚刚迫近“不惑”的边缘。他曾跻身于下放知青的行列，后来就读于南充师院（现西华师范大学）数学系，本来他应该与X加Y白头偕老，然而却中途变心，考入安徽师大中文系作唐宋文学研究生，与古典文学缔同心结，和古典诗歌结不解缘，以他的实绩破格取得高级职称。作为不无自豪感的楚人，我感到我们楚地的那一古老的联语，也不妨临时改为“唯川有才，於斯为盛”了。

（原载《书林漫步》，1988年第1期）

更把金针度与人

◉ 管遗瑞

一

我很荣幸，是周啸天先生的新著《诗词创作十日谈》的第一个读者。记得那是今年的2月1日，先生对我说："这部书稿就要交出版社了，得先请人看一看，有什么疏误没有。你就替我看看吧。"于是我在先生富于情感的文笔的引领下，一路轻快地看下去。仿佛走进山阴道上，各种美景移步换形——有关诗词的新颖独到的见解，以及引用的那些名篇佳作的诗情画意，还有在雍容平和的气度中行文的风趣与幽默，真使我应接不暇，看得兴趣盎然，一如当年在课堂上听他"传道、授业、解惑"一样。最近，我又接到这部书稿的出版本（四川文艺出版社2009年7月第1版），再一次认真阅读一过，领会进一步加深。当我掩卷而思的时候，觉得这既是一部向读者传授诗词创作方法的著作，也是先生多年来研究和鉴赏诗词、自己创作诗词的宝贵经验的结晶，它为广大诗词爱好者搭建起了一座通往神圣的诗词殿堂的平台，当你循此而进，徜徉在这个美丽的殿堂的时候，当你获得多方面的诗词创作知识的时候，你会惊喜地发现——这部书，本身就是一首好诗！

好诗是百读不厌的——当我最初读这部书稿的时候，就想起了清代诗人袁枚的一首《遣兴》诗："但肯寻诗便有诗，灵犀一点是吾师。夕阳芳草无情物，解用多为绝妙词。"而且记起了先生在他先前所著的《绝句诗史》中曾经对这首诗批道："如何解用（按"解用"即善于运用），却够写一本书。”这正是一本专谈“如何解用”的书。先生曾经在《题〈春潮杂咏〉》的小序中说道：“向谓今人作旧诗有三难：一曰腹笥未广，措语生涩；二曰不知音律，无论唱叹；三曰应时应景，诗味贫乏。欲得作者，岂容易哉。”（《欣托居歌诗》）由此也可以知道，这本书并不是一时兴之所至的率意之作，而是针对时下古典诗词创作中普遍存在的问题，也可以说是一些老大难问题，在心中蕴蓄已久，经过深思熟虑，将深刻的诗歌理论、诗词的写作要领和具体的创作实践结合在一起，而写出来的具有普遍指导意义的一部难得的著作。

二

在这部著作的“致读者”中，先生说道：“我不要写教程和概论。我要……写一本融会贯通、自道所得、以简驭繁、对别人有所启发的书。”这正是这样的一部书，它不同于那些高头讲章，讲起道理来滔滔不绝，然而却是不着边际，大而无当。这是一部切切实实地自道家常，自谈经验，自我坦陈的书，先生用抒情散文的笔法写来，娓娓而谈，让人如对师友，如沐春风，自有亲切感人的一种魅力，使你一读起来就进入佳境，欲罢不能，从中受到深刻的教益。从这个意义上说，它比那些“教程”、“概论”平易得多，但却是管用得多，深刻得多。比如，关于诗歌的本质问题，从《尚书》的“言志”、《文赋》的“缘情”以来，就一直是诗歌研究的核心问题，很多著作都有连篇累牍的阐发，但大多使人不得要领。我们且看先生是怎样说的。

“什么又是诗的本质呢？我所服膺的理论，是以‘释’（释放）释诗。人秉七情，应物斯感，或为之激动，或为之困惑，或为之神往，或为之辗转反侧，凡此种种，都是生命的体验，或谓之情结。情结好比疙瘩，须释而放之，才能消散，复归平静。如果释放的途径是语言，所得的结果，必然是诗。有人说诗是灵魂的出口，也是这个意思。”

这里，作者深刻地揭示出，诗歌就是人们宣泄内心深处的强烈感情，而以富于韵律的语言形式来表达，给人以意境美的深刻感受的文学样式。

这和宗白华在《新诗略谈》中说的："诗的定义可以说是：'用一种美的文字……音律的绘画的文字……表写人的情绪中的意境。'"（《美学散步》，上海人民出版社1981年6月第1版）是一致的，但是先生的说法更加具体、更加便于理解，自然也更加深刻。在这个基础上，他进一步指出："什么是诗人？凡是用全身心去感受、琢磨人生而又有几分语言天赋的人，便有诗人的资质。"

我以为，这是一段非常重要的文字。它至少从三个方面给了我们以深刻的启示。首先是，作为一个诗人，对于社会生活，对于自己周围的一切，要能够"全身心"地去感受。也就是说，要能够倾注自己的高度的热情，去作心灵的观照，从而激发出强烈的激情，通过自己的精思独造，巧妙构思，营造出新奇精美的意象，这才是"真诗"。张中行在《诗词读写丛话》的"奠基"一章中也说道：诗人"要有情，但只是有还不够；要至于痴才是最上乘。痴是完全不计利害，以至于不可理喻。……情痴是诗词的资本……它是好篇什的必要条件。"（中华书局2009年5月第1版）这里讲的"痴"，也就是要"用全身心去感受"，由此而引发出来的深蕴于心的"情结"。因为，诗是人的心灵碰撞的火花，诗是因情而生，是情的表现，所谓字字关情，情真意浓，唯有如此，才能成为具有深刻魅力的美感。其次，有了"感受"，还必须进一步"琢磨人生"，也就是说还要深入地体验人生，细致地分析人生、研究人生，具有自己独到的体会和见解。可以说，一切文艺作品（诗词当然不例外），都是思想的反映；作者的思想愈深刻，作品的感染力也就愈强烈，也就愈能给人以深刻的启示。从这个意义上讲，从古至今的大诗人，都是具有深刻思想的人。而深刻的思想，正是从"琢磨人生"中来，琢磨得愈深就愈好，这也可以说是诗人的一项基本功。第三，还要有"语言天赋"。这里的"语言天赋"，也就是指创作诗词时人们遣词造句、驾驭语言的能力，能够把幽深玄远、义理微茫的意，转换为新奇不俗、格高境雅的文字，这也是由诗的本质派生出来的一个重要的基本功。先生在本书第六谈中就专门讲了"写诗就是写语言"，他说："诗词写作的过程，说穿了就是一个作者同自己商略语言的过程，就是玩味‘推’字佳还是‘敲’字佳的过程。”也就是如何通过语言来更加准确、生动、形象地把你的身心所感，琢磨人生所得表现出来，把你的“情结”释放出来的过程。所以，“语汇丰富与否，永远是衡量创作水准的重要尺度。”“没有好的兴会，难以写出好的诗词。有了兴会，还得有词儿。没有词儿，就会茶壶里装汤圆——肚子里有，却倒不出。”这是非常形象而又风趣的说法，但却道出了深刻的道理，使我们对诗歌的本质的各个方面，都有了深入的理解。

这里对于诗歌本质的深刻把握，以及形象生动的阐述，它的基本精神贯穿了整部著作，可以说它是这本书的一个坚稳的基石，在理论层面上，具有相当深厚的理论深度。

三

这部书之所以能够具有这样深厚的理论深度，说起来，也真是“冰冻三尺，非一日之寒”。

我们知道，先生是一位学养深厚的学者，从年轻时起他就一直酷爱中国古典诗词，以后读研究生、在大学执教，都是从事这个方面的研究工作的，几十年来一以贯之，对诗词作了深入的钻研，积累了丰富的心得。他结合教学，出版了《雍陶诗注》《唐绝句史》《绝句诗史》《中国分体文学史》（诗歌卷）等专著。早在20世纪80年代，他便参加了上海辞书出版社出版的《唐诗鉴赏辞典》的编写工作，写了127篇赏析文章，成为撰稿最多的一位作者，也是写得最好的作者之一。这部书已经成为传世之作。责编汤高才在书评中专门说道，周啸天“为文言简意赅，思路开阔，颇多精辟独到之见”，“给人印象最深”。以后先生在参加《唐宋词鉴赏辞典》的编撰时，负责审读全稿的钟振振教授更是深有感慨地说：“周啸天不但是写得最多的，也是写得最好的；别人看不懂的，他看得懂；别人指不出好处的，他指得出；别人指出好处讲不出所以然的，他讲得出、讲得具体、讲得到位。”就连他读研究生时的导师刘学锴教授，也写信称赞他说：“你的不少诗作和许多鉴赏文章，有的已历二十多年，读来仍感新鲜、有启发性。”当时他还很年轻，就在全国崭露头角，成为古典文学研究领域中一颗腾空而起的耀眼的新星。以后，他又出版了《诗经鉴赏集成》《楚辞鉴赏集成》和《古典诗词鉴赏方法》等著作，引起了学术界的普遍关注，受到广大读者的好评。

正是有了这样一些深厚的治学基础，所以在本书关于诗词曲的特点、创作技法方面的论述时，作者就简直是驾轻就熟，写来游刃有余了，讲解得更加准确、深刻而又精到。比如，在“近体平仄格式推导”这一节中，他说：“五律在近体诗中为体最尊，它的格律也是律诗的基础。清人说，学诗须从五律起，充之可为七律，截之可为五绝，充而截之为七绝。这不仅是一种经验之谈，也是记忆近体诗诸多格律提纲挈领的、最简易的办法。”这是非常精辟的见解。把握了五律的格式，有了律句的概念，懂得以稳定和谐为特点，不仅可以很好地了解和应用诗的格律，进一步推而广之到词、到曲，它们虽然各有自己格律的特点，但是基本规律却是一致的，这就收到了事半功倍的良好效果。

不仅如此，先生在一些别人容易忽视的细微方面，也能够阐幽发微，作出精微的论述。例如，在“清词丽句必为邻”这一节，讲到“什么样的诗句够得上好句呢”，他说除了流畅上口、有阅读快感而外，还要做到以下几点：一是稳惬到位，二是隽永深厚，三是未经人道，四是传达语气。关于“语气”，考虑到一般人难以理解，他还进一步说明：“近体诗在语言上和散文的差别，突出表现在散文中必不可少的虚字，之乎者也矣焉哉等，一律可以省略。”但是“凡事都不可过头，虚字、动词有可省，有不可省，有很必要”。他举例说：“最绝的是杜甫，他在古体及近体诗中，常出人意料地运用虚字表达语气，而且用在诗篇的开头，如《望岳》‘岱宗夫如何？齐鲁青未了’，一个‘夫’字传达出心商口度的神情，相当微妙。《春日忆李白》‘白也诗无敌，飘然诗不群’，这个‘白也’相当于‘李白呀’，这种写法是别人不敢的，然而他用了。不但用了，而且被接受了，成为名句，后人甚至将‘白也’作为李白的代称之一。拙作《江淮行》‘秀色快餐八百里，绝胜白也在轻舟’，就完全是将它作为一个名词来用的。”

这样一讲，就使人茅塞顿开，豁然开朗，把未经人道的秘诀讲得人人明白，大家都可以接受，可以运用了。还有，他在讲到五言古风时说到陶渊明，“陶渊明的人生哲学不出自然二字。……陶诗的手法是冲淡——就是将诗意分散在全篇中，而理趣盎然。”如果不是把陶诗真正读“透”，断断乎作不出这样明白而又精辟的论断！在“写诗就是写语言”一谈中讲到语言时，说：“所以在书面语言的沿用上，必须遵循‘察今’的原则。对传统诗词习用的语言必须重新审视，择其常新者而用之，其过时者而舍之。……如‘登楼’，如今楼顶不容易上，与思乡怀人扯不到一块；‘貂裘’，太贵了点，况且动物保护组织会说三道四；‘击唾壶’，有点不讲卫生，唾壶也早已更新换代了，等等。”这不仅把大家创作时容易犯的毛病一针见血地指了出来，道理讲得入木三分，而且还妙语解颐，让人忍俊不禁，读起来使人领悟很深，也轻松愉快。

四

先生不仅是一位知名的古典文学专家，一位知名的学者，他还是一位有名的诗人。学者和诗人，很难得两全。但是，先生却不同，能够一身而二任。先生在做学问与作诗词之间，真是左右逢源，相辅相成，相得益彰，而又成绩斐然。他以前写过新诗，记得是写李白的，像马雅可夫斯基的“楼梯式”，气势奔放，真和李白的风格相似。当然，他写得最多的还是传统体诗词，多少年来陆陆续续在一些报刊上发表，2005年10月，四川文艺出版社出版了他的诗集《欣托居歌诗》（欣托居是他的斋名，取陶诗“众鸟欣有托”之意）。诗集收入了他这些年来所写的220多首古典诗词，所涉及的内容非常广泛，举凡游览即兴、亲友赠答、读书看剧，以及时事新闻、重大事件，等等，近的是成都，远的是全国，再远的是全世界，无不形之于吟咏。也就是作者在自叙中说的：“书画琴棋，高明皆能达道；兴观群怨，小子何莫学诗！……拈管城之旧锥，作浮世之新绘。拓宽取材，趋生命意。有义可陈，于事可据。酌用兴比，略关美刺。”这本诗集出版后，立即风靡全国。原文化部部长王蒙读到以后，非常兴奋，于2005年11月来成都专门和啸天先生晤面，给予高度评价。以后，又专门撰写文章给予详细的评论。王蒙说：“第一他写得古色古香，幽凝典雅；第二他写得新奇时尚，与时俱进；第三他写得活泼生动，快乐阳光；第四他写得与众不同，自立门户；第五他写得衔接传统，天衣无缝。”给予了高度的赞扬。正是由于先生有了这么丰硕的诗词创作成果，因而也就有了丰富的创作经验，由他来写这本诗词创作谈的书，就不会是闭门造车，更不会是纸上谈兵，作架空浮泛之论。而是切切实实地把他自己的创作甘苦，以及在创作中遇到的各方面的疑难问题，自己的种种写作心得，和盘托出，奉献给读者，这也是本书一个重要的特点。

作者在本书的最后，专门写了一章“我诗何幸上君口”，来介绍自己诗词创作的心路历程。这里，他强调了童心，亦即诗人的天真情怀、赤子之心，这和前面谈到的诗歌的本质是一致的。他从小生活在有文化教养的家庭，接受了比较良好的文化熏陶，年幼时就受到诗歌的熏染——“对儿歌怀有浓厚兴趣的人，没有失去童年馈赠的人，就是诗人”。但是他更加强调了阅世和读书，他经历过“文化大革命”这场史无前例的浩劫，曾经下乡务农，亲历了那些极其苦难的岁月，有了生活的积累和对人生的深刻体悟。即使在那样非常艰苦的环境下，他也还自己找了不少的书籍来读，手抄了王力的《汉语诗律学》和张相的《诗词曲语辞汇释》。我觉得，对于当时还很年轻的啸天先生来说，这真是一件了不起的事情！也许好多人只知道王力的《诗词格律》，薄薄的一本10来万字，而《汉语诗律学》则是王力先前写的近千页74万字的一部皇皇巨著（1958年出第一版），不要说抄写了，就是看完也很不容易。而张相的《诗词曲语辞汇释》这部工具书，也是上下两册，54万字（1953年出第一版）。抄写这两部书，需要付出多大的艰辛，需要多么坚强的毅力，我们可以想见！当我现在从这本书中读到这些情况时，想起他那些年，在艰苦的劳动之余，焚膏继晷，兀兀穷年，默默地抄写的情景，也不禁为之深深感佩！这种切实的读书功夫，或者说叫作抄书功夫，正是做学问或学习诗词创作不可缺少的功夫。我记得10多年前在成都草堂博物馆参加四川杜甫学会年会的时候，廖仲安先生（首都师范大学教授）在大会上说过："做学问，还是要提倡读书、抄书和背书，这是一项硬功夫。"是的，做学问需要这样的功夫，创作诗词也同样需要这样的功夫。宋人严羽在《沧浪诗话》中提倡"妙悟"，反对以学问为诗，那是针对当时江西诗派一味提倡以学问为诗而发的纠偏之论，他强调现实生活中的妙悟，同时也强调读书也要妙悟，也就是要善于理解。正是因为啸天先生下了这样扎实的功夫，有了这样坚实的基础，所以他无论做学问，还是作诗，都能够取得非同一般的成绩，积累出非常丰富的经验。

从这个意义上说，这本书，正是啸天先生多年来研究诗歌、创作诗歌的经验总结，现在毫无保留地写出来，是对诗歌创作的一个贡献，在诗坛上弥足珍贵。他在这本书中，好多地方都以自己创作的具体情况来举例，讲得非常具体，非常生动，这就不是一般的单讲道理的书籍所能够比拟的。比如，他在第六谈"写诗就是写语言"中谈到他写作七绝《江淮行》的情况："2004年中秋前夕，因出差从成都飞合肥。上飞机时，暮色苍茫，并没有想到要作什么诗。我的座位正好靠近窗口，上天后，不经意往窗外一望，竟然是平生所未曾见过的一幅图景：湛蓝天空上银盘似的悬着一轮明月，万里无云。云全在飞机下面很深的地方。全新的经验让我兴奋起来，怎么办呢，作一首诗吧。

驭气轻辞濯锦城，云间赏月更分明。
嫦娥乃肯作空姐？为我青天碧海行。

这首诗的内容可以说只是一片兴会，主题句为'云间赏月更分明'，由'驭气轻辞濯锦城'引起，后二句则以溢思作波澜，拿嫦娥、空姐和自己开涮——人在快乐的时候就会拿自己和别人开涮，当然是善意的。待到飞机着陆，掏出手机，以短信方式，发给一位最先想到的朋友，一分钟后，便收到反馈。”

这首诗，作者讲了自己的兴会，好像写来很轻松，在他，当然是很轻松的，如有神助，但是，“成如容易却艰辛”。在这首看来写得轻松的小诗的背后，却蕴藏着他多年来对于诗歌研究和创作的艰苦的积累。单就语言来说，“驭气”出自“列子御风而行”；“濯锦城”则是成都的别称，古代在锦江濯洗织锦，色泽更加鲜丽，也是古代典籍中语言。这两个词用在这里，就显得非常雅驯。而中间用“轻辞”一词巧妙地一连接，那种乘机从成都腾空而上，轻松愉快的心情也就跃然笔下，耐人品味。还有，“青天碧海”，也是来自李商隐的“嫦娥应悔偷灵药，碧海青天夜夜心”（《嫦娥》）的诗句，正是咏嫦娥的，用在这里非常贴切。更加神妙的是，作者此时运用神思，舒展想象的翅膀，无拘无束地翱翔于审美意象的天国，竟然要广寒宫中的嫦娥来当空姐，伴着自己“驭气”而行，在空中一起观赏那中秋佳节前夕的一轮皓魄。记得钱谦益曾经说过：“嫦娥老大无归处，独倚银轮哭桂花。”（《牧斋杂著·投笔集·后秋兴之十三》）这下可好了，嫦娥有了空姐的工作，重新回到了人间，一扫过去的冷清寂寞，该是怎样的欢欣和鼓舞！这是多么富有诗意的想象，充满了生命的情韵！至于这四个诗句之间的关系，主题句的确定，“引起”以后的“波澜”等等，作者经过许许多多的创作实践，已经达到烂熟于心的程度，此时此刻，在不经意间顺手拈来，却是得心应手，毫不费力。这些，套一句老话，不是“斫轮老手”，是万难达到这个程度的。记得几年前，啸天先生被邀到西华大学开古典诗词鉴赏的讲座时，就讲过这首诗，当他把诗句念完，讲解到“湛蓝天空上银盘似的悬着一轮明月，万里无云”时，阶梯教室里两三百学生一齐轻轻地“哇”了一声，惊叹之至！讲座结束，先生步出教室，许多学生追着出来，要先生把这首绝句写下来，拿回去赏读——这就是诗歌的力量，一首好诗感人之深，于此也可以见出一斑。

啸天先生虽然在诗词的研究、鉴赏和创作上都已经成就卓著了，可以说达到了精深的地步，但是他仍然非常谦虚，从不满足，这也是他取得如此杰出成绩的一个重要原因。这本书除了介绍他自己成功创作的经验外，也披露了他如何向别人学习的情况，对于严肃认真的作者来说，这一点尤其十分重要。作者专门在第九谈中写了一节“成诗不易改诗难”，谈了自己的具体情况：“有两位已故的师长令我至今感念。一位是山西学者兼诗人的宋谋瑒，我们有过一段通信，他替我的一首五绝改过一个字，由‘与君同窗下’改为‘与君同窗久’，使我一下子悟到了厚字诀。另一位是槐轩后人刘锋晋，他替我的七律改过一句诗，将‘何事青城再度留，前山不比后山幽’的上句，改为‘山有幽名自古留’，使我悟到了如何开阔思路、使诗意更有内蕴。改诗的过程，是一个去粗取精的过程。”

这是作者的很宝贵的现身说法。按宋谋瑒是原晋东南师范专科学校中文系教授，他为先生改的这首诗是《赠别二首》之二：“与君同窗久，三载共情亲。临歧数行字，平生一片心。”（《欣托居歌诗》）原句“同窗下”的“下”字，只说得一个方位，而“久”字，和下面的“三载”相呼应，唱叹有情——情意深厚，内蕴也丰厚，此之谓“厚”。刘锋晋是原成都师专副校长、中文系副教授（他是清代著名学者、思想家和教育家刘沅的五世孙。刘沅字止唐，四川双流人，斋号槐轩，人称槐轩先生，有《槐轩全书》传世，形成“槐轩之学”），他改的这首诗是《青城后山纪游》：“山有幽名自古留，前山不比后山幽。烟云绕树花多色，峡谷飞湍水疾流。栈道舆驴添雅兴，浮生杖屦任优游。归来小饮泰安寺，一夕轻雷春睡柔。”（《欣托居歌诗》）原来第一句是“何事青城再度留”，意思只是在提示游览青城后山的原因，说的是目前一己之游客，而修改后的“山有幽名自古留”，就视通古今，大大扩充了青城山的内容，使人想起“青城天下幽”的美誉，同时也包括了作者现在来游的原因，让人产生更加丰富的联想，这也就是“开阔思路，使诗意更有内蕴”。像这样，先生把自己推敲、修改作品的具体情况写出来，这就比正面介绍创作方法更进了一步，让我们从不同的角度来了解创作的全过程，从中受到更加深刻的教益。从这里，我们也可以看出先生多么谨严的治学态度和精益求精的创作精神，由此而不断进取，才达到了如此高度的创作境界。像这些很宝贵的具体经验，书中还有许多，随处都可以给我们以智慧的启发，让我们在愉快的阅读中，获得丰富的知识，从而激活我们的一颗诗心，操笔挥翰，推敲锤炼，创作出情感精神弥漫其中的精美作品。

这正是：鸳鸯绣了从教看，更把金针度与人。

（原载管遗瑞《浅尝集》，中国文史出版社）

以传奇之笔复活传奇之人

——论周啸天《薛涛》对历史人物的文学还原

◉ 何希凡

摘要：周啸天的历史小说《薛涛》基于历史文献，着力对历史人物薛涛作文学还原：一是尽可能依据历史本事对薛涛形象作传奇性演义；二是紧扣才女特质对薛涛形象作诗性还原；三是着眼于自由灵魂对薛涛形象作人性还原。从而成功地实现了对长埋于历史幽壤的一代才女薛涛的精神复活，蕴含着深刻合理的历史逻辑和人性逻辑，凸显了历史小说的传奇色彩与现代品格。

关键词：周啸天；《薛涛》；文学还原；传奇色彩；现代品格

薛涛，作为生活在“唐诗的白银时代”而政治上称为“元和中兴”时期的一代才女，虽然生于长安，却因其父仕宦入蜀而于成都度尽平生。成都是薛涛完整意义上的生命成长之地，尤其赋予了她“万里桥边女校书”的卓越才艺，而薛涛的高才绝艺又为成都谱写了风流千古的才女传奇。薛涛曾是成都引以为豪的历史文化名片——薛涛在世的时候，在成都的名气比杜甫还大，她的拥趸、崇拜者比杜甫还多。然而，千余年历史的烟云几乎遮掩了才女曾经的光芒，其传记资料仅得《唐才子传》中寥寥四百字，唐以后的正史不见薛涛身影，文学史中也领略不到薛涛的诗才。望江公园的薛涛井分明涵容着薛涛的传奇故事，但薛涛的生平事迹和高才绝艺却不幸沉落于历史的深井，唐以后至今极少有人打捞。近年来，当代著名小说家阿来特别钟情于古代成都的文学大家，他“破圈”古典文学学界，在四川的“名人讲堂”先后讲苏东坡，讲司马相如，讲陈子昂，尤其倾情倾力的是大诗人杜甫在成都的诗歌创作，在系列讲座音频的基础上出版了《回首锦城一茫茫——杜甫成都诗传》《阿来讲杜甫成都诗》。刘明华先生认为阿来“似有天降大任于斯人的担当，他对杜诗的热爱，和他对古典文学的重视，其核心是对中文写作中传统语言的精美之淡化的担忧和提振文字表达的决心……他对古典文学的兴趣和传播，是要在自己的创作中，并希望在当代作家的创作中得到回应：当代文学应该体现出文化传承的历史意义”。带着这样的文化传承使命，阿来也十分看重大唐成都才女薛涛的文化传承价值，向成都时代出版社推荐周啸天先生写薛涛。作为在四川大学专治古典文学的教授，写一部关于薛涛的学术著作应是顺理成章的事情，但年逾古稀的周啸天先生却不欲接受这样的美差，面对出版社人员的登门邀请，他作出了更具挑战性的选择：“如果你要一本纯学术著作，我给你推荐人写。如果允许有所虚构，我倒愿意一试。”当此之际，因为诗词创作而名满天下的周啸天欲在小说创作上一试身手的愿望，正好契合了阿来推荐的本意，也与出版社一拍即合。虚构是对人类想象力的有力证明，也是小说最重要的叙事标志，所以小说家陈应松说“优秀的虚构者成了小说家”。周啸天要把《薛涛》写成小说就是要通过合理的艺术虚构，对薛涛这位富有传奇性的大唐才女作传奇性的文学还原，试图从文学审美的层面复活薛涛的精神灵魂，以期重新镀亮这张曾经卓然惊艳的成都历史文化名片。

一、历史本事与薛涛形象的传奇性演义

将历史人物薛涛的生命传奇写成小说无疑是一种历史书写，是用文学审美思维写一部关乎历史人物的历史小说，而非以学术科学思维写历史研究著作，但如果没有历史和人物本事作支撑的小说创作是不能视作历史小说的。“本事”原本是一个诞生较早的古代文论概念，按照张均先生的理解，“本事”皆指原本之事，引申到文学创作中则指“缘事而发”之“事”，即“作品依据的客观事实，创作的原委由来，包括故事所本；人物原型。它是作者生活世界中的真人真事和真实情境，约略相当于今之素材、原型和创作动因”。回望中国小说的发展进程，早在古代就有了实际上的历史小说，却未曾被直接称为小说，而是被赋予了很多与“史”相关的别称，诸如“稗史”“野史”“小史”“逸史”“外史”“趣史”“艳史”“痛史”等等，因此中国古代是没有“历史小说”这个文学概念的。直到近代，在《新小说》的广告文中，“历史小说”的概念才被正式作出界定：“历史小说者，专以历史上事实为材料，而用演义体叙述之，盖读正史则易生厌，读演义则易生感”。可见，“以历史上事实为材料”方能称“历史”，“而用演义体叙述之”方能称“小说”。作为在世时声名甚巨的一代大唐才女，薛涛原本拥有丰富可感的生命本事与历史本事，但如今这些本事已深掩于历史的重幕之中。今存与薛涛本事直接相关的历史文献极其有限，正像鲁迅所说：“对于历史小说，则以为博考文献，言必有据者，纵使有人讥为‘教授小说’，其实是很难组织之作”，但周啸天没有放弃对历史本事的尊重与尽可能的搜求。虽然薛涛的传记资料仅于《唐才子传》得寥寥四百字，但“薛涛历事的十一任节度使，及与她过从较密的元稹等人，都是正史立传的人物，有这些人物扎实的传记资料作为支撑，薛涛的故事是可以建构起来的”。“书中薛涛其人是真的，诗是真的，与剑南西川十一任节度使的交往是真的，所涉六十多年的历史大事是真的，以‘女校书’著称于世是真的，与元稹等大诗人的唱和是真的，开发十色笺文创产品是真的，首植西川海棠是真的，在中国文化史上的影响极为卓著是真的。至于故事情节，则是在通览《薛涛诗集》《旧唐书》《新唐书》《太平广记》《大唐新语》《唐摭言》《本事诗》《北梦琐言》《唐雨林》《开元天宝遗事》以及元人辛文房《唐才子传》等书籍的基础上编的。虽是编的，却并非一味凿空乱道。”如此多的“真的”人物生命本事，如此尽可能多地在文献“通览”中钩沉的历史本事，都保证了这部历史小说可信的“历史”品格。在此基础上，作者的努力就是如何“用演义体叙述之”，使之成为真正意义上的历史小说：“文体性质为故事新编，为传奇演义，为章回小说。书中人物虽有历史人物作为原型，却不等同于历史人物。读者勿以《三国志》的尺子衡量《三国演义》，道理一也。书中个别人物，纯属虚构，则是为叙事的方便。”历史品格须仰仗经过钩沉的历史本事，而小说特质则有赖于作家如何“故事新编”，如何“传奇演义”。

在小说第一回里，主人公薛涛一出场就走进超现实的梦境：浣花溪武后托梦将薛涛唤作婉儿，且告知成都将降贵人。薛涛出生于武则天去世60多年以后，而武则天正式称帝和实际执政时间则更早，薛涛晚生百年，她与武则天是不可能在现实中相会的。至于武则天直接将其唤作婉儿，则更是现实中的天方夜谭。然而，作家笔墨的传奇性挥洒并非空穴来风。我们固然不能说武则天其人就没有精神人格上的遗憾，也不能断言武周时代没有政治上的弊端，但它上继贞观盛世，下启开元之治直至元和中兴，总体上是一个政治开明、文化繁荣的历史时期，郭沫若先生曾说它“政启开元，治宏贞观”，是有充分历史依据的。上官婉儿虽然早年受祖父上官仪牵连而获罪，没入掖庭，但因聪慧善文受到武则天重用，不负才女之誉。武则天时期更加开放的世风影响一直延续到开元直至元和时期，这便是元和才女薛涛成长的社会文化条件。小说第二回就写薛涛从小神往上官婉儿那个时代，上官婉儿的文采和诗才也成了她对自己的期许，梦中的武后直接将其唤作婉儿，不仅契合了薛涛的现实期许，也预示着主人公薛涛成为上官婉儿那样才女的必然性。传奇性的书写不止于传奇，而是薛涛天赋资质、生命追求及其所处历史时代的文学性还原。

然而，传奇性演义的笔墨也并非全然集中在薛涛身上，第四回写即将坐镇蜀地的剑南西川节度使韦皋登场也极富传奇性。小说通过芝兰的讲述，可谓峰回路转。比如韦皋刚出生一个月，一位神秘的胡僧竟告其父：“此儿乃诸葛武侯转世，将来要造福蜀地的。”又比如年轻的韦皋漫游江夏时成为姜使君的馆客，好朋友荆宝派丫环玉箫侍奉他，他以一枚玉指环为信物与玉箫定情，“许诺少则五载，多则七年，定回江夏迎娶”。但七年之后，不见韦皋来迎，玉箫竟相思成疾，恹恹而死，后又竟然在韦皋坐镇蜀地后死而复生，终成眷属。不仅悬念迭起，简直就如同神话一般。尤其是韦皋后来入了蜀地府主张延赏的幕府，其名的笔画竟因为契合所求的签上写着“九九八十一”而成为东床快婿，但“韦大人当时一个倒插门女婿，穷秀才一枚，却又性格豪放，不拘小节，莫说不得张公欢心，连府上仆婢也态度稍稍简慢，语言略略刻薄”。韦皋便向岳父告辞东游，且于行经的各个驿站悉数遣返岳父为其所备财物。几经周折，怀有大才的韦皋终于入了当时宰相张镒幕下，即受重用。后张镒被凤翔兵马使李楚琳所杀，韦皋率部驻扎陇右，叛军欲招降韦皋，韦皋接连智擒并斩杀劝降来使，筑坛盟誓，宣布忠于朝廷，派兵增援奉天，一时功高盖世，得到封赏旌表，终被任命成都尹兼剑南西川节度使，总镇川蜀。其传奇性的人生经历，让薛涛深感“此次听得这比传奇还传奇的故事，只觉回味无穷”。历史上的韦皋固然卓越不凡，但小说的传奇性描写让韦皋的卓越不凡更富传奇色彩，显然有赖作者的演绎之功。读者很可能要提出这样的质疑，既然主人公是薛涛，小说何以要宕开一笔，以如此多的笔墨去对韦皋作传奇性演义呢？其实我们读完整部小说就能感受到，薛涛的传奇性生命经历不是孤立的演绎，而是紧系着元和时期的政治风云，薛涛所历事的十一任总镇川蜀的剑南西川节度使无不关涉着薛涛的生命传奇，不论他们的人格、才干、政绩有多大的差异，入幕既久的薛涛主要的精力都势必要与他们发生联系，没有他们所提供的足以展示才干的生命空间，薛涛的生命传奇难以变为现实。纵然薛涛才高八斗，纯粹的私人生命空间也只能令她韬光养晦。因此，不同程度地对这些风云人物作传奇性点染，也就实际上在对薛涛作传奇性演义。第五回写韦皋到任伊始便遇大旱，农业歉收，蜀人病饥，便召集幕僚问计。薛涛并未止于众人的祈雨、放粮赈灾之议，而是提出了“西川久旱不雨，或有冤狱枉系，宜加详覆”的卓见。韦皋采纳后，果然审理出不少冤案。当韦皋于中秋率众赏月，突遇石舫水殿失火，危急之中，众皆慌乱，唯薛涛急中生智提出动用龙骨水车取水灭火，立奏奇效。就连韦皋酒醉后，薛涛随侍进入更衣间，居然也能智激韦皋瞬间放弃借酒非礼，尽管付出了打入乐籍的代价，但毕竟成功避免了一般女性难以避免的遭遇。第八回又写薛涛因陷所谓“传贿”案而再入乐籍赴松潘劳军，曾以《犬离主》一诗打动韦皋，返回成都途中亲历了惊心动魄的大地震，回到成都后向韦皋献策优选南诏、东蛮子弟来成都教以书数，既令向化，亦是釜底抽薪。一个女子能有如此卓越的政治眼光，具体的史实或许未必全然如此，而表现在薛涛这样出类拔萃的女性身上却具有极大的可能性，是比史实更富有文学真实性的传奇。韦皋本就是一个传奇性人物，但薛涛却在韦皋面前创造了令韦皋敬服的传奇，所以凡与薛涛相关的重要人物的传奇既是这些人物自身的传奇，也是以他们的传奇凸显薛涛的传奇，从而为薛涛的传奇刷色添彩。

在第十回、第十一回中，韦皋病故，遗嘱刘辟度支副使代理节度事务，但刘辟却权欲膨胀，直指节度使宝座且意欲依仗蜀道天险对抗朝廷。于是请画工画像、以刘备后裔自居、重修惠陵、举办西川风情节选美，且将佳丽皆收入房中。薛涛系念国家安危，晓以大义力谏，刘辟一意孤行，薛涛只得离开成都至青城山受箓，但时刻牵挂时局，暗中探听成都之变消息，足见她并非以个人的全身避祸为念，在决定家国和黎民命运的重大关头，极富政治远见，体现了高人一等的政治智慧和才干，实在令人感佩！朝廷派大将高崇文率兵平叛，刘辟终于伏诛。新任剑南西川节度使高崇文从青城山请回薛涛并请其荐举人才，深感薛涛对西川几十年变迁及其政坛风云了如指掌，深深佩服这个如此有政治头脑的女人。正因为薛涛的政治才干令历任节度使敬服，所以在第十三回中，当武元衡就任节度使后便在孔雀园许愿，使薛涛终成西川幕府校书。在第十七回中，武元衡还朝为相，因力主削弱河北、山东藩镇势力而遭暗算身亡，薛涛闻讯失声痛哭，非为在私人情谊层面因痛失知遇而伤痛，而是为天子、为国家、为苍生痛失栋梁而哭。后来裴度请命平叛，大将李愬雪夜入蔡州，生擒吴元济，取得平定淮西大捷，朝廷削藩成功，迎来元和中兴，薛涛为此欣喜若狂。为国难而悲，为国盛而喜，身为巾帼却卓具大丈夫气概。在第十九回中，新任节度使杜元颖治理无方，薛涛开启岷江游，观览沿途风光、考察民情的同时，敏锐发现即将影响成都安危的三大隐情：衙门派人寻宝，百姓苦不堪言；军士偷盗羌族马，军纪败坏；戍边军士潜入南诏盗窃财物和食物，反为南诏所用。薛涛当即敏感到成都或有血光之灾。不久以后，南诏果然闪电袭击成都，且掳掠专业人才。薛涛的政治敏锐与忧国忧民情怀可见一斑。在第二十四回里，薛涛最后的生命归宿与第一回形成首尾呼应：夜梦封姨来访，而后风雷大作，冰雹来袭，当梦至蓬莱仙境，始知神仙打仗，凡人遭殃，预示了生命繁花绚烂至极，正是运数将尽之时，西川府白孔雀病亡，薛涛也随白孔雀而去，她的死也是如此富有传奇性。薛涛一生的传奇未能有更为充分的历史文献记载，却在周啸天的笔下更富传奇性了。作者通过薛涛自身的卓越表现对薛涛做正面的传奇性演义，又通过其他历史人物的传奇性对薛涛作烘云托月的传奇性演义，将有限的历史本事记载升华为主人公丰富多彩、动人心魄的生命景观，这就是周啸天通过传奇演义和故事新编所奏出的文学还原之效。

二、才女特质与薛涛形象的诗性还原

作为一代才女，薛涛之才无疑是其生命天赋的全方位体现，除了以上所论在政治上的远见卓识和智慧才干以外，她留在历史上最为光彩夺目的无疑是文学艺术上的高才绝艺。而在唐诗的“白银时代”，薛涛的才女特质又主要是诗人特质的凸显。爱诗、写诗、吟诗、赏诗、举办各种诗歌交流与比赛活动构成了薛涛完整而丰富的诗性人生。然而，由于千余年的历史尘封，薛涛的诗性人生并未得到后人的充分感知。尽管薛涛有精彩的诗作传世，但文学史并未留给薛涛一席之地，而《唐才子传》的寥寥数百言记载也难以复活薛涛血肉丰满的诗性人生。纯粹学术性的历史研究面对捉襟见肘的文献资料，也无法人为弥补和还原历史的遗漏，而关乎历史和历史人物的文学书写就具有了对历史文献遗漏作出文学审美还原的可能。周啸天先生既是学问家，又是诗人作家。学问家的素养与修为使他坚守着严谨的治学精神。他深知，小说虽然主要考验作家的虚构即“编”的能力，但历史小说必须要有经得起叩问和质疑的历史内容方能不负“历史”二字。尽管薛涛的传记资料在《唐才子传》中仅得四百余字，但薛涛所历事的十一位剑南西川节度使都入了正史，在他们身上可以钩沉出薛涛的不少重要信息，正如作者所声明的那样：“虽是编的，却并非一味凿空乱道”。然而，作为小说，在有了可靠历史信息基础上完全可以作符合历史精神、历史逻辑，符合主人公人性和诗性逻辑的传奇性演义。主人公薛涛是唐代诗人，周啸天是现代诗人，古体诗是他们在历史隧道两端的共同守望。诗人写诗人应该是最为和谐的古今诗性对话和精神交流。可以说，周啸天在诗性层面及其古典诗歌的学术研究上完全有资格作为薛涛的知情者、深味者乃至异代知音。为了在文学审美意义上充分还原薛涛的诗性生命，周啸天既充分调动了薛涛尽可能多的诗人资源，也充分调动了自己的诗人素养、学养和才情。

其一，小说挖掘了形成薛涛少女时代诗人憧憬的诸多因素：从武则天时代开始而直贯开元之治与元和中兴的开放世风，为有诗性天赋的女子成为诗人提供了有利的社会文化条件，而成都在大唐开元年间逐渐成为经济文化发达之地，玄宗幸蜀之后更是大唐重镇。还在薛涛很小的时候，其父薛郧就携家迁往成都。薛郧的博学多才以及忧国忧民情怀对薛涛形成深度的熏染，所以薛涛从小就对成为上官婉儿那样的才女充满热切期许，而且八岁即能敏捷地接着其父见风吹梧桐所吟出的“庭除一古桐，耸干入云中”，而于众人之中率先脱口念出“枝迎南北鸟，叶送往来风”的佳句。薛涛的诗才初露受到了众人的激励，尤其是薛郧的“一个人会写几句诗不难，难的是诗句挂在别人嘴上。只要有一句两句挂在别人尤其是后人嘴上，那就算得真正的诗人”的诗学见解，让薛涛有了较高的心理追求目标，南朝女诗人谢咏“未若柳絮因风起”的“咏絮才”，其父的同学刘方平的咏雪诗，同代女诗人李季兰六岁咏蔷薇，又让薛涛心中有了具体而鲜活的诗人偶像。

其二，小说充分利用薛涛在剑南西川漫长的幕府生涯，从她与所历事的十余位节度使的交际中展示她的诗性人生。唐诗在中国文学史上光芒四射，不仅仅因为出现了太多的经典作品，也不仅仅因为产生了太多的著名诗人，而且更因为唐诗几乎造成了一个全民爱诗、诵诗、写诗且尊敬诗人的时代，从帝王将相到寻常百姓，诗已成为全民性的文化互动和精神共享。正如闻一多先生所说："一般人爱说唐诗，我却要讲'诗唐'，诗唐者，诗的唐朝也，懂得了诗的唐朝，才能欣赏唐朝的诗。"在小说《薛涛》中，我们可以看到剑南西川的历任节度使不论政绩官声如何，几乎无人不会作诗。从薛涛入剑南西川节度使幕府的第一任府主韦皋开始，他不仅治才卓越，政声显著，而且首先就在摩诃池酒会上的分题限韵、拈龟作出了题为《天池晚棹》七言律诗，不愧斫轮高手。有了韦皋所引发的诗兴，薛涛所拈到的《谒巫山庙》诗题则更加出彩，全诗寄慨遥深，诗咏女神，却完全不像女子之作，竟被韦皋赞为"扫眉才子"。后来她因为私自与段文昌应邀赴邛崃讲《道德经》令韦皋不快，便以"传贿罪"将薛涛再度贬回乐籍重操艺业，罚赴松州劳军，薛涛也是凭借诗才写了《犬离主》一诗打动了韦皋将其接回成都。韦皋病故后，继任的历届节度使如武元衡、李夷简、王播、段文昌、李德裕都是作诗的高手，就连以武功卓著的大将高崇文也能精通诗律，写出令人称赞的佳作，而且竟能虚心向薛涛请教作诗秘诀。武元衡则因为佩服薛涛的诗才，常与薛涛唱和，且在孔雀园许愿，让从韦皋开始荐举薛涛为西川幕府校书的未竟愿望终成现实，且于散花楼与薛涛等人纵论李杜元白，当薛涛作卷相邀元白，武元衡竟趁机提议举办成都诗词大会，使得天下名诗人蜂拥成都，遂使薛涛诗名誉满天下，成为名震当时的"万里桥边女校书"。特别是薛涛48岁那年，新任府主王播赴任，不仅与薛涛纵论西川与吐蕃、南诏关系与大势，薛涛提出了高人一等的应对策略尽展博学高才，而且与王播重温盛唐梦，并在唐肃宗重返长安后举办了诗词大会，薛涛得以口占菊花诗技压群芳。而李德裕成都赴任伊始就拜访薛涛，当筹边楼告竣，又邀薛涛参观题咏，既彰显了李德裕的诗学素养与情怀，更凸显了薛涛的卓越诗才。可以说，是这些懂诗、爱诗且能作诗的节度使与薛涛一起营造了西川幕府浓郁的诗意空间，从而淋漓尽致地激发了薛涛的诗性天赋，成就并凸显了薛涛超群拔萃的诗艺才能。

其三，薛涛以自己出类拔萃的诗性素养和写诗水准不仅拔萃西川幕府、饮誉成都，名满巴蜀，而且与同处元和时代的大诗人元稹、白居易、刘禹锡、柳宗元、王建等多有唱酬交集，且以“扫眉才子冠当代”的卓越风范赢得这些须眉巨笔的尊敬与赞佩。不仅如此，第十四回写薛涛于散花楼讲解其来历，并引出李白《登锦城散花楼诗》，与武元衡纵论李白、杜甫、高適、岑参、王维、孟浩然所造就的唐诗“黄金时代”。薛涛进一步前溯李杜之前百花齐放的五言诗体时代，历数沈佺期、杜审言、宋之问、王勃、杨炯、卢照邻、骆宾王等初唐前贤，足见薛涛的诗性并非止于当代，而是接通了初唐和盛唐。在武元衡提议举办的成都诗词大会中，竟以“万里桥边女校书”为主题，以致薛涛成了全国诗人大合唱的中心人物，那些号称“河岳英灵”的唐才子齐声赞和，报应如响。元稹、白居易、刘禹锡、牛僧孺、令狐楚、裴度、王建、张籍等众多著名诗人纷纷投赠薛涛以佳作，成为她一生的高光时刻，奠定了她的诗坛盛名。至此，周啸天对薛涛所作的诗性还原拂去了历史的烟尘而将其推向了名满天下的高光时刻，实在没有辜负薛涛在历史上本来的诗性高度。至于薛涛于碧鸡坊筑五云轩研究造纸工艺，终于造出十色笺，固然是薛涛别才的凸显，意味着大唐雕版印刷业的勃兴，诗书画艺术的全面繁荣，但从本质上讲，十色笺更多还是薛涛诗性特质的延伸拓展，其所寄赠的更多是名震遐迩的诗人，从王建通过十色笺写宫中诗，令天子大悦，薛涛笺终于闻名天下来看，十色笺的巨大的传播效应也主要是通过诗人之笔造成的。薛涛首植西川海棠看似诗之外的贡献，但李德裕邀其至新繁东湖乃是为了给卓具诗性而大病初愈的薛涛提供一次诗意观赏的惊喜。此时此刻，海棠是为诗人而盛开，为诗人而绚烂的，薛涛也是带着诗人眼光由衷欣赏，然后才在李德裕的帮助下种植于碧鸡坊枇杷巷后花园的，所以首植海棠仍然蕴含着薛涛的诗性辐射。

需要特别指出的是，周啸天在对薛涛的诗性还原中，不仅是以众多的关乎诗的人和事为背景，而且也赋予了小说以诗性的品格。不仅其叙述描写都是诗化语言，更有大量诗作还原了诗歌创作和诗歌交际活动的历史现场。我粗略统计，整个小说叙述进程中所引的诗作竟多达120首左右。特别有趣的是，作为诗人的作者也跨越历史时空，实际参与到了小说中的诗歌现场。在薛涛的诗性生命中，除开主人公薛涛本人的诗作俱是薛涛手笔，除开绝大多数作品都是当时诗人亲手所为以外，小说中有几处就是作者自己和当代诗人所作。比如，第五回写摩诃池拈阄诗会中，独孤密拈到题目《咏粥》而捡来关中大旱，官府赈济灾民，大锅施粥时老百姓所编的打油诗："一喝一条漕，一吹一个泡。三天一泡屎，一天一桶尿"，这本来是当代人写饥荒年代的诗，用在此处却别增趣味，且十分契合那时的情景。再如，第十五回写薛涛与元稹在剑南东川府相聚后，元稹即将乘船别去，分手时元稹交给薛涛一个纸卷，待元稹走后，薛涛展开纸卷细看，原来是一张蜀笺上题了一诗："涸辙相濡亦偶同，茫茫人海各西东。对君今夕须沉醉，万一来生不相逢。"这首诗其实是周啸天写给一位几十年前同在一地当知青的患难挚友的，移用于此处，非常契合元稹与薛涛此情此境的心理感受，不知真相者，将其当作元稹之作也绝无违和之感。还有小说第廿三回写薛涛碧鸡坊的海棠花开，令人赏心悦目之际，突遇风雷大作，三月阳春居然下起了冰雹，海棠园内顿时满地狼藉，薛涛顿悟生命无常，引得大慈寺的诗僧逸明上人写诗感慨："三月江南春未归，百花哆嗦雪花飞。雷曹雨部多庸吏，各借东风瞎指挥。"这首诗本来是当今上海诗人杨逸明先生见江南三月居然下雪的情景有感而发，但小说让杨逸明先生和他的诗穿越到唐朝元和时代，居然也没有一点儿违和感。可见周啸天先生为了还原主人公薛涛的诗性特质，为了诗写人们的现实遭遇，真是费尽心机，人尽其才，给读者带来了丰富多彩、至真至切的诗意享受，从而生动而精妙地还原了薛涛的诗性生命，提升了小说的诗化境界。

三、自由灵魂与薛涛形象的人性还原

在男尊女卑的中国封建社会，女性的文化宿命决定了她们不可能自由参与到与男子同等的社会文化空间，难以与须眉男子比高低、竞风流。尽管历史上也出现过几多不让须眉、“称量天下、管领春风”而独擅风雅的才女，如汉魏时期的蔡文姬、武则天时代的上官婉儿、晚唐的薛涛、特别是宋代的李清照，她们曾与男性文人一起共同创造了诗国风雅的灿烂辉煌，共同铸就了中国文人的精神丰碑，但就整体观之，女才子在男性文化霸权的生存语境中真如凤毛麟角。即使蔡文姬、上官婉儿、薛涛、李清照等，她们的名字闪耀在中国历史长河中也带有社会文化气候和家庭条件的偶然性，而其相同之处就在于她们都有一颗自由的灵魂。生命的最高意义在于创造，而自由则是生命创造的前提。自由的灵魂之于薛涛，就在于她不仅可以像男子一样，读书求学、写诗学艺乃至参与幕府的政治文化、文艺活动，可以在人生的各个领域相对自由地彰显自己的人性。周啸天先生的小说《薛涛》正是着眼于薛涛作为一个自由灵魂的人性彰显来还原薛涛的人性世界的。小说不仅充分凸显了薛涛的政治传奇和超群拔萃的文学艺术才能，充分开掘了她生命中卓越的诗性，而且还着力在她作为女性的精神情感世界艺术地还原了她更为丰富动人的人性，重塑了她的自由灵魂。

小说开篇写薛涛在青羊宫看桃花巧遇分别已久的儿时故人琼英，当薛涛对镜自赏，而看桃花时又被小翠认作桃花，薛涛微露娇嗔，尽显情窦初开的少女温柔娇羞的人性之美。而第二回则写她因父亲任教于长安的广文馆得以陪伴琼英，也因此得以与元檗（后来的大诗人元稹之投影）同学，在无意识中升起对元檗的亲近感，以及分别时互换书包等细节，生动地刻画了薛涛孩提时代爱恋意中人的无意识萌动，并由此开端，凝结为她一辈子的情感牵挂。正因为她自己有一颗自由的灵魂，有一位少女对自由爱恋的美好憧憬，她在对古代前贤的自由恋爱感知中，总能由此而反顾自身给予充分的理解甚至赞许、崇仰、憧憬。在小说第七回中，薛涛应邀赴邛崃讲《道德经》，曾于讲授结束后参观卓王孙故居，对作为历史上被正式记录的第一对自由恋爱的夫妇司马相如和卓文君投以深深敬意，当司马相如和卓文君的自由爱恋导致囊中羞涩，便不惜放低身价，典当了鹔鹴裘，而且竟身着围裙当垆卖酒，薛涛更是钦敬有加，还说佩服卓文君有三件事，“第一件就是敢于放飞自己”，“第二件就是自食其力”。对古人自由爱情境界的感佩与憧憬，又何尝不是薛涛自我情感的期许，所以“第三件就是留下这口文君井”，认为“女人也是水。有了这口井，卓文君不死”。更有甚者，还期许“我身后要能留下这样一口井，那就幸甚至哉，不枉自做一回女人”，这样的憧憬终于变成了现实，薛涛也在成都望江公园留下了供今人凭吊缅怀的薛涛井，它是薛涛平生才情的历史见证，也为望江公园平添了幽深的历史文化底蕴。而薛涛在见到朋友中的儿女私情时，也总是能够给予充分的理解与宽容。比如同样在第七回中，当薛涛于蛛丝马迹中敏感到段文昌与妙常（琼英）的私情时，虽然也曾调侃敲打，却更多是关心而并不深究，反而借古人对其赞美有加。唯有自由的灵魂才能体察理解他人自由灵魂的跳动，薛涛的丰富人性虽因为身份教养不可能真正自由挥洒，却能于生活的细微处得以有意识或无意识的流泻。

薛涛人性最为真实动人的流露当属对元稹的情感牵挂。薛涛一生难免与很多男人交往，也曾有过韦皋的酒后非礼，段文昌的主动亲近，但真正进入薛涛心里且平生难以放下的唯有元稹。广文馆的两小无猜是二人两情相许的起点，此后天各一方成为各自的长久牵挂。而从小说的实际表现观之，相较于元稹，薛涛的牵挂更加情深意隽。最值得玩味的是，当薛涛于行卷抄本上读到元稹所作传奇《会真记》，不仅读出了自己对文本的别有洞见，而且也因此搅动起自己的芳心。就对元稹《连昌宫词》和白居易《长恨歌》的比较评价而言，薛涛与妙常之间有着明显差异，薛涛更是在元白二人作品之间厚此薄彼，其实在潜意识里已将元稹与少年的元檠（微之）相联系，又以梦境相证实，活画出薛涛读作品而动芳心，情思如潮，是一个有情有爱的自由灵魂与另一个同样灵魂的交融碰撞。尽管一切都还在畅想乃至臆想之中，但仅凭这些心路历程便见出她对真爱真情的渴望，以至对《会真记》的沉醉偏爱，就足以说明薛涛和妙常对元白二人作品的评判差异不仅是层次之别，高下之判，更是情怀不同。文学见解在此时此刻也特别契合人物的性格情感逻辑。

薛涛与元稹之间的深情暗许更多只是窖藏于心中，因为二人相处异地，元稹早有妻室，不仅难以终成眷属，而且要当面互诉衷肠，互致爱意都绝难找到机会，但苍天毕竟没有辜负两颗自由灵魂发自心底的呼唤。当元稹出差东川，住在梓州之际，名宦严绶之门客亲赴成都“欲请薛校书赏光一聚”，而又信传元稹“薛校书风闻倾慕，欲往东川拜会”，得此良机，彼此曷胜欣喜，可想而知。元稹于《西洲院》一诗中尽诉想见薛涛之切，二人初见自然不便直抒胸臆，他们郑重地以姊弟相称。当薛涛向元稹打听元檠，元稹不仅不正面回应，居然说元檠“早不在人世了”，以致薛涛“悯默良久”。但元稹终于“将眼光落在她那柔荑般的手上，只顾出神”，“薛涛待要将手缩回，却被元稹一把握住”，二人终于真情难禁。他们的交流是琴与诗，当薛涛要为元稹弹奏一曲，琴曲竟是《凤求凰》，而元稹赠送薛涛的则是紫檀盒里的菱花镜，点睛之笔则是菱花镜背面所铸“愿为明镜分娇面”，薛涛也回赠十色笺和诗作《锦笺集》。两颗自由灵魂终于在这短暂的私人空间敞开了，次日便是同游杜甫梓州草堂遗址，元稹又以红色笺所书五绝一首相赠，竟使薛涛“心中一颤，眼眶一红，喉头一痒，遂咳嗽一声”。在同游杜甫草堂路上纵论李杜之诗，彼此心有灵犀，既是诗学见解的交流碰撞，又是两心互照的诗意传达。当随行的妙常因假期将满，提前一天赶回成都后，到底给二人留下了私下交流的空间。“元稹回访薛涛，二人相见，不复拘谨，宛然深交矣”。薛涛心知元稹因“东川之行触忤权贵，麻烦大了”，告别在即，便故作平静，鼓琴献诗：“流水高山自古弹，古琴不易听琴难。凤凰安得麒麟合，旷世无胶续断弦。”唱至三叠，突然跑调，遂弃琴不复弹奏。当元稹意欲告别，薛涛却要待沐浴后相送，可谓深情款款，缱绻缠绵。而元稹闻浴室水声响起，竟忍不住“欲观其裸”，薛涛虽嘘声言道“非礼勿视”，却“回眸一睇”，二人之自由灵魂跃动，于兹为甚，他们已然是没有也不可能有婚姻仪式的灵魂伴侣！

薛涛以情相许，元稹是唯一的，自由的灵魂之所以高贵，之所以可歌可泣，就在于它有着坚贞不移的确定性精神指向。当心中一直装着薛涛的段文昌总镇成都，薛涛却敬而远之，而时时温习元稹之诗。当元稹离世，薛涛虽然仅以庐江宛回文曲《菩萨蛮》深情吟之，但“肠断话西窗，西窗话断肠”可谓柔肠百转。而于素笺所题绝句更是断肠之诗：“槛外长江空自流，朱弦已绝此生休。他生似我怜卿者，为祷无惊共白头。”不久以后，西川府的白孔雀病亡，薛涛亦随白孔雀而去。薛涛终以生命的绝唱织就了与元稹的爱缕情丝，虽然最终难免是悲剧，但毕竟实现了才子才女的自由灵魂在不可能情境中的多种可能性跳动，毕竟在深挚的男女私情难以实现的社会文化语境中生动地书写并还原了丰富多彩的人性篇章。

周啸天小说《薛涛》所写的薛涛既尽可能还原了有限的历史记载中生命本事的薛涛，而更多则是依照历史的逻辑和人性的逻辑对历史人物薛涛作了极为成功的文学性还原。不过，今人对历史人物作文学性书写既是一种机遇，更是一种挑战，主要挑战就在于历史研究严格的言必有据与文学虚构性之间的颉颃，而有些读者又难免秉持绝对的文献真实尺度去苛求作者，但当曾经绚烂于历史现场的人物在上千年尘封之中几乎销声匿迹的时候，唯有文学能掀开历史的尘埋，照亮历史的隧道，还原历史的精神。虚构是小说文体的主要标志，而对历史事件和历史人物的虚构必须是建立在尽可能多的历史文献支撑之上。作为学者的周啸天，其文献功夫已经做得很足了，而他的文学还原则做得更加精彩用心。他在建构薛涛故事的时候，为自己确立了五条考量标准：第一要讲政治，即维护国家统一和民族团结。第二是故事要完整，跌宕起伏。第三是叙述语言力求简洁、流畅。第四是书中涉及从天子到驿卒等形形色色的人物，触及社会生活的方方面面，俾读者感知薛涛生活的那个时代氛围。第五是主人公的形象，一曰文化教养，二曰基于社会地位的社会担当，三曰自由灵魂，实千古之奇女子也。有赖于这五点考量，作为现代人的周啸天赋予了历史小说以现代品格，使之成为真正意义上的现代历史小说。

周啸天对薛涛形象的文学性还原正是在这些高人一等的艺术心机驱动下实现的，之所以让人感到真实可信，就在于尽可能多的史料开掘，在于作者遵循了历史本来的运演逻辑，也遵循了人性生成逻辑，更在于小说以传奇之笔复活传奇人物所作的文学审美创造，使得历史人物薛涛来源于历史本事和生命本事，又较之本事更加鲜活动人，更富传奇色彩。清人黄越所谓“夫传奇之作也，骚人韵士，以锦绣之心，风雷之笔，涵天地于掌中，舒造化于指下，无者造之而使有，有者化之而使无，不惟不必有其事，亦竟不必有其人。所为空中之楼阁，海外之三山，倏有倏无，令阅者惊风云之变态而已耳，安所规于或有或无，而始措笔而摛词耶”。或许周啸天的《薛涛》并没有如黄越所期待的“涵天地于掌中，舒造化于指下”那样的更大幅度传奇，但读者于细读深味之间，一定会真切地感悟到作者的“锦绣之心，风雷之笔”的。

根深叶茂　厚积薄发

——周啸天访谈录

◉ 刘　国

周啸天号欣托，1948年5月生于渠县城关镇。现任四川大学教授、安徽师范大学诗学中心研究员、四川李白学会副会长。二十世纪八十年代由重庆出版社推出的周啸天《唐绝句史》，被前辈专家认为是中华人民共和国成立后有创造性见解和开拓性的文学专史。他是《唐诗鉴赏辞典》（上海辞书出版社，获国家优秀图书奖一等奖）中撰稿最多的作者，责编汤高才在《书林》杂志发表文章称他“为文言简意赅，思路开阔，颇多精辟独到之见”、“给人印象最深”。在此基础上，他后来陆续主编了一系列鉴赏辞典，并撰《古典诗词鉴赏方法》一书，在海峡两岸发行，被台湾学者誉为“大陆诗词鉴赏第一人”。

在当代诗词创作领域，周啸天独树一帜。其《欣托居歌诗》2005年公开出版后，得到王蒙高度评价，认为它对传统诗词有所突破、读来甚觉畅快，誉为难得的奇书。浙江诗人方牧，称这本书可列入近六十年诗词集的“十佳”之一。周啸天近著《不会吟诗也会吟——诗词创作十日谈》，对当代诗词创作提出了通达的主张。此外，他还曾任八集大型文献专题片《邓小平与四川》总撰稿、执笔人。历年荣获四川省精神文明建设“五个一工程”奖、四川省第九届哲学社会科学优秀成果奖、教育部优秀教材奖、四川省高校第一届优秀教学成果奖等多种奖项。

周啸天在青年时代，曾经上山下乡当过知识青年，后来被推荐选拔为工农兵学员，本科所学专业为数学，研究生攻读的专业为中国古代文学，方向为唐宋诗词。业余爱好十分广泛，擅长书法、绘画和篆刻。可谓多才多艺，全面发展。周啸天初中时代，就读于渠县第二中学。那时，我是他的校长。面对众多的学生，我除了知道周啸天在校时成绩拔尖以外，对他的其他情况、特别是后来的情况知之不多。直到退休后，我也喜欢上诗词，为结集《春潮集》一书，广泛征求各方面的意见，于是找到了这位往日的二中学生、今日的川大教授，有了较多的接触和切磋，并作了专门的访谈。

一、每一本书都替我打开一扇新的窗子

周啸天生长在教师之家。母亲余洪毅为渠江镇第一小学教员，四川省模范教师，曾任渠县人大常委会副主任之职。父亲周孟图系中共地下党员，新中国成立后长期担任渠江镇第一小学校长。周啸天儿时，由于父母工作很忙，他是在祖母徐氏的膝下长大的。徐氏粗记姓名，斗大的字认识不到一箩筐，却有满肚子的谜语、儿歌和故事。周啸天从小就喜欢谜语，喜欢它的智慧，喜欢它的有趣，喜欢它的朗朗上口。儿歌还教他开阔了心胸，并教会他押韵。

周啸天最初提笔写诗，是上初小时，赶上诗歌的“大跃进”，那时，他鬼使神差地写了三段词，一段是：“我们是一群小学生／但有热爱祖国的心／美帝想霸占全世界／我们坚决不答应／剥它的皮来抽它的筋／叫它纸虎现原形”，内容之趋时，可见“风俗”之移人，但它合辙押韵，使老师感到惊奇，拿到班上当范文朗读。

在中小学时代，周啸天在班级一直名列前茅。这得益于他的自学习惯；得益于他和父亲分享一张书桌，面对面地看书；得益于父亲拥有丰富的藏书。原来在1937年，川东北地下党负责人唐毅策划创办“新宕书店”时，指派周啸天的父亲周孟图担任该店的法人经理。书店与重庆、上海的几家进步书局联系而获得进货书源，同时开展代购新书和代售旧书的业务。周孟图是个生活俭朴而嗜书如命的人，有了这样的便利，自己也购置了大量的图书。新中国成立后，周孟图出任小学校长，分到三室一巷，就在那一个巷道里安放一排书架，几摞书箱，做成一个家庭书库。

周啸天回忆说，他少年时代的许多时光，便是在这个书库里度过的。正如高尔基说的那样，“每一本书都替我打开了一扇新的窗子”。在念高小时，周啸天偶然读到一本《谈天才》的小册子，其中有几句名言，使他终身受益。一句话是马克思所说的：“人所知道的，我都想知道。”这句话激发了他很强的求知欲和多方面的爱好，他从不偏科，各门功课都保持着年级第一。另一句话是：“要学好一门学问，先学好它的ABC。”这使他每学一门功课，都注意把基础夯实，把书读薄。还有一句话是：“要循序渐进。”这使他注意点滴的积累，不好高骛远，粗枝大叶。

周啸天小时候对父亲最大的要求，就是每个星期天讲一个历史故事，觉得是一种极大的享受。稍长，父亲不讲了，就允许他进巷道书库里自己去囫囵吞枣地读，从不做任何的辅导或讲解。他最初是漫无目的，无书不翻，后来在父亲订阅的《语文学习》期刊上翻到一份必读书目，从此他的阅读就变得系统起来。到高小时，父亲又经常对他讲徐特立的一句话：“不动笔墨不读书。”于是，他又养成了记日记、写读书笔记的习惯，几十年如一日，坚持每天写作的习惯。这样做的结果，就是：坐到桌前，就能进入状态；临场作文，总能思如泉涌。

二、试看明日栋梁材　定是而今校里人

周啸天小学毕业，就读于渠县第二中学，那是1961年至1964年，国家面临严重困难时期。当时，学校大力贯彻教育与劳动生产相结合的教育方针。学生在开学第一周，须上山挑炭，来回在约二十里山路上，挑完三百六十斤炭的限额，才能下山。周啸天说，他读书的用功，非常得益于体力劳动，因为经过体力劳动，他深深感觉到，读书实在是一种幸福。

二中时代的生活虽然艰苦，但学校有良好的校风，学生的纪律性很强，

有浓厚的读书风气，有优秀的老师队伍，整个学校是生机蓬勃的。周啸天回忆说，在二中的师遇很好。语文老师杨石如，有深厚的国文功底，又擅长书法篆刻。他从杨老师那里借阅过《中华活页文选》，观摩过他的印谱，受到许多潜移默化的影响。地理老师蔡真如年轻时当过兵，走南闯北，心中有一部活的地理，能随手画图，出口成章。在讲到大西北时，曾当堂吟诵《凉州词》（葡萄美酒夜光杯），给周啸天留下极深的印象。他说，就在那一刹那，他就爱上了唐诗。在父母问他要什么生日礼物时，他提的要求是唐诗、宋诗、毛主席诗词等等，县城里买不到，大人就托老友从省城寄来。

在二中，最好的朋友也是凭唐诗结识的，初二时有位插班生叫朱定中，晚自习时串到他的座位上来，在煤油灯下，和他比赛背诵唐诗。一来二去，成了形影不离的朋友。朱定中曾在黑板报上发表了一首七律，前两句是“渠县二中何处寻，南桥头上树森森”，结尾是“试看明日栋梁材，定是而今校里人”，虽属板报体，也很难得了。

那段时期，周啸天从校图书室借阅了大部分的《沫若文集》，郭沫若诗文对他的诗歌和文体观念有很大影响。他非常喜欢他那些原创的粗暴的而又生气勃勃的诗篇，喜欢《立在地球边上放号》《晨安》《匪徒颂》《天狗》超过喜欢《地球，我的母亲》和《炉中煤》。周啸天说，他觉得郭沫若的那些诗是震撼心灵的，须用超审美的标准来评价的伟大之作，没有人比郭沫若把激情表达更好的了。郭沫若的诗论，关于诗是写出来而不是做出来的说法，关于内在律的说法，关于高潮时的生命最够味的说法，都深深影响了他。

周啸天说，在他的文学师承中，郭沫若是很重要的一人。

三、百城深入便便腹　直抵荆州借不还

初中毕业后，周啸天上了渠县中学。进入高中的第二年（1966年），就遇上了“文化大革命”。这是动乱的十年，是“停课闹革命”的十年，也是许多同时代人学业荒废的十年。在这十年中，周啸天却坚持了读书自学，保持着头脑的清醒。

周啸天之所以能够做到这样，客观原因是其父由于地下党问题在运动中受到审查，而他坚信父亲的清白；以及在运动初期，“红卫兵”揪斗县委领导的混乱场面，给他留下不良印象，使他和“运动”保持了一定程度的疏离。所以他宁可观望，也不轻易参与造反的活动。同时，他又不完全与世隔绝，也参加了一个叫作“炮打司令部”的学生组织，只从事文斗，办办专栏，写写画画，如此而已。高中生身份，属于“革命小将”的范畴，对他来说，也是一种保护伞，使他闭门读书时，不至于受到社会上极“左”派的干扰。

离开了学校，学数理化没有条件了。周啸天根据自己的爱好，把空余的时间投入哲学、文艺学、文学名著的阅读。家里的书看得差不多了，就通过各种渠道搜集图书。由于“文革”初期大批的中外名著都被贴上了“封资修”“大毒草”的标签，兼之“红卫兵”抄家成风，社会上人心惶惶，一时烧书、卖书成风。周啸天就盯住了两个地方，面坊和废品收购站，这是当时旧书的主要去向。他通过亲戚朋友同学熟人等等，与面坊或废品收购站建立了联系，采取对等或不对等交换的办法，把有用的书淘回来，在他淘到的书中，有《唐人选唐诗》（十种）、《陆放翁全集》《郑板桥全集》《吴昌硕集》等等。每搜集到一种书，他都会为之狂喜，这在一定程度上也冲淡了“运动”带来的烦恼。

“大批判运动”中，渠县最主要的几个书库，如县图书馆、渠县中学图书室、渠县二中图书室都禁止借阅，遭到封存。但钉在窗上的重重木条，挡不住中学生对书的渴望，大量图书流入社会。周啸天通过四下打听，找到了几个聚书较多的青年，通过交换和互通有无的方式，周啸天不但遍读了鲁迅全集，还读了许多十八、十九世纪的中外名著，如托尔斯泰、雨果、巴尔扎克、高尔基等人的作品。

1970年春，周啸天上山下乡做了知青。这个时期他喜欢上了泰戈尔和陶渊明。上山下乡之初，周啸天是准备好当一辈子农民的，为了匀出读书的时间，就选了渠县鲜渡河边的金锣公社，那里是一片平坝和沙地，一锄下去锄头叶子自己往地里钻，劳动强度不大。不像山地，一锄下去金星飞溅、鬼火直冒。虽然当地民谣有“嫁女莫嫁大河边，一季萝卜一季烟，大水来了喊皇天——”的说法，但他还是选择了这个地方。沙地好种花生、种萝卜、种烟，清晨四点出工，八点收工，下午五点再出工，白天有八九个小时自由安排，在堂屋里拖根板凳就可以观书。

周啸天说，自魏晋以来，诗人苦苦思索生命价值和人生意义，都走不出人生的苦闷，从古诗十九首到曹植、阮籍，表现出严重的心理失衡。而全部陶诗告诉他，生命价值和人生意义不在别处，在回归自然、在自食其力、在天伦之乐、在为乐趣而读、在为回报而写、以审美态度对待人生，他就这样找回了心理平衡。读懂陶诗，对于知青时代的他来说，是太重要了。人说陶诗似淡实腴，他看到了似淡实腴的本质。他还说，印度诗人泰戈尔与陶渊明在本质上非常接近，泰戈尔说过，自然界是他亲密的同伴，她手里藏了许多东西，要他去猜——泰戈尔的猜法真是奇怪！凡是她给他猜的东西，他没有不一猜就中的。这个话是郑振铎说的。

知青生活很单调，劳动很艰苦，夏季烈日炎炎，周啸天所在生产队的习惯，每天早上四、五点出工，早上八、九点收工，然后要到下午四、五点中再出工，一直干到晚上。中间大约有七八个钟头的闲暇，周啸天全用来读书。由于天气太热，他经常是光着膀子，在堂屋里拖一条长凳，当着书桌，坐一只矮凳上看书。旁边地上摆一盆凉水，不停地用凉水搓过的毛巾擦汗。在插队落户的三年半里，周啸天和农民相处甚为融洽。因为他和农民一样干活，从不惹是生非。每逢农闲和雨天，便有知青朋友来串门谈天，充分领略到“农务各自归，闲暇辄相思。相思辄披衣，言笑无厌时”、“邻曲时时来，抗言谈在昔。奇文共欣赏，疑义相与析”（陶渊明）的乐趣。那时虽然也有迷茫，但总的感觉是乐观的——因为年轻，自信有足够的时间看到世界的改变。

下乡之初，由朋友王建纬介绍，周啸天认识了金锣公社所在的鲜渡区上的一位名叫阎家焕的中医，也上过渠县中学，由于家境较好，又醉心文史，在高中时就购置了全套的《四部丛刊》，存放在家中。周啸天到阎家焕处看病，彼此很谈得来，又替阎刻过几枚图章，于是从阎家焕处借阅书籍。

周啸天说，读书当然是读自己买来的书最自在，然而并非人人可以坐拥书城，所以借书是读书人免不了的事。借书也有乐趣，那就是因为“有借有还，再借不难”的缘故，借了就必须马上读。读到兴味来时，就想动手抄。或摘抄，或全抄，抄过就换。有时主人都感到吃惊：你就看这么快？口头虽这样说，借书也更加放心。于是书也读了，字也练了，书也有了——真是一箭三雕的美事。周啸天抄录过泰戈尔、普希金、莱蒙托夫、海涅、歌德、惠特曼等人的诗作，大多是蝇头小楷，用毛笔抄写的。他甚至还抄过两种诗词类的工具书，一种是王力的《汉语诗律学》，一种是张相的《诗词曲语辞汇释》。清人李葂有一首《题雅雨师借书图》，诗云：“旋假旋归未得闲，十行俱下片时间。百城深入便便腹，直抵荆州借不还。”他是充分体会到抄书的乐趣的。

周啸天下乡约摸一年后，便被安排到公社小学作了代课教员，这样他就有了更多的时间自学了。

四、世有伯乐然后有千里马

从“文化大革命”到上山下乡，周啸天读书并无明确的功利目的，纯然出于对知识的热爱。但是机会很快就到来了。1973年大学开始招收第二批工农兵学员，因为当年招生须通过考试（考试科目为语文、数学、政治），使得不少膀子很硬、文化不高的人望而生畏，周啸天认为这是天赐良机，便提出了报考的申请。由于一向表现很好，他得到基层的推荐。

当时，周啸天的父亲还在学习班，还未得到正式结论，所以录取的希望十分渺茫。然而，随着一位高校招生老师的到来，事情悄然发生了变化。这位老师就是南充师范学院生物系的张庆凡，他一到渠县，就了解县城高中生的去向，然后到了高中生下乡比较集中的鲜渡区，通过区文教了解到一些高中生的情况，并一一上门探访。张老师见到周啸天，首先就调看了他的备课本，当时就说了一句话："在去年招收的学生中，没有写这样一手好字的。"然后就问他想读什么专业，回答：英语。但当年渠县没有安排英语专业的名额。再问，回答：中文。又补充道：不管任何专业，能上就行。于是张老师在一个纸烟盒上写下了他的名字，并告诉他联系的方式。

当年的文化考试，周啸天得了两个100分（数学、政治）、一个98分（语文），名列全县第一。由于出了一个白卷先生张铁生，闹出一场很大的政治风波，考试的结果宣布作废。但是，由于考试的成绩已摆在那里。在张老师的帮助下，周啸天填报了南充师范学院数学系，并顺利地被该校录取。

马克思说，数学是锻炼思维的体操。学习数学使周啸天的逻辑思维得到很好的训练。但是，当年大学招收的学员文化程度参差，学校为了照顾程度低的学员，在课程设置上减低了难度。周啸天自学讲义，比较轻松，便很少去课堂听课，完成课业之余，大量时间泡在图书馆里。他以为学校办专刊为由，认识了图书馆特藏部一位姓庄的老师，经常进入特藏部，阅读文史书籍。通读了当年中华书局影印的沈德潜等人的《五朝诗别裁集》和朱彝尊《词综》。

南充师范学院数学系毕业后，周啸天被分配到渠县有庆中学任教。时任该校英语教员的熊继平是周啸天高中时代的老师，在他的主张下，周啸天也分担了一部分英语课的教学，并自修了上海外国语学院的《大学英语》教材。1978年，周啸天从报上获知高校将开始研究生招生的消息，于是决定趁此机会把专业方向转到自己一向爱好的古代文学上来，于是欣然报考了中国社会科学院唐宋文学专业研究生，第二志愿填报了安徽师范大学中文系唐宋诗词专业。

当年周啸天考研成绩优异，社科院因其本科所学专业为数学，便将他推荐到第二志愿单位安徽师大。在安徽芜湖赭山山麓，周啸天见到了词学大师宛敏灏，唐诗学家刘学锴、余恕诚先生，并得到他们的赏识。早在中学生时代，周啸天就从《语文学习》杂志上拜读过宛老撰写的《北宋两位承先启后的词人——张先和柳永》《南宋两种不同的词风——慷慨愤世和感喟哀时》等论文，在面试中与老师交流非常默契，复试成绩名列第一。在面试结束时，宛老当即暗示，他将得到机会上安徽师大中文系唐宋文学专业深造了。当年该专业录取研究生共两名，而导师却有三位。余恕诚先生在一篇文章中说："安徽师范大学中国古代文学专业，为'文革'后国内首批硕士学位授权点。由宛敏灏先生主持，偕刘学锴、余恕诚二人于1978年开始招收硕士生（唐宋文学方向），每届招收一至二人，且须等上届毕业，始招收下届。……尽管安徽师大同人皆惋惜先生（指宛老）招授研究生太少，首届师弟周啸天君曾有'两弟三师事太奢'之叹，但亦可见宛先生、刘先生取材之严。"

宛敏灏等三位导师都是国内诗词学界最优秀的学者，而待人谦和，决无崖岸高峻之感。在就读的三年中，周啸天通览了《全唐诗》和唐宋名家别集，写了一本又一本的读书札记，得到了刘、余老师很多的批复，成为他的一种精神享受。周啸天在回忆中说：刘学锴老师是一位极善发现别人（包括学生）优长的人，批阅过几次读书笔记后，曾找我单独谈过一次话，主要说了三点：1.思想没有受过约束（指来自苏联的套路），令人羡慕；2.文笔优美，不要因做论文而丢失；3.鉴赏力敏锐，不能轻视这一点，这恰恰是有些学者的短处。这番话对他后来的发展有较大的影响。

周啸天对语言有一种纯然的爱好，他相信语言可以状难状之景，达不尽之情，无意不可入，无事不可言。而不信"妙不可言""只可意会不可言传"一类话。他认为"诗无达诂"不过是某些人为了偷懒的一种借口，认为"诗无达诂"的反题"诗有达诂"也可以成立。凡是他在札记中说诗说到点上，刘、余老师是从不吝惜一路密圈的。

唐代文豪韩愈说："世有伯乐然后有千里马。"周啸天在回忆往事时，深情地说，他后来所取得的成绩，与张庆凡和宛敏灏、刘学锴、余恕诚等老师的赏识和栽培是分不开的。

五、用滚雪球的方式把学问做大

常言道，机遇只给那些做好准备的人。周啸天毕业的时候，上海辞书出版社正在编辑《唐诗鉴赏辞典》，约稿的对象为国内专家百余人，领衔者为萧涤非、程千帆、马茂元、周振甫等。当时宛老年事已高，就分了一篇小诗（崔国辅《怨词》）让他写。由于周啸天已写过厚厚几本唐诗札记，撰写起这首小诗的赏析来，如烹小鲜。稿件一寄过去，责编汤高才赓即回信，约他再写几篇。再写的几篇交稿后，责编觉得他写得又好又快，于是乂追加篇目。这样周而复始，直到该书齐、清、定稿。

参撰这样的书，谁都希望讲解名篇。虽然周啸天是半路加入，名篇早已约出。不过，当别人讲解名篇的稿件不被采用时，就会被转给周啸天写。例如李白《将进酒》，有两位专家撰稿在前，均未通过三审。汤高才给周啸天的信中说，“这回总编室负责人点将请您撰稿，请勿推辞。”随信附有总编室写得密密麻麻的便笺，大略云，读了析文反而失掉兴味不行，要“另觅高手”，点了三个名字，说“比较起来，周啸天行文的气质也许更为接近”，又打比方道，选择扮秋瑾的演员，须以气质接近为佳。后来，上海辞书出版社采用了周啸天的析文。这篇文章还为高等教育出版社的《高中语文教学参考书》全文收录。

《唐诗鉴赏辞典》选诗千余篇，周啸天共讲解了一百二十七篇，一跃而为全书撰稿最多的作者。该书责编汤高才在书评中专门提了一笔，称“为文言简意赅，思路开阔，颇多精辟独到之见”、“给人印象最深”。自从这本书问世之后，周啸天一发不可收，主编、撰著了不少“诗词鉴赏”，上自诗骚，下迄明清，几成专业户。后来又撰著了《古典诗词鉴赏方法》一书。南京大学教授、博士生导师钟振振到川大，见到周啸天。提到他审读《唐宋词鉴赏辞典》全稿后讲过这样几句话：周啸天不但是写得最多的，也是写得最好的；别人看不懂的，他看得懂；别人指不出好处的，他指得出；别人指出好处讲不出所以然的，他讲得出、讲得具体、讲得到位。

《唐诗鉴赏辞典》开创了国内诗词鉴赏的先河，荣获国家优秀图书奖一等奖，发行近三百万册，风行海峡两岸暨香港及日本，经过二十多年的检验，被公认是一部传世之书。周啸天也因此而广为知名。

周啸天在硕士论文基础上完成的《唐绝句史》（重庆出版社1987），是新中国成立后出版的第一部诗歌专史。古典文学前辈专家程千帆认为这本书论盛唐绝句、杜甫绝句两章“皆不失为具有创造性的见解”。汤炳正先生认为这是一部力作，条分缕析，娓娓而谈，既有断面的解剖，也有纵深的探索，往往能于关键处妙解层出，不仅深入诗的腠理，而且触及史的脉搏，没有功底和才华是很难办到的。

周啸天说，《唐诗鉴赏辞典》和《唐绝句史》是他的两个起点，此后，他就一面继续从事诗词鉴赏的研究，编著有《诗经鉴赏集成》《楚辞鉴赏集成》（四川辞书出版社1990），《唐诗鉴赏辞典补编》（四川文艺出版社1990），《元明清名诗鉴赏》（四川人民出版社2001），并著有《古典诗词鉴赏方法》（四川人民出版社2003）。以上著作均有广泛影响。一面从事诗歌专史的研究，《绝句诗史》（巴蜀书社1999），《中国分体文学史（诗歌卷）》（上海古籍出版社2001），基本完成了从诗歌专史研究到通史研究的延伸。可以说是两条腿走路，通过滚雪球的方法，把学问越做越大。

此外，周啸天在2003年编著了《中国出了个邓小平》，此书获当年四川省精神文明建设“五个一工程”奖。又在2004年任《邓小平与四川》（八集文献专题片）总撰稿、执笔人，该片在邓小平百年诞辰前夕播出，受到来自各方的好评。

六、读周啸天之诗词人生快事也

周啸天从事诗学研究，也涉足诗词写作。最初是随兴而发，并不在意。其诗词在后来所产生的影响，则完全是始料未及的。

周啸天对诗人有这样一个定义：“凡是用全身心去感受、琢磨人生而又有几分语言天赋的人，便有诗人的资质。而诗才，是从阅读中产生的。”他说：“‘观千剑而后识器’，读到什么份上，才可能写到什么份上。读到见了诗家三昧，不写则已，写必不落公共之言。”这可以看作他的夫子自道，即经验之谈。恰如有人说的那样：他以鉴赏家的眼光为诗，厚积薄发，能不精吗？

《欣托居歌诗》2005年由四川文艺出版社正式出版，很快就得到作家王蒙的青睐。他曾经在给周啸天的一封信中称赞《洗脚歌》《人妖歌》是“奇思奇诗，真绝唱也。”余恕诚老师在一封信中，则对周啸天提到一件轶事：“昨天王蒙先生来师大作学术报告。今天中午我送王蒙由铁山宾馆出发去南京机场，我们正好在车上欣赏你的大作。王蒙接连称赞：‘写得真好’‘写得太好了’！王蒙夫人也在旁边，她还记得你的《洗脚》《人妖》等篇。他们俩说当时就很欣赏。王蒙在车上朗诵了你的《洗脚》《人妖》《纽扣辞》等篇。说你的《人妖》是‘仁者之诗’，‘关心现实’，‘很幽默，又很雅’，‘写到这样真不容易’……”

后来王蒙到成都出席巴金纪念大会和全国政协常委的一个研讨会，一路上就带着《欣托居歌诗》。到成都后，秘书小彭与周啸天联系上了。于是他们在成都望江宾馆晤面谈诗，第二天《成都晚报》以“王蒙夜会成都诗友”为题作专题报道，详细记叙了他们谈诗的内容。不久，王蒙在香港中文大学新亚书院钱穆学术文化讲座上讲传统诗词的发展与时代气息时，首先引用了周啸天的《人妖歌》与《洗脚歌》。接着，王蒙就写了题为《读来甚觉畅快》的评论，发表在上海《文汇报》。文中说，“第一他写得古色古香，幽凝典雅，第二他写得新奇时尚，与时俱进；第三他写得活泼生动，快乐阳光；第四他写得与众不同，自立门户；第五他写得衔接传统，天衣无缝。”

值得注意的是，王蒙对周啸天《将进茶》一诗，甚至提高到和谐理念的层面上予以评价：“周先生的《将进茶》亦属绝唱……这里有一种平常心，写平常事，而平常人平常诗中出现了趣味，出现了善良，出现了生机，出现了至乐至工至和，在充满戾气的现代世界上，这实在是难得的和谐之音。”总之，“活泼，生机，古雅，趣味，耳目一新，叹赞有加，喜传统体例诗词有了新的突破矣。”王蒙最后说，“难得有这样一部奇书，值得一读一吟一粲。读周啸天之诗词，人生快事也。”

后来，王蒙在他的自传三部曲之《九命七羊》中，又一次提到周啸天的诗词：“我喜欢各种绝妙好词，例如由于参加安徽师范大学中华诗学中心的活动结识了四川大学的周啸天教授，他的诗令人拍案捧腹……难得的是他的好心情与好词句。”再一次提到《洗脚歌》时，王蒙妙语连珠：“谁也没有想到足底按摩也能入诗，而且写得如此古雅亲和。顺便说一下，我个人极少做这种按摩。我也不在乎这篇诗作的‘政治正确’与否，如果新左派认为应该造捏脚丫子的人的反，那也与我喜欢这首诗的绝门没有太多关系。”

王蒙热情洋溢的评论引起各方面的关注。著名诗人杨牧随即在《文艺报》上以《唐朝以后又见诗》为题发表评论，他说：“周诗改变了古体诗已过时的印象，多见思想锋芒，我尤其喜爱那些机趣横生，韵味十足，书写鲜活事体的篇什，如《超级女声决赛长沙》《澳门观舞》《Y先生歌》《代悲白头翁》《隐私歌》《人妖歌》《洗脚歌》等等。”浙江海洋大学方牧教授作《喜读〈欣托居歌诗〉》云：“王蒙欣赏我欣赏，奇诗奇思真绝唱。悲悯需要大智慧，象喜亦喜足珍藏。”集美大学商振泰先生撰写评论指出周诗“情感基调是温润和善的，几乎没有颓靡绝望之感怀，也少有歌舞升平之吟唱。本着‘陶冶性灵，发挥幽郁’之诗道，也能不平则鸣，有人类悲悯大情怀的宣泄。”《安徽师范大学学报》发表张应中论文《以古出新，雅而能谐》指出周诗有“以趣味为诗”、“以鉴赏为诗”的倾向。网间也有不少评论，一位网友转贴《人妖歌》，推介道：“没有猎奇，没有变态，入情入理，对人妖寄予深切的了解和同情。语言平白，浅显易懂，值得效仿。”等等。

对于当代诗词创作，周啸天有明确的主张，这些主张集中见于《不会吟诗也会吟——诗词创作十日谈》一书，和《滕伟明诗词选序》一文。周啸天说：“五四运动以后，曾经有一段时间，人们认为诗词乃至汉字已走到尽头。又有一段时间，人们认为毛泽东诗词就是传统诗词最后的辉煌。事实证明，这其实是低估了汉字与诗词的生命力，也低估了后人对汉字、对诗词接受喜悦的程度及驾驭之能力。”他认为，古今诗词不外有两种情况，一是创作，一是模仿或创造性模仿。而当代诗词想要对传统诗词有所突破，必须1.具有现代性，2.具有创作意识，3.重视阅读快感。

周啸天说："近六十年来，诗词为新文学史所放逐。究其原因，乃因主流文学观念以诗词为旧体，不能书写当下。此种观念是否正确，实有待于证实或证伪。在近代，诚有诗词游离当下，自我放逐，所写无非士大夫情怀——叹老嗟卑，愤世嫉俗，露才扬己，裁红量碧，步韵奉和，又一味雅人深致。遂由江海涸为小溪。"又说："我选诗标准有三：一是书写当下，二是衔接传统，三是诗风独到。书写当下，并非狭隘地美刺见事，而是须有当代的思想意识。衔接传统，主要是遵守游戏规则，审体合律。有了书写当下，衔接传统两条，是小好；加上诗风独到一条，就是大好。"行家认为，这些主张很正确、很通达也很精彩，应看作对诗坛的普遍关怀，讲得深刻透剔，而又从容不迫，可谓劝世箴言。

【附录】第六届鲁迅文学奖授奖词

周啸天以旧体诗词'作浮世之新绘'，衔接古典传统又着眼于当代生活，渗透着人文关怀与批判精神。他的诗词取材丰富，风格多样，或豪情勃发，浩气横生，或幽郁发挥，趣味逸出，在选材、命意、境界等方面对旧体诗词表现当代经验做出了具有难度的探索。

【附】《诗刊》2010年度诗词奖授奖辞

诗有壮气，词采俊发，当代感强，个性鲜明，是才情与功力相得益彰的佳作。(获奖作品为《玉树》二首《卢武铉歌》《一剪梅》)

(原载《春潮纪实——渠县部分成功人士访谈录》，中国文化出版社)

鲁奖获奖感言

◉ 周啸天

感谢鲁迅文学奖诗歌委员会将这个奖颁给我，颁给中华诗词。鲁迅有一句名言："我以为一切好诗，到唐已被做完。"似乎宣布了旧诗的终结。可是他接着又补充道，"此后倘非能翻出如来掌心之'齐天大圣'，大可不必动手。"所幸的是，翻出唐人手心之事，已时有所见。旧体诗词获鲁迅文学奖，这是第一次，是零的突破。《战国策》有一句话："今王诚欲致士，先从隗始。"我不过是那个幸运的郭隗罢了。

我认为，凡是在用心琢磨生活的同时又在琢磨语言的人，便有诗人的资质。琢磨生活也就是炼意，琢磨语言也就是炼句。而诗才，是从阅读中产生的。读到什么份上，才可能写到什么份上。读到见了诗家三昧，不写则已，写必不落公共之言，下笔即有健语、胜语、妙语，下笔即有让人过目不忘之句。写出让人记住的句子，是每一个诗人天经地义的追求。

关于当代诗词，我主张书写当下、衔接传统、诗风独到。

不书写当下，没有时事，没有开放的思想意识，题材是传统题材、思想是陈旧思想、情调是士大夫情调，或者为标语口号传声筒，"雷同则可以不有，虽欲存焉而不能"（袁宏道）。不衔接传统，就不是诗词，就该去写新诗、新民歌、东江月。同时，衔接不等于复制，任何经典文本，它的美都是不可复制的。复制不及原创。希腊神话如此，唐诗如此，宋词亦如此。当今作者，只能学习传统、衔接传统，我手写我口。缺乏艺术个性，你写我写一个样，则没有必传的理由，所谓“若无新变，不能代雄”。

有了书写当下、衔接传统这两条，允称小好；加上诗风独到这一条，堪称大好。谢谢。

第五届华夏诗词奖获奖感言

◉ 周啸天

拙作《邓稼先歌》荣获第五届华夏诗词奖一等奖。和所有获奖者一样，我深感荣幸，因为华夏诗词奖是最有影响的中国诗歌奖之一。谈谈我自己的写作感受。

“九院”——即中国工程物理研究院，是中国唯一研制核武器的单位，地处四川省的绵阳市，离成都市很近。我多次去过那里，但每次提起笔来，都放下了。就像冰心想写大海时那样。直到有一天，我从电视里看完对邓稼先夫人许鹿希访谈，受到极大的震撼，闸门一下子打开。就像曹操写《观沧海》时那样。我的感兴到了。

对于邓稼先来说，奉献——意味着放弃正常人的生活，淡出公众视野。自己所从事的工作，连家人也无可奉告。他衣着朴素，无异于中国农民（杨振宁语）。他没有美食的概念，常常自己下面条吃，而不知道面条须等水开后再下。谈不上物质享受，没有娱乐活动。出了事故，却必须担当。当邓稼先找到因事故而丢失的核弹头，松一口气时，他的生命也进入了倒计时。从不爱照相的他，一反常态，要求与同行者合影。体检的结果，是尿液中含大量放射性元素，染色体呈粉碎性状态，一入院就再不让走，接着就是体内疼痛出血不止。两报开始报道“两弹元勋邓稼先”，是对他的论定。在中国，“论定”二字是与“盖棺”二字联系在一起。说起来令人感到悲哀。邓稼先却说：“做好了这件事情，我这一生就过得很有价值，就是为它死也值得。”

邓稼先去世后，杨振宁劝慰邓夫人的信中有这样的话：“希望你在此沉痛的日子里多从长远的历史角度去看稼先和你的一生”，“能这样估价自己一生的人不多。”

邓小平指出：“如果六十年代以来，中国没有原子弹、氢弹，没有发射卫星，中国就不能叫有重要影响的大国，就没有现在这样的国际地位。”

今天国家如此强大，我们每一个人，都托了邓稼先的福。不为这样的人写一首诗，我感到对不起自己的良知。如今回过头来，重读这首浮想联翩、朴素无华的旧作，依然能打动我自己。感谢邓稼先给我的诗以灵魂和灵感。感谢中华诗词给我的诗以美的形式和歌行这种样式。再一次感谢评委给我们以嘉奖和鼓励。

欣托居歌诗自序

◉ 周啸天

书画棋琴，高明皆能达道；兴观群怨，小子何莫学诗！且夫诗，吾人志之所之；道，诸子根之所系。有大道焉，有小道焉。唐人或得于山程水驿之间，传于马走牛童之辈。曰风曰雅，缘情缘事。临风对月，孟子之养浩然；含英咀华，退之之充腹笥。所赖陶冶性灵，发挥幽郁。故有幼而好此，老而不衰。某也惭太白之豪情，愧少陵之物与，偷香山之格律，接眉山之兴会。拈管城之旧锥，作浮世之新绘。拓宽取材，趋生命意。有义可陈，于事可据。酌用兴比，略关美刺。立主干以支撑，披枝叶而摇缀。毫发岂无遗憾，七步得有佳句。句有发端，尤重空际传神；篇无余味，惟是卒章显志。近体谨严，贵乎畅达；歌行恣肆，忌在滑易。若即若离，似对非对。诙谐之极，或出庄严之态；阳刚为本，映带妩媚之姿。诗有赠答，不为应景；餐到韭萍，敢堕恶趣！平仄稍严，欲存唱叹之音；韵对从宽，不失萧闲之致。周啸天于成都欣托居。

中华诗词学会周啸天诗词研讨会在成都举行

◉ 中华诗词学会官方公众号

中华诗词学会周啸天诗词研讨会在成都举行

十月的蓉城，丹桂飘香，秋色正浓。10月18日，由中华诗词学会主办，中华诗词学会创作委员会、四川省文学艺术界联合会、四川省作家协会承办的“中华诗词学会周啸天诗词研讨会”在成都市召开。中华诗词学会会长周文彰，四川省诗词协会名誉会长陶武先，中华诗词学会驻会顾问罗辉，中华诗词学会创作委员会主任、四川省关心下一代工作委员会常务副主任刘道平，中华诗词学会顾问周啸天、李树喜、杨逸明，中华诗词学会秘书长杭中华，中华诗词学会创作委员会副主任子川，四川省文学艺术界联合会副主席寒露，中国诗歌学会副会长、四川省作家协会副主席龚学敏，四川省作家协会原党组副书记、常务副主席杨牧，中国词学研究会理事、河南安阳师范学院教授杨景龙，以及四川省文学艺术界联合会、四川省作家协会、四川省诗词协会、星星诗词等单位负责同志，四川大学、重庆大学、四川师范大学、重庆工商大学、西华大学、西华师范大学等高校的专家教授，四川省各市州诗词学会负责同志，中国网、四川电视台、四川新闻网、成都电视台等媒体记者共100余人参加会议。中华诗词学会常务副会长林峰主持研讨会。

陶武先在研讨会致辞。他表示，周啸天是一位活跃的研究型诗人、低调的创作型专家，在中国古典文学研究、传统诗词鉴赏等领域，系统深入，见解精辟，反映到创作实践中，品味隽永，诗风独到。一是“不薄今人爱古人”不迷信“古”的权威；二是“善用旧瓶装新酒”，诗词的古典气息相融于现代生活，别有风味；三是常为“我以我诗书我怀”；四是题材选取少拘谨，怀存大雅，入眼无分凡俗，意在崇高，居心多向底层；五是语言驾驭多机巧，少有华丽，多见平实；六是体裁运用每相宜，可以游刃有余地根据不同题材、创作指向，量体裁衣，灵活选用；七是不落窠臼，内在探索与外向延伸相得益彰，消除新旧藩篱，跨越学科界限，摆脱无形束缚；最后他表示，研讨周啸天作品，意或不在对文本的反复解读，而在从其创作过程获得启发、增长见识。

周文彰在研讨中讲到，2024年4月25日中华诗词学会五届四次理事会把今明两年确定为“中华诗词精品年”，把创作筛选推介诗词精品作为工作重点，此次举行中华诗词学会周啸天先生诗词研讨会，是我们确定的“中华诗词精品年”的重要举措之一，也是全国诗词界共推“精品年”的“第一响”。他表示，周啸天是一位了不起的诗词史家、诗词理论家、诗词作家。他从三个方面谈了对周啸天的诗歌创作理念和创作追求的认识：一是以“书写当下”为诗词创作的使命，周啸天先生通过诗写当代生活，抒发当代意识和时代精神，使他的诗歌富有时代气息；二是以“衔接传统”为诗词创作的本色，周啸天的诗用事用典自然融洽，不见斧凿痕；三是以“风格独特”为诗词创作的个性，首先具有创作意识，其次诗从好句做起，没有好句不能动笔，再次抓住意象作诗，还有用有时代感的语词作诗，最后具有幽默风趣的风格。他还引用当代诗词名家星汉的话语赞美周啸天“是诗词创作的真正高手”。

杨牧表示，周啸天作品特色，一是打破了古人一般诗词的吟唱诵，写出了个人特色；二是用典谨慎，一用典就非常鲜活；三是作品喜欢用口语、俗语、外部语，非常畅快和潇洒；四是传统诗词里吸收了新诗的“养分”。最后他认为，周啸天先生绕过了唐诗的“如来手心”，未来也必将取得更大成就。

龚学敏表示，周啸天诗词创作在继承古典文学传统的基础上，大胆创新，展现出了鲜明的现代性特征，他的诗词在古典与现代的交汇之处，为中华文化的传承与发展注入了新的活力。周啸天诗词还具有鲜明的时代意义，不仅继承了传统诗词的精髓，还融入了现代生活元素，展现了当代社会的面貌和人民的精神风貌。同时，他的诗词在题材、形式、人文关怀等方面都有所创新和突破，为现代诗词的创作和发展提供了新的思路。

李树喜表示，诗词不要复杂化，需简明扼要，适应简约化社会生活。杨逸明、杨景龙、赵义山、丁淑梅、何希凡、蔡尚伟、潘淑闲、曹纪祖、子川、谢天开、王安等与会嘉宾也纷纷围绕主题作了精彩发言。

周啸天引用“马克思主义文艺观”表达了对作者、作品、读者之间关系的看法，吟唱了七言绝句《流水》，对各位领导、嘉宾朋友们的到来表达了真挚感谢。

研讨会中还播放了周啸天创作、姚东伯朗诵的《将进茶》；周啸天创作，歌唱家罗蓉演唱的《苏幕遮 · 上青藏》；重庆大学教授沈岸吟唱了周啸天创作的《浣溪沙 · 九眼桥望合江亭》。

最后，林峰做总结性发言，他表示从周啸天作品中看到了诗人的品格、胸襟和境界。通过对其创作风格、创作内容、创作题材、创作语言等研讨，形成了多种共识，一是俗中见雅，雅俗互见的表现手法，为我们今后的诗词创作提供了新的借鉴和思路；二是周啸天诗词具有强烈的时代特征和扑面而来的生活气息；三是周啸天优秀作品有一部分是可以载入当代诗歌史的；四是周啸天诗词作品字里行间都渗透着家国情怀和民族大爱，有着鲜明的爱国主义精神。

（2024年10月19日，北京）

2024周啸天诗词研讨会答谢词

◉ 周啸天

周会长，陶主席，道平主任，各位领导，各位嘉宾：大家好！

这个研讨会是中华诗词学会主办的。道平主任一个月前电话我，不是征求意见，而是请我配合。我无二话可说。首先是把书及资料送达与会嘉宾。

马克思主义文艺观认为，创作也是生产，作品即产品，读者即消费者。作者完成作品，读者喜欢不喜欢，不以作者意志为转移。逢其知音者，即为幸运儿。《文心雕龙》说“音实谁知，知实难逢。逢其知音，千载其一乎！”就是这个意思。今天我洗耳恭听诸位的发言，大有“逢其知音”之感。

我写过一首七绝，主题句是“鼓琴不易听琴难”，故钟子期死，伯牙终身不复弹琴。古人说有一种续弦胶，可以把断了的弦续起来，不过，这胶须以凤凰髓，麒麟角为材料。这凤凰髓麒麟角上哪儿去找呢？诗曰：

流水高山自古弹，鼓琴不易听琴难。
凤凰安得麒麟合，旷世无胶续断弦。

现在我把这首诗唱一下，感谢各位的大驾光临。

最后向本次会议的资助单位，道平主任及会务组全体工作人员表示衷心感谢！

2024年10月18日上午

赵彦春英译周啸天诗四首

月亮最爱小朋友

爷立儿走月即走，
儿立爷走月不走。
儿太聪明爷太痴，
月亮最爱小朋友。

Luna Loves the Child with Her Tender Heart

Gramps stops，but Sonny goes，so does Luna;
Sonny stops，and gramps goes but not Luna.
Gramps looks as foolish as Sonny looks smart;
Luna loves the child with her tender heart.

印象高原（调寄行香子）

影指家乡，
心向天堂。
转经筒、百转回肠。

天蓝云白，隆达飘扬。
有火之红，
水之绿，
土之黄。

风过湖面，
人上山梁。
等身头、四季糇粮。
弥空幄帐，遍地牧场。
点野牦牛，
大青马，
藏羚羊。

Impression of the Plateau

—To the Tune of Incense Burning

My shadow pointing home;
Heart high raised to the dome.
Lo，the prayer wheel，
How purified you may feel！
The white clouds，the blue sky，
And longdas flow on high.
The fire aflame，so red;
Water blue like Zed，
Yellow soil spread.

Across the lake wind blows;

Up the mountain one goes.
On shoulders wide
Is the yearly food dried.
The yurts over there stand,
Pasture, grass, the green land.
Lo, wild yaks grazing the mead,
The great green steed,
Antelopes feed.

人妖歌

京剧旦行梅派工，越剧小生范徐红；
反串之妙补造化，何须台后辨雌雄。
五色灯光人其颀，初见烟雾蒙玉质；
回眸启齿略放电，伴舞女郎失颜色；
一身宛转二重唱，男声浑厚女声泣；
美发一挥何飘柔，踏摇四体皆魅力。
人妖本出里巷中，父母养儿为济穷；
勾栏一入深如海，绝世无由作顽童！
心性先从教化改，形体渐受荷尔蒙。
吞声学艺近残酷，不比寻常事委曲；
注射自戕违养生，服食尤惜年光促。
年光促兮终不悔，惟效昙花放异彩；
竞技选美作生涯，舞台得有绚丽在；
观光客自天外来，一方经济为翻倍。
舍身奉献非凡庸，我诚敬畏讵宽容；
漫哂琉璃不坚牢，尔曹百岁总成空！

亭亭净植宜远观，尤物从来拒亵玩；
海外归为知者道，莫便逢人作奇谈。

A Lady Boy

Meis play Peking opera females the best;
Fans play Canton opera males to the crest.
Cross-dressed cross-cast is the cream of art;
Need we off stage tell their gender apart ?
Colored lights shine upon zis figure tall;
Zis female charm in mist does all enthral.
Zis shining teeth and electrifying glance
Eclypse the girls doing their go-go dance.
Singing a duet，swivelling to and fro,
Zis baritone so deep，zis alto so low.
Ze throws zis hair up with ethereal balm,
And sways zis limbs，a whirligig of charm.
This lady boy was fostered in a lane,
So ze could zis poor parents sustain.
The fold ze fell into is like the sea;
A naughty child ze could no longer be.
Zis nature had been recast from the heart
Before hermone reshaped zis outer part.
To learn such an art is the cruelest thing,
Crueler than any worldly sling or sting.
The injections are harmful to health care;
The strict diet does zis vitals wear and tear.

Such wear and tear is not hated or cursed;
Like a night blooming cereus，ze will burst.
Beauty contests and acting pave zis way;
With all pageants，stages and colors gay.
Visitors come from all parts，far and near;
An income doubles because of zim mere.
Zis sacrifice is not common，but so great，
Which I respect and would much tolerate.
Don’t jeer ze’s fragile and will soon decay;
Scores of years later，in dust you’ll all stay.
This beaury can but be watched from afar，
Ze’s not your toy，nope，whoever you are.
This I tell friends wise，back from overseas;
Never spread this as an eerie tale，please.

洗脚歌

昔时高祖在高阳，乱骂竖儒倨胡床；
劳工近世闹翻身，天下久无洗脚房。
开放之年毛公逝，香风一夕吹十里；
银盆滑如涧底石，兰汤浑似沧浪水。
健身中心即金屋，中有玉女濯吾足；
大腕签单既得趣，小姐收入颇不俗。
别有蜀清驻玉趾，转教少年为趋侍；
游刃削足技艺高，捏拿恭谨如孝子。
君不闻钱之言泉贵流通，洗与为洗视分工；
沧桑更换若走马，三十河西复河东。
尔今俯首休气馁，侬今跷脚聊臭美；

来生万一作河东，安知我不为卿洗？

Ode to Foot Washing

As told，Grandsire came to Highshine of yore，
Washed his feet，scolded the peers，and would soar.
Workers recently had all turned and hurled
And there were no feet–washers in the world.
The year of opening，Mao passed away
A balmy wind blew ten miles in a day.
Silver Basin looked sleek like creek bed stone;
Bathwater rose like torrid torrents thrown.
Fitness centers were chambers with girls sweet
Who served you so well，clutching at your feet
Sugar daddies signed receipts at a sweep;
Little misses stacked their income in a heap.
And widows would come and comforts enjoy,
So young men were trained to be a good boy.
Rubbing and clipping，at this they excel;
Tapping，clapping，like sons，they serve well.
Don’t you espy money is called current that should ever flow ?
Washers and the washed do as they should do.
Time changes，space changes like horses run;
Thirty years can make what has been done undone.
Don’t lose heart though you bow to wash my feet,
While I raise my toes to you，feeling sweet.
Next life，red may be green，green may be red;
Who knows I will not wash your feet instead ?

韩倚云英译周啸天诗三首

邓稼先歌

一九五八年邓稼先被约见，说国家要放个大炮仗，令其领军。邓稼先遂与妻子一别二十八年。一九七一年杨振宁出席上海一宴会，席间得知中国制造核武器并无外人插手，为之泪流满面。邓稼先主持核试验十五次无不利，向称福将。然“文革”中一次降落伞事故，使核弹坠地失踪。邓稼先驱车，寻到弹头，超吃剂量。一九八五年查出癌症晚期，两报始以专版报道“两弹元勋”事迹。终年六十二岁。

炎黄子孙奔八亿，不蒸馒头争口气。
罗布泊中放炮仗，要陪美苏玩博戏。
不赋新婚无家别，夫执高节妻何谓！
不羡同门振六翮，甘向人前埋名字。
一生边幅哪得修，三餐草草不知味。
七六五四三二一，泰华压顶当此际。
蘑菇云腾起戈壁，丰泽园里夜不寐。
周公开颜一扬眉，杨子发书双落泪。
唯恐失算机微间，岁月荒诞人无畏。
潘多拉开伞不开，百夫穷追欲掘地。

神农尝草莫予毒，干将铸剑及身试。
一物在掌国得安，翻教英年时倒计。
公乎公乎如山倒，人百其身哪可替！
号外病危同时发，天下方知国有士。
门前宾客折屐来，室内妻儿暗垂涕。
两弹元勋荐以血，名编军帖古如是。
天长地久真无恨，人生做一大事已！

An Ode to Deng Jiaxian

Deng Jiaxian got an appointment in 1958 and was told the country would develop a nuclear weapon. He was made the leader of a team. Then he was separated from his wife for 28 years. In 1971, Yang Zhenning attended a banquet in Shanghai. When he learned that China made nuclear weapons independently, tears filled in his eyes. Deng Jiaxian successfully presided over the nuclear tests fifteen times, so he was called a “lucky star” . But during the “Cultural Revolution”, an accident happened in which the bomb was missing after falling from an parachute . Deng Jiaxian drove in search of the bomb and was exposed to overdose of radiation. In 1985, he was diagnosed with a terminal cancer. At that time, with special edition the two top news media in China started to report the stories of “the hero of two bombs” . He passed away at the age of 62.

Billions of Chinese people strive to achieve more
Playing games with the opponent to make a big bomb
Just married still have to depart

But get the enlightened wife's support
Don't envy the co disciple's success
But willing to keep a low profile
Simply he was dressing
And the task took the pleasure of eating
The countdown is ticking
Make people nervous and exciting
In the Gobi Desert a huge mushroom blasting
And the head of the state lay all night waking
The Premier's smile like a flower blossoming
The old friend heard the story silently weeping
Even afraid of a little mistake was made
But in the fantastic years noting was feared
The umbrella didn't open but the Pandora's Box
All the people make efforts to search bomb
SHEN NONG tasted hundreds of herbs
GAN JIANG casted swords superb
The one thing in hand keeps the country safer
However in the bloom of his years he suffered
Like a mountain he falls
It's the Country's loss
His sands is running out
While people knew the pillar of the Country felled
He devoted his life to his country of mother
Just like the ancient soldier
The guests came one after another
And the son and wife inwardly whimper

There's no regret in his life

Cause for the motherland do a great thing is enough

月亮最爱小朋友

爷立儿走月即走，
儿立爷走月不走。
儿太聪明爷太痴，
月亮最爱小朋友。

The Moon Loves Little Kids

As Gramps stops and Sonny begins to go
At once the moon would close follow
While Sonny stops and Gramps begins to go
Not at all would the moon follow
Cause Sonny is a boy so bright
And Gramps is a big guy so dull
The moon loves our little kids all right
More than you adults who're just null

草船

今夕凭君借草船，
逢逢万箭替身穿。
同舟诗侣休惊惧，
与尔明朝满载还。

A Scarecrow Loaded Ship

You sent me a ship loaded with scarecrows,
In drum beats, which were showered with arrows.
'My shipmates, don' t sink into too much scare,
For a hundred thousand arrows would be there.'

Karmia Olutade 英译周啸天诗二首

洗脚歌

昔时高祖在高阳，乱骂竖儒据胡床；
劳工近世闹翻身，天下久无洗脚房。
开放之年毛公逝，香风一夕吹十里；
银盆滑如涧底石，兰汤浑似沧浪水。
健身中心即金屋，中有玉女濯吾足；
大腕签单既得趣，小姐收入颇不俗。
别有蜀清驻玉趾，转教少年为趋侍；
游刃削足技艺高，捏拿恭谨如孝子。
君不闻钱之言泉贵流通，洗与为洗视分工；
沧桑更换若走马，三十河西复河东。
尔今俯首休气馁，侬今跷脚聊臭美；
来生万一作河东，安知我不为卿洗？

The Foot Washing Song

In olden times old nobles of Gaoyang
Soaked their toes and spoke of Qin
Workers of late have turned the tables

But feet still found no water to rest in
Mao moved on the year we opened
Spring wind rushed ten li a night
Silver basins sleek as stone bottom resin
Bathwater rose swirling torrid torrents
Fitness centers shone like pure gold houses
Jade girls in them clutching at your feet
Sugar daddies signed receipts all laughing
Little misses stacking income in a heap
While wealthy widows kept their dignity in Qin
They taught the young to anchor down and hone their skills
Travel up and down the sole and do it well
Handle, press, and squeeze like a model son
Money springs flowed on smooth down river
Washer and washed are fastened to their seats
Seasons pass but should either mount a horse to leave
Thirty years is all glory needs to change hands west to east
Presently I rest my head and charge my cbi
Gossip blowing circles around my kicked up feet
Next life what if glory fades up here, up river
Who’s to say it wouldn’t be your heels waiting for my reach

人妖歌

京剧旦行梅派工，越剧小生范徐红；
反串之妙补造化，何须台后辨雌雄。
五色灯光人其颀，初见烟雾蒙玉质；
回眸启齿略放电，伴舞女郎失颜色；

一身宛转二重唱，男声浑厚女声泣；
美发一挥何飘柔，踏摇四体皆魅力。
人妖本出里巷中，父母养儿为济穷；
勾栏一入深如海，绝世无由作顽童！
心性先从教化改，形体渐受荷尔蒙。
吞声学艺近残酷，不比寻常事委曲；
注射自戕违养生，服食尤惜年光促。
年光促兮终不悔，惟效昙花放异彩；
竞技选美作生涯，舞台得有绚丽在；
观光客自天外来，一方经济为翻倍。
舍身奉献非凡庸，我诚敬畏讵宽容；
漫哂琉璃不坚牢，尔曹百岁总成空！
亭亭净植宜远观，尤物从来拒亵玩；
海外归为知者道，莫便逢人作奇谈。

The Transvestite Song

Peking opera standards sung by Mei Lanfang
Canton opera standards set by Fan Xuhong
Cross-dressing cross-cast wonders better creation
Need we speak of gender in the backstage wings
Coloured lights shine round a tall magnification
Of feminine charms bejeweled, bedazzling through the fog
He turns, his teeth, his eyes electric shocking every seat
His go-go dancer girls go pale in light of his beauty
Half-man, half-woman painted, he swivels from side to side
Left, right, a duet of baritone and alto seamlessly
His long hair waving like a shampoo feat

Long arms，long legs，every branch a lusty feast
The boy was found by foster parents deep in an alley
They harboured the orphan as their single act of charity
Into their fold he fell as if into the sea
What use had he to offer，what child could he be
It all began with remolding the heart's tendencies
Then slowly the body submitted to hormonal agencies
To swallow oneself and learn an art is a cruel thing
A harsher form of deprecation is hard to bring
He injected himself with help for fitness，forfeiting health
Ate and lived small to retain youth beyond his years
When that youth was spent，never once did he relent
Only hoped to bloom bigger，flash his esoteric colours brighter
A career built on stages hinged on vanishing pretty faces
He ran pageant after pageant，vibrant，glorious to the end
Visitors will come from beyond their skies
Wealth will double，triple because of their eyes
Never dismiss the lowly lady boy as a dime a dozen，his sacrifice
I honour with compassion deep in my earnest side
Beauty is but cloud and glass，fissure or fracture any time
A century lived can feel short-lived at its hollow conclusion
Observe and marvel from afar，to preserve that pristine vision
Such joys resist the rough hand's touch and the rough heart's toying
I returned from over the seas knowing oh so well
I will never brag of what I saw as deviant strangeness
I will never tell.

（原载*PATHLIGHT* AUTUMN/2015）

周啸天著作目录
(1981—2024)

专著49

《唐绝句史》
◎ 重庆出版社1987

《唐绝句史》
◎ 安徽大学出版社1999

《唐绝句史(修订增补)》
◎ 重庆出版社2006

《唐诗小集·雍陶诗注》
◎ 上海古籍出版社1988

《诗词赏析七法》
◎ 四川文艺出版社1989

《绝句诗史》
◎ 巴蜀书社1999

《历代文学读本》
◎ 四川教育出版社1999

《中国分体文学史·诗歌卷》
◎ 上海古籍出版社2001

《历代名家绝句评点·唐》
◎ 汕头大学出版社2001

《欣托居鉴赏四种·先秦八代诗赋鉴赏》
◎ 四川人民出版社2003

《欣托居鉴赏四种·隋唐五代诗词鉴赏》
◎ 四川人民出版社2003

《欣托居鉴赏四种·宋元明清诗词曲鉴赏》
◎ 四川人民出版社2003

《欣托居鉴赏四种·古典诗词鉴赏方法》
◎ 四川人民出版社2003

《唐诗三百首注评》
◎ 凤凰出版社2005

《中国文学经典》
◎ 四川大学出版社2006

《历代名人咏四川》
◎ 四川文艺出版社2006

《百代千家绝句诗》(上下)
◎ 黄山书社2007

《不会吟诗也会吟·诗词创作十日谈》
◎ 四川文艺出版社2009

《诗词赏析七讲》
◎ 四川文艺出版社2010

《周啸天谈艺录》
◎ 线装书局2012

《啸天说诗·大风起兮云飞扬》
◎ 四川人民出版社2018

《啸天说诗·江畔何人初见月》
◎ 四川人民出版社2018

《啸天说诗·忽如一夜春风来》
◎ 四川人民出版社2018

《啸天说诗·此情可待成追忆》
◎ 四川人民出版社2018

《啸天说诗·一江春水向东流》
◎ 四川人民出版社2018

《啸天说诗·只留清气满乾坤》
◎ 四川人民出版社2018

《啸天说诗·周啸天谈艺录》
◎ 四川人民出版社2019

《啸天说诗·诗词写作十谈》
◎ 四川人民出版社2019

《啸天说诗·诗词赏析七讲》
◎ 四川人民出版社2019

《啸天说诗·简明中国诗史》
◎ 四川人民出版社2019

《啸天说诗·中国绝句史诗》
◎ 四川人民出版社2019

《历代名人咏四川》
◎ 四川人民出版社2019

《小学生必背古诗词129首》
◎ 四川人民出版社2020

《诗心与佛心·周啸天诗学话语》
◎ 四川人民出版社2021

《周啸天新解唐诗三百首》
◎ 四川人民出版社2021

《我怎样做诗》
◎ 商务印书馆国际有限公司2021

《中国诗歌经典作品一百首系列·诗经一百首》
◎ 商务印书馆国际有限公司2021

《中国诗歌经典作品一百首系列·古诗一百首》
◎ 商务印书馆国际有限公司2021

《中国诗歌经典作品一百首系列·唐诗一百首》
◎ 商务印书馆国际有限公司2021

《中国诗歌经典作品一百首系列·宋诗一百首》
◎ 商务印书馆国际有限公司2021

《中国诗歌经典作品一百首系列·唐宋词一百首》
◎ 商务印书馆国际有限公司2021

《中国诗歌经典作品一百首系列·元曲一百首》
◎ 商务印书馆国际有限公司2021

《中国诗歌经典作品一百首系列·元明清诗一百首》
◎ 商务印书馆国际有限公司2021

《中国诗歌经典作品一百首系列·今诗一百首》
◎ 商务印书馆国际有限公司2021

《中国诗歌经典作品一百首系列·新诗一百首》
◎ 商务印书馆国际有限公司2021

《周啸天新解唐诗三百首》
◎ 四川人民出版社2021

《也无风雨也无晴·苏东坡美文大观》
◎ 四川人民出版社2023

《历代绝句鉴赏大辞典》
◎ 商务印书馆国际有限公司2024

《杜甫剑南诗解》
◎ 四川人民出版社2024

诗词5

《欣托居歌诗》
◎ 四川文艺出版社2006

《将进茶——周啸天诗词选》
◎ 天地出版社2012

《宕渠四子书·周啸天选集》
◎ 中国文联出版社2013

《岷峨诗侣——周啸天卷》(上下)
◎ 巴蜀书社2016

《周啸天诗词选》
◎ 四川人民出版社2019

散文 2

《大白小白》
◎ 文汇出版社 2017

《书林忆趣：学人与旧事》
◎ 四川人民出版社 2024

小说 1

《薛涛》
◎ 成都时代出版社 2024

电视专题片（撰稿执笔）1

《邓小平与四川》
◎ 四川电子音像出版中心 2014

历史 2

《楚汉风云录·史记精华》
◎ 四川辞书出版社 2010

《周啸天讲史记·楚汉风云录》
◎ 四川人民出版社 2021

艺术 2

《雪泥鸿爪·周啸天印存》

◎ 成都惠民职工画院 2020

《蜀道飞鸿·周啸天墨迹》

◎ 成都惠民职工画院 2024

主编 45

《诗经楚辞鉴赏辞典》

◎ 四川辞书出版社 1990

《唐诗鉴赏辞典补编》

◎ 四川文艺出版社 1991

《诗经鉴赏集成》

◎ 台湾五南出版公司 1994

《楚辞鉴赏集成》

◎ 台湾五南出版公司 1994

《诗词精品鉴赏》

◎ 国际文化出版公司 1996

《垂辉映千春——诗经导读》

◎ 四川教育出版社 1997

《史记全本导读》(上下)

◎ 四川辞书出版社 1997

《史记全本导读》

◎ 台湾合记出版社 1998

《诗骚观止》

◎ 陕西人民教育出版社 1998

《元明清名诗鉴赏》

◎ 四川人民出版社 2001

《历代名句辞典》

◎ 四川辞书出版社 2002

《中国名人快读》

◎ 四川文艺出版社 2004

《影响历史的99位名人》

◎ 四川文艺出版社 2005

《震撼人心的99个瞬间》

◎ 四川文艺出版社 2005

《百年香港名人快览》

◎ 天地出版社 2007

《四川读本》

◎ 四川文艺出版社 2009

《历代诗词分类鉴赏·风流随故事（叙事·传奇）》

◎ 凤凰出版社 2009

《历代诗词分类鉴赏·往来成古今（咏史·怀古）》

◎ 凤凰出版社 2009

《历代诗词分类鉴赏·明月出天山（军旅·边塞）》

◎ 凤凰出版社 2009

《历代诗词分类鉴赏·性本爱丘山（山水·田园）》

◎ 凤凰出版社 2009

《历代诗词分类鉴赏·人生感意气（感遇·言志）》
◎ 凤凰出版社2009

《历代诗词分类鉴赏·红豆生南国（相思·爱情）》
◎ 凤凰出版社2009

《历代诗词分类鉴赏·即事每思亲（友谊·亲情）》
◎ 凤凰出版社2009

《历代诗词分类鉴赏·举杯邀明月（饮酒·品茗）》
◎ 凤凰出版社2009

《历代诗词分类鉴赏·玉律传佳节（节令·风俗）》
◎ 凤凰出版社2009

《历代诗词分类鉴赏·万物生光辉（咏物·花鸟）》
◎ 凤凰出版社2009

《历代诗词分类鉴赏·游艺亦精深（谈诗·论艺）》
◎ 凤凰出版社2009

《历代诗词分类鉴赏·绝代有佳人（闺意·宫词）》
◎ 凤凰出版社2009

《历代诗词分类鉴赏·玫瑰刺绕枝（幽默·谐趣）》
◎ 凤凰出版社2009

《中国节日》
◎ 天地出版社2009

《世界节日》
◎ 天地出版社2009

《唐宋绝句鉴赏辞典》
◎ 安徽文艺出版社2010

《中华文库·明清小品文（双语）》
◎ 四川人民出版社2010

《中国生肖》
◎ 天地出版社2011

《诗经楚辞鉴赏辞典》
◎ 商务印书馆国际有限公司2012

《唐诗鉴赏辞典》
◎ 商务印书馆国际有限公司2012

《元明清诗鉴赏辞典》
◎ 商务印书馆国际有限公司2012

《高峰展望·唐诗名作欣赏》
◎ 中国书籍出版社2017

《曲径通幽·宋诗名作欣赏》
◎ 中国书籍出版社2017

《读给孩子们的古诗词·童子吟》（上下）
◎ 海燕出版社2017

《读给孩子们的古诗词·少年说》（上下）
◎ 海燕出版社2017

《古文鉴赏》
◎ 四川辞书出版社2019

《古诗词鉴赏》
◎ 四川辞书出版社2019

《唐诗三百首鉴赏辞典》
◎ 商务印书馆国际有限公司2024

《唐诗鉴赏大辞典》
◎ 商务印书馆国际有限公司2024

参与主编4

《中国文学·魏晋南北朝隋唐五代卷》
◎ 四川人民出版社2006

《当代中华诗词集成·四川卷》
◎ 四川文艺出版社2018

《清代全蜀诗抄》(全五册)
◎ 巴蜀书社2021

《现代全蜀诗抄》(全三册)
◎ 巴蜀书社2021

主要撰稿人14

《唐代绝句赏析》
◎ 安徽人民出版社1981

《唐诗鉴赏辞典》
◎ 上海辞书出版社1983

《唐代绝句赏析续编》
◎ 安徽人民出版社1985

《宋诗鉴赏辞典》
◎ 上海辞书出版社1987

《唐宋词鉴赏辞典》
◎ 上海辞书出版社1988

《汉魏六朝诗鉴赏辞典》
◎ 上海辞书出版社1992

《先秦诗鉴赏辞典》
◎ 上海辞书出版社1998

《历代叙事诗赏析》
◎ 安徽人民出版社2001

《诗情画意的安徽》
◎ 安徽大学出版社2005

《毛泽东诗词鉴赏辞典》
◎ 上海辞书出版社2011

《元曲鉴赏辞典》
◎ 商务印书馆国际有限公司2012

《第六届鲁迅文学奖获奖作品集·诗歌卷》
◎ 作家出版社2015

《当代诗词百家文库》(第一辑)
◎ 中国书籍出版社2019

《当代蜀诗点评初集》
◎ 成都时代出版社2021